MORD
AN DER WUPPER

15 Bergische Kurzkrimis

MORD
AN DER WUPPER

15 Bergische Kurzkrimis

rga.Verlag

Verlag: RGA Verlag, Remscheid
www.rga-buchverlag.de

Autoren: siehe Autorenvermerk
Umschlaggestaltung und Layout: Katrin Reinmöller, Remscheid
Koordination: Carsten Schütz, Remscheid
Gesamtherstellung: J.F. Ziegler KG,
Druckerei und Verlag, Remscheid

ISBN 3-923495-79-X

Vorwort

Im Juni 2004 rief der RGA Verlag den ersten Bergischen Krimiwettbewerb aus. Drei Monate lang waren Hobby- wie auch erfahrene Autoren aufgerufen, ihre Kurzkrimis mit Bezug zum Bergischen Land einzusenden.

In diesem Buch sind nun fünfzehn Kurzgeschichten zusammengefasst, die die dreiköpfige Jury als die besten aus nahezu 170 Beiträgen ausgewählt hat.

Die Jury wie auch der Verlag danken allen Teilnehmern für die vielen kurzweiligen Lesestunden, die sie uns beschert haben, und gratulieren den hier veröffentlichten Gewinnern vielmals.

Carsten Schütz

Inhaltsverzeichnis

Blue Train Freitag 15. November 2002

Henner Bäume

Also gut, mit meinem Gehör stand es nicht zum Besten. Er hatte einen Namen gesagt. Und ich hatte es wieder einmal nicht verstanden. Andererseits kann es auch so gewesen sein, dass er, als er sich mir vorstellte, seinen Namen, man kennt das ja, in dieser nuscheligen Art offenbarte, von der man nie so recht weiß, ob sich dahinter Verschlossenheit oder Unhöflichkeit verbirgt. Obwohl, wenn ich es bedenke, gibt es keinen Anlass, ihm das eine zu unterstellen oder das andere vorzuwerfen. Es kann also auch sein, dass ich, als er mir seinen Namen nannte, es in Anbetracht der ersichtlich nur flüchtigen Bekanntschaft der Mühe nicht wert befand, mir diesen groß zu merken (obwohl ich mich andererseits des Namens seiner Großmutter mütterlicherseits sehr genau erinnere!). Es kann aber auch so gewesen sein, daß ich den Namen, ganz ohne Vorsatz, einfach vergessen habe. Das ist das Wahrscheinlichste. Mein Namensgedächtnis ist seit eh miserabel. Und mit dem Älterwerden... Also kurz und gut: an seinen Namen, so sehr ich mich auch mühe, kann ich mich nicht mehr erinnern.

Ganz ohne Mühe aber und umso deutlicher erinnere ich mich an den Eindruck, den er auf mich machte, als ich seiner zum ersten Mal ansichtig wurde. Und ich erinnerte mich sogar, fast auf die Minuten, an den Augenblick, als das geschah. Es war Freitag, der 15. November 2002. Und es war kurz vor 12 Uhr. Dieser Umstand hätte sich mir nicht eingeprägt, wenn nicht schon eine Stunde zuvor, nämlich Punkt 11 Uhr, der Blue Train den Bahnhof von Kapstadt in Richtung Pretoria hätte verlassen sollen. Nicht gerade zur Freude der Wartenden, die, um das Exotische des Zugbesteigens voll auszukosten, sich mehr als nur überpünktlich eingefunden hatten, war uns eröffnet worden, die Abfahrt verzögere sich bedauerlicherweise um etwa eine Stunde. Wegen der Unruhe, die daraufhin unter den Passagieren entstand, auch wegen des quäkenden Tons der Durchsage, nicht zu reden von der Gebrechlichkeit meiner englischen Sprachkenntnisse, blieb mir der Grund der Verzögerung verborgen. Irgendetwas musste wohl mit der Lokomotive im Argen liegen.

Nun ist Warten nicht gerade eine meiner starken Seiten. Dieser Start zu einer Reise, auf die ich mich ganz besonders gefreut hatte, lag also ganz und gar neben meinen Erwartungen. Enttäuscht, mit zunehmender Verärgerung und um der aufkommenden Ermüdung vorzubeugen, begann ich durch die vornehme Vorhalle, durch die man von der Straße zu jenem Bahnsteig gelangt, der dem legendären „Rolls-Royce of the Railway Tracks" vorbehalten ist, mein Tigerschleichen: von dieser Wand zur jenen, vorsichtig um das überall herumstehende kleine Handgepäck herum – von dem größeren hatte man uns fürsorglich bereits vor Betreten der Halle befreit – um die großvolumigen Ledersessel herum und herum um die Grüppchen, die zwischen den Sitzgruppen standen und in was weiß ich für Sprachen parlierten, und den tiefschwarzen Stewards ausweichend, die in blauen Paradeuniformen und weißen Handschuhen die Wartenden mit Erfrischungen versorgten. Und wieder zurück. Und noch einmal. Mit jeder Runde vervollständigte sich mein Überblick über die Reisegesellschaft mehr und mehr. Und plötzlich stand er neben mir, dieser Kommissar, dieser... wie heißt er doch... dieser... also dieses Namensgedächtnis! Natürlich stand er nicht neben mir, sondern nur vor meinem geistigen Auge, dieser Kommissar aus dem... na, na? Ja richtig: aus dem Orient-Express! War da nicht auch so etwas mit dieser

Lokomotive? Jedenfalls war der Zug da irgendwie hängengeblieben, oder? Gut, er war wohl im Schnee steckengeblieben, wenn ich mich recht erinnerte – aber Schnee oder Sand, Berge oder Savanne, wo ist da schon der Unterschied? Schauen sie sich die Leute an, sagte der Kommissar, der Kommissar He... Heri... Also dieses Namensgedächtnis! Na egal!

In diesem Augenblick – es hätte nicht viel gefehlt, und ich wäre in meiner Traumwanderung über zwei Krücken gestolpert, die zwischen zwei Sesseln herausstachen. Ich war schlagartig hellwach. Hellwach. Frische Luft! Um alles in der Welt – nur frische Luft! Mein Blick ging zu den Türen. Die Tür zum Bahnsteig war noch immer geschlossen. Also wandte ich mich der anderen Seite zu, dem Zugang, der zur Straßenseite hinausführte. Und da geschah es. Kaum hatte ich die Türe erreicht, als sich diese wie durch Geisterhand geführt von selbst, das heißt dank der Dienstbeflissenheit eines hinter dem Türflügel verborgenen Stewards, nach außen auftat. Und um ein Haar wären wir mit voller Frontseite aufeinandergeprallt.

Wir erschraken gleichzeitig. Und hatten beide wohl auch für einen Augenblick die Sprache verloren. Wir sahen uns voll und ungeschützt in die Augen. Dann trat jeder von uns einen halben Schritt zurück, um dem anderen Weg zu gewähren. Aber er bestand mit einer unmißverständlichen Handbewegung, einer Andeutung von Kopfnicken und einem einladenden Lächeln darauf, mir den Vortritt zu lassen. So verlief unsere Begegnung. Genau so. Genauer gesagt, so verlief unsere erste Begegnung.

Ich trat auf den Vorplatz hinaus, wo, wie ich jetzt feststellte, auch andere Angereiste wartend sich die Füße vertraten. Das ist doch eigenartig, ging es mir durch den Kopf. Hatte ich diesen Mann unter den Wartenden schon gesehen? Bestimmt nicht. Der wäre mir aufgefallen. Bestimmt. Den hätte man gar nicht übersehen können. Obwohl unsere Begegnung nur Sekunden zählte, hatte sich mir sein Bild wie fotografiert eingeprägt.

In diesem Augenblick fiel mir der Name von Agatha Christies Kommissar wieder ein! Hercule Poirot! Na bitte!

Also, können Sie den Mann jetzt beschreiben?! Aber ja! Größe? Etwas größer als ich. Und kräftiger. Alter? Etwas älter als ich. Geht das genauer? Mitte, Ende siebzig. Aussehen? Wie bitte? Ich fragte nach dem Aussehen! Ah ja, Aussehen, richtig! Also die Statur, diese auffallend gerade Haltung: englischer Kolonialoffizier. Oder vielleicht doch nicht? Dieser markante, dieser scharf geschnittene Kopf – eher etwas Intellektuelles, also Professor oder so. Nein, warten Sie, Geistlicher, ja, eher ein Pfarrer, ja ich denke ein Geistlicher... Wie kommen Sie darauf?

Als das Verhör an dieser Stelle angelangt war, bemerkte ich mit nicht geringem Schrecken, dass sich der Vorplatz geleert hatte. Ich verabschiedete mich von Monsieur Poirot und hastetet zum Eingang, wo mir der weiß behandschuhte Steward mit beruhigendem Lächeln einen Türflügel aufzog. Mein Schreck legte sich. Ich sah, dass sich die Halle noch nicht geleert hatte. Am Bahnsteigausgang stand der Train-Manager und begrüßte die durchschreitenden Gäste. Den Unbekannten sah ich nicht unter ihnen.

Mir war auch gleich klar, wieso nicht. Er war ja ganz ohne Gepäck. Allerdings: hatte ich selbst nicht auch mein gesamtes Gepäck zum Verbringen aus der Hand gegeben?! Dann blieb aber immer noch die Frage, wieso er zu einem Zeitpunkt die Halle betrat, zu dem, wäre der Zug pünktlich gestartet, eben dieser längst weg gewesen wäre. Also war er wohl gar kein Passagier? Vielleicht so etwas wie ein Manager des Hauses und als solcher hinter den Kulissen in seinem

Office verschwunden? Andererseits: in diesem Alter? Na, wie auch immer... Ich vergegenwärtigte mir noch einmal das imposante schlohweiße Haupt, die glatte hohe Stirn, die warmen einfühlsamen Augen, die vor allem, und fand es schade. Das wäre mal eine Reisebekanntschaft gewesen...
Als ich auf den Perron hinaustrat, sah ich, wie er sich in der Nähe des Speisewagens mit einer Gruppe von Zugbediensteten unterhielt, die unverkennbar mit Respekt um ihn herumstanden. Unsere Blicke begegneten sich. Er nickte mir freundlich zu.
Ein Steward trat an mich heran, ließ sich meinen Boarding-Pass zeigen, begleitete mich zu Coach Nr. 6, bestieg mit mir den Wagen, öffnete mir die Tür zu Suite Nr. 12, ließ sich die Vollständigkeit und Unversehrtheit des Gepäcks bestätigen, machte mich mit dem Kabinen-Equipment vertraut, unterrichtete mich über die Speisewagenusancen, fragte nach etwaigen Anliegen und wünschte mir eine gute Reise.
Da begann draußen schon der Bahnsteig am Fenster vorbeizuschweben.

Zu den guten Ratschlägen, die man mir für die Reise mitgegeben hatte, gehörte auch der, mir möglichst früh einen der wenigen Plätze in dem am Ende des Zuges befindlichen Aussichtswagen zu sichern, bevor der allgemeine Passagieransturm dahin einsetzte. Also beeilte ich mich, meine Siebensachen in der Kabine zu verteilen, und machte mich auf den Weg. Dabei wurde mir erst so recht die Länge des Zuges bewusst. Die Wanderung durch die Abteilwagen, den Speisewagen, die Salonwagen und wieder die Abteilwagen wollte schier kein Ende nehmen. Aber schließlich erreichte ich das Ziel meiner Wünsche doch. Ich öffnete die Türe des Aussichtswagens. Noch mit der Klinke in der Hand, rührte mich fast der Schlag. Aber es war nicht etwa das Luxuriöse des Interieurs, das mich dort erwartete – nach den Begegnungen mit den anderen Wagen des Zuges war wahrlich nichts anderes zu erwarten gewesen – es war auch nicht die Leere, die ich an Stelle des befürchteten Gedränges dort antraf. Es war vielmehr... Er saß, den Eintretenden abgewandt, in einem der beiden Sessel, die am rückwärtigen Fenster standen und zur Betrachtung der hinter dem Zug entfliehenden Landschaft einluden. Er war auch von hinten gar nicht zu verwechseln.

Mir stockte der Atem. Eben noch war ich enttäuscht gewesen über die Flüchtigkeit unserer Begegnung; jetzt sah ich mich durch die Tatsache, dass sie sich wiederholte, aber doch unter ganz anderen Bedingungen wiederholte, verunsichert und beunruhigt. Ich zögerte. Mir war nicht ganz wohl bei der Vorstellung, dem mir nur flüchtig vertrauten Gast in der Unberührtheit des Raumes, die er doch offensichtlich mit Bedacht gesucht hatte, näher zu treten. Ich empfand es als aufdringlich, peinlich, ja respektlos.

Schon war ich im Begriff, den Rückzug anzutreten, als er sich, mutmaßlich durch das Öffnen der Türe aufmerksam geworden, umdrehte. Er erkannte mich sofort. Mehr noch – er nickte mir freundlich, gar einladend zu.

Damit hatte sich die Sachlage schlagartig geändert. Jetzt noch zurückzugehen wäre wohl ein Affront gewesen, zumindest unhöflich. Auch spürte ich plötzlich, wie sich meine Neugier und mein Interesse neu belebten. Ich schloss also die Tür hinter mir, schritt durch den Salon auf den leeren der beiden Sessel zu, nahm meine bescheidenen Englischkenntnisse zusammen und fragte, indem ich mich ihm zuwandte: „Is this seat available, Sir?"

„Ja, bitte! Nehmen Sie doch Platz!" Während ich noch mit meiner Verblüffung kämpfte, fuhr er fort: „Sie sind doch Deutscher, oder täusche ich mich?"

„Nein“, sagte ich, „Sie täuschen sich nicht. Sieht man es mir an?“
Er zögerte einen Augenblick. Dann sagte er: „Ach wissen Sie, wenn man so in der Welt herumkommt, kriegt man mit der Zeit einen Blick dafür. Ich kann es nicht genau beschreiben, aber es ist nun mal so.“ Und nach einer Pause: „Und Sie – Sie kommen wohl auch in der Welt herum?“
„Es hält sich in Grenzen.“
Das Eis war gebrochen. Wir kamen ins Gespräch. Draußen verschwanden die letzten Häuser von Cape Town hinter uns. Wir passierten Paarl und Wellington. Er erzählte mir von den Schönheiten der Bergwelt, in die der Zug gleich hinter Worcester hinaufsteigen würde. Und ich erzählte von den Eindrücken meiner Reise von Johannesburg hinunter durch die Parks, über Durban zur Südspitze und dann wieder hinauf in das Weinland zur Stadt mit dem berühmten Tafelberg.
„Da haben Sie ja allerhand gesehen“, resümierte er, als ich mit meiner Schilderung schließlich bei unserem Zusammenstoß in der Seitentür der Central Railway Station angekommen war. „Und, wenn sie so Bilanz ziehen, gibt es etwas, was ganz besonders aus ihren Erlebnissen herausragt?“
„Ja“, sagte ich und musste nicht lange überlegen, „das war in Soweto! Unser Bus hielt an einer Straßenecke. Und der schwarze Guide sagte: ‚Dies, meine Damen und Herren, ist die einzige Straße auf der Welt, in der zwei Friedens-Nobelpreisträger wohnen! Zwei! Hier das alte Haus von Nelson Mandela, dort drüben das von Bischof Tutu!‘ Der Stolz, wissen Sie, mit dem er das sagte, so schlicht und doch so groß, das ist so unvergesslich – da ist der Tafelberg ja ein Klacks!“
Er lachte. „Ja, zwei große Namen. Zwei wirklich große Namen.“ Und nach einer Pause: „Aber die wirkliche Größe dieser Namen kann man von außen gar nicht ermessen – dazu

muss man deren Geschichte miterlebt haben. Ja, mit-er-lebt". Er betonte jede Silbe. Und dann fügte er noch hinzu, aber so, als ob es gar nicht für mich bestimmt wäre: „Das ist schon eine besondere Größe, um der Gerechtigkeit willen etwas auf sein Gewissen zu nehmen. Oder?"
„Und Sie – Sie haben sie erlebt?", fragte ich.
„Ja, das habe ich." Er überlegte. „Ich muß schon zählen", sagte er dann schmunzelnd, „aber es sind ziemlich genau sechsundfünfzig Jahre, oder siebenundfünfzig?!"
Auch ich überlegte. Es hätte mich interessiert, wo er die übrigen Jahre seines Lebens wohl gesteckt hatte; zwanzig, da war ich sicher, mussten es bestimmt sein.
In diesem Augenblick öffnete sich die Abteiltür und eine Gruppe von Japanern trat ein. Sie verneigten sich höflich, ließen sich in Sesseln nieder und begannen, schweigsam in mitgebrachten Bildbänden zu blättern.
„So kann man ein Land natürlich auch kennen lernen", sagte mein Begleiter mit gedämpfter Stimme und fügte dann mit einem schalkhaften Blitzen seiner Augen hinzu, „vielleicht sollte man ihnen noch einen Band Edgar Wallace hinüberreichen!"
Ich sah ihn achselzuckend an.
„Ach, das wissen Sie nicht?" Und dann erzählte er von Matjiesfontein, die Station, die man demnächst erreichen werde, wo der Zug seine Fahrt für eine Stunde unterbreche, wo man mit einem echt englischen Doppeldeckerbus in maximal zehn Minuten eine komplette Stadtrundfahrt – Straße runter, Straße rauf – machen könne, erzählte vom altehrwürdigen Lord Milber Hotel und natürlich von Edgar Wallace, der von dort im Burenkrieg als Kriegsberichterstatter seine Depeschen nach London abgesetzt hatte.
„Das trifft sich ja gut", sagte ich, „heute morgen hatte ich schon eine halluzinative Begegnung mit seiner Kollegin

Agatha Christie beziehungsweise mit Herrn Hercule Poirot!“
Ich berichtete, welche Gedanken mich eben in Kapstadt noch beschlichen hatten, als der Schaden an der Lokomotive ruchbar wurde.
„Ich denke, da müssen wir keine Sorgen haben. Von einem solchen Liegenbleiben des Zuges habe ich bisher noch nie gehört. Eher ist zu befürchten“, – er schaute auf seine Taschenuhr – „dass sie einen Teil der Verspätung über eine Verkürzung des Aufenthaltes in Matjiesfontain wieder herausholen werden. Schade!“
Es trat eine Pause ein. Man hörte die Japaner blättern. Dann sagte er: „Und was Herrn Hercule Poirot anbelangt – Mörder und Leichen sind ja wohl als Grundausstattung von Luxuszügen mittlerweile aus der Mode gekommen. Ganz abgesehen einmal davon, dass es zwischen Kriminalroman und nackter Wirklichkeit doch ein paar Unterschiede gibt! Was meinen Sie?“
„Weiß mans?“, gab ich zurück. Und fügte dann noch hinzu: „Jedenfalls haben beide eins gemeinsam – vor Überraschungen ist man nie sicher! Soviel ist mal klar.“ Und ich fand, daß eine solche These durch die Begegnung dieses Vormittags überzeugend belegbar sei.
Die Antwort belustigte ihn ganz offensichtlich. Er schaute zu mir herüber, lachte stumm in sich hinein, schüttelte fast unmerklich den Kopf und vertiefte sich schließlich in den Anblick der zu beiden Seiten des Zuges vorbeieilenden und heraufwachsenden Berge.
Plötzlich und unvermittelt wandte er sich mit knapper Köperneigung zu mir herüber. „Halten Sie es für aufdringlich, wenn ich Sie frage, woher Sie kommen?“
„Aber ich bitte Sie, überhaupt nicht. Ich komme...“
Er fiel mir ins Wort. „Warten Sie! Lassen Sie mich nachdenken! Irgendwie kommt mir ihr Sprachklang vertraut vor.“

Während er noch nachdachte, unterbrach ich ihn. „Ich sinniere die ganze Zeit, wer Sie denn wohl sein könnten."
Er wandte sich mir erneut zu. Er zog die rechte Augenbraue ein wenig hoch. „Und?", fragte er.
„Sie sind der berühmte Professor Higgins, nicht wahr?"
Er brach in ein schallendes Lachen aus. Man konnte förmlich spüren, wie die diskreten Japaner hinter uns von Entsetzen ergriffen wurden.
„Sind wir das denn nicht mehr oder weniger alle ein bisschen?" Nach kurzem Nachdenken fuhr er fort: „Sie sind Rheinländer. Oder Westfale?" Er zögerte. Dann sagte er mit Bestimmtheit: „Sie sind Rheinländer, stimmt's?" Ich überlegte einen Augenblick und sagte dann: „Na gut, die Remscheider werden es gerne hören."
Er war sichtlich verblüfft. Eine Weile sagte er gar nichts. Dann drehte er sich abermals zu mir hin, diesmal aber so, dass er seinen Sessel in die Drehung gleich mit einbezog. Er bog seinen Oberkörper ganz nach vorne, so als ob er aufstehen wollte. Und dann sagte er spürbar ergriffen, mit trockener Stimme, fast aufgeregt: „Das ist ja nicht zu glauben! Es ist nicht zu glauben! Es ist..."
Er hielt inne und ließ sich in den Sessel zurückfallen. Dann fuhr er, jetzt ganz ruhig und mit fast flüsternder Stimme fort: „Wissen Sie wie viele Deutsche ich hier unten schon getroffen habe? Ich will es ihnen sagen – ich weiß es selber nicht! Aber ein Remscheider ist nie dabei gewesen. Es ist einfach nicht zu glauben!"
Inzwischen war die Überraschung von ihm auf mich übergegangen. Als er sich beruhigt hatte, fragte ich: „Sie kennen Remscheid?"
„Wer sollte Remscheid denn nicht kennen, also hören Sie mal!" Er hob beschwörend beide Hände, als ob er den göttlichen Segen auf diese Stadt herabbitten wollte. Die Ironie

dieser Gestik war nicht zu übersehen. Es lag geradezu in der Luft, dass da noch etwas kommen musste.

„Und?“, fragte ich.

„Wenn ich mich nicht täusche, ist das doch die einzige Großstadt weltweit.“ Hier legte er eine fein dosierte Kunstpause ein und fuhr dann fort: „Weltweit – ohne Schnellzuganschluss!“

Aha! Er sah mich belustigt und herausfordernd an. So nicht, dachte ich.

„Das wird sich bald ändern!“

„Wird es das? Das freut mich! Und wie?“

„Es ist nur noch eine Frage der Zeit, dann werden wir von Wuppertal eingemeindet. Und dann haben die Groß-Wuppertal-Remscheider endlich auch ihren Schnellzuganschluss!“

Wieder brach er in schallendes Lachen aus. Es war nur noch eine Frage der Zeit, dass die Japaner das Feld räumen würden. „Gut pariert, wirklich!“ Er brachte seinen Sessel wieder in die ursprüngliche Stellung und richtete seinen Blick auf den unter uns entfliehenden Schienenstrang.

„Was mich wundert“, nahm ich nach einer Weile das Gespräch wieder auf, „Remscheider findet man doch in aller Welt!“

„So ist es“, kam die Antwort postwendend und ich brauchte gar nicht hinüberzuschauen, um mir sein Schmunzeln vorzustellen, „aber es nützt nichts, wenn man sie nicht findet!“ Nach kurzer Pause fuhr er fort: „Da war ja Kolumbus dann wohl besser dran als ich? Erzählt man die Geschichte immer noch?“

„Die Geschichte, wie Kolumbus bei seiner ersten Anlandung in Amerika von Remscheider Exportkaufleuten begrüßt wird? Ja, das tut man. Allerdings“, fügte ich etwas kleinlaut hinzu, „nicht mehr ganz so oft und ganz so laut wie früher.“

„Auch das Solinger Gegenstück?"
„Ich wüsste nicht", sagte ich wahrheitsgemäß. „Welches?"
„Na, die Sache mit dem Apfel. Adam wollte doch partout nicht hineinbeißen. Da hat Eva ihn geschält. Und natürlich..."
"...mit einem Solinger Messer!", fiel ich in den Satz ein. „Diese Angeber!"
Wieder verfiel er in sein ansteckendes, volles, wohlklingendes Lachen. Hinter uns begann ein Rascheln, Tuscheln und Stuhlrücken. Wir mussten uns nicht umdrehen, um zu wissen, dass die Japaner, sicher etwas indigniert, den Rückzug antraten.

Wir hatten den ganzen Aussichtswagen nun für uns allein. Um uns herum eine fast andächtige Stille. Hinter uns und links und rechts entfaltete sich die majestätische Bergwelt der Western Cape Region. Der Zug kletterte und kletterte. Fast war es ein Sakrileg, in diese herrliche Welt hineinzureden. Ich ließ also eine geraume Zeit verstreichen. Schließlich überwand ich mich. Ich musste es einfach wissen. „Darf ich Sie auch etwas fragen?"
„Das ist eine schwierige Frage. Versuchen Sie's doch einfach!"
„Ihre exzellente Sprache, ihre ausgezeichneten Kenntnisse – Sie sind auch Deutscher?"
Ganz gegen meine Erwartung ließ die Antwort auf sich warten. Und als sie kam, war sie wie ein übergroßes Stoppschild. Jedes Wort bedenkend, ohne mich anzublicken, die Augen in die sich fließend erweiternde Ferne gerichtet, sagte er schließlich: „Das ist schon eine wichtige Frage, die Frage, woher man kommt. Aber entscheidend ist sie nicht. Entscheidend ist, wo man ankommt."
Und dann, ganz plötzlich, ohne Übergang, erhob er sich aus seinem Sessel und stand da, lässig beide Hände in den

Hosentaschen, stand vor mir, verbaute mir die Sicht und sagte: „Ja, ich kenne Remscheid. Ich bin kein Remscheider. Aber ich kenne Remscheid.“ Er unterbrach sich ohne die Augen von mir zu nehmen. Als ob er durch mich hindurch in eine unendliche Ferne schaue, fuhr er fort: „Auf ihre Art eine schöne Stadt. Ein schönes Land. Jedenfalls in meiner Erinnerung. Wo die Wälder noch rauschen. Schloss Burg. Altenberg – wie sagt man: die kleine Schwester des Hohen Doms zu Köln? Die Talsperren.“
Er unterbrach sich erneut und sah mich an, jetzt aber ganz nahe und bohrend, als ob er fragen wollte, ob das wohl auch heute noch alles so sei.
„Ja“, sagte ich, „Schloss Burg, Altenberg – sehr schön. Aber nicht Remscheid. Alles vor den Toren! Selbst unsere berühmte Talsperre liegt gerade haarscharf noch auf Remscheider Gebiet.“
Er sah noch immer von oben auf mich herab. „Es gibt Schlimmeres, take it easy“, sagte er schmunzelnd, „auch knapp getroffen ist immer noch getroffen. Oder“, fügte er an und beugte sich andeutungsweise zu mir herab, „wie der bescheidene Chines‘ sagt: die Hälfte ist immer noch besser als gar nichts!“
Das war das rettende Stichwort! „Sowas haben wir auch!“ Ich schauspielerte soviel Erhabenheit in den Satz, wie meine Heimatliebe nur hergab.
„Und das wäre?“ Er stand immer noch in seiner ganzen Größe vor mir.
„Die Müngstener Brücke! Die gehört uns jedenfalls zur Hälfte!“
Stolz über diesen Einfall hatte ich meinen Blick zu ihm hinaufgerichtet und sah mit Befriedigung, dass er Wirkung zeigte. Noch während ich den Namen aussprach, veränderte sich für einen Bruchteil einer Sekunde sein Gesichtsausdruck

in schwer zu beschreibender Weise. Hatte ihn die Erwähnung verletzt? Berührte der Name ein Tabu? Ehe ich diese Fragen überhaupt zu Ende denken konnte, sagte er lachend: „Ah ja, die Brücke hundertsieben!"
In diesem Augenblick hätte ich gerne meinen eigenen Gesichtsausdruck gesehen. Ihn aber ließ meine Verdutztheit offensichtlich ganz unberührt. Er begnügte sich damit, in seine Dramaturgie erneut eine Spannungspause einzubauen. Dann sagte er: „Hundertsieben – sagt Ihnen das nichts?"
Nein, es sagte mir nichts, leider.
„Hundertsieben – das ist die Höhe der Brücke in Metern! Wussten Sie das nicht?"
Donnerwetter!
„Ich bewundere Sie! Nehmen Sie es als echtes Kompliment! Ein solches Zahlengedächtnis hätte ich auch gerne!"
Er stand noch immer in seiner ganzen Größe vor mir. Wenn er sich nicht gleich wieder setzt, dachte ich, muss ich mich aus Höflichkeit wohl auch erheben, schließlich ist er doch wohl der Ältere von uns.
„Bewundern, bewundern!" Wieder hob er in der mir nun schon bekannten Gestik beide Hände gen Himmel. „Ach was! Das ist doch ganz einfach zu merken. Sie addieren ganz einfach zu der Zahl Hundert den Familiennamen meiner Großmutter mütterlicherseits – Sieben! Das kann doch so schwer nicht sein!" Und lachend und krachend ließ er sich in seinen Sessel fallen.
Der Kerl, wenn man so sagen darf, gefiel mir immer besser.
Ein Steward trat ein, rückte einen kleinen Tisch zwischen unsere Sessel, stellte, wie mir schien unaufgefordert, ein Erfrischungsgetränk auf die meinem Nachbarn zugewandte Seite, fragte mich nach meinen Wünschen und verschwand wieder.

Die Monotonie des Dahingleitens, die Eintönigkeit des Fahrgeräusches, das immergleiche Bild des unter uns hinauswachsenden Schienenstrangs begann ihre Wirkung zu entfalten. Unser Gespräch versiegte. Unter uns flog der Raum dahin, in uns die Zeit.
Der Steward brachte mein Getränk. Mein Gegenüber und ich tranken uns zu. Und dann verfielen wir, wie mir schien beide, in ein sprachloses Dahindämmern.
Aus diesem Dämmern wurde ich plötzlich ganz unangemeldet herausgerissen. Mehr an sich selbst gerichtet als an mich fragte er: „Ist das eigentlich immer noch so?"
Ich schaute zu ihm hinüber, überrascht von der Frage und verständnislos.
„Ich meine, ob die Brücke immer noch missbraucht wird."
„Wozu? Wozu missbraucht?"
„Um dem lieben Gott ins Handwerk zu pfuschen!"
„Sehen Sie es mir nach – ich verstehe nicht!"
„Sie verstehen nicht? Ich meine, die meisten Leute benutzen die Brücke doch, um von Remscheid nach Solingen zu gelangen. Oder andersherum. Hin und wieder aber wird sie doch auch benutzt, um von hier in den Himmel zu kommen oder..."
Er stockte und ich nahm den Ball auf: „... oder in die Hölle?!"
„Ja, oder in die Hölle. Passiert das noch? Früher passierte das öfter. Die Leute suchten sich die Stelle genau über der Straße aus. Die Straße, die durch das schmale Tal führt. Dann sprangen sie. Hundertsieben Meter. Da gab es kein Risiko. Eine sichere Sache. Gibt es das noch? Hundertsieben Meter!"
Ich war völlig verdattert. Mir verschlug es die Sprache. Ich war schlagartig hellwach. „Wie kommen Sie darauf?" Und dann war auch plötzlich ein Stück Erinnerung da: „Ja, ich habe davon gehört. Es gab einmal eine Reportage. Da wohnte da unten noch jemand. Die haben sich beklagt über die Geräusche, wenn die Körper auf der Straße aufschlugen. Das

muss sich grässlich anhören. Schlimm. Ganz schlimm. Ich glaube, dort wohnt jetzt niemand mehr, da unten unter der Brücke. Und sonst – ich weiss nicht. Also, ich glaube die Brücke wird dafür nicht mehr gebraucht. Entschuldigen Sie, wenn ich das so sage. Ich glaube man wählt heute... also, ich weiss es nicht."
Es entstand eine Pause. Wir genossen den Blick durch die großen Fenster, die links, rechts und an der Rückfront bis zum Boden reichten und so fast unbegrenzte Bilder der vorüberziehenden Bergwelt offenbarten. Dann sagte ich, mehr zu mir selbst: „Wenn ich mir das vorstelle. Oben auf der Brücke. Und dann den Blick nach unten. Was sagten Sie – hundertsieben Meter! Ach wo – das realisiert man wohl gar nicht. Die Wupper da unten – die fließt schon in einer ganz anderen Welt. Da sind Tausende von Metern! Unendlichkeiten sind das. Dann steigt man auf das Geländer. Und dann – was mag der letzte Gedanke sein, wenn man sich das Übergewicht gibt, wenn man weiß, es ist endgültig, es gibt kein Zurück mehr, es ist vorbei?"
„Das ist wohl eine rhetorische Frage", sagte mein Gegenüber, „oder?" Und dann, indem er sich zu mir über das Tischchen, auf dem die Getränke standen, herüberlehnte: „Aber jetzt weiß ich wenigstens, wer Sie sind!"
„So??"
„Ja!"
„Und?"
„Sie sind Edgar Wallace! Ich habe es gleich geahnt! Gestehen Sie!" Über sein Gesicht flog ein jungenhaftes Strahlen.
„Sie haben Recht", sagte ich. „Entschuldigen Sie, ich hätte mich wohl längst vorstellen sollen! Vielleicht mit dem Namen, unter dem ich im Augenblick reise?!"
Er nahm den Spaß auf und antwortete mit einer zustimmenden Handbewegung.

Ich nannte meinen Namen.
Er nannte den seinen.
Wir nahmen unsere Gläser und tranken einander zu.
„Kennen Sie eigentlich das Müngstener Examen?"
„Das Müngstener Examen?" Er sah mich fragend an. „Nie gehört."
„Interessiert es Sie?"
„Aber ja!"
„Sehen Sie den riesigen Brückenbogen vor sich, der zwischen den beiden mächtigen Gitterpfeilern von der einen Talseite zur anderen hinüberspannt? An der Außenseite dieses Bogens läuft von Pfeiler zu Pfeiler eine schmale Stahltreppe, mehr so eine gebogene Leiter. Auf der einen Seite bogenaufwärts bis oben hin zur Gleisebene und auf der anderen Seite wieder herab bis zum Widerlager des anderen Hauptpfeilers. Wussten Sie das?! "
„Nein. Jedenfalls kann ich mich nicht erinnern. Was ist damit?"
„Das ist es. Das ist das Müngstener Examen!"
„Ich verstehe nicht recht. Was soll das sein?"
„Ich sagte es doch: diese Stahlleiter ist das Müngstener Examen. Die Mutprobe!"
Er sah fragend und verständnislos herüber.
„Da sind wir als Buben durch!"
„Was?", sagte er sichtlich beeindruckt, „Sie als Buben? Durch diesen Bogen? Das ist ja nicht zu fassen! Sie – durch diesen Bogen?"
„Also, nicht ich selbst. Aber mein jüngerer Bruder zum Beispiel."
„Nein!"
„Doch! Es war übrigens streng verboten. Ich will nicht davon reden, was einen zu Hause erwartete, wenn es herauskam.

Aber was war damals im Krieg und nach dem Krieg nicht alles verboten! Allerdings – wer es gewagt hatte...“

„...der war ein Held“, ergänzte er den Satz. „Und Ihr Bruder war so ein Held, ja?“

„Nun ja, was man so Held nennt“, versuchte ich abzuwiegeln. „Nein, also ein Held wurde er dadurch wohl nicht.“

„Aber was?! Sie wollten doch noch etwas sagen!“, beharrte mein Nachbar, dem nicht verborgen geblieben war, dass ich meinen Gedankengang abrupt unterbrochen hatte.

Ich zögerte einen Augenblick. Er hielt seinen Blick erwartungsvoll auf mich gerichtet.

„Ach wissen Sie, das ist eigentlich eine makabere Geschichte“, nahm ich den Faden wieder auf. „Nun gut. Also er erlangte auf ganz unerwartete Weise so eine Art Berühmtheit. Das ist vielleicht zuviel gesagt – also mehr so eine Art herausgehobenen Bekanntheitsgrad. Sie waren übrigens zu zweien.“

„Und wodurch? Mit diesem Brückendurchstieg?“

„Ja, mit dem wohl auch. Aber das war nicht die Hauptsache.“

Er wartete. Ich fand, es sei eigentlich nicht der richtige Ort und die richtige Zeit, mich über diese Sache zu verbreiten, die mehr als ein halbes Jahrhundert zurücklag. Aber er blieb, wie mir schien, schon fast an der Grenze der Unhöflichkeit, unerbittlich.

„Und die – die war...?“

„Und die war“, sagte ich etwas unwirsch, „dass die beiden eine Leiche entdeckten. Sie sahen sie unten am Rande der Wupper liegen. An einer ganz unwegsamen Stelle. Zunächst hatten sie geglaubt, jemand hätte da Lumpen entsorgt, wie man es heute wohl sagen würde. Oder sie seien da angeschwemmt worden. Aber als sie dann näher hinguckten, soweit man das aus dieser Höhe kann...“

Der Nachbar war bei diesen Worte aufgestanden und an das rückwärtige Fenster getreten. Er schaute nach außen und hatte mir mit nach hinten verschränkten Händen den Rücken zugewandt. Offenbar hatte er plötzlich das Interesse an der ganzen Sache verloren. Ausgerechnet da, wo, wie mir schien, die Sache erst spannend zu werden begann. Auch recht. Dann halte ich eben meinen Mund. Das hätte ich gleich tun sollen.
„Wann war das?“, sagte er nach einer ganzen Weile des Schweigens ganz unvermittelt und fast so, als ob er mit sich selber spräche.
„Ach du liebe Zeit. Ja, wann war das? Es ist mehr als eine Ewigkeit her. 1946? Nein, ich glaube 1945 – unser Vater war damals noch nicht wieder zu Hause. Mutter hatte den ganzen Schlamassel allein am Hals, mit der Polizei und so. Ich darf gar nicht daran denken! Ja, 1945. Es muss im Herbst gewesen sein. Das Laub war schon ab. Sonst hätten die beiden das wohl nicht so sehen können. Also: Herbst 1945.“
Er stand bewegungslos am Fenster. Die Stille, die eintrat, begann bleiern zu werden. Sie dauerte. Und dauerte.
Nur um irgend etwas zu sagen, sagte ich: „Man hat später übrigens festgestellt, dass es sich um jemanden aus der Partei gehandelt hat, irgend etwas Höheres. Und übrigens nicht aus Remscheid. Das war damals, glaube ich, nicht ganz ungewöhnlich. Aber man sprach nicht darüber.“
Er stand unbeweglich. Hörte er mir überhaupt zu? Wieder trat Stille ein. Aber nun war sie nicht nur bleiern, sondern provokant. Ich erhob mich und stellte mich neben ihn ans Fenster. Ohne eine Frage abzuwarten und in etwas gereiztem Ton sagte ich: „Der Fall hat damals übrigens für viel Gesprächsstoff gesorgt. Man sagte, es sei kein Selbstmord gewesen. Da, wo man sie geborgen hat, hätte die Leiche bei einem Sprung gar nicht aufschlagen können. Man hat von Mord getuschelt. Hatte man das Opfer von der Brücke geworfen? Das musste

wohl auch ausscheiden. Zum Schluss hat man, glaube ich, angenommen, man habe die Leiche, da wo die Jungen sie entdeckt haben, abgelegt – unter der Brücke, um einen Selbstmord vorzutäuschen. Na ja, die Buben standen jedenfalls in der Zeitung und im Gerede. Und zu Hause gab es Mordsärger, im wahrsten Sinne des Wortes. Die Sache mit dem Toten ist dann wohl irgendwie im Sande verlaufen. Ich kann mich jedenfalls nicht erinnern, dass man von Tätern gehört hätte. Und vielleicht haben wir damals auch gedacht: ein Brauner mehr oder weniger, was macht das schon! Wir hatten andere Sorgen."

Ich hielt inne, um mich mit einem Schluck zu erfrischen. Aber das war nur der Vorwand. Der wahre Grund bestand in der Erwartung irgendeiner Reaktion. Aber es gab keine. Er stand wie versteinert und, wie mir schien, völlig abwesend.

Mich überfiel der Gedanke, zu meinem Sessel zurückzukehren oder überhaupt den Rückzug anzutreten. Da drängte sich, noch mächtiger, ein anderer Gedanke auf. „Wissen Sie", und ich sprach ihn direkt an, „so mit Abstand betrachtet erscheint mir die ganze Sache beinahe abstrus. Halten Sie es für möglich, ein Mordopfer so herzurichten, dass es aussieht, als sei es nach hundert Metern Fall in einem Bach gelandet? Oder genauer gesagt: es so herzurichten, als sei es abgestürzt, und gleichzeitig die Spuren des vorausgegangenen Mordes restlos zu beseitigen? Ich kann mir das beim besten Willen nicht vorstellen. Ich denke, das hieße doch wohl die Fähigkeiten von Polizeiärzten und Gerichtsmedizinern gewaltig zu unterschätzen – oder?"

Er schwieg. Aber er antwortete doch wenigstens mit einem Schulterzucken.

„Wenn ich das so überlege, dann ging es wohl gar nicht darum, einen Selbstmord vorzutäuschen. Ich meine, wer immer da zugange gewesen ist, der muss wohl gewusst haben, dass die Täuschung ins Leere laufen würde – an der Stelle, wo die Leiche lag! Wieso aber kam sie dahin?" Da ich auf einen Beitrag zur Lösung dieser Frage nicht rechnen durfte, gab ich mir die Antwort gleich selbst. „Offenbar musste man damals eine Sache zu Ende bringen – so oder so. Wahrscheinlich schnell. Und dann möglichst unauffällig, weit ab von allem und leise. Dann passt das Ganze wieder zusammen. Und so gesehen war die Lösung... ach, was soll's! Alles Spekulationen! Und nach so langer Zeit! Wen interessiert das schon? Das einzige, was mich persönlich vielleicht noch interessieren würde – was der Tote wohl auf dem Kerbholz gehabt haben mag?"

Ich sah zu ihm hinüber.

Er stand immer noch wie angewurzelt. Bewegungslos. Wortlos. Und offensichtlich auch interesselos. Aber ehe der Ärger über diesen Befund in mir aufkam, wurde ich vom Aufkommen einer anderen Erinnerung überrascht. Und so nahm ich, um die quälende Ruhe zu brechen, aber auch, um den eher bedrückenden Betrachtungen zum Schluss noch so etwas wie eine versöhnliche Note zu verleihen, den Faden noch einmal auf.

„Übrigens hatte die Angelegenheit noch eine ganz unerwartete Arabeske. Ich erinnere mich, daß sich die Besatzungstruppen, also die Engländer, damals sehr für den Fall interessiert haben. Jedenfalls mussten unsere beiden Helden auch bei der Stadtkommandantur erscheinen. Und da passierte es dann, dass mein Bruder plötzlich einem alten Bekannten gegenüberstand, den wir bis dahin nur mit gehörigem Abstand und mit gehörigem Respekt kannten. Es war der Stadtkommandant. Der wohnte in einer requirierten Villa, nur einen Steinwurf von uns entfernt. Die beiden haben sich später dann immer wie alte Bekannte gegenseitig begrüßt. Ein sympathischer Herr, alles was recht ist. Wie man so sagt: ein

Gentleman alter Schule. Ich habe seinen Namen sogar jahrelang im Kopf gehabt – aber jetzt...“

Während ich noch meine Erinnerung durchforschte, bemerkte ich mit nicht geringem Erstaunen, dass bei den letzten Worten urplötzlich alle Starrheit von meinem Begleiter abgefallen war. Ganz unvermittelt hatte er sich mir zugewendet und für den Bruchteil eines Augenblicks war mir, als wolle er meiner Namenssuche zur Hilfe kommen. Aber noch ehe ich mir der Unsinnigkeit einer solchen Unterstellung bewusst werden konnte, entzog er selbst ihr den Boden. So, als ob alles, was ich berichtet hatte, ganz ohne jede Bedeutung an ihm vorübergegangen sei, sagte er nach einem kurzen Zögern mit einem entrückten Lächeln und fast flüsternd: „Lassen Sie sich Matjiesfontein nicht entgehen!“ Und dann fügte er, jetzt wieder ganz der alte Nachbar, mit ebenso gewinnendem wie spöttischem Lächeln hinzu: „Aber ja, Mister Wallace – Sie kennen sich da ja aus! Wir sehen uns sicher noch!“

Dann nahm er, ohne sich noch einmal hinzusetzen, den letzten Schluck aus seinem Glas und schickte sich an, das Abteil zu verlassen. In der Mitte des Raumes blieb er unerwartet stehen und wandte sich noch einmal um. „Gibt es eigentlich dieses Restaurant an der Brücke noch?“

„Schloss Küppelstein? Nein, das gibt es schon lange nicht mehr. Das ist vor Jahren abgebrochen worden. Auf dem Grundstück ist jetzt eine Art Kinderheim.“

„Nein, nein – nicht Schloss Küppelstein. Es war mehr so eine Art Ausflugslokal, in so einem Vorort, wie sagt man: Vorstadt?“

„Hofschaft?“

„Ja so, Hofschaft! Gibt es das noch?“

„Sie meinen den ‚Küppelsteiner Hof‘. Ja den gibt es noch. Und er ist sehr beliebt. Im Volksmund hat er übrigens einen

ganz anderen Namen. Da sagt man, man geht zu ‚Kiel's Klara'!"
„So", wiederholter er, sichtlich zufrieden, „also Kiel's Klara."
Er wandte sich wieder zum Gehen. Bevor er die Türe öffnete, drehte er sich noch einmal um.
„Stinkt sie immer noch so fürchterlich?"
Ich glaubte, nicht richtig gehört zu haben. „Wie bitte?"
Er sah in mein fassungsloses Gesicht. Dann brach er wieder in sein ansteckendes Lachen aus. „Um Gottes Willen nein – ich meine die Wupper! Die Wupper! Als ich sie zum letzten Male sah, stank sie zum Gotterbarmen, wirklich zum Gotterbarmen!"
Ich hätte ihn gerne eines anderen belehrt. Da war er schon zur Tür hinaus.
Wenige Minuten später kam die Durchsage, man nähere sich Mathiesfontein. Ich machte mich auf den schier unendlich langen Weg durch die verschiedenen Reise-, Salon- und Speisewagen hin zu meinem Abteil, um mich mit Fotogerät und Kleingeld zu versorgen.
Als der Zug anhielt, zeigte sich, dass der Bahnsteig so kurz und – was auf das Gleiche hinauskam – der Blue Train so lang war, dass die meisten Wagen außerhalb des Bahnhofs zum Stehen kamen. So auch der Wagen Nr. 6., der neben dem Bahnhofsgebäude an einem kleinen Parkplatz gehalten hatte. Die Stewards mussten kleine Treppen anstellen, damit man die Wagen verlassen konnte. Das dauerte seine Zeit und am Ausgang bildete sich ein kleines Gedränge. Schließlich war die Reihe an mir. Ich trat durch die Tür und erkannte ihn sofort. Sein volles silbergraues Haar leuchtete in der späten Mittagssonne. Er stand an einem großen amerikanischen Wagen mit dem Train-Manager in ein Gespräch vertieft. Er sah mich aussteigen und nickte mir freundlich zu. Der Train-

Manager, aufmerksam geworden, tat desgleichen. Ich fühlte mich geehrt. Offenbar war ich Gegenstand ihres Gesprächs oder doch wenigstens eines Teiles davon gewesen. Sie verabschiedeten sich. Ein livrierter Chauffeur, der, auf Abstand bedacht, neben dem Wagen gewartet hatte, trat heran und öffnete die hintere Türe. Er stieg ein. Einen Augenblick später setzte sich der Wagen in Bewegung, wendete und entfernte sich ortsauswärts.

Mir blieben gerade noch 20 Minuten für Matjiesfontein.

Als ich in mein Abteil zurückkehrte, erwartete mich eine Überraschung. Auf der am Fenster hochgeklappten Tischplatte lag ein Umschlag, beschwert mit einer kleinen Blumenvase, deren bunte Bestückung der Suite eine charmante Wohnlichkeit verlieh, und die nun zusätzlich die Aufgabe eines Briefbeschwerers übernommen hatte. Die Aufschrift des Kuverts ließ unschwer zwei Handschriften erkennen. Oben rechts in der Ecke, mit Kugelschreiber und in der Akribie eines Buchhalters die Adresse in Kurzform „C 6 S 12"; darunter in großer schwungvoller Füllfederschrift mein Name, wenn auch nicht ganz korrekt: wo ein ä-u hätte stehen müssen stand ein e-u. Offenbar hatte der Absender meinen Namen nicht nach dem Lesen, sondern nach Hören geschrieben.
Neugierig und gespannt, wessen Aufmerksamkeit ich da wohl auf mich gezogen haben könnte, öffnete ich die Umschlagklappe. Der Inhalt bestand in einer üblichen, zur Suitenausstattung gehörenden Ansichtskarten: der Zug, weitausholend in einer Kurve, blau glänzend und mit seinen vielfältigen Beschlägen messing-golden strahlend unter weitem sonnigen Himmel, im Hintergrund nicht weniger majestätisch der Hausberg der Cape-Region und darunter „The Blue

Train glides through the South African countryside": Ein Bild des Friedens, der Ruhe, der unendlichen Harmonie. Ein herrliches Bild – man musste es sich geradezu von den Augen reißen. Schließlich wendete ich die Karte. Und erstarrte. Noch ehe ich richtig begriffen hatte, was ich las, sank ich, wie vom Blitz getroffen, in den am Fenster stehenden Beistellsessel. In der gleichen Schriftart, die ich auf dem Umschlag gefunden hatte, stand da groß, schwungvoll: ER WAR EIN MÖRDER! Und darunter, deutlich abgerückt und in zurückgenommener Schreibweise: gute Reise.

Es dauerte eine gute Weile, bis ich meiner Benommenheit Herr wurde. Aber dann – ich musste nicht lange überlegen: der Mann unter der Brücke! Konnte das denn sein? Nein, es konnte nicht sein. Nein und nochmals nein .. ich wollte es nicht wahrhaben. Aber ich konnte es drehen und wenden wie ich wollte: ich hatte die ganze Zeit mit einem Menschen verbracht, der ganz offensichtlich... Mir schlug das Herz bis zum Hals. Sollte ich mir vorstellen, dass er das Leben eines anderen auf dem Gewissen hatte? Wenn aber nicht? Wenn er nur davon gehört hatte, so wie auch ich nur davon gehört hatte, warum hatte er es nicht gesagt? Da war er dann doch nicht besser und nicht schlechter daran als ich selbst? Hatte er also mehr damit zu tun? War er der Täter? Ein Mittäter? War das der Grund, warum er Deutschland vor – vor wie vielen Jahren, sagte er? – schon kurz nach dem Kriege verlassen hatte? Und nach Südafrika – hatten die Engländer etwa damals ihre Finger im Spiel? War das der Grund für seine überraschende Reaktion, als ich den Stadtkommandanten Fletscher – ja natürlich: Fletscher hieß er! – erwähnte? Aber dann und vor allem: warum offenbarte er sich jetzt? Und warum ausgerechnet mir? Hatte er, was auch immer gewesen sein mochte, als Geheimnis mit sich herumgetragen – über

Jahre, über Jahrzehnte? Und muss er diese Last einfach mal loswerden? Musste er es einfach einmal aussprechen? Irgendwie aussprechen? Verschlüsselt, aber doch so, dass er sicher sein konnte, dass es verstanden würde? War es das? Und war es nur der Zufall, der zwei Menschen zusammenführte, die von der gleichen Sache wussten, damit sich dieser Wunsch nach mehr als einem halben Jahrhundert noch erfüllte? War es nur Zufall, dass zu diesem Zwecke der Zug heute Vormittag in diese Verspätung geriet, ohne die wir uns wohl nicht begegnet wären – jedenfalls wohl nicht so, wie wir uns nun eben begegnet waren? Und: was ist das überhaupt – ein Zufall?
Tausend Fragen.
Ich schaute zum Fenster hinaus. Die Zeit stand still. Nur der Zug schwebte sanft rauschend dahin. Mit schönen weiten Bildern im Licht des hereinbrechenden Abends zog die Landschaft Südafrikas an mir vorbei. Mein Pulsschlag beruhigte sich. Müdigkeit stieg auf. Das klare Denken wich einem verschwimmenden Dahingrübeln. Ich wusste nichts, ich kannte nichts von ihm. Nicht sein Zuhause, nicht das, wo er hergekommen, und auch nicht das, wo er angekommen war. Nicht sein Alter. Und nicht seinen Beruf. Ich wusste nicht einmal mehr, ob hinter jedem Mord... Und: was ist das überhaupt – ein Mörder?
Er ist ein Mörder...er ist ein Mörder...er ist...
Ich wußte es nicht...ich wußte es nicht...nein, ich wußte...nein...
Da war ich dann wohl, ausgelaugt und ausgebrannt, in meinem Sessel eingeschlafen.
Am nächsten Tage erreichte der Blue Train pünktlich auf die Minute Pretoria. Zwischenfälle oder sonstige Ereignisse besonderer Art hatte es nicht gegeben. Es war Samstag, der 16. November 2002.

Unverhofft

Frank Becker

Als die Türklingel schrillte, zuckte Andreas Schmölders zusammen. Er erwartete niemanden, mehr noch, er wünschte sich jetzt nichts weniger als Besuch – nicht in diesem Augenblick. Ein rascher Griff zum Lichtschalter ließ das Zimmer ins fahle Licht der späten Dämmerung sinken, die sich über den atemlos ausklingenden Tag legte.
Schmölders war kein Hasenfuß, aber jetzt schien der Boden unter ihm zu schwanken, sich zu drehen. Die Kontrolle über sich war ihm entglitten – er kannte sich selbst nicht mehr. Schmölders, ein unauffälliger Mann in seinen Vierzigern, Brillenträger mit mittlerer Leseschwäche, Inhaber des Führerscheins für Personenkraftwagen und Abonnent einer Zeitschrift für populäre Wissenschaft war ein ganz normaler Mann, wie man so sagt. Als Sachbearbeiter war er in der Exportabteilung des großen Remscheider Stahlwerks beschäftigt, in dem er auch ausgebildet worden war. Er sprach leidlich englisch. Als unsportlich konnte er nicht direkt gelten, aber mehr als ein paar Bahnen im Lenneper Hallenbad oder gelegentlich einen Dauerlauf im Stadtwald am Hasenberg mutete er sich nicht zu. Segeln war ein Sport, für den er sich hätte interessieren können, aber das musste angesichts des schmalen Gehalts, das er im „Güldenwerther Edelstahlwerk“ verdiente, wohl ein Traum bleiben. Sah er im Urlaub, den er gerne im Süden verbrachte, ein schönes Boot, berührte er zärtlich die glatte Reling und das polierte Holz. Eine akkurat aufgerollte weiße Leine und ein Beschlag aus glänzendem Messing ließen seine Augen leuchten. Ab und zu gönnte er sich ein Fachblatt für Yachten und ein Hochglanz-Herrenmagazin. Letzteres verbarg er vor seinen Kollegen in

der Abteilung und später zu Hause vor seiner Zugehfrau sorgsam. Es wäre ihm peinlich gewesen, Bemerkungen darüber hören zu müssen. Die einzigen Extras, die er sich leistete: Informationen über Entdeckungen der Wissenschaft, den Traum vom Segeln auf fernen Meeren – die Bevertalsperre wäre ihm zu überschaubar gewesen– das mondäne Magazin hin und wieder und wöchentlich zweimal Frau Hellriegel, die seit gut vier Jahren dienstags und freitags den Staub von seinem Haushalt fern hielt und ihm die Wäsche besorgte.

Schmölders war alleinstehend. Im provinziellen bergischen Wipperfürth geboren, hatte er nach dem Abitur am Engelbert-von-Berg-Gymnasium und der Lehre in Remscheid erst spät das Elternhaus und die verstaubte Muffigkeit der engstirnigen Katzelmacher-Atmosphäre verlassen. Der Kontakt zu den Eltern, ohnehin nie besonders intensiv oder gar herzlich, war schwächer geworden, hatte irgendwann ganz aufgehört. Keiner vermisste den anderen. Zu Geburtstagen und Weihnachten wurden Postkarten getauscht. Halbherzige Affären mit Kleinstadt-Diven hatten ihn schon in jungen Jahren nicht von dem tieferen Sinn des Zusammenlebens von Männern und Frauen überzeugen können. Rasch hatte er begriffen, dass die Abläufe sich ähnelten. Anbändeln in Gefühlsaufwallungen, ein kurzer Rausch, dann Ernüchterung. So hatte er es bei ländlichen Schützenfesten und städtischen Diskos erlebt und daran hatte sich mit den Jahren nichts geändert. Eine Weile hatte er eine Kontoristin aus seinem Betrieb getroffen, aber sie hatte heiraten, Kinder kriegen und zu Hause bleiben wollen. Schmölders hatte das nicht gewollt. Die spröde Beziehung zu der blassen Buchhändlerin, in deren Geschäft im Allee-Center er mal einen Reiseführer, mal einen Kriminalroman gekauft hatte, war ebenfalls nicht von langer Dauer gewesen. Bebend hatte sie sich ihm überraschend schnell ergeben, als er sie ins Kino eingeladen und im dunklen Saal des „Metropol“, von plötzlicher Einsamkeit und ihrem Duft übermannt, nach ihrer Hand gegriffen hatte. Doch auch dieses Verhältnis war nach ein paar Monaten und wenig phantasievollen Liebesnächten in die Brüche gegangen. Die Affäre war fade geworden und an Langeweile gescheitert. Sie hatten sich bald nicht mehr viel zu sagen gehabt, eigentlich gar nichts, und Hemdenbügeln und Kochen, das wäre für ihn wichtig gewesen, hatten nicht zu Fräulein Klinglers Leidenschaften gehört. Eine Weile hatte Schmölders noch ihre weiche Haut, die festen Brüste und ihre Nachgiebigkeit beim Liebesakt vermisst. Er hatte noch ein paar Mal zögernd den Telefonhörer aufgenommen – ihn dann aber entschlossen doch wieder aufgelegt. Schließlich hatte er sie vergessen und blieb für sich. Er kam zurecht.

Wenig später hatte er eine Annonce aufgegeben, mit der er eine Haushaltshilfe suchte. Er hatte Frau Hellriegel auch ohne Zeugnisse eingestellt. Sie wirkte geradeaus, offen und ehrlich und hatte den Job bekommen. Schmölders zahlte einen anständigen Lohn, schwarz natürlich. Er hatte ihr sogar seinen Schlüssel anvertraut und fuhr gut damit. Sie arbeitete unauffällig und effektiv und er mochte es, sie wirtschaften zu hören. Er mochte auch den Duft von „All about Eve“, den sie in seiner Wohnung hinterließ: Apfel, Zimt und Vanille. Sie war Ende 30, nicht verheiratet und hatte keine Kinder. In ihrem Beruf als Schriftsetzerin habe sie keine Anstellung mehr gefunden, hatte sie ihm beim Vorstellungsgespräch erzählt. Er hatte ihre Adresse, war aber nie der Versuchung erlegen, einen prüfenden Abstecher nach Hasten in die Büchelstraße zu machen. Manchmal tranken sie eine Tasse Kaffee zusammen, wenn Frau Hellriegel am Nachmittag kam und Schmölders bereits zu Hause war. Dann unterhielten sie sich ein wenig. Belanglos, aber eine angenehme Unterbrechung. Einmal hatte sie von der Karibik geschwärmt, als sie auf dem Tisch seine Yacht-Illustrierte mit dem Titelfoto eines weißen Bootes auf glasklar türkisem Meer vor weißem Strand und Palmen hatte liegen sehen. Dort hatte sie wohl zu besseren Zeiten einmal einen Traumurlaub verbracht. Aber es wurde kein wirklicher Dialog aus ihren Gesprächen, wenn auch eine gewisse Übereinstimmung zu fühlen war. Sein Buddelschiff mit der „Krusenstern" und das Modell der „Gorch Fock" jedenfalls staubte sie sorgsam und liebevoll ab. Frau Hellriegel, die mit Vornamen Eleonore hieß, war schlank, eine aparte, gepflegte Erscheinung, keine glänzende, gelackte Schönheit wie in seinen Magazinen, aber auf erfrischende Art hübsch, mit wippenden kurzen braunen Locken. Mitunter registrierte er einen freundlichen Seitenblick und seit einiger Zeit lag dienstags und freitags auf seinem sorgsam aufgeklopften Kopfkissen eine Praline. Das gefiel ihm. Einmal hatte Frau Hellriegel 14 Tage Ferien an der Zuiderzee gemacht. Da hatte er ihre ordnende Hand vermisst.

Jetzt aber saß er im verdämmernden Tag auf den Dielenbrettern seiner kleinen Mietwohnung in der Baisieper Straße; den Rücken steif an die Wand gepresst, die Augen geschlossen und horchte zugleich nach seinem dröhnenden Herzschlag und der Wohnungstür. Von Stirn und Oberlippe rannen Schweißtropfen salzig und scharf über sein Gesicht. Seine verschwitzten Hände öffneten und schlossen sich, der Atem ging flach, er versuchte jedes Atemgeräusch zu vermeiden. Er hatte niemanden kommen hören, aber offenbar wartete schweigend jemand vor der Tür. Es wurde nicht noch einmal geklingelt. Schließlich entfernten sich schwere Schritte treppab, mit einem hörbaren Klacken erlosch das Minutenlicht im Treppenhaus. Es wurde wieder still. Andreas

Schmölders schob sich zum Türspion hoch, lugte hindurch, sah in der verkratzten, grotesk das Treppenhaus verzerrenden Optik jedoch nichts. Das Mietshaus begab sich langsam zur Ruhe. Er rutschte wieder mit dem Rücken an der Wand hinunter, hörte auf das Ticken der Quarzuhr an der Wand, das vom Rauschen des Blutes in seinen Ohren zeitweise übertönt wurde. Von irgendwoher drangen Fetzen von Radiomusik an sein Ohr und sickerten in sein Hirn. Seine Finger wanderten über die abgenutzten Dielenbretter und erfühlten die Typographie der Maserung im Holz. Er spürte einen eingerissenen Fingernagel, der sich an jeder Unebenheit verhakte. Er begann Geräusche zu registrieren, die ihm nie zuvor aufgefallen waren: eine Wasserspülung irgendwo im Haus, das Klappern eines Besens, ein vorbeifahrendes Moped, die ferne Sirene einer Ambulanz. Schmölders Nase unterschied die Gerüche von Bohnerwachs, Kaffee, altem Teppichboden und Linoleum, sie roch Kohl, dessen Kochdünste durchs Haus waberten, und den eigenen Schweiß, der sich unter den Achseln bildete und perlend an seinem Körper hinunterkroch. Sein Gaumen trocknete aus. Er musste aufstoßen.

Schmölders tastete nach seiner Brille, fand sie in der Brusttasche des durchschwitzten, völlig zerknitterten Hemdes, setzte sie langsam auf und führte den zerdrückten blassrosa Papierfetzen in seiner Hand vor die Gläser, um sich noch einmal – er wusste nicht, das wievielte Mal es war – zu überzeugen. Das kleine Stück Papier gab Fakten an: 5.000 Euro in Hundertern stand auf der Banderole. Das Päckchen, das sie zusammengehalten hatte, war aufgelöst, die Scheine lagen um ihn herum auf dem Boden. Schmölders Leben hatte vor zwei Stunden eine plötzliche, entscheidende Wende genommen, schien ihm. Er wusste: nichts würde mehr so sein, wie es noch gestern, noch bis vorhin gewesen war. Denn diese Banderole und dieses Päckchen waren nicht allein. Auf der graublaugemusterten Resopalplatte des Küchentisches lagen in leuchtendem Grün akkurat gebündelte gleiche Päckchen mit den Banderolen einer großen Bank, einige waren zu Boden gefallen, ein Rest stak noch in der jetzt in sich zusammengefallenen grauen Segeltuchtasche, die verschmutzt und ölfleckig zu seinen Füßen lag. Er tastete nach einem der Scheine, hob ihn gegen das letzte Dämmerlicht und rieb ihn. Wasserzeichen, Prägung, Hologramm und Durchblick stimmten. Echt. Es mussten wohl um die 250 solcher Geldbündel sein, eher mehr, überschlug Schmölders. Ja, eher mehr. Als er sich die Summe vorstellte, wurde ihm übel.

Das Schlimmste, was er bisher getan hatte, war einmal an der Kasse im Supermarkt zuviel erhaltenes Wechselgeld nicht zurückzugeben. Und nun das. Unehrlichkeit war anscheinend ein Begriff, welcher gewogen und bemessen an der Verlockung der Beute der Relativität unterlag. Am Morgen noch war dieser Tag wie alle Tage in seinem ordentlich geregelten, unaufgeregten Leben gewesen. Er hatte pünktlich seinen Aktenschrank aufgeschlossen und die Büropflanzen gewässert. Mittags hatte er in der Kantine das Lammcurry gegessen, das so indisch war wie die portugiesische Köchin, die es mit wenig Phantasie und noch weniger Gewürzen zubereitet hatte. Dabei hatte er von frischem Seefisch geträumt. Red Snapper schmeckte angeblich gut, hatte er mal in einem Bericht über die Meeresfauna der Karibik gelesen. Zum klebrigen Plunderteilchen hatte er sich den üblichen Automatenkaffee gegönnt, der nach gewachstem Pappbecher schmeckte und bis zum Feierabend ein paar Akten bearbeitet, bevor er sich auf den Heimweg gemacht hatte.

Seit er nach Jahren des Wartens einen Parkplatz auf dem Firmengelände bekommen hatte, fuhr er nicht mehr mit dem

Bus. Sein gebrauchter japanischer Mittelklassewagen schenkte ihm die Bequemlichkeit, sich nicht länger im öffentlichen Personen-Nahverkehr den mitunter eigenwilligen Körperausdünstungen seiner Mitmenschen aussetzen zu müssen. Schmölders war kein begeisterter Autofahrer, aber besonnen und sicher. An diesem Tag hatte er den Wagen durch den Feierabendverkehr über die Schüttendelle und die Freiheitstrasse gelenkt, auch das Innenstadtgewühl überstanden und sogar einen Parkplatz in der Daniel-Schürmann-Straße gefunden. Auf der Alleestraße hatte er ein paar Kleinigkeiten erledigt. Früher nahm man sich dort Zeit zu einem Bummel, heute eilte man rasch vorbei an Billigläden und Dönerbuden, um nur schnell wieder fort zu kommen.

Auf dem letzten Stück seines Heimwegs hatte er durch den Kreisel am Bahnhof und rechts durch die Unterführung zur Bismarckstraße sein Viertel in der Vorstadt angesteuert, als es geschehen war. Urplötzlich war das schwere Motorrad von links hinten aufgetaucht, hatte seinen Wagen im dichten Verkehr fast touchiert, war ins Schlingern geraten, noch einmal beinahe gegen ihn gestoßen und dann Funken stiebend gestürzt. Der Fahrer in der schwarzen Ledermontur war reglos liegen geblieben, am schwarzen Helm war das dunkle Visier heruntergeklappt. Beim Sturz war eine graue Tasche, die vor dem Fahrer auf dem Tank gelegen haben musste, in elegantem Bogen weit auf die Lenneper Straße geflogen, von zwei entgegenkommenden Wagen überrollt und vor Schmölders Japaner geschleudert worden. Trotz kräftigem Tritt auf die Bremse war er noch ein paar Meter mit quietschenden Reifen an der Unfallstelle vorbeigerutscht, bevor er zum Stehen gekommen war. Er hatte einen Moment gebraucht, um sich zu fassen, dann hatte er den Gurt gelöst und war mit weichen Knien ausgestiegen. Der Motorrad-

fahrer war mittlerweile von eilig herbeigelaufenen Passanten umringt gewesen, Schmölders hatte eine matte Bewegung der Hand des Mannes mit Helm erkennen können, der Verkehr hatte schnell begonnen sich in beiden Richtungen zu stauen. Von ferne war eine Polizeisirene zu hören gewesen. Alle hatten auf den am Boden liegenden Verletzten geschaut. Niemand hatte auf Schmölders geachtet, der erst jetzt gesehen hatte, dass sein Wagen die Tasche mitgeschleift hatte. Sie war am Reißverschluss aufgeplatzt gewesen und hatte einen Blick auf den Inhalt zugelassen, der jetzt, zwanzig Minuten später, in der dämmrigen Wohnung im zweiten Stock herumlag und Schmölders Ruhe bedrohte. Alles Weitere war ohne Plan und Überlegung geschehen: die Tasche aufheben, in den Wagen legen, einsteigen und weiterfahren. Er erinnerte sich nicht, ob ihn jemand beobachtet, ob ihn jemand zu Hause beim Aussteigen gesehen und wie er es mit klopfenden Schläfen bis in seine Wohnung im zweiten Stock geschafft hatte, ohne ohnmächtig zu werden.
Mit fliegenden Händen hatte er die Tür aufgeschlossen, sie hinter sich zugedrückt und sich von innen dagegen gelehnt. Jetzt wurde es Nacht. Schmölders hatte nie viel getrunken, aber jetzt trank er – zunächst, um die zitternden Hände zu beruhigen, dann, um überlegen zu können, schließlich, weil es ihm gut tat, sich inmitten eines Berges Geld zu betrinken. Die Vorhänge hatte er zugezogen, als es längst dunkel war, nur wenig Licht gemacht, das Geld auf dem Küchentisch gestapelt und die für irgendeinen Festtag reservierte Flasche Wein entkorkt. Er zählte, trank und zählte erneut. Bei einer Millionsiebenhunderttausendfünfhundertzwanzig Euro schlief er ein, den Kopf auf dem Tisch und dem Geld, wobei er das Weinglas umstieß und die Neige verschüttete. Es war einfach zu viel gewesen. Alles.

Als Schmölders erwachte, presste sich der helle Tag grell durch die Ritzen des Vorhangs in sein Schlafzimmer. Der Radiowecker zeigte 11.45 Uhr. Er hatte ihn nicht gehört. Geräusche von der Straße drangen herein. Er hätte längst im Büro sein müssen. Ein Griff an die heftig pochende Stirn – die Festtagsflasche war kein Premier Cru gewesen. Er stützte sich ächzend auf die Ellbogen, sah an sich herunter und fand sich noch in der zerknautschten Kleidung von gestern. Schmölders erhob sich mühsam vom Bett, unausgeschlafen und verkatert. Wie war er nur hineingekommen? Als er stöhnend zur Tür schlurfte, wurde ihm mit einem Schlag siedend heiß: es war Freitag. Und Freitag hieß Frau Hellriegel! Nervös angespannt öffnete Andreas Schmölders die Tür zum Flur. Stille – niemand da. Mit dröhnenden Kopfschmerzen inspizierte er seine Zweizimmerwohnung, die Küche, das Bad, die Abstellkammer. Nirgends ein Geldschein, nicht auf den Dielen, nicht in der Küche, nicht in der Kammer. Die Wohnung war aufgeräumt und sauber. Die graue Tasche fort. In der Küche lag auf dem Resopaltisch die sorgfältig gefaltete Morgenzeitung. Der Aufmacher: „1,8 Millionen! Motorrad-Gangster gefasst! Beute verschwunden!" – und obenauf sein Wohnungsschlüssel von Frau Hellriegel nebst einer Praline. Schmölders wurde zum zweiten Mal übel. Er schaffte es noch bis ins Bad.

Zwei Tage später ging er wieder ins Büro. Man hatte sein Fernbleiben der grassierenden Magen-Darm-Grippe zugeschrieben, es bedauert und entschuldigt. Der Überfall auf die Zentralbank in der Burger Straße gab noch immer reichlich Gesprächsstoff her. Andreas Schmölders beteiligte sich nicht an den Spekulationen. Er war genug mit dem Aufruhr in seinem Kopf und in seinem Magen beschäftigt. Er war überrascht, wie schnell er zurück in den Schatten trat, aus dem er

für ein paar unerhörte Stunden herausgetreten war. Vielleicht gut so – wie hätte er, Andreas Schmölder mit diesem Geld umgehen, seinen plötzlichen Wohlstand erklären oder gar eine Flucht, ein neues Leben organisieren sollen?
Frau Hellriegel kam nicht mehr. Schmölders hielt es für müßig, in die Büchelstraße zu fahren. Er war enttäuscht, ja, es schmerzte ihn, sich vorzustellen, was sie mit dem Geld anstellte – und mit wem. Fortan brachte er seine Hemden in eine Wäscherei.

Vier Monate später, an einem ungemütlichen regnerischen Herbst-Freitag, wie er im Bergischen Land das ganze Jahr über typisch ist, lag in seinem Briefkasten ein wattiertes Kuvert ohne Absender, seine Anschrift in Blockbuchstaben und über der exotischen Briefmarke ein verwischter Stempel. Seine Hände zitterten leicht, als er sich an den Küchentisch setzte, es langsam öffnete und den Inhalt herauszog. Ihm wurde warm, als er sah, was vor ihm lag: ein Flugschein „One Way“ von Düsseldorf nach Nassau/Bahamas via Miami mit Anschlussflug nach Eleuthera, ein Quittungs-Zettel mit der Nummer eines Liegeplatzes der Marina in Governors Harbour und das Foto einer traumschönen weißen 45-Fuß-Cabo-Rico-Segelyacht auf türkis schimmerndem, glasklarem Meer vor dem Hintergrund eines von Palmen gesäumten makellosen Sandstrandes. Am Heck war deutlich der Name „Eleonore“ zu lesen. Der messingne Kabinenschlüssel fiel klingelnd zu Boden. Keine Zeile, aber ein Hauch von grünem Apfel mit der Würze von Zimt und sanfter Vanille: „All About Eve“. Ein unbekanntes, eigentümliches Gefühl von Ruhe überkam ihn. Andreas Schmölders packte eine kleine Reisetasche mit Sommersachen, steckte seinen Pass ein, drehte sich noch einmal um und zog die Tür hinter sich ins Schloss.

Nur die Wupper kennt die Wahrheit

Marie-Dominique Fabry

Er reagierte auf das Geräusch, ohne es wirklich wahrgenommen zu haben. Hastig stolperte Wilhelm Falkenrath zur Seite, als auch schon zwei Dachschindeln mit lautem Knall auf das Pflaster schlugen, wo er soeben noch gestanden hatte. Seufzend lehnte Wilhelm sich an die Hauswand. Sein gelähmtes Bein schmerzte von der ruckartigen Bewegung. Sein Gehstock war ihm aus der Hand geglitten und lag nun in einer Pfütze. Bei diesem Unwetter sollte man wahrlich nicht das Haus verlassen. Aber es war der 23. November 1890 und damit der 50. Geburtstag seiner Schwester. Den kurzen Fußweg von der Bandstraße zu seinem Haus in der Neuen Friedrichstraße hatte er sich allerdings einfacher vorgestellt. Es wäre klüger gewesen, die Droschke zu nehmen, schalt er sich in Gedanken. Er hatte das grimmige bergische Wetter mal wieder unterschätzt.

Als der Schmerz nachließ, hob er seinen Stock auf und mühte sich weiter vorwärts, den Regenschirm fest vor sich gepresst. Heftig zerrte eine Bö an seinem Mantel, und die Tropfen peitschten ihm entgegen. Es war ein Hundewetter, das Elberfeld nun schon seit Tagen zu erdulden hatte, und er hätte schwören können, dass der Sturm sich gerade eben noch verstärkt hatte.

Er beschleunigte seinen Schritt, so gut es ihm gelang, und sah vor sich auch schon die Silhouette der Kreuzkirche durch den Regenschleier auftauchen. In wenigen Minuten würde er endlich daheim sein. Eilig umrundete er die Trümmer eines vom Sturm abgerissenen Fensterladens und roch in Gedanken schon den Kaffee, den Elsa, sein Hausmädchen, ihm gleich bereiten würde. Wenn er sich dann im Sessel der Lektüre des

gestrigen General-Anzeigers widmete, würde er... Seine Gedanken wurden unterbrochen, als er kurz vor seiner Haustür einen Schatten bemerkte, der sich aus einer Gasse löste und in seine Richtung ging. Unschlüssig blieb Wilhelm stehen, bis er die Gestalt besser erkennen konnte. Aber der Anblick des blonden jungen Mannes irritierte ihn, und er grübelte noch, als der Bursche heran war.
„Herr Falkenrath?“, fragte der junge Mann vorsichtig.
Nachdenklich sah Wilhelm ihn an. „Du bist der Franz“, stellte er schließlich fest. „Franz Leyendecker. Johannas Sohn, richtig?“
Der Mann nickte erleichtert. „Ich bin froh, dass Sie mich wieder erkennen, Herr Falkenrath. Ich habe ein sehr wichtiges Anliegen und hoffe sehr, dass Sie mich anhören werden.“
Das eindringliche Flehen in seinem Blick war nicht zu übersehen. „Nun kommen Sie erst mal herein“, sagte Wilhelm, schloss die Haustür auf und bedeutete ihm mit einer Handbewegung, einzutreten. „Und bei einem Kaffee können wir dann in Ruhe sprechen.“ Nur aus dem General-Anzeiger wird wohl vorerst nichts werden, dachte er.

Elsa hatte sogar einige Tücher herbeigeschafft, sodass Franz Leyendecker, von oben bis unten durchnässt, schon wieder in annehmbarem Zustand war, als der Kaffee fertig war. Erschöpft lehnte Wilhelm sich in seinem Sessel zurück. Franz saß auf dem Sofa und schien nicht so recht zu wissen, wie er anfangen sollte.
„Nun“, brach Wilhelm das Schweigen, „worum geht es denn? Ich habe Sie ja schon eine ganze Weile nicht mehr hier gesehen.“
„Ich wohne schon seit einigen Jahren in Barmen. Ich musste dorthin ziehen, weil ich dort in einer Maschinenfabrik arbei-

te“, beeilte er sich zu versichern. „Ich bin mit der Pferdebahn hierher gekommen.“
Wilhelm nickte. Die Pferde-Eisenbahn, auch „Päädsbahn“ genannt, erfreute sich inzwischen großer Beliebtheit. Die Strecke von der Schwarzbach bis zum Westende war kürzlich sogar bis nach Sonnborn verlängert worden.
Franz räusperte sich verlegen. Er fand offensichtlich nicht die Worte. Schließlich sagte er leise: „Marianne ist tot.“
„Marianne? Deine Schwester? Was ist denn passiert?“
Er seufzte tief. „Ich wurde heute morgen von der Polizei benachrichtigt, dass man heute in aller Frühe eine ertrunkene junge Frau in der Wupper gefunden hat. Es waren wohl einige Schaulustige zugegen, als sie geborgen wurde, und jemand glaubte sie wieder zu erkennen. Ich musste sie identifizieren“, flüsterte er. Seine Stimme stockte.
„Es tut mir wirklich leid“, sagte Wilhelm mitfühlend. „Weiß man schon, wie es dazu gekommen ist?“
„Ich bin mir sicher, dass sie ermordet wurde!“, fuhr Franz unvermittelt auf. „Es war dieser von Blüchersfelde, da gibt es gar keinen Zweifel!“
„Moment, Moment!“ Wilhelm hob beschwichtigend die Hände. „Wieso sollte es denn Mord gewesen sein?“
Aus den Augen des jungen Mannes blitzte plötzlich die Wut. „Ich habe Augen im Kopf, Herr Falkenrath. Marianne hatte Schrammen im Gesicht und eine Verletzung an der Schläfe. Ich bin überzeugt, dass sie geschlagen wurde.“
„Das muss ja nichts heißen. Wenn sie überfallen wurde und...“
„Das glaube ich eben nicht!“ unterbrach Franz in scharf. „So gekleidet hätte sie nie das Haus verlassen. Sie trug ein schäbiges Kleid, das sie nur daheim trug. Nicht mal ein Korsett hatte sie an! Ich habe sie seit Jahren nicht mehr ohne Korsett

gesehen, seitdem sie als Sekretärin arbeitet! Arbeitete“, korrigierte er sich und blickte zu Boden.
Wilhelm zögerte. „Ich bedauere sehr, dass sie tot ist. Aber wie soll ich Ihnen helfen? Sie werden Ihre Beobachtungen doch sicherlich der Polizei mitgeteilt haben?“
„Sinnlos“, entgegnete Franz mit einer wegwerfenden Handbewegung. „Meine Aussage schien denen reichlich gleichgültig zu sein. Sie gehen von einem Unfall aus, und falls überhaupt Ermittlungen aufgenommen werden, dann erst, wenn es zu spät ist. Dafür hat der von Blüchersfelde sicherlich gesorgt.“ Verbittert starrte er auf seine Kaffeetasse.
Wilhelm beugte sich vor. „Und jetzt verraten Sie mir endlich, wer dieser von Blüchersfelde ist. Hat er etwas mit dieser Textilfabrik zu tun?“
„Ja, natürlich! Er ist der feine Herr Sohnemann des Besitzers Rudolf von Blüchersfelde. Vor einigen Monaten hat er sich in den Kopf gesetzt, dass Marianne diejenige sein soll, die er heiratet.“
„Das klingt so, als wäre Marianne von dieser Idee nicht allzu angetan gewesen?“
„Wie sollte sie!“ rief Franz wütend. „Dieser widerliche Bourgeois verdient nichts als unsere Verachtung! Seine Familie von Ausbeutern ist mit ihren unmenschlichen Arbeitsbedingungen für den frühen Tod unserer Mutter verantwortlich!“
Die Erwähnung von Johannas Tod verursachte Wilhelm einen schmerzhaften Stich. Er erinnerte sich. Johanna hatte in dieser Fabrik gearbeitet. Ob ihr Fieber aber mit ihrer schweren Schufterei dort zusammenhing, wollte er nicht beurteilen.
„Natürlich hat Marianne ihn stets abgewiesen“, fuhr Franz fort. „Aber er ließ und ließ nicht locker! Dieser Kerl denkt, er kann alles haben, was er will!“

„Nun, ganz abwegig ist das ja nicht", warf Wilhelm ein. „Die meisten Frauen wären wohl froh um so eine gute Partie. Er ist ja sicherlich recht wohlhabend."
Franz lächelte zynisch. „Selbstverständlich ist er das. Auf dem Rücken der Arbeiter können die Ausbeuter so einiges zusammenraffen."
„Und Sie glauben, dass er am Samstagabend Marianne aufgesucht hat?" Eine politische Diskussion wollte Wilhelm nun wirklich nicht anfangen.
„Ich bin mir sicher, sie hat ihn wieder abgewiesen, und er hat sie in Rage erschlagen. Er kann aufbrausend sein wie ein Wahnsinniger, müssen Sie wissen. Dann hat er ihren Leichnam in die Wupper geworfen, in der Hoffnung, dass man es für einen Unfall hält. Eine Hoffnung, der er bei der Polizei sicherlich mit gewissen Spenden Nachdruck verschafft hat!" Zornig setzte er sich auf. „Und kommenden Mittwoch reist Friedrich von Blüchersfelde geschäftlich nach Wien. Dann ist es zu spät, seiner noch habhaft zu werden!"
Wilhelm lehnte sich zurück und blickte den jungen Mann an. „Dennoch weiß ich nicht, wie ich Ihnen weiterhelfen soll. Sie wissen doch, dass ich wegen meiner Behinderung meinen Polizeidienst quittieren musste."
„Aber Sie waren Kriminalkommissar!", erwiderte Franz. „Sie könnten vielleicht einige Beamte dazu bringen, dass..."
„Ich werde nichts dergleichen tun", unterbrach Wilhelm ihn ruhig. „Mein ältester Sohn ist gerade zum Wachtmeister befördert worden. Ich werde mich nicht mit seinen Kollegen anlegen und ihm schaden!"
Franz räusperte sich. „Tatsächlich dachte ich, dass Sie vielleicht selbst etwas herausfinden könnten. Ich weiß, dass Sie schon mal privat ermittelt haben", fügte er schnell hinzu, als Wilhelm etwas entgegnen wollte. „Herr Falkenrath, ich würde Sie doch nicht um meinetwillen darum bitten. Ich kann

Ihnen leider Gottes auch keinerlei Bezahlung anbieten." Er sah ihn direkt an. „Ich hatte gehofft, Sie würden es Johanna zuliebe tun."

Das war ihm klar gewesen, und doch traf Wilhelm dieser Satz bis ins Mark, und er wusste, dass der Bursche schon gewonnen hatte. Johanna. Nachdem seine Frau im Kindbett gestorben war, war Johanna die Einzige, die Erste nach so langer Zeit, mit der er sein Leben teilen wollte. Sie war verwitwet gewesen, ihr Mann war im Krieg 70/71 gefallen; aber sie hatte diese unglaubliche Stärke, sich und ihre beiden Kinder durchzubringen gegen alle Widrigkeiten. Sie lernten sich vor einigen Jahren kennen, und die zarten Bande verfestigten sich schnell. Wilhelm sah sie vor sich, ihre Augen, das nussbraune Haar; ihr Mund, den sie ihm gegenüber so gern zu einem spöttischen Lächeln verzog. Sie konnten reden, sie konnten lachen, und er hatte schon so viele Pläne, bis sie plötzlich im Fieber lag und ihre gemeinsame Zukunft mit ihr starb.

Wilhelm seufzte unhörbar. „Was soll ich denn Ihrer Meinung nach tun?" fragte er matt.

„Wir brauchen Beweise, dass Friedrich von Blüchersfelde sie ermordet hat", sagte Franz eindringlich. „Und wir brauchen sie schnell. Gut möglich, dass er aus Wien nicht mehr zurückkehrt, wenn er befürchtet, arretiert zu werden."

Eine Weile starrte Wilhelm vor sich hin. „Ich werde morgen sofort beginnen", erklärte er. „Sie sollten morgen abend wiederherkommen. Dann können wir die Entwicklungen besprechen."

Franz nickte. Er schien sehr erleichtert. „Ich danke Ihnen vielmals, Herr Falkenrath."

Kurz darauf war er gegangen. Wilhelm nahm es nur am Rande wahr. Seine Gedanken waren bei Johanna, und er konnte sie nicht mehr von ihr lösen. Der Schmerz über ihren Verlust war wieder da, stechend und brennend, und ihm war

klar, dass er herausfinden musste, was mit ihrer Tochter passiert war, wollte er zu seiner Trauer nicht auch noch von Schuld gequält werden.
Nachdenklich an seinem Schnurrbart zwirbelnd blickte Wilhelm Falkenrath am nächsten Tag aus dem Fenster seines Salons. Es regnete immer noch, oder auch schon wieder, in Strömen. Während er auf die Rückkehr seines Kutschers Joseph wartete, ließ er seine Gedanken treiben. Marianne Leyendecker. Er hatte sie nur einige Male gesehen. Die Erinnerung war vage, doch sie ließ vor seinem inneren Auge ein Bild entstehen. Marianne muss inzwischen etwa Mitte Zwanzig gewesen sein. Sie war ein schönes Mädchen, ganz ohne Zweifel, mit ihrem dunklen, seidig glänzenden Haar und ihren ebenmäßigen Gesichtszügen. Ihre sanfte Art zu sprechen und ihre stets traurigen Augen hatten ihm den Eindruck einer Träumerin vermittelt. Er entsann sich, dass Johanna geäußert hatte, sie sei intelligent, aber sehr sensibel; ein armes Wesen in dieser rauen Welt.
Wo blieb Joseph eigentlich? Als Wilhelm sich gerade wunderte, was seinen Kutscher wohl aufgehalten haben mochte, kam dieser in den Salon gestürzt.
„Die Wupper ist aus ihrem Flussbett gestiegen!“, rief er aufgeregt. „Die ganze Talachse steht unter Wasser! Alle Keller im Tal sind vollgelaufen, sogar einige Wohnstuben bis unter die Decke! Die Straßen sehen aus wie reißende Ströme!“ Elsa kam herein und nahm Joseph kopfschüttelnd seinen triefenden Mantel ab. „Was für ein Segen, dass wir hier oben wohnen, nicht wahr, gnädiger Herr?“ Joseph übergab Elsa seinen tropfenden Zylinder. „Vorräte haben wir sicher genug, sodass wir nicht aus müssen, bis das Wasser wieder abgesunken ist und die Straßen...“
„Wir müssen allerdings heute aus, Joseph!“, fiel Wilhelm ihm ins Wort. „Und die Talachse werden wir wohl auch nicht

umgehen können. So schlimm wird es doch nicht sein?" Er selbst erinnerte sich an so manche Überflutung in den letzten Jahrzehnten, eine lästige Angelegenheit, auf die immer drängende Aufforderungen an die Stadtverwaltung folgten, endlich für eine anständige Uferbefestigung zu sorgen, was bis heute nicht geschehen war.

Joseph schüttelte vehement den Kopf. „Nein, nein, gnädiger Herr, so eines schlimmen Hochwassers können sich selbst die Ältesten nicht entsinnen. So etwas habe ich hier auch noch nie gesehen. Es wird wohl auch deswegen so arg sein, weil das Wasser so rapide gestiegen ist. Keiner hat noch gestern mit einer solchen Katastrophe gerechnet. Nicht mal der General-Anzeiger ist erschienen", fügte er mit ernster Miene hinzu.

„Was!" rief Wilhelm. „Das auch noch? Dann muss es wahrlich ernst sein!"

Joseph zuckte mit den Schultern. „Die haben ihren Sitz doch da unten im Tal. In der Obergrünewalder Straße, wenn ich mich recht entsinne. Ein Bursche erzählte mir, das Wasser sei in den Maschinenraum der Druckerei eingedrungen."

Ärgerlich ließ Wilhelm sich in den Sessel fallen. Das hatte ja gerade noch gefehlt! Aber es half nichts. „Wir müssen dennoch da hinaus, es führt nichts drumherum", murmelte er resigniert. „Ich trinke noch einen Kaffee, dann kannst du Henriette anspannen."

Der Kutscher sah ihn sorgenvoll an. „Die Pferde waten dort teils bis zum Bauch im Wasser, gnädiger Herr. Wenn sie ausrutscht und versinkt... Sie ist kein junges Fohlen mehr, und wenn ich sie nicht schnell genug aufrichten kann..."

„Ich verstehe deine Bedenken, Joseph. Aber sie ist ein gutes Tier. Es wird schon nichts passieren, glaub mir."

Joseph verließ ihn ohne Widerworte, aber mit eindeutiger Miene. Hochwasser. Wilhelm seufzte. Aber die Zeit, es abzuwarten, blieb einfach nicht.

Eine Weile später konnte Wilhelm sich davon überzeugen, dass Joseph keineswegs übertrieben hatte. Als die Droschke den Weg hinab ins Tal und auf die Königstraße nahm, erkannte Wilhelm mit Erstaunen, dass die Straßen einem einzigen Wassermeer glichen. Über Nacht hatte sich die Stadt in ein bergisches Venedig verwandelt.

Joseph lenkte vorsichtig die tief im Wasser trabende Henriette, und langsam schaukelte die Droschke durch die Wassermassen. Wilhelm betrachtete fassungslos die Stadt, die ihm wie ein unwirkliches Traumbild erschien, eine merkwürdige Phantasie der Stadt, die er so gut kannte. Die Menschen versuchten geschäftig der Lage Herr zu werden, er erblickte kräftige junge Burschen, die Männer und Frauen auf ihren Rücken durch die Fluten trugen. Andere errichteten Notbrücken, die aus den höheren Stockwerken eine Verbindung zu Mauern oder Abhängen herstellen sollten. Wilhelm stellte erschrocken fest, dass manche Wohnstuben tatsächlich mannshoch unter Wasser standen.

Um einige Häuser scharten sich Menschen, die mit den am Fenster stehenden Bewohnern diskutierten, während die alten bergischen Fachwerkhäuser ein beunruhigendes Ächzen und Knarren von sich gaben. Die Feuerwehr bemühte sich, die kritischen Gebäude zu evakuieren und schien doch völlig überfordert. So manches Haus würde nach dieser Katastrophe unbewohnbar sein, dachte Wilhelm.

Einige Passanten auf einem breiten Mauerstück, das wie eine Insel aus dem schlammigen Wasser ragte, winkten ihnen zu und baten um Mitfahrt. Wilhelm wies Joseph an, die Menschen auf das Dach der Droschke klettern zu lassen, und

bereute es schon fast kurz darauf, als das Gefährt unter der großen Last bedrohlich zu schwanken begann. Mit höchster Sorgfalt lenkte Joseph sie weiter, doch als nach wenigen Minuten Wilhelm gerade heraufrief, dass die Herrschaften sich auch gut festhalten mögen, war es auch schon passiert, und ein junger Mann landete mit einem Klatschen im brackigen Wasser. Die übrigen brachen in Gelächter aus, und Wilhelm registrierte schmunzelnd, dass die Menschen sich trotz der Lage keineswegs den Humor nehmen ließen.
Unwirklich ragten die jungen Bäume am Königsplatz wie aus einem See heraus. Inzwischen fiel ein kalter Sprühregen vom Himmel, und während sie ihre Passagiere an einer „Insel" absetzten, beobachte Wilhelm einige Kinder, die die Situation als Abenteuer zu nutzen wussten. In verbeulten Bottichen schwammen sie auf dem Wasser und stießen sich quietschend und lachend von den Hauswänden ab. Betrüblicher waren die Mienen derjenigen, die verzweifelt ihre Habe aus vollgelaufenen Parterrewohnungen schafften. Einige hatten wohl fast alles verloren.
Die Droschke setzte sich wieder in Bewegung, und nun, von dem zusätzlichen Gewicht befreit, kamen sie besser voran.
Wenig später bogen sie in die Sophienstraße ein. Wuchtig erhob sich die reformierte Kirche vor ihnen, wie ein riesiger Fels aus dem Wasser ragend. Unweit davon befand sich das Haus, in dem Marianne Leyendecker gewohnt hatte.
Als sie anhielten, sah Wilhelm plötzlich einen Korb an einem Strick vor sich baumeln. Verwundert beugte er sich aus dem Fenster seiner Droschke hinauf und erblickte an einem Fenster im oberen Stockwerk des Hauses eine Frau, die fraglichen Strick in der Hand hielt und ihn ebenso erstaunt anblickte. „Oh, Entschuldigung! Ich dachte, es wär der Peter. Brot und Milch soll er mir bringen, der Lümmel." Sie grinste.

„Ich hätte ihm allerdings die Ohren langgezogen, wenn er dafür eine Droschke gemietet hätte!“
Wilhelm musterte die Frau. Wahrscheinlich war sie nur wenig jünger als er selbst. Ihr rotes, von grauen Strähnen durchzogenes Haar war locker nach hinten gesteckt und umrahmte ein derbes, offenes Gesicht. „Ich habe mich zu entschuldigen, verehrte Dame!“ antwortete Wilhelm höflich. „Wenn ich fragen darf, ist in diesem Haus nicht die Wohnung von Marianne Leyendecker zu finden?“
„Doch, das ist schon richtig“, entgegnete sie. „Früher wohnten die Leyendeckers in der Wohnung über uns, doch als Marianne dann alleine war, ist sie in die kleine Stube im Parterre gezogen.“
Mit einem leisen Fluch ließ Wilhelm sich wieder in den Sitz fallen. Parterre! Die Wohnung war völlig unzugänglich. Bei dieser Ermittlung funktionierte aber auch gar nichts! Schließlich lehnte er sich wieder aus der Droschke. „Verzeihen Sie mir, wenn ich Sie belästige“, sprach er die Frau an. „Aber könnten Sie mir vielleicht einige Auskünfte geben?“
„Möglich“, entgegnete sie.
„Sehr nett von Ihnen, Frau...“ – „Holtkotten“, ergänzte sie.
„Frau Holtkotten. Mein Name ist Wilhelm Falkenrath. Es geht um den Tod von Marianne Leyendecker.“
„Sie ist tot?“ rief die Frau bestürzt. „Oh, das tut mir aber leid. Was für ein Jammer. So ein liebes Ding. Obwohl“, sie nickte ernst, „gedacht hab ich es mir ja schon.“
„Wie bitte?“ Wilhelm war völlig irritiert. „Wieso haben Sie es sich gedacht?“
„Nun, als Mutter von sechs Kindern sieht man so etwas“, erklärte sie mit wissender Miene. „Das Mädchen war in letzter Zeit richtig blass, bleich möchte ich sagen. Und ganz mager war sie geworden, müssen Sie wissen. Ich hab schon

lange gesagt, die Marianne sieht so schlecht aus, die wird doch wohl nicht krank sein..."
„Nein, nein", korrigierte Wilhelm sie. „Sie ist nicht an einer Krankheit gestorben. Man hat sie gestern in der Wupper gefunden."
„Ach", sagte Frau Holtkotten. Nach einer kurzen Pause fragte sie: „Wie das?"
„Genau das möchte ich herausfinden, verehrte Dame. Franz Leyendecker hat sich an mich gewandt. Kennen Sie ihn?"
„Der Franz!", rief sie. „Natürlich kenne ich den. Als Kind hat der uns hier das Haus auf den Kopf gestellt. War schon immer ein leichtsinniger Junge. Angeblich soll er ja ein Spieler sein, aber ich gebe ja nichts auf diesen Klatsch. Er wohnt aber schon länger nicht mehr hier. Angeblich lebt er jetzt in Barmen", fügte sie spitz hinzu. „Ich hab ihn in letzter Zeit einige Male hier gesehen. Da hat er wohl die Marianne besucht."
„Mich interessiert auch ein anderer junger Herr, der hier des Öfteren gewesen sein soll. Friedrich von Blüchersfelde."
„Ja, das ist richtig. Als der hier auftauchte, dachte ich zunächst, nanu, stimmt was mit der Miete nicht, aber da würde so ein feiner Herr ja wohl kaum selber kommen. Er hatte wohl Gefallen an Marianne gefunden. Aber sie wissen ja, wie die Jugend ist!" Sie schüttelte den Kopf und lehnte sich in den Fensterrahmen. „Auf jeden Fall hat Marianne sich da wohl geziert und ihn zappeln lassen. Wohl den Kopf voll mit diesem romantischen Schnickschnack, dass der Mann um die Frau zu werben hat und so ein Unsinn... Ich hab noch gedacht, das Spiel treibt sie zu lange, und dann verliert sie die beste Partie ihres Lebens!"
„Aber er hat sie weiter besucht, obwohl sie ihn abwies?"

„Nun, ob sie ihn jetzt so recht abgewiesen hat, weiß ich nicht." Sie zuckte mit den Schultern. „So dumm wird sie wohl nicht gewesen sein."
Wilhelm überlegte. Aus der Wohnung der Frau drang plötzlich schrilles Kindergeschrei. „Mein Enkel", erklärte sie und wies mit dem Daumen hinter sich. „Kräftige Lungen. Kann ich sonst noch etwas für Sie tun, Herr Falkenrath?"
„Wenn Sie mir vielleicht sagen können, wo die von Blüchersfelde ihr Anwesen haben?"
Sie dachte kurz nach. „So weit ich weiß, haben die jetzt eine Villa in der Nähe des Tiergartens."
„Vielen Dank. Sie haben mir sehr geholfen. Nur noch eines. Haben Sie Friedrich von Blüchersfelde möglicherweise am Samstagabend hier gesehen?"
„Nein, da war er nicht da." Das Geschrei hinter ihr schwoll an. „Auf Wiedersehen dann."
Sie verschwand vom Fenster, und Wilhelm lehnte sich zurück. Da die Wohnung ohnehin warten musste, konnte er sich auch genauso gut diesen von Blüchersfelde vorknöpfen. „Joseph, wir müssen zum Zoologischen Garten."

Zu seiner Überraschung verzichtete Joseph völlig auf jeden Protest. Wahrscheinlich hatte er vor den merkwürdigen Launen seines Herrn schon resigniert. Gemächlich bewegte sich die Droschke durch das schlammige Wasser weiter die Königstraße entlang. Gedankenverloren starrte Wilhelm in die Fluten. Im Trüben fischen, das war es, was er tat. Er hatte nicht den Hauch einer Ahnung, was er von der Geschichte zu halten hatte. Diesen von Blüchersfelde mußte er sich ansehen. Vielleicht würde ihn das weiterbringen. Er mußte im Trüben fischen, bis er auf etwas stieß – wenn sich irgendwo ein Widerspruch ergäbe, wenn er jemand einer Lüge überfüh-

ren konnte, dann hatte er womöglich eine Chance herauszufinden, was am Samstagabend passiert war.
Im Parterrefenster eines beschaulichen Fachwerkhauses erkannte er einen Mann mittleren Alters. Er versuchte offensichtlich schon seit einer geraumen Weile die langsam vorbeischippernde Droschke durch Winken auf sich aufmerksam zu machen. „He da!“, rief er, als Wilhelms Blick ihn traf. „Wäre es Ihnen möglich, mich mitzunehmen? Fahren Sie Richtung Westende?“ Wilhelm bejahte beide Fragen, und er wies Joseph an, das Gefährt an das Fenster zu fahren. Geschickt kletterte der Mann in die kleine Droschke. „Vielen Dank!“, lächelte er, als er sich gesetzt hatte. „Unglaublich, nicht wahr? So etwas hat es hier noch nie gegeben. Angeblich übertrifft dieses Hochwasser sogar die Flut vom Frühjahr 1845. Mir kam zu Ohren, den diese Flut kennzeichnenden Markierungsstrich am Rathaus könne man schon nicht mehr erkennen.“ „Der Schaden dürfte immens sein“, entgegnete Wilhelm. „Wenn man schon an die vielen Fabriken an der Wupper denkt!“ Der Mann nickte „Allerdings! Ich hörte, eine Elberfelder Firma lagerte im Keller 1000 Zentner Leim, ungünstig, nicht wahr? Geschäfte, Schulen, alle haben sie geschlossen, so sie denn an der Wupper liegen. Aber glauben Sie mir, Barmen hat es noch schlimmer getroffen. Der Wasserstand ist so hoch, teils kann man nicht mal mehr mit Wagen fahren.“
„Einige Holzbrücken im Tal sollen ja völlig unbrauchbar geworden sein.“
„Das ist richtig“, stimmte er zu. „Zudem haben die Fluten allerlei Trümmer und Balken, ja sogar ganze Zäune mit sich gerissen. All das staut sich jetzt wild durcheinander an einigen Brücken. Es wird schrecklich aussehen, wenn das Wasser wieder fort ist.“

Ihre Unterhaltung wurde von lautem Gebrüll auf der Straße unterbrochen. Hastig lehnte Wilhelm sich aus dem Fenster sah eine Szene, die Joseph wohl eine Weile den Schlaf rauben dürfte: Vor ihnen stand eine Droschke quer auf der Straße, mehrere Männer, tief im eiskalten Wasser watend, versuchten hektisch ein Pferd wieder aufzurichten, das wohl ausgerutscht war und sich nun, völlig in sein Geschirr verheddert, wild im Wasser wand. Die Lederriemen mussten gerissen sein, sonst hätte das Tier die Droschke sicherlich mit sich umgerissen. Er sah, dass Joseph drauf und dran war, von seinem Kutschbock zu springen, um zu Hilfe zu eilen, als die Männer das Tier endlich doch zum Stehen gebracht hatten. Mit einem erleichterten Lächeln, noch etwas blass um die Nase, nickte Joseph ihm zu und sie setzten ihren Weg langsam fort.
Die weitere Fahrt verlief vergleichsweise ereignisarm, wobei sein redseliger Passagier es sich nicht nehmen ließ, Wilhelm mit allen Eindrücken und Gerüchten zu versorgen, die er auf seinem Weg von Barmen gesammelt hatte. Auch wenn manches sicherlich hoffnungslos übertrieben war, hegte Wilhelm doch keinen Zweifel, dass diese Überschwemmung eine der schlimmsten war, die diese Stadt überhaupt jemals erleben musste.
Eine Weile nachdem sie den Mann abgesetzt hatten, verließen sie die Königstraße und erreichten nicht überflutete Gefilde. Passanten gaben ihnen bereitwillig Auskunft, und so erreichten sie bald den Besitz der Familie von Blüchersfelde.
Als Wilhelm die Kutsche verließ, erblickte er vor sich eine luxuriöse Villa mit einigen Nebengebäuden in einer parkähnlichen Umgebung. Die geschmackvollen Stuckverzierungen des Haupthauses unterstrichen die Exklusivität des Anwesens. Wilhelm entging nicht, dass sämtliche Gebäude noch recht neu waren. Wahrscheinlich war die Familie von

Blüchersfelde, wie viele andere Unternehmer, mit dem Aufstreben der Industrie zu Reichtum gekommen.
Auf sein Klopfen hin öffnete eine junge Dienstmagd, die ihn in einen eleganten Salon führte und davonlief, um ihre Herrschaft zu holen. Kurz darauf betrat eine Frau um die fünfzig den Raum. Das hochgeschlossene, dunkelgrüne Samtkleid und der sorgfältig ausgewählte Schmuck unterstrichen ihre Schönheit, die nur von dem harten Zug um ihre Augen gestört wurde. Kühl musterte sie ihn. „Guten Tag, mein Herr. Ich bedaure, dass mein Gatte derzeit auf Geschäftsreise weilt. Worum handelt sich ihr Anliegen?"
„Mein Name ist Wilhelm Falkenrath. Tatsächlich würde ich gerne mit ihrem Sohn Friedrich sprechen."
„Mein Sohn wird in Kürze wieder eintreffen. Dennoch würde ich es vorziehen, wenn Sie mir mitteilen, in welcher Angelegenheit Sie ihn zu sprechen suchen."
„Es geht um einen Todesfall, bei dem Ihr Sohn möglicherweise wichtige Hinweise liefern könnte", entgegnete Wilhelm ausweichend.
„Diese Marianne Leyendecker, nicht wahr?" Sie fixierte ihn mit ihrem Blick. „Sind Sie von der Polizei?"
Wilhelm verbarg sein Erstaunen. „Meine Ermittlungen begründen sich auf rein privaten Motiven, verehrte Dame. Ich bin Kriminalkommissar im Ruhestand."
„Dann wird Ihnen sicherlich bewusst sein, dass Sie keinerlei Anrecht auf Auskünfte gleichwelcher Art haben." Sie überlegte kurz. „Jedoch ist es Friedrichs Entscheidung, ob er Sie bei Ihren ‚Ermittlungen' unterstützen will."
Es entstand eine unbequeme Pause. Schließlich wagte Wilhelm einen Vorstoß.
„Kannten Sie die junge Dame?"
„Marianne Leyendecker? Durchaus. Und bevor Sie fragen: Es ist mir ebenso geläufig, dass mein Sohn es sich in den Kopf

gesetzt hatte sie zu heiraten. Sehr zu meiner Missbilligung, wie ich betonen möchte."

Aha, dachte Wilhelm. Ein wunder Punkt. Ärgerliche Leute werden gerne gesprächig.

„Aufgrund ihres niederen Standes?"

„Aufgrund ihrer niederen Moral!", rief Frau von Blüchersfelde abfällig. „Auch wegen ihrem Stand, versteht sich. Eine Sekretärin! Aus einer Arbeiterfamilie! Eine völlig unpassende und abwegige Beziehung. Mein Sohn hat in dieser Hinsicht jedoch seinen eigenen Kopf."

„Aus welchem Grund hegen Sie denn Zweifel an der Tugendhaftigkeit des Mädchens?" hakte Wilhelm nach.

Sie lachte humorlos. „Über Zweifel geht es leider hinaus, mein Herr. Ganz davon abgesehen, wie unziemlich es ist, als junge Frau alleine zu wohnen und männlichen Besuch zu empfangen – auch wenn es ein unzweifelhafter Mann wie mein Sohn ist – weiß ich mit Sicherheit, dass Fräulein Leyendecker noch vor kurzem eine Liaison zu einem französischen Klavierspieler hegte. Sie werden sicherlich verstehen, dass ich mir eine andere Gemahlin für meinen Sohn vorstelle."

„Fräulein Leyendecker wohnte unfreiwillig alleine. Außer ihrem Bruder hat sie hier keine Familie, die weitere Verwandtschaft lebt in Frankfurt. Dies nur am Rande. Aber ich wüsste gerne, was es mit diesem Klavierspieler auf sich hat."

„Eine Bekannte von mir hatte diesen Alphonse Dubois für eine ihrer Gesellschaften engagiert. Das Mädchen wich kaum von seiner Seite und hat sogar im strömenden Regen vor dem Anwesen auf ihn gewartet, während er gemütlich Wein trank. Ein entwürdigender Anblick, kann ich Ihnen versichern. In diesem Zusammenhang ist mein Sohn wohl auf sie aufmerksam geworden."

„Und was ist aus dem Klavierspieler geworden?"
Sie dachte kurz nach. „Soweit ich mich entsinne, hat er Anfang dieses Sommers ein Angebot für ein längeres Engagement in Berlin erhalten. Wahrscheinlich ist er dorthin abgereist." Sie sah ihn direkt an. „Ich war gegen diese Verbindung, die mein Sohn anstrebte. Ich habe auch durchaus versucht, ihn davon abzuhalten, da mir die Vorstellung, dass diese Person" –sie sprach es wie ein Schimpfwort aus – „die Mutter meiner Enkel würde, äußerst zuwider war. Immerhin ist dieses Thema jetzt erledigt, und gewiss nicht zu meiner Betrübnis, wie ich Ihnen versichern darf." Ihr Blick war weiterhin sehr kühl, doch Wilhelm entging nicht, dass es beträchtlich in ihr brodelte. Diese unstandesgemäße Verbindung muss ihr wirklich ein Dorn im Auge gewesen sein.
Ein junger Mann betrat den Salon, und Wilhelm bezweifelte nicht, dass Friedrich von Blüchersfelde vor ihm stand. Man konnte ihn sicherlich als gutaussehend bezeichnen. Mit seiner schlanken Statur, der hochwertigen Kleidung und den markanten Zügen war er eine elegante Erscheinung, sicherlich ein Traumprinz für so manche Frau. Wäre da nicht dieser Ausdruck von Härte, den er schon bei seiner Mutter bemerkt hatte.
„Einen schönen guten Tag", wünschte der junge Mann und schüttelte Wilhelm die Hand.
„Herr Falkenrath möchte dir gerne einige Fragen zum Tod von Fräulein Leyendecker stellen", erläuterte seine Mutter. „Er ist nicht von der Polizei", fügte sie etwas leiser hinzu.
„Ich bin Kriminalkommissar im Ruhestand und ermittle in dieser Angelegenheit gänzlich privat."
„So." Er deutete Wilhelm an, Platz zu nehmen, und setzte sich selbst in einen aufwändig verzierten Lehnenstuhl. „Nun, wie kann ich Ihnen denn helfen, Herr Falkenrath?"

Freundlich lächelte Friedrich ihn an. Leise verließ Frau von Blüchersfelde den Raum.
„Es geht um das Ableben einer jungen Dame, Marianne Leyendecker. Ganz offensichtlich wissen Sie schon davon...“
„Durchaus. Ihr Bruder war gestern hier und hat getobt wie ein Wahnsinniger. Drei Stallburschen konnten ihn mit Mühe und Not des Grundstücks verweisen“, erklärte er trocken.
Wilhelm war für einen Moment sprachlos. Zu dem Ärger, dass Franz ihm das verschwiegen hatte, gesellte sich eine wachsende Wut auf sich selbst. Der Blüchersfelde fährt Mittwoch nach Wien, hallte es in seinem Kopf nach. Du lieber Himmel, er hätte doch klären müssen, woher der Bursche das wusste! Seine Berufspraxis war offensichtlich schon zu lange her.
Friedrich von Blüchersfelde sah ihn prüfend an. „Das scheint Ihnen zu missfallen. Kennen Sie den Mann?“
„Ja. Er bat mich, Ermittlungen einzuholen.“
Friedrich zögerte kurz. „Nun, ich denke, Sie werden sich ihre eigene Meinung bilden wollen. Ich werde Ihnen dennoch Auskunft geben.“
Gut, dachte Wilhelm. „War es das erste Mal, dass Franz hierher kam?“
Der junge Mann lachte. „Beileibe nicht! Er war einige Male hier und wollte mich davon abbringen, seiner Schwester den Hof zu machen. An einem Abend war er sogar angetrunken und hat behauptet, dass unsere Familie am frühen Tod seiner Mutter Schuld trägt. Dabei hat sie jahrelang in unserem Unternehmen anständiges Geld verdient! Der junge Herr Leyendecker war sich nicht zu fein, sich mit diesem Geld durchfüttern zu lassen, und auch nicht, in einem unserer Arbeiterhäuser zu wohnen!“
„Das Haus in der Sophienstraße?“ warf Wilhelm ein.

„Eben dieses!“ Er beugte sich vor. „Franz Leyendecker hat radikale politische Ansichten, Herr Falkenrath. Er hat die Hetzschriften von diesem Barmer gelesen, diesem Engels. Er hasst mich schon wegen dem, was ich bin! Der Gedanke, dass ich seine Schwester heiraten würde, schien ihn schier wahnsinnig zu machen!“

„Sie haben ihn stets hinauswerfen lassen, nehme ich an.“

„Nein, das habe ich nicht.“ Er grinste schief. „Ich wollte Streit mit meinem Schwager in spe vermeiden. Ich glaubte, irgendwann akzeptiert er es... Am Sonntag war es aber unvermeidlich.“

Wilhelm nickte langsam. „So, wie ich Sie verstehe, war die Eheschließung bereits sicher?“

„Ja, natürlich“, erwiderte Friedrich lächelnd. „Sie wissen ja, wie die jungen Frauen sind. Sie hatte so romantische Vorstellungen. Die Frau ziert sich, der Rosenkavalier wirbt um ihre Liebe... Ich hatte nichts dagegen, dieses Spiel eine Weile zu spielen.“

„Sie hat Ihnen also keine Schuld am Tod ihrer Mutter gegeben, wie es ihr Bruder tat?“

„Natürlich nicht. Es ist ja auch völlig abwegig. Die Gedankenwege eines Hitzkopfes. Ich sage Ihnen, Marianne hatte weit mehr Verstand als ihr kleiner Bruder.“

„Die Vermählung stand demnach kurz bevor?“

„Ja, mehr oder weniger bald“, räumte er ein.

„Dann hat sie die Todesnachricht sicherlich sehr hart getroffen.“ Wilhelm beobachtete genau die Reaktion des jungen Mannes.

„Seien Sie sich dessen versichert.“ Seine Miene blieb unbewegt.

„Ihre Frau Mutter war von der Verbindung offensichtlich weniger angetan...“ setzte Wilhelm an.

„Das ist ohne Belang", entgegnete Friedrich kühl. „Ich treffe meine eigenen Entscheidungen."
„Und Sie waren am Samstagabend nicht bei Fräulein Leyendecker?" Wilhelm wusste, dass er drauf und dran war, den Bogen zu überspannen. Allerdings konnte es dann richtig interessant werden.
„Nein, ich war nicht dort."
„Wäre es nicht denkbar, dass die junge Dame ihren Heiratsantrag schlichtweg abgelehnt hat?" fragte er provozierend. „Womöglich an nämlichem Abend?"
„Langsam strapazieren Sie meine Geduld, Herr Falkenrath!", sagte er mit erhobener Stimme. Er lief rot an, und eine Ader auf seiner Stirn trat hervor. „Ich habe derartige Unterstellungen gestern zur Genüge über mich ergehen lassen müssen! Ich sehe auch keinerlei Veranlassung, mich vor Ihnen zu rechtfertigen! Ich habe Ihnen bereitwillig Auskunft gegeben, denn ich habe nichts zu verbergen. Zu Ihrer Information: Ich war nicht dort!"
Er sprang aus seinem Stuhl auf und ging wütend im Salon auf und ab. „Es ist doch wohl völlig lächerlich zu glauben, dass eine wie sie jemanden wie mich ablehnen würde! Lächerlich!" Er wandte sich wieder Wilhelm zu. „Ich sag Ihnen was. Ich habe keine Ahnung, wie Sie zu Franz Leyendecker stehen, aber es wird Zeit, dass Sie sich mal Gedanken um diesen Gesellen machen. Er will nur zu gerne einen ‚Bourgeois' ans Messer liefern, und da will er Sie als Handlanger benutzen. Glauben Sie mir, er trägt selbst keinen Heiligenschein! Durch seine hohen Spielschulden steht ihm das Wasser bis zum Halse. Er hat seine Schwester, die ja selbst kaum über die Runden kam, ständig um Geld angepumpt!" Er wich einen Schritt zurück und versuchte anscheinend, sich zu beruhigen. „Vergessen Sie nicht, Ihren Blick auch auf ihn zu richten."

„Seien Sie da unbesorgt, Herr von Blüchersfelde", beschwichtigte Wilhelm ihn. Es war jetzt an der Zeit, die Wogen wieder zu glätten. „Franz Leyendecker steht mir nicht nahe. Ich kannte die Mutter, Johanna Leyendecker. Meine Ermittlungen sind neutral und unvoreingenommen. Es liegt mir fern, Ihnen etwas zu unterstellen", log er.
Der junge Mann hatte sich etwas abgeregt. Er straffte sich und rang sich zu einem Lächeln durch. „Nun, Herr Falkenrath, daran habe ich auch keine Zweifel gehegt. Leider habe ich heute noch dringliche Geschäfte zu erledigen. Wenn Sie mich daher entschuldigen würden..."
„Selbstverständlich. Ich habe Ihnen schon viel zu lange Ihre kostbare Zeit geraubt."
Nach einer höflichen Verabschiedung bestieg Wilhelm wieder seine Droschke. Zu dessen Freude wies er Joseph an, nach Hause zu fahren.

Auf dem Rückweg konnten sie, da sie ja nicht über die Sophienstraße fahren mussten, die überschwemmte Talachse weitgehend umfahren. Es goss immer noch wie aus Kübeln, und die Königstraße glich einem reißenden Fluss. Als sie nach einem endlos erscheinenden Weg schließlich in der Neuen Friedrichstraße ankamen, war Wilhelm fast so erleichtert wie Joseph, der die gute Henriette mit seligem Gesichtsausdruck und unter ständigen Lobpreisungen in den kleinen Stall führte.
Es war November. Die Dunkelheit brach früh herein. Wilhelm, der am Fenster stand und hinausblickte, brauchte einige Sekunden, um zu realisieren, dass die Gaslaternen offensichtlich ausgefallen waren. Sicherlich eine Folge des Hochwassers. Er dachte an Franz Leyendecker. Neben seinem Ärger darüber, dass der Bursche ihm seine Auftritte als Rächer der Arbeiterschaft bei Friedrich von Blüchersfelde

verschwiegen hatte, fragte er sich auch, ob er wohl wie besprochen heute Abend hierher kommen würde. Er hielt es für unwahrscheinlich. Die Pferdebahn war aus naheliegenden Gründen nicht in Betrieb. Er erinnerte sich, dass ihm der gesprächige Mann auf dem Weg zum Zoologischen Garten auch berichtet hatte, dass sogar der Fremdenverkehr vollständig unterbrochen war. Die Bahnhöfe der Bergisch-Märkischen Eisenbahn waren wohl durch die Überschwemmung von der Stadt isoliert.

Schließlich lehnte Wilhelm sich in seinen Sessel zurück und schlug, in Ermangelung eines neuen, den General-Anzeiger von Samstag auf. Es klopfte im selben Moment an der Tür, und zu seiner Überraschung führte Elsa kurz darauf Franz Leyendecker in den Salon.

„Wie sind Sie denn hierher gekommen?" fragte Wilhelm, als er auf ihn zuging.

Franz schüttelte ihm die Hand. „Einfach war es nicht. Allerdings sinkt das Wasser bereits rapide. Womöglich ist die Überschwemmung morgen schon ausgestanden."

Franz setzte sich, und sie besprachen die Entwicklungen des vergangenen Tages. Als Wilhelm von seinen Erlebnissen in der Sophienstraße berichtete, fuhr Franz auf. „Die Holtkotten! Natürlich hat sie den Blüchersfelde am Samstag nicht gesehen. Das würde die Ihnen auch erzählen, wenn Sie ihm in die Arme gelaufen wäre und mit ihm Walzer getanzt hätte! Die hat Angst, weil denen das Haus gehört!"

„Auch so eine Sache, die Sie mir hätten mitteilen können!", merkte Wilhelm gereizt an.

Er fuhr fort und berichtete von seinem Besuch bei Familie von Blüchersfelde. Franz gab freimütig zu, dort gewesen zu sein, stellte sein Gebaren jedoch weitaus zivilisierter dar, als Friedrich es getan hatte. Wilhelm erwähnte nichts von dem Gerede über Franz' hohe Schulden. Er rechnete ohnehin nicht

damit, dass der junge Mann mit ihm diesbezüglich offen reden würde.
Schließlich fragte Wilhelm: „Wollen Sie jetzt eigentlich noch nach Hause?"
Franz zuckte mit den Schultern. „Nun, die Straßenbeleuchtung ist ausgefallen, aber der Mond scheint ausreichend hell. Allerdings muss ich morgen ohnehin nicht arbeiten, da meine Firma an der Wupper liegt. Wenn die Fluten sich zurückgezogen haben, steht erstmal großes Reinemachen an, bevor dort wieder gearbeitet werden kann."
Wilhelm nickte. „Sie können auch hier übernachten. Wenn morgen das Wasser wirklich zurückgegangen ist, können wir die Wohnung Ihrer Schwester betreten. Ich denke, dass wir dort vielleicht einige Hinweise finden können."
Franz Leyendecker nahm dankbar an, und Wilhelm wies Elsa an, eine Kammer zurechtzumachen. Als er selbst zu Bett ging, fragte Wilhelm sich nachdenklich, warum er zu diesem jungen Mann eigentlich so entgegenkommend war. Weil er Johannas Sohn war? Weil er ihn an Johanna erinnerte, oder womöglich an sich selbst vor langer Zeit? Er mahnte sich, dem Burschen etwas mehr Misstrauen entgegenzubringen. Womöglich spielte er sein eigenes Spiel – und Wilhelm wollte nicht seine Spielfigur sein.

Am nächsten Morgen hatte der Regen erstaunlicherweise aufgehört. Wilhelm und Franz unterhielten sich beim Frühstück, als Joseph eintrat. „Es ist bitterkalt draußen!", rief er statt einer Begrüßung. „Aber es regnet endlich nicht mehr, und das Hochwasser ist schon stark zurückgegangen. Man sagte mir, dass es nur noch ganz vereinzelte Überflutungen gäbe, am Mühlenschütt beispielsweise." Er kramte in seinem Mantel. „Der General-Anzeiger ist heute wieder erschienen."

„Ach! Danke, Joseph.“ Erfreut nahm Wilhelm die Zeitung und legte sie auf den Tisch.
„Aber die Stadt sieht furchtbar aus, gnädiger Herr. Es ist ein schlimmer Anblick. Besonders tragisch ist, dass Menschen bei dieser Flut ihr Leben verloren haben, wie gesagt wird.“
„Das Ganze ist eine schreckliche Katastrophe, Joseph. Hoffen wir, dass jetzt endlich Maßnahmen ergriffen werden, damit so etwas nicht noch einmal geschehen kann.“ Er wandte seinen Blick zu Franz. „Ich denke, wir können uns dann auch gleich auf den Weg machen, nicht wahr?“ Der junge Mann nickte, und Joseph verließ sie, um die Droschke anzuspannen.

Die Stadt bot tatsächlich ein schockierendes Bild. Auf dem aufgewühlten Pflaster lagen Trümmer, Holzstücke und Wagenteile in wildem Durcheinander im fußhohen Schlamm; und erschrocken erblickte Wilhelm von seiner Kutsche aus auch einen toten Pferdeleib neben einem umgeschlagenen Gefährt. Und wie Joseph richtig berichtet hatte, war es empfindlich kalt geworden.
Während sich um sie herum die Menschen eifrig bemühten, die Keller und Parterrewohnungen mittels Eimern und Besen von Dreck und Wasser zu befreien, zog Henriette die Droschke geduldig durch die verwüsteten Straßen. Kinder spielten zum Entsetzen ihrer Mütter im Schlamm und entlockten Wilhelm ein Lächeln.
Sie erreichten bald die Sophienstraße, die kaum weniger betrüblich anzusehen war. Joseph näherte den Wagen dem Haus so gut es ihm möglich war, doch sie kamen nicht umhin, einige Schritte durch den Schlamm zu waten. Auch das Haus selbst war wohl gestern beträchtlich vollgelaufen, und neben Dreck und Holzsplittern hatte das Wasser sogar einen halben Zaunpfahl zurückgelassen.

Wilhelm übergab Franz seinen Schlüssel, den er ihm am Sonntag geliehen hatte, und ließ ihn die Tür zu Marianne Leyendeckers Wohnung aufsperren. Wilhelm registrierte gerade, dass die Tür sowohl unversehrt als auch verschlossen gewesen war, als ein Gegenstand den Eintritt blockierte. Franz schob etwas kräftiger, und schließlich bot der Spalt genug Platz, dass sie die Wohnung betreten konnten.
Als Grund für die Blockade erkannte Wilhelm, als er eintrat, sofort einen kleinen Beistelltisch, der offensichtlich umgefallen war und somit der Tür genau im Weg lag. Eine dicke Schlammschicht bedeckte den Boden, und ein merkwürdiger, leicht fauliger Geruch lag in der Luft. Die Wohnung selbst war sehr klein und recht spärlich, aber dennoch liebevoll eingerichtet. Es war ein einfaches Heim, das nicht auf bittere Armut, jedoch sicherlich auch nicht auf Reichtum schließen ließ. Darüber hinaus war es, wie die Wasserränder deutlich anzeigten, gestern fast hüfthoch überschwemmt gewesen.
Während Franz den kleinen Schreibtisch öffnete und den Inhalt betrachtete, ließ Wilhelm seinen Blick schweifen. Der Kohleofen war natürlich aus und völlig verdreckt; die einfache, aber geschmackvolle Öllampe auf dem Tisch war von der Flut verschont worden. Der Türrahmen zwischen der eigentlichen Stube und der kleinen Diele erregte seine Aufmerksamkeit. Konzentriert besah er ihn näher. Kein Zweifel, etwa in Kopfhöhe waren rotbraune Verschmutzungen zu erkennen. Das ist mit Sicherheit kein Schlamm, dachte er. Er wusste, wann er Blut vor sich hatte.
Um sein schmerzendes Bein zu entlasten, lehnte Wilhelm sich gegen den Tisch. Wieder vertiefte er sich in Überlegungen. Die jüngsten Beobachtungen setzten die Geschehnisse in ein neues Licht. Marianne war Gewalt angetan worden in ihrem Heim. Wie hatte der Täter sich Zutritt verschafft? Hatte er die Leiche wirklich weggeschafft, um einen Unfall zu

simulieren? Hatte er deswegen die Tür abgesperrt? Er überlegte, ob dazu wohl Mariannes Schlüssel verwendet wurde. Oder besaß der Mörder womöglich selber Schlüssel? Wie etwa... der Vermieter?
„Geht es Ihnen gut, Herr Falkenrath?“ Franz‘ Stimme riss ihn aus seinen Gedanken. Er hatte wohl vor sich hingestarrt. „Ich sehe da irgendetwas unter dem Bett“, entgegnete er. „Könnten Sie das hervorholen? Ich werde wahrscheinlich nicht drankommen.“
Franz griff unter das Bett und holte einen dicken Packen Briefe hervor. Ratlos streckte er das tropfende Bündel Wilhelm entgegen, der abwehrend die Hände erhob. „Nein, das hat keinen Sinn. Die sind doch völlig verdreckt und durchnässt. Damit werden wir nichts anfangen können. Oder wissen Sie, was das ist?“
Franz zuckte mit den Schultern. „Ich habe keine Ahnung. Aber im Schreibtisch habe ich Papier, Tinte und Federn gefunden. Sie hat wohl irgendeinen Briefkontakt gepflegt. Früher hat sie schon mal an unsere Tante in Frankfurt geschrieben. Von ihr hat sie Unterstützung erhalten, damit sie Sekretärin werden konnte und nicht in einer Fabrik arbeiten musste. Aber ich glaube nicht, dass diese Briefe von unserer Tante sind. Sie hat selten zurückgeschrieben.“
„Ich glaube auch nicht, dass Marianne Briefe von eurer Tante unter ihr Bett legen würde“, murmelte Wilhelm. „Leg den Packen einfach auf den Ofen. Ich glaube nicht, dass es uns weiterhilft.“
Er erhob sich und trat abermals an den Türrahmen heran. Während er ihn vergeblich auf weitere Spuren absuchte, trat er versehentlich auf etwas, das im Schlamm verborgen lag. Verdutzt hob er es auf. Es war ein weiterer Briefumschlag, ebenso verdreckt wie die anderen, jedoch von anderem Format. Von seiner Fundstelle aus zu urteilen, war er mögli-

cherweise von dem kleinen Beistelltisch gerutscht, als dieser umfiel.
Der Umschlag war lediglich zugesteckt. Als Wilhelm mit spitzen Fingern einige hoffnungslos unleserliche Blätter hervorzog, fielen zwei kleine Gegenstände in den Schlamm. Franz, der ihn beobachtet hatte, stürzte herbei und hob sie auf. Es waren filigrane Ohrringe mit blauem Stein, denen man ansah, dass sie einen gewissen Wert besaßen. Aufgeregt starrte Franz auf die Schmuckstücke in seiner Hand.
„Was hat es denn damit auf sich?“, fragte Wilhelm. Franz sah kurz auf und schloss dann schnell die Hand um die Ohrringe. „Die haben unserer Mutter gehört“, erklärte er. „Marianne hat sie nie angerührt. Sie waren in diesem Umschlag zusammen mit einigen Familienunterlagen. Nun ja, die werden wir wohl nicht mehr gebrauchen können.“ Er grinste schief. „Ich müsste jetzt allerdings auch wieder nach Barmen, Herr Falkenrath.“ Wilhelm sah, wie er die Schmuckstücke in seiner Tasche verschwinden ließ. „Ich denke, hier können wir wohl nichts weiter in Erfahrung bringen.“
„Nun. Ja, wohl nicht.“ Wilhelm war irritiert von Franz‘ plötzlichen Stimmungswechsel. „Vielleicht können Sie mir dennoch die Schlüssel überlassen. Ein bisschen möchte ich mich noch umsehen.“
Franz bedachte ihn mit einem Blick, als dächte er, dass man sich in diesem Kämmerchen wohl kaum lange umsehen konnte, ohne alles gesehen zu haben. Es schien ihn aber auch nicht allzu sehr zu interessieren, und er übergab Wilhelm die Schlüssel und verschwand nach einer kurzen Verabschiedung.

Grübelnd blieb Wilhelm zurück. Etwas war merkwürdig gewesen an Franz‘ Verhalten und an seiner plötzlichen Eile. Er dachte an Johanna und konnte sich nicht erinnern, jemals

Schmuck an ihr gesehen zu haben. Es hätte allerdings auch nicht zu ihr gepasst.
Nachdenklich öffnete er den Schreibtisch und entdeckte eine Anzahl Umschläge. Vom Format her glichen sie dem, der die Ohrringe beinhaltet hatte. Möglicherweise hatte Franz die Wahrheit gesagt und war lediglich um die Familienstücke besorgt gewesen.
Von der Wohnung über ihm hörte er ein gedämpftes Poltern, und er erinnerte sich an Frau Holtkotten. Franz war überzeugt gewesen, dass sie ihm ohnehin nicht die Wahrheit sagen würde. Aber wenn er ihr die Situation erklärte, würde sie doch vielleicht Vernunft annehmen. Er verließ Mariannes Wohnung und mühte sich, durch sein steifes Bein behindert, die steile Treppe in das obere Stockwerk hinauf. Hinter der rechten Tür war Kindergeschrei zu vernehmen sowie eine weibliche Stimme, die energisch Ermahnungen brüllte. Auf Wilhelms ausdauerndes Klopfen hin wurde schließlich die Tür aufgerissen.
„Ja Herrjott! Watt is denn los hier!“ Vor Wilhelm stand eine ältere Frau. Aus ihrem zerfurchten Gesicht blitzten ihn helle Augen angriffslustig an. Ihr graues Haar war zu einem langen Zopf geflochten, und mit der linken Hand hielt sie einen Knaben am Schlafittchen, der sich just in diesem Moment losriss.
„Ähm, ich wollte, also ich möchte gerne mit Frau Holtkotten reden, Verehrteste“, stammelte Wilhelm verdutzt.
„Sie wolln mit meiner Tochter reden?“ fuhr die alte Frau ihn an. „Wie soll ichn datt verstehn? Watt wollnse denn von ihr?“
„Es geht um den Tod von Marianne Leyendecker“, erklärte er hastig. „Ich ermittle in diesem Fall und hatte gehofft...“
„Datt Marianne is tot?“, fiel sie ihm lautstark ins Wort. „Nee, wattn Jammer! Mir tut auch keener watt erzählen! Un Sie sind nun vonner Kriminalpolizei?“

„Kriminalkommissar Falkenrath“, murmelte Wilhelm. So genau wollte er das jetzt nicht erklären.
„Meine Tochter is nich da. Sie is am einkaufen. Et war ja alles voll Wasser und immer nur am plääästern! Hat man ja nichts getan gekriegt!“
Wilhelms Ohren schmerzten allmählich von ihrem Stimmvolumen. Da kam ihm ein Gedanke. „Vielleicht können auch Sie mir helfen. Kannten Sie Marianne?“
„Natürlich kannte ich datt Marianne!“ brüllte sie. „So ein Elend, datt et tot is. So ein liebes Mädel! Watt is denn genau passiert?“
Wilhelm erklärte, dass sie tot in der Wupper gefunden wurde.
„Und ich hab et noch gesagt. Ich sach noch zum Liesel, meiner Tochter, is doch klar, datt man da irjendwann vom Jesindel überfallen wird, wenn man so feinen Schmuck so offen trägt. Verstehnse mich nich falsch, is ja ‘n herrlich Jedööns, aber et passte doch nich recht zu ihrem Stand. Und mit sowatt sollt man nicht alleine herumspazieren!“
„Also, ob sie überfallen wurde, ist noch recht unklar“, erwiderte Wilhelm. Hatten diese Holtkottens eigentlich jeder ihre eigene Theorie bezüglich dem Ableben ihrer Nachbarn? Er verscheuchte den Gedanken. „Um was für Schmuck handelte es sich denn?“
Die alte Frau kratzte sich überlegend am Kopf. „Dem Mädel sein Schmuck... Et hat Ohrringe gehabt. Die hat et fast immer getragen. Ne Zeit lang hat et schon mal eine Kette mit roten Steinen gehabt. Tat aber nich zu den Ohrringen passen. Die waren ja blau. Leisten konnt sich datt Marianne sowatt sicher nich“, sinnierte sie. „Hat ihr wohl der junge Friedrich geschenkt. Der war doch so hinter ihr her.“
„Friedrich von Blüchersfelde?“

„Ja, war datt nich ein Glück für datt Mädel? So einer feiner Jung zum Verehrer! Und nun, so ein Jammer...“, klagte sie laut und kopfschüttelnd.
„Und letzten Samstag war Friedrich auch da?“ Es war ein Schuss ins Blaue, aber er traf.
„Ja sicher!“, tönte die Frau nickend. „Datt weiß ich noch ganz genau, wissense. Hab ihn gehört, wie er mit seinem Kutscher palavert hat. Ernst, tu dies, Ernst, tu das. Ich sach noch zum Liesel, der legt sich ja mächtig für datt Marianne ins Zeug, der Jung!“
Allerdings, dachte Wilhelm wütend. Er hatte es befürchtet, die „Liesel“ hatte ihn angelogen. Sie hätte ihre Mutter jedoch einweihen müssen, eine Nachlässigkeit, die ihm nun eine wichtige Information verschafft hatte.
Er dankte der alten Frau für ihre große Hilfe, woraufhin diese übers ganze Gesicht strahlte. „Hoffen wir, datt Sie datt üble Jesocks finden! War so ein nettes Mädel, woll?“
Das hoffe ich auch, dachte er, als er die Treppe wieder hinunterstieg. Ob die Alte ihrer Tochter von seinem Besuch erzählte, war ihm egal. Sollte sie sich ruhig Sorgen machen.

Kurz darauf lehnte Wilhelm wieder an dem Tisch in Marianne Leyendeckers Wohnung. Alle Sitzmöglichkeiten waren völlig mit Schlamm besudelt, aber seine Bequemlichkeit interessierte ihn jetzt nicht. Ohne Erfolg untersuchte er die verdreckten aufgeweichten Briefe und warf sie schließlich verärgert zu Boden. Seine Gedanken rasten. Jemand hatte Marianne Gewalt angetan. Er blickte auf den Fleck am Türrahmen. Auch an Franz‘ Aussagen zum Zustand der Leiche hegte er keinen Zweifel. Und der Hauptverdächtige hatte ihm mitten ins Gesicht gelogen, mehr noch: er hatte jemand dazu gebracht, für ihn zu lügen. Geld und Macht. Wenn man das besitzt, kommt man mit allem durch, oder wie? Wütend stocherte Wilhelm mit seinem Gehstock in den Schlammresten. Die Zeit lief ihm davon. Er mußte einen Angriff wagen.

Henriettes Hufe klapperten über das zerstörte Pflaster, während Wilhelm, aus seiner Droschke starrend, nichts mehr von den Schäden durch das Wupperhochwasser wahrnahm. Seine Gedanken kreisten um Marianne. Immer wieder sah er auch Johannas Gesicht vor seinem geistigen Auge, aber wusste, er tat es nicht mehr nur wegen ihr. Er musste diesen Mörder zur Rechenschaft ziehen. Nun war es auch seine eigene Mission. Die Droschke kam schnell vorwärts, und kurze Zeit später näherte sie sich bereits dem Anwesen der von Blüchersfelde, als Wilhelm plötzlich Joseph gebot, anzuhalten. Leise erklärte er seinem Kutscher seinen Plan. Dieser sah ihn mit großen Augen an, verschwendete aber keine Zeit und lief los. Wenig später kehrte er zurück, einen stämmigen Mann mittleren Alters bei sich.
Wilhelm bat den Mann zu sich in die Droschke. „Sie sind der Kutscher Ernst, ist das richtig?“ Der Mann nickte.
„Mein lieber Ernst. Ich habe ein kleines Problem. Es geht um eine kleine Wette.“
„Eine Wette?“, fragte Ernst mißtrauisch. Wilhelm nickte.
„Ein kleiner Spaß zwischen Ihrem jungen Herrn und mir zwischen einigen Krügen Bier... Nur ein albernes Spiel. Dummerweise laufe ich Gefahr zu verlieren.“ Er grinste verschwörerisch. „Wenn Sie mir helfen würden, könnte ich sie vielleicht noch gewinnen. Es soll nicht zu Ihrem Nachteil sein, mein lieber Ernst.“
Der Mann sah ihn zweifelnd an. „Ich weiß nicht. Ich meine, ich hab Sie, glaube ich, mal hier gesehen, aber so gut kenne ich die Bekannten des jungen Herrn nicht. Und ich kann doch nicht meinem Herrn gegenüber...“

„Es wird ihm nicht zu Schaden sein“, beschwichtigte Wilhelm ihn. „Es ist nur eine harmlose Wette, aber ich behalte nun mal gerne Recht.“ Er klopfte ihm freundschaftlich auf die Schulter. „Nun kommen Sie! Sie werden einem alten Mann doch einen kleinen Spaß gönnen.“ Er öffnete kurz seine Hand, in der einige Markstücke blitzten. „Natürlich wäre da eine kleine Entschädigung für Ihren Aufwand...“

Ernst blickte gierig auf die Münzen. „Nun ja, das ist ja alles sehr schön... Was müsste ich denn tun?“

„Fast gar nichts, mein Guter!“ Wilhelm strahlte ihn mit ausgebreiteten Armen an. „Ich müsste nur einen kleinen, geradezu winzigen Blick auf den Gehrock des jungen Herrn werfen.“

„Aha.“ Ernst sah erleichtert aus. Er hatte anscheinend etwas Dramatischeres erwartet. Ohne Zweifel fand er die Geschichte immer noch sehr merkwürdig, aber die Münzen hatten seine Aufmerksamkeit völlig in Beschlag genommen. Immer wieder wanderte sein Blick zu Wilhelms Hand.

„Welcher denn?“ fragte er schließlich. Wilhelm tat so, als müsste er überlegen. „Welchen hatte er denn am Samstagabend an?“ Der Kutscher dachte kurz nach. „Das war der dunkelblaue mit den Zierknöpfen. Da bin ich mir sicher.“

„Meinen Sie, Sie könnten ihn ganz unauffällig herholen?“ Diskret ließ er die Münzen in seiner Hand klimpern.

„Es kann einen Moment dauern. Aber ich denke schon, der junge Herr ist ausgeritten. Ich bin gleich wieder da.“

Mit diesen Worten verließ der Mann die Kutsche und eilte in Richtung des Anwesens zurück.

Wilhelm atmete tief durch, als er fort war. Wie gerne hätte er ihn zu Samstagabend befragt. Aber so schöpfte er anscheinend keinen Verdacht. Eine kleine Spinnerei unter Dienstherren, bei der er ein kleines Sümmchen einstecken konnte. Genau das sollte er denken. Gerne manipulierte er den arglo-

sen Mann nicht. Aber sollte es schief gehen, würde er ihm eine neue Anstellung besorgen.
Es dauerte eine ganze Zeit, bis Ernst zurückkehrte, und Wilhelm dachte zwischenzeitlich schon, er hätte es sich anders überlegt. Endlich traf er dann mit einem kleinen Sack ein, aus dem er einen eleganten dunklen Gehrock zog. Prüfend sah Wilhelm das Kleidungsstück an und verkündete schließlich lächelnd: „Tatsächlich. Nun, ich hätte Ihre Hilfe wohl gar nicht gebraucht, Ernst. Ich hätte meine Wette ohnehin gewonnen.“ Enttäuscht blickte Ernst ihn an, und großmütig erklärte er: „Die Entschädigung steht Ihnen natürlich trotzdem zu.“
Eilig verstaute Ernst die Münzen in seiner Hosentasche. Unterdessen schob Wilhelm den Gehrock wieder in den Sack zurück und riß, von Ernst unbemerkt, mit einer geschickten Handbewegung einen der kleinen Zierknöpfe ab.
Unsicher lächelnd verabschiedete sich der Kutscher und kehrte schließlich zur Villa zurück. Wilhelm ließ eine Weile verstreichen und wies dann Joseph an, zum Anwesen der Familie von Blüchersfelde zu fahren.

„Herr Falkenrath!“ stellte Friedrich von Blüchersfelde mit hochgezogenen Augenbrauen fest. „Ich hätte nicht damit gerechnet, Sie so bald wieder zu sehen. Was kann ich für Sie tun?“ Seine Stimme hatte diesmal einen kühlen Unterton. Anscheinend legte er es nicht mehr auf Sympathiegewinn an.
„Ihnen auch einen schönen guten Tag“, erwiderte Wilhelm freundlich. „Ich wollte Sie nur auf dem Laufenden halten bezüglich Marianne Leyendeckers Tod. Ich habe mit ihren Nachbarn gesprochen, und das erwies sich als höchst erhellend.“
„So.“ Friedrich sah ihn direkt an. „Wie das?“

„Mir kam dabei zu Ohren, dass das Fräulein wertvollen Schmuck besaß, namentlich eine Halskette sowie ein Paar Ohrringe. Sie werden verstehen, dass mich diese Eröffnung erstaunte, angesichts des doch recht bescheidenen Wohlstandes der jungen Dame."
„Durchaus." Die Anspannung in Friedrichs Blick ließ etwas nach. „Da kann ich Ihnen weiterhelfen. Die Kette, eine Rubinkette übrigens, war ein Geschenk von mir. Zu den Ohrringen kann ich allerdings nichts sagen. Ich habe sie zuweilen gesehen. Ein Erbstück vermutlich."
„Möglicherweise." Wilhelm nickte bedächtig. „Sie müssen wissen, Herr von Blüchersfelde, dass ich Spuren eines Kampfes in Fräulein Leyendeckers Wohnung finden musste, Blutspuren, die zum Zustand der Leiche passen. Ich gehe daher davon aus, dass sie daheim von üblem Gesindel überfallen wurde, das es auf ihren Schmuck abgesehen hatte."
„Das wäre durchaus möglich. Die Zeiten sind diesbezüglich schlimm geworden."
Wilhelm lächelte ihn aufmunternd an. „Aber ich bin guten Mutes, dass wir den oder die Schuldigen bald finden werden. Morgen lasse ich zwei Arbeiter die Wohnung vom Schlamm befreien. Aus meiner langjährigen Tätigkeit als Kriminalkommissar weiß ich, dass bei einem Kampf fast immer Spuren zurückbleiben, seien es nun Stofffetzen, abgerissene Knöpfe, Hutnadeln... Meist bemerkt der Schuldige es nicht einmal, und solche Hinweise sind dann schlussendlich für die Entlarvung essenziell."
„Das ist... sehr erfreulich, Herr Falkenrath", entgegnete Friedrich zögerlich.
„Nun, ich will Sie auch gar nicht länger aufhalten, Herr von Blüchersfelde. „Ich war nur der Meinung, da Ihnen die Dame offensichtlich etwas bedeutet hat, würden Sie meine Ergebnisse sicherlich interessieren."

Höflich verabschiedete Wilhelm sich und saß wenig später wieder in seiner Droschke, die ihn nirgendwo anders hinbringen sollte als in die Sophienstraße.

In ausreichender Distanz wartete Wilhelm geduldig in seiner Kutsche, das Haus, in dem Marianne gewohnt hatte, stets im Blick. Es dauerte über zwei Stunden, doch schließlich, als er schon davon überzeugt war, dass sein kleiner Plan fehlgeschlagen war, sah er Friedrich von Blüchersfelde aus einem Wagen steigen. Er unterhielt sich kurz mit einer Person, doch so sehr Wilhelm sich auch bemühte, er konnte sie nicht erkennen. Nachdem Friedrich das Haus betreten hatte, stieg Wilhelm hastig aus und folgte ihm.
Die Eile erwies sich als nachteilhaft. Er vertrat sich in einer tiefen Pfütze. Er wollte seinen Weg fortsetzen, doch der Schmerz in seinem Bein war zu intensiv. Zähneknirschend wartete er, bis er endlich weiter humpeln konnte. Kurz darauf betrat er Mariannes Wohnung.
Friedrich saß auf einem der verdreckten Stühle über ein Papier gebeugt. „Guten Tag, Herr von Blüchersfelde!" Wilhelm sah ihn höhnisch an. „Ist es möglich, dass Sie diesen hier suchen?" Er hielt den kleinen Zierknopf in die Höhe. „Ich weiß, dass Sie am Samstag sehr wohl hier waren. Und ich bin überzeugt, dass Sie Marianne in Rage geschlagen haben, weil Sie sich weigerte, Ihren Antrag anzunehmen!"
Ausdruckslos blickte Friedrich auf den Knopf in Wilhelms Hand. Verblüffenderweise blieb er völlig ruhig. Schließlich, nach einer endlos wirkenden Pause, begann er zu sprechen. „Ich bin dem Briefträger begegnet. Draußen, vor der Tür. Er hatte einen Brief für Marianne... Ich hab ihn einfach angenommen." Er faltete das Papier in seinen Händen akkurat zusammen. „Ja, ich war am Samstag da. Ich wollte ihr einen Ring schenken... passend zu der Kette..." Er sah mit leerem

Blick in die Ferne. „Sie war so reserviert wie immer. Ich forderte sie auf, Kette und Ring zusammen zu tragen... aber die Kette war fort. Nach langem Drängen hat sie zugegeben, dass sie sie ihrem nichtsnutzigem Bruder gegeben hat, damit der einige seiner Schulden begleichen konnte." Er schluckte. „Ich war so wütend. Da habe ich sie geschlagen, und sie ist gegen den Türrahmen geprallt. Sie hat geblutet... Sie hat mich unter Tränen angeschrien, sie würde niemals, niemals meine Frau werden... Und ich bin fast wahnsinnig geworden vor Wut. Ich habe ihr versprochen, dass ich alles zerstören würde, alles, was sie hat. Ihre Wohnung fortnehmen, dafür sorgen, dass sie und ihr Bruder ihre Arbeit verlieren... Sie wusste, dass das in meiner Macht stand." Er seufzte lang und tief. „Aber sie hat mich nicht zurückgehalten, als ich ging." Langsam überreichte er Wilhelm den Brief. „Die ganze Nacht habe ich gewartet. Ich dachte, sie kommt zu mir und entschuldigt sich... Und dann kam Franz und..." Seine Stimme stockte, und er sprach nicht mehr weiter, sondern starrte angestrengt auf den Boden.

Verwundert entfaltete Wilhelm das Papier. Es war ein Brief.

„Meine liebe Marianne", las er.

„Dein letzter Brief hat mir schwer auf der Seele gelegen. Du weißt, dass ich keinen Sinn, keine Zukunft in unserer Beziehung sehe. Unsere Liebe war ein Strohfeuer, eine Sternschnuppe, wunderschön für einen Augenblick. Für mich war es vorbei, als ich ging. Wie oft schrieb ich dir das. Doch ich habe, wie du schreibst, dein Herz mitgenommen.

Immer wieder klangen mir die Worte aus deinem letzten Brief im Kopf. ‚Wenn du meine Tränen nicht trocknest, werde ich die Wupper mit ihnen füllen.' Dieser Gedanke ließ mich nicht mehr los. Ich habe Angst um dich, Marianne. Und diese Angst ist es, die mir klargemacht hat, dass ich dich noch

immer lieben muss, dass meine Liebe tiefer ist, als es mir klar war.
Er fällt mir schwer, denn es widerspricht dem, was mein Verstand mir sagt. Doch mein Herz lässt mir keine Wahl mehr. Ich werde, sobald ich kann, zu dir nach Elberfeld kommen. Wir werden zusammen einen Weg finden. Ob er uns glücklich macht – ich weiß es nicht. Doch dein Unglück kann ich nicht mehr länger ertragen.
Nun, wo ich weiß, was ich zu tun habe, kehrt die Freude in mein Herz zurück. Ich freue mich darauf, dein Gesicht zu sehen, deine wunderschönen Augen. Trägst du noch die Ohrringe, die ich dir geschenkt habe? Trage sie, wenn du mich vom Bahnhof abholst. Sobald ich weiß, wann ich komme, gebe ich dir Bescheid.
In Liebe, dein Alphonse."
Benommen ließ Wilhelm den Brief sinken. In seinem Kopf fügten sich Bilder wie Puzzleteile zusammen, ergab zum ersten Mal alles einen Sinn. Das schäbige Kleid, das sie gewählt hatte, um in den Tod zu gehen, der Briefumschlag mit den Ohrringen – er enthielt keine „Familienunterlagen", sondern einen Abschiedsbrief von Marianne! Alles von Wert wollte sie ihrem Bruder hinterlassen, dieser, von Schulden erdrückt, fürchtete wohl, der Schmuck sei ein Geschenk von Friedrich gewesen, womöglich forderte er ihn zurück... Eine schnelle Lüge, damit die Kostbarkeit ihm nicht wieder entgleitet... Und die vielen unleserlichen Briefe unter dem Bett... von Alphonse, ohne Zweifel.
„Das Mädchen stand am Rand", murmelte Wilhelm kopfschüttelnd, „und was tun Sie? Sie schlagen es, sie bedrohen es... Sie haben ihm das letzte winzige Fleckchen weggezogen, auf dem es stand."

Friedrich sah zu ihm auf, die Augen mit Tränen gefüllt. Er setzte zu einer Antwort an, doch kein Wort kam ihm über die Lippen.
„Niemand wird sie arretieren, Herr von Blüchersfelde. Aber vor Ihrem Gewissen stehen Sie ganz alleine da."
Wilhelm wandte sich um und ging zur Tür. Hinter ihm flüsterte Friedrich erstickt: „Sie wollte lieber sterben, als mit mir zu leben. Aber ich hätte ihr doch so viel geben können, so viel..."
Wilhelm drehte sich um und sah den jungen Mann ernst an.
„Geld und Macht können nicht alles kaufen, Junge. Ganz sicher nicht alles."
Er sah, wie Tränen sein Gesicht herabliefen. Ohne ein weiteres Wort verließ er die Wohnung und kehrte zu seiner Droschke zurück, wo Joseph und Henriette auf ihn warteten.
Es regnete nicht. Aber es war kalt. Sehr kalt.

Herbst

Barbara Friedrich

Corinne löffelt ihren Eisbecher in Kleinstportionen, teils um den Genuss zu verlängern, teils um ihren Aufenthalt auf der Caféterrasse auszudehnen, ohne die Kalorienzufuhr zu erhöhen. Sie ist Ende fünfzig, in einem Alter also, in dem sie „ein wenig auf sich achten muss". Sie ist noch immer schlank, aber das ist weniger eine Folge der Konstitution als ihrer eiserner Disziplin. Sie sieht, wie sie gelegentlich feststellt, noch ganz passabel aus. Die ersten weißen Härchen hatte sie sich Anfang zwanzig ausgezupft. Spätere waren in blonden Strähnchen untergegangen. Jetzt trägt sie das zunehmende Silber mit einem Eigensinn, der sich den Farbvorschlägen der Jungfigaros standhaft widersetzt.

Einen Tisch weiter lärmt ein Schwarm Mädchen. Wie alt mögen sie sein? Sechzehn, siebzehn? Sie versucht sich vorzustellen, wie sie in dem Alter war. So unbefangen? So unverkrampft fröhlich? Wahrscheinlich nicht. Sie taucht in einen Nebel von Gefühlen. Bedauern über ungelebtes Leben und, ja, auch das: Neid. Neid auf die Mädchen, die die Chance haben oder den Mut, auf eine Weise jung zu sein, wie sie es nie war.

Hinten auf der Terrasse sitzt allein ein älterer Herr. Er winkt die Bedienung heran, wechselt ein paar Worte mit ihr, macht eine Geste zu den jungen Mädchen. Die begrüßen wenig später mit Gejuchze die Runde Espresso, die er ihnen spendiert hat. Sie kichern, tuscheln und heben die Tassen in seine Richtung, großzügig ihren jugendlichen Charme verströmend.

In den Augen der Mädchen ist der Mann sicher alt, denkt sie. Dabei ist er nicht viel älter als Corinne, und die würde sich

nicht als „ältere Dame" bezeichnen. Bemerkenswert, denkt sie. Schätzt sie den sichtbaren Teil ihres Alters allzu optimistisch ein? Über den Rand ihres Eisbechers hinweg beobachtet sie die Blicke über die Tische, registriert die kokette Veränderung in der Tonart der Mädchen und sieht ein Leuchten in den Augen des Mannes. Wie leicht es jungen Mädchen fällt, ein Herz zu wärmen!
Und wie leicht für einen Mann, Aufmerksamkeit auf sich zu ziehen! Wenn sie sich vorstellt, da säßen Jungs am Tisch, und sie spendierte ihnen eine Runde Espresso... Das Getuschel kann sie sich ausmalen! „Ob die noch richtig tickt?" Essig wär's mit charmanten Blicken. Stattdessen: Rollladen runter und nichts wie weg von der verrückten Alten.
Ihre Gedanken wandern wieder zurück. Sie selbst als Dreißigjährige. Die Miniröcke, die sie damals trug, waren unziemlich kurz gewesen. Sie hatten ihre Beine eindrucksvoll in Szene gesetzt. Aber wen interessiert das jetzt noch.
Sie war achtsam genug, rechtzeitig den Saum sinken zu lassen. Äderchen, kleine Dellen und Unebenheiten – Zeitzeichen verbirgt sie unter flotten Jeans oder verschleiert sie diskret mit fließenden Stoffen. Und farblich abgestimmte Seidentücher überspielen das Geknitter am Hals, jedenfalls in der Öffentlichkeit. Natürlich hat Thomas in den langen gemeinsamen Jahren ihre Haut aus der Nähe knittern sehen. Auch wenn er nichts gesagt hat. Es gibt nun mal Dinge, die man nicht ausspricht.
Das Verlangen nach Nähe verebbt wohl nie im Leben, denkt Corinne. Aber es stößt vor eine Wand. Plötzlich gehört etwas Wesentliches in einen Bereich, wo es langsam erstickt wird.
Ihr fällt ein Spruch aus ihrem Poesiealbum ein:
„Genieß den Frühling deines Lebens,
leb im Sommer nicht vergebens,
denn gar bald stehst du im Herbste.

Wenn der Winter kommt, dann sterbste..."
Sie zahlt, verlässt die Terrasse und geht nebenan zum Gemüsestand. Pfifferlinge liegen im Korb vor dem Laden, Steinpilze... Seine walddurchwandernden Helfer waren fleißig. Die letzten Regengüsse und jetzt die Wärme – Corinne überlegt, ob sie sich noch aufrafft und selbst Pilze suchen geht. Nein, ist wohl schon zu spät. Heute Abend hat sie Ella zum Essen eingeladen. Ella, die sympathische junge Frau, die seit einem halben Jahr die Buchhandlung am Kirchplatz führt. Thomas wird sich freuen, wenn wieder einmal ein Gast im Haus ist. Und sie wird etwas Gutes kochen. Fressen ist der Sex der alten Leute, hat mal jemand gesagt. Na und? Entschlossen trägt sie Schalotten, Petersilie, Minze und reichlich Pilze heim.
Vor einigen Wochen hat Corinne ein neues Kochbuch für die kommende Pilzsaison gekauft. Bei der Gelegenheit kam sie mit Ella ins Gespräch. Und weil Ella zwar gern frische Pilze isst, aber noch nie welche zubereitet hat, hat Corinne ihr Nachhilfe angeboten. „Haben Sie schon mal Totentrompeten probiert?" Ella zuckt zusammen: „Was? So was kann man essen?" Damit hat Corinne gerechnet. „Ja", lacht sie, „das hört sich unmöglich an. Aber keine Angst. Die schmecken sogar." Vielleicht, denkt sie, hat Ältersein auch Vorzüge: Erfahrung zum Beispiel. Sie genießt es, wenn Jüngere ihren Rat suchen, und sie erteilt ihn freigebig. Ihre Liebenswürdigkeit läuft in solchen Augenblicken zur Hochform auf.
Die Küche sieht nach Freude am Kochen aus. Die beiden übereinander stehenden Backöfen, das große Hackbrett, die Messer an der Magnetleiste, alles sehr professionell. Und doch ist es gemütlich mit dem vielen Holz, nur eben ein wenig eng für zwei Frauen. Wenn sie einander mit den Ellbogen anstoßen, sich versehentlich mit den Armen berühren, wechseln sie kurze Blicke, begleitet von einem leisen

„Oh!“, das friedliche Absichten bestätigt. Trotz der Enge kommen sie sich nicht ernsthaft in die Quere. Einträchtig putzen sie die Pilze, fragen und antworten im geübten Wechselspiel sozialer Annäherungen.
„Niemals waschen“, erklärt Corinne, „dann sind sie zwar sauber, aber von der Feuchtigkeit werden sie in der Pfanne suppig.“
„Wie kriegt man das Zeug denn dann sauber?“, fragt Ella. Sie verbindet Putzen mit reichlichem Wasserverbrauch.
„Mit der Sauberkeit ist es wie mit allem andern: nur nicht übertreiben!“ Corinne gibt Ella ein kleines Messer, stellt die Küchenrolle in die Mitte, und nun entfernen sie behutsam mit dem Papier Erdkrümel, Tannennadeln und Laubreste.
„Dreck reinigt den Magen, hat meine Mutter immer gesagt“, erinnert sich Ella. „Mit Dreck hatte sie viel Erfahrung. Wir waren vier Kinder. Und immer draußen!“
Wurmstichige Teile schneiden sie heraus und zerteilen die dicken Pilze in Stücke. Ein waldigerdiger Duft breitet sich aus, feucht und kühl, mit einem Hauch von Kompost.
Merkwürdig, denkt Corinne, früher wollte ich, dass sie mich nach meinem Tod verbrennen. Aber seit ich den Duft der frischen Erde kenne, wenn all die Laub-, Gras- und Gemüsereste zerfallen sind, möchte ich begraben werden.
„Vergänglichkeit heißt nicht unbedingt vergammeln“, sagt sie plötzlich.
„Was?“ Ella ist erschrocken. Sie sieht keinen Zusammenhang.
„Nein“, sagt Corinne. „Es geht um Wandlung. Aus Altem entsteht Neues.“ Und weil sie merkt, dass ihre Gedanken sich von Ella und der Küche entfernt haben, macht sie einen Rückzieher. „Arbeit macht Durst“, sagt sie. „Ich glaube, wir trinken einen Schluck.“ Sie lächelt die Jüngere an. „Mögen Sie Prosecco?“

Das Pilzhäufchen hat bereits eine ansehnliche Größe. Sie stoßen an: auf die gemeinsame Arbeit und den kommenden Genuss. Und weil der Nachmittag auf der Terrasse bei Corinne einen Nachgeschmack hinterlassen hat, der ein Vorgeschmack von Endlichkeit war, und weil das gemeinsame Tun eine tröstliche Nähe schafft, möchte Corinne noch ein Übriges tun, und so bietet sie Ella das Du an.
Corinne nimmt Ella die Knoblauchknolle aus der Hand. „Lass nur, ich pelle die Zehen und schneide sie in Scheiben – du musst morgen wieder Goethe verkaufen. Guck mal nach, ob du das Olivenöl im Schrank findest." Ella überlässt ihr die Knolle, gießt Öl in die Pfanne. „Vielleicht verkaufe ich ja ‚Die Erfindung der Currywurst', das würde eher passen!"
Während das Öl heiß wird, drückt Ella eine Zitrone über die Pilze aus. Corinne denkt an Lotti Huber, die Alte, die ihr immer einen Tick zu schrill war. So viel Vitalität – unheimlich. Nein, stimmt nicht, denkt sie, ich hab sie um diese Lebenskraft beneidet.
„Jetzt brätst du die Pilze an, aber immer nur ein paar, und die fertigen stellst du im unteren Backofen warm." Aus den Augenwinkeln sieht Corinne Ellas schmalen Händen zu. Ein schöner Anblick! Corinne zerlässt Butter in einer zweiten Pfanne, dünstet die Knoblauchscheiben leicht an, gibt kleingeschnittene Petersilie dazu, löscht mit Zitronensaft ab und rührt Tomatenmark ein. Sie salzt, dreht die Pfeffermühle kräftig darüber, und nun kann Ella die angebratenen Pilze in Corinnes Knoblauch-Tomatenmark-Mischung füllen. Sie rühren alles um, schmecken noch einmal ab. Gemeinsames Beratschlagen: mehr Zitrone? Noch Pfeffer? Zuletzt füllen sie das Gemisch in die bereitstehende feuerfeste Form. Ab damit in den oberen Backofen, der ist schon vorgeheizt.
Ella hat neben der Durchreiche eine alte Dröppelmina entdeckt. „Met allem Dröm on Dran", lobt sie. Es ist Corinnes

Schmuckstück. Sie hat sie damals gekauft, als das Feriendomizil fertig renoviert war, eine winzige halbverkommene Mühle irgendwo hinter Engelskirchen, wo sich nicht mal Füchse und Hasen Gute Nacht sagen. Die Mühle war über viele Jahre Corinnes und Thomas Fluchtburg gewesen. „Kein Telefon" war die Devise bei der Renovierung gewesen, sie wollten wirklich ungestört sein. Die Lage bescherte ihnen ein Übriges: sie befanden sich in einem Funkloch. Das Handy hätte allenfalls zum Spielen getaugt. Corinnes Dröppelmina strahlt etwas aus von der friedlichen Ruhe des versteckten Tals. Sie hält standhaft die Erinnerung an das bergische Erdenfleckchen und seine Stimmungen wach.

Nach zehn Minuten brodelt das Gericht. Ein paar Minzeblättchen darübergestreut, mit Ciabatta serviert, fertig sind die Funghi alla toscana. Thomas, der schon eine Zeit lang genüsslich geschnuppert hat, spendiert einen Rotwein aus seinem Keller, und nun wird es ein vergnügter Abend zu dritt.

„Eine nette Frau", sagt Thomas beim Schlafengehen. „Die kannst du ruhig öfter einladen." Er beschließt, seine Krimis nicht mehr am Kiosk zu kaufen, sondern sich künftig von Ella beraten zu lassen. Und tatsächlich verändert sich nicht nur seine Lektüre. Er spricht jetzt sogar darüber.

Corinne ist beglückt über diese Veränderung. Beim nächsten Schlemmerabend, es gibt Paglia e fieno, weiße und grüne Bandnudeln mit Pilz-Sahnesauce, schlägt sie vor, dass auch Thomas ihrer neuen Freundin das Du anbietet. Und als Ella ein paar gemeinsame Essen später andeutet, dass ihr die Buchhaltung Sorgen bereitet, regt Corinne an, dass Thomas ihr sicher helfen könne. Das tut er gern, und Ella revanchiert sich mit einer Schmauserei in ihrer kleinen Wohnung. Sie zaubert Polenta pasticciata auf den Tisch. So ein Polenta-Auflauf ist der kühlen Jahreszeit angemessen. Thomas hat

Wein statt Blumen mitgebracht, Corinne überreicht der Freundin ein Glas rotgoldenes Quittengelee. Damit trifft sie ins Schwarze: Ella ist entzückt! Sonntagsbrötchen mit Quittengelee, das erinnert sie an Zuhause, an Familienleben und an ihre Großmutter, die kochte Quittengelee. Und Quittenspeck. Und sie häkelte kleine weiße Spitzenränder an Taschentücher. Ella hat noch ganz viele. Das findet Corinne toll. Sie hat als kleines Mädchen solche Taschentücher geliebt. „Ich schenk dir mal eins", verspricht Ella. „Aber jetzt wird gegessen!"
Wie schön, so eine Dreier-Freundschaft, denkt Corinne beschwingt. Jeder bringt etwas ein, und jeder nimmt etwas mit. Ella regt an, dass Corinne sich einen Computer kauft. Corinne ist skeptisch, traut sich nicht recht. „Ich kann das doch gar nicht", wendet sie ein. „Am Ende mache ich alles kaputt!" Ella redet ihr gut zu, ermutigt sie, verspricht ihr zu helfen. „Du willst doch mithalten", sagt sie. Mit diesem Argument erzielt sie den Durchbruch.
Alles ist neu und ungewohnt, und Corinne fühlt sich wie ein Fossil. Bereitwillig hilft Ella ihr, wenn sie mit dem Textprogramm Probleme hat. Sie zeigt ihr, wie sie ins Internet kommt, wie sie interessante Seiten findet, Homepages von Pilzkennern, ja, sogar Rezepte. Und Corinne lernt E-Mails zu verschicken. „Jetzt können wir von Haus zu Haus Botschaften austauschen. Ohne Telefon, ganz einfach so." Corinne weiß nicht, ob sie das auch toll findet, aber sie spielt bereitwillig mit. Die Zuwendung der Jüngeren tut ihr gut, ja, sie genießt es, ihr nahe zu sein und etwas mit ihr zu teilen.
Eine jüngere Freundin haben – das fühlt sich schön an, denkt Corinne. Sie hat nur noch zu wenigen Klassenkameradinnen Kontakt. Die leben alle weit weg, lediglich zwei-, dreimal im Jahr tauschen sie sich aus. Gemeinsame Erinnerungen, aber keine Nähe oder Verlässlichkeit. Ob das heute noch gebraucht

wird? Als Ella Corinne ihre Haus- und Wohnungsschlüssel gibt – „damit du reinkannst, wenn mal was ist“ – wird Corinne vor Freude rot. Und natürlich gibt sie der Freundin auch einen Satz ihrer Schlüssel „für Notfälle“.
Im November werden die wechselseitigen Besuche seltener. Das Weihnachtsgeschäft beginnt, und Ella ist völlig überlastet. Dann ist Inventur. Ein paar Mal kommt Thomas später heim, er hat im Buchladen Licht gesehen und Ella rasch geholfen. Es gab in den Regalen so viel hin und her zu räumen, und Bestellungen mussten auch noch raus. Und dann haben sie einen Tee getrunken. Überrascht stellt Corinne fest, dass Thomas doch noch ein Gentleman sein kann.
Im Januar fahren sie zu dritt für ein Wochenende zum Skifahren. Corinne verknackst sich den Knöchel. Nicht schlimm, doch sie verzichtet auf weitere Abfahrten. Es tut ihr gut, dass Ella und Thomas sie bedauern und ihr die Zeit versüßen wollen. „Fahrt ihr wenigstens“, sagt sie und scheucht die beiden mit kleinen Handbewegungen in den Schnee. „Na los! Kindermädchen brauche ich nicht, dafür bin ich zu alt.“
Zu Hause erfreut sich Ella an Corinnes phantasievollen E-Mails. Jetzt ermutigt sie die Freundin, doch einfach zu schreiben. „Was denn?“ fragt Corinne. „Was dir einfällt“, drängt Ella, und Corinne setzt sich hin und schreibt, was ihr durch den Kopf geht: Einfälle, Phantasien, aus denen schließlich Geschichten werden, die sie abends vorliest.
Als sie wieder zu Hause sind, empfiehlt ihr Ella ein Schreib-Seminar an der Wuppertaler Volkshochschule. „Schweben – einmal im Leben“ ist das Thema. Nicht, dass Corinne plötzlich ein gesteigertes Interesse am Schreiben hätte, aber Schweben, das reizt ihre Phantasie. Andere Seminare folgen. Natürlich lernt sie einiges. Sie liest aufmerksamer, horcht zwischen den Zeilen. Gespannt verfolgt sie den Aufbau einer Geschichte, achtet auf die Entwicklungen der Charaktere und

denkt darüber nach, wie sehr sich Literatur und Leben ähneln. Und wie verschieden sie sind. Man kann ein Buch zuklappen, aber ein Leben?

Im Frühjahr sollte man mal wieder in der Mühle nach dem Rechten sehen, findet Corinne. Thomas hat sich vorgenommen, ein Wochenende lang auszumisten, die Betten zu beziehen und ihr Refugium wieder einladend herzurichten. Schade, an dem Wochenende hat Corinne wieder ein Seminar. Kreatives Schreiben oder so, er weiß es nicht mehr genau.

Klar, er kommt allein zurecht, er ist doch kein Kind mehr, und, nein, sie braucht kein schlechtes Gewissen zu haben. Das hat Corinne trotzdem, denn insgeheim ist sie froh, dass sie um dieses Gummihandschuh-Wochenende herumkommt. Ja, am Samstag nach dem Seminar werden sie zu zweit dorthin fahren, und da wird sie alle Gardinen abnehmen und alles erledigen, was er allein nicht geschafft hat. „Jaja“, sagt er, „so machen wir das.“

Zwei Wochen später. Corinne ist begeistert, weil Thomas in der Mühle einen CD-Player installiert hat. Und er hat sogar eine Ladung CDs hingebracht! Und ein paar neue Bücher! „Wie lieb von dir“, sagt sie und kann ihm eben noch einen Kuss auf die Wange huschen. Weil er sich gerade umdreht, hat sie seinen Mund verfehlt.

An diesem Abend schlafen sie miteinander, und Corinne denkt, dass kurze Trennungen die Beziehung beleben. Und wie sehr eine Freundschaft mit jüngeren Menschen beflügelt. Als Corinne am Sonntagmorgen um sechs aufwacht, schläft Thomas noch. Sie huscht ins Bad, wickelt sich in seinen dicken Bademantel, zieht Wollsocken an und setzt sich mit einer Schale Milchkaffee in die Küche. Die Heizung braucht eine Weile, bis die Wärme spürbar wird. Es riecht nach Mühle

und nach Kaffee aus der Dröppelmina. Der Wintergeruch ist beinahe weg.
Corinne fröstelt. Die Fenster sind nicht wirklich dicht, das merkt man bei leichter Bekleidung. Sie schnieft, wischt sich mit dem Handrücken über die Nase. Dabei nimmt sie den Parfümduft wahr. Als ob der auch aufwachen müsste, denkt sie, und drückt die Nase an die Haut, wo bläulich die Adern durchscheinen. „Dschungle" – eine gute Wahl, auch wenn das hier nur ein gewöhnliches Tal ist. Neben ihrem Kinn steigt leise ein anderer Duft auf, kaum wahrnehmbar. Sie gräbt die Nase in den dicken Frotteekragen. Das ist Thomas Rasierwasser. Es ist, als sei er da, mollig um sie herum. Sie lächelt, hält die Kaffeetasse in beiden Händen und trinkt noch einen Schluck. Sie rückt mit dem Fuß einen zweiten Stuhl zurecht und legt die Füße darauf, stellt die Tasse auf den Tisch und steckt die morgenkalten Hände in die Taschen des Bademantels. Die sind weit und tief und warm. Unten drin sind meistens harte Brotkrümel, an denen reibt sie die Fingerkuppen, wie früher als Kind im Sand.
Sie stutzt. Ein Taschentuch. Merkwürdig, er benutzt doch sonst keine Stofftaschentücher. Sie zieht es heraus. Weiß. Mit einem großmütterlichen Häkelrand. Woher hat er das? Wer benutzt das heute noch? Sie friert. Sie weiß es. Nur möchte sie es lieber nicht wissen. Nicht so plötzlich. Die Heizung rauscht in der Morgenstille. Das heiße Wasser strömt gluckernd durch Rippen und Rohre. Man sollte mal entlüften, denkt sie. Wo hat Thomas das gefunden?
Corinne holt tief Luft, schwingt die Füße vom Stuhl, steht auf. Ihre Knie sind wacklig, der Kreislauf ist noch nicht auf Touren. Sie geht an die Garderobe, steckt das Taschentuch in ihre Handtasche, nimmt es noch einmal heraus und betrachtet es. In einer Ecke ist ein Monogramm. Das hätte sie auch gern gehabt, damals, als sie jung war. Jetzt mag sie es nicht.

Am Montag telefoniert sie mit Ella, bestellt ein Buch und holt es am Dienstag ab. Beim Bezahlen hält sie Ella das Taschentuch hin: „Kann es sein, dass du das bei mir verloren hast? Auf dem Sofa." Was für eine Brücke, die sie der Freundin damit baut!
„Ach", sagt Ella und schaut erstaunt. „Ja, Omas Monogramm. Dass du das gleich gewaschen und gebügelt hast! Danke, du bist ein Schatz!" Ein Hauch von Rot huscht über ihr Gesicht, und Corinne denkt, dass das hübsch aussieht, und dass ihr das gefällt.
Ihr Lächeln legt zwei Reihen Zähne frei. „Wenn du dich da mal nicht täuschst." Die Worte klacken aus ihrem Mund wie Kieselsteine. Ella lacht. Das klingt ein bisschen hastig. Sie muss sich um einen Kunden kümmern.

Einladungen zum Essen werden nur noch selten ausgesprochen.
„Schade eigentlich", sagt Corinne, als sie wieder einmal ein Buch kauft.
„Ja", Ella stimmt ihr zu. „Irgendwie ist alles zu viel... der Laden..."
„...und was du sonst am Hacken hast", ergänzt Corinne mit ahnungslosem Blick. Sie versteht, oder richtiger, Sie versteht, dass sie es verstehen sollte. „Kommst du mit der Buchhaltung jetzt besser klar?"
„Ich sollte eigentlich mehr davon verstehen", Ella wird rot.
„Dafür brauchst du dich doch nicht zu schämen", sagt Corinne.
Thomas hilft Ella, immer wieder. „Das kann man ja nicht mit ansehen, wie das Kind da herumstümpert", meint er kopfschüttelnd.
„Und weggucken auch nicht", sagt Corinne. „Natürlich nicht", antwortet Thomas. Corinne fährt zu den Schreib-

Wochenenden wie in Klausur. Sie bearbeitet die Aufgaben, aber sie schreibt vor allem für sich. Sie nutzt die Zeit, ihre Gedanken zu ordnen, ihre Gefühle auszuloten und sich über beides Klarheit zu verschaffen. Auch der Abstand zu Thomas ist wichtig. Und die Distanz zu Ella. Das Zuhausesein fühlt sich bei der Rückkehr jedes Mal anders an als vor dem Aufbruch. Etwas scheint sich während ihrer Abwesenheit zu verändern. Was? – Das kann sie nicht sagen.
Einmal fährt sie früher von einer Tagung heim. Sie macht einen Umweg und steuert den Wanderparkplatz nahe bei der Mühle an. Er ist kaum besucht. Ein flottes kleines rotes Cabrio steht da. Wie sehr sie sich immer eins gewünscht hat! Jetzt ist es dafür zu spät, denkt sie, ich vertrage keinen Zug mehr. Ein Cabrio ist für Junge. Es ist Ellas Wagen.
Der Anblick versetzt ihr einen Stich. Die Gewissheit zieht ihr den Boden unter den Füßen weg. Mit einem Mal ist alles anders. Sie schweigt über ihr Wissen genau so, wie sie über den keimenden Verdacht geschwiegen hat. Ob sie nur still hält, ob sie abwartet oder über etwas brütet – sie könnte es selbst nicht sagen.
Merkwürdig, dass sie Ella immer noch gern hat. Sie kann sogar, und das ärgert sie, verstehen, dass Thomas mit ihr zusammen ist. Ella ist hübsch. Sie ist jung, deutlich jünger als sie. Neben Ella fühlt sich Corinne manchmal aschgrau. In Ellas Nähe springt ein Funke Lebenslust auf sie über. Kann sie es Thomas verdenken?
Dass es sie nach jedem ihrer Kreativkurse in die Mühle drängt, beschäftigt sie. Schon beim Eintreten spürt sie Ellas Frische. Die Wände sind getränkt von Geräuschen, Gerüchen und von einer Geschichte, aus der Corinne ausgeschlossen ist. Sie spürt Thomas Zerrissenheit. Er hat sich in sein Schweigen verbissen. Sie weiß, dass er leidet, aber sie hilft

weder sich noch ihm aus dem schmerzhaften Schweigen. Sie will nicht. Nein, das will sie nicht.

Wieder ist Herbst. Wieder ist Pilzsaison, und in diesem Jahr wird heftig gesammelt! Man muss die Gelegenheiten nutzen, die sich bieten, denkt Corinne. Nach ein paar wärmeren Tagen und nächtlichem Regen ist es frisch. Unter klarem Himmel duftet der Wald verheißungsvoll, und so zieht sie los mit ihrem Weidenkorb. Immer wieder trifft sie auf andere Pilzsammler; sie kennen einander aus früheren Jahren, tauschen sich aus, zeigen ihre prachtvollen Funde, bestaunen Krause Glucke und Hallimasch, Kuhmaul, Parasol und den Flockenstieligen Hexenröhrling, und verteilen sich wieder im Geflecht der Wege. Jeder hat seine Lieblingsplätze und geheimen Fundorte, jeder hat eine Reihe von Pilzen, die er kennt, andere sammelt er erst gar nicht, oder geht mit ihnen zur Beratungsstelle. Dort hat Corinne über viele Jahre hinweg neue Sorten gelernt. Jetzt kennt sie mehr als die meisten, die hier wie sie, gebückt, das Messer in der Hand, suchend um Bäume und Büsche laufen.
Und wie ergiebig das Sammeln ist! Von jeder Tour bringt Corinne eine volle Mahlzeit heim. Thomas scheint die abendliche Pilz-Schmurgelei zu genießen. Die schönsten Stücke werden geputzt und zusammen mit selbstgepflückten Brombeeren und Waldhimbeeren tiefgefroren. Auch in der Mühle haben sie eine Tiefkühltruhe. Wenn schon ein Wochenende in der Mühleneinsamkeit, dann müssen sie doch mitnehmen, was die Natur ihnen vor die Füße legt, oder?
Und auch bei der Mühle findet sie reichlich Pilze. Aus Maronen und Steinpilzen bereitet sie ein kleines Abendessen für Thomas und sich. Die übrigen putzt sie und legt sie einzeln auf ein Backblech in die Tiefkühltruhe zum Einfrieren. Ein

schöner Vorrat für kleine Mahlzeiten an Winterwochenenden. Ihr entgeht nicht, dass Thomas ein wenig zögerlich isst.
„Schmeckt's dir nicht?“ fragt sie und schiebt sich demonstrativ eine Gabel in den Mund.
„Doch, doch“, sagt er und isst. „Hab kaum Appetit. War stressig, die Woche.“
„Wird Zeit, dass du endlich Ruhe findest“, sagt Corinne. „Das tut uns beiden gut.“ Die Sätze haken sich in Thomas Gedanken. Er wendet sie hin und her und findet doch nichts darin.
In aller Frühe steht Corinne auf. Die Pilze von gestern sind gefroren. Sie füllt sie in Tiefkühltüten und klammert sie zu. Schalotten und Knoblauch hängen im Netz in der Küche, ein bisschen Rauchfleisch liegt kühl und luftig in der Speisekammer, und Kartoffeln sind auch noch reichlich dort. „Dann muss ich beim nächsten Mal an nichts mehr denken“, sagt sie, als sie wieder aufbrechen. Thomas stimmt ihr zu.

„Ich hab was Interessantes!“ Ella wedelt mit einem Prospekt. „Ein langes Wochenende Wasser, Musik und Schreiben. Das könnte dir gefallen!“
Corinne liest den Prospekt durch.
„Wipperfürth – in die Gegend wolltest du doch schon lange“, wirbt Ella.
„Stimmt“, sagt Corinne. „Ich war ewig nicht mehr an der Talsperre. Könnte mir gefallen. Aber das muss ich mit Thomas besprechen.“
Es ist nicht mehr viel Zeit bis zum Wasser-Musik-und-Schreiben-Wochenende. Entgegen ihrer Gewohnheit etwas erst sorgfältig zu durchdenken, hat sie sich diesmal überhaupt keine Gedanken gemacht. „Du hast nur, was du los lässt“, hat sie einmal gelesen. War das in einer Buchempfehlung von Ella? Loslassen – ein Motto für mich, denkt sie. Immer ist

etwas zu Ende, der Morgen, ein Tag, die Woche. Kindheit, Lebensträume, jedes Leben, irgendwann... Ich muss loslassen, damit ich Kopf und Hände frei habe. Loslassen. Darauf vertrauen, dass das Leben zur richtigen Zeit die richtige Lösung parat hat... das ist es!
Corinne packt ein paar Sachen mehr ein, als sie für ein langes Wochenende braucht. Sie verabschiedet sich in der Buchhandlung von Ella, dankt ihr für den Wasser-Musik-und-Schreiben-Tipp. Sie verabschiedet sich von Thomas. Am Freitagmittag bricht sie auf. Am Samstagnachmittag ruft sie Ellas Nummer an. Niemand meldet sich, weder in der Buchhandlung noch in der Wohnung. Dann probiert sie es zu Hause: auch niemand. So hat sie es erwartet, aber es schmerzt doch. Lass endlich los, denkt sie. Abends fühlt sie sich leer, leergedacht und leergeschrieben, auch leergeweint. Leer und frei. Losgelassen. Und genau damit hatte sie sich dieses Wochenende beschäftigen wollen.
Am Sonntagnachmittag, nachdem die Seminarteilnehmer sich auf dem Marktplatz in Wipperfürth voneinander verabschiedet haben, gondelt Corinne ziellos durch die herbstgoldene Landschaft. In der Nähe von Marienheide findet sie einen gemütlichen Landgasthof, da möchte sie noch ein paar Tage bleiben. Komisch, denkt sie, all die Jahre haben wir in einem Erholungsgebiet gelebt! Andere Menschen reisen hierher, und wir haben die Herrlichkeit vor der Haustür.
Die freundliche Wirtin, mit der sie natürlich über Pilze gefachsimpelt hat, möchte Corinne zum Abendbrot ein Steinpilzpfännchen servieren. Das steht gar nicht auf der Karte. Corinne hilft beim Pilzeputzen. Es schmeckt hervorragend. Später ruft sie daheim an. Sie spricht auf den Anrufbeantworter, sagt, wo sie ist, dass sie es gut getroffen hat und vielleicht erst am Mittwoch oder Donnerstag zurückkommt. Dann ruft sie bei Ella an, erzählt ihrem

Anrufbeantworter mit fröhlicher Stimme dasselbe und wünscht ihr eine gute Woche. Ein letztes Telefonat noch. Sie ruft Freund Karl an, Karl Wiedemann, den Raumausstatter in der Hauptstraße, der für sie die Mühle hergerichtet hat. Sie wollen gern, erklärt sie, die Vorhänge im Schlafzimmer der Mühle erneuern und später passende Bettüberwürfe machen lassen. Ob Karl vielleicht am Mittwoch zum Ausmessen? Ja, Thomas sei für ein paar Tage da. Nein, einen Telefonanschluss haben sie immer noch nicht da draußen. Genau, die Ruhe! Sie komme gerade von einer Tagung, ja, nacharbeiten noch, sie wolle ein wenig allein sein. Eheferien? Ja, so kann man das nennen. Auf jeden Fall übers Handy zu erreichen. Klar, sie komme auch am Mittwochnachmittag, und: danke, einen schönen Abend noch...

Zufrieden kriecht sie ins Bett. Ihr Wärmekern breitet sich wohlig aus und mit ihm eine Lebensfreude, die sie als restauriert bezeichnen würde.

In den nächsten Tagen wandert sie, lässt sich treiben, wartet ab, ruft abends daheim an und bei Ella, spricht auf beide Anrufbeantworter. Am Mittwoch meldet sich mittags ihr Handy. Der Laden ist geschlossen, und Karl macht sich zur Mühle auf, nachmittags wird er dort sein. Prima, ja, sie wird auch kommen, bis später!

Als Corinne um vier zur Mühle kommt, steht Karls Firmenwagen neben Thomas Auto. „Dein Mann ist wohl spazieren“, meint er. „Jedenfalls macht keiner auf.“ – „Macht nichts“, sagt Corinne und kramt ihren Schlüssel aus der Handtasche. Ihre Hände flattern, und es braucht eine Weile, bis sie die Haustür aufdrückt. „Geh schon mal vor“, sagt sie. „Ich hab einen Strauß mitgebracht. Der ist noch im Auto.“ Sie holt den Strauß, geht langsam zurück, bleibt stehen, schaut die Mühle an, als habe sie sich in der Zwischenzeit verändert.

Zögernd geht sie weiter, da tritt Karl aus der Tür. Sie will ihn anlächeln, lässt es dann aber.
„Corinne", setzt Karl an. „Corinne, da ist was passiert..."
„Was denn?"
„Geh nicht rein, bitte..."
Corinne holt tief Luft und geht hinein. Karl folgt ihr, bleibt dicht bei ihr, hält ihren Arm.
„Wir müssen die Polizei rufen", sagt er und packt sein Handy aus.
„Hier ist ein Loch. Du musst rausfahren zum Telefonieren". sagt Corinne. „Ich bleib hier."
Karl lässt sie allein, auch wenn es ihm widerstrebt. Es geht nicht anders. Als er fort ist, geht Corinne in die Küche. Sie nimmt eine Tüte aus der Handtasche und schüttet den Inhalt in den Mülleimer. Es sind die Reste vom Pilzeputzen.

Thomas verstand nichts von Pilzen, gibt Corinne später zu Protokoll, aber er aß sie gern. Und Ella? Die kannte ein paar Arten, Steinpilze, Maronen, Pfifferlinge, was man eben so kennt. Ob sie Erfahrungen damit hatte? Corinne zieht die Schultern hoch, kann es nicht genau sagen; sie haben manchmal miteinander gekocht. Bei der Autopsie wurde unter anderem Amatoxin gefunden, das Gift des Knollenblätterpilzes. Ob Corinne den kennt? Sicher, Finger weg davon!
Wie das Verhältnis ihres Mannes zu ihrer Freundin war?
„Es war eines", sagt sie. „Und vielleicht war es gut."
Ob sie schon lange davon wusste? Nein, nicht sehr lange.
Ob sie nicht eifersüchtig gewesen sei? Da denkt sie nach. Nein, eigentlich nicht eifersüchtig. Sie habe Ella beneidet um ihr Jüngersein, und sie habe verstehen können, dass Thomas ... nun ja: etwas angefangen habe mit ihr. Sie habe beide gemocht, irgendwie. Und nun habe sie beide verloren.

Das Frühjahr ist ungewöhnlich warm, und auf der Caféterrasse stehen schon im März die Gartenmöbel. Corinne löffelt ihr Eis. Mit einem Ruck stößt sie den Löffel in den Glaskelch, schiebt ihn zur Seite, zieht ihre Handtasche vom Nachbarstuhl, kramt darin und legt schließlich ein Ringbuch vor sich auf den Tisch. Sie schlägt es auf und überfliegt die ersten beschriebenen Seiten. Am Wochenende wird sie wieder zu einem dieser Seminare fahren. Diesmal haben die Teilnehmer schon vor Wochen ihre Aufgabe erhalten: eine Brief-Geschichte.

Briefe, schreibt sie, Botschaften von hier nach dort. In Form gegebene Gedanken. Unumkehrbar. Sie streicht es durch, denkt an die Briefe, die sie aus der verstaubten Pappschachtel aus dem Keller geholt hat „Corinne, Liebste..." und „Dank Dir, Thomas, für diesen Abend..." In den Wochen nach der Beerdigung ist sie den Spuren ihrer abgelebten Zweisamkeit nachgegangen, hat den Thomas wiederentdeckt, der sich im langen Alltag verflüchtigt hatte, und ist der Corinne begegnet, die sie einmal gewesen sein muss.

Ella hatte beide entdeckt, erst Corinne, dann Thomas. Sie hatte beiden zu einer Neuauflage verholfen. Jetzt bin ich dran, denkt Corinne. Ein Aufschieben des endgültigen Endes! Sie lässt die Mine aus dem Kuli schnacken, kritzelt ein paar Striche an den Rand, ist bereit.

„Lieber Thomas", schreibt sie. „Manchmal könnte ich verzweifeln mit meinem Laden. Ich war blauäugig, ich liebe Bücher, Geschichten und Romane, aber ich habe mir nie Gedanken darüber gemacht, wie man einen Laden führt. Papierkram, Schriftwechsel, Bestellungen, Buchführung – ich bin zu dumm für dieses Leben! Die Abende bei Euch sind wohltuende Fluchten. Ihr seid so sicher. Und ruhig. Nein, nicht alt, wie Du immer sagst. Nicht in diesem schimpflichen Sinn. Es ist wie ein Nach-Hause-Kommen. Es ist tröstlich.

Ich fühle mich töchterlich bei euch. Aber da ist auch noch etwas anderes. Es tut gut, mit Dir allein zu sein. Danke, dass Du da bist. Ella“

Corinne bestellt einen Espresso. Als er duftend vor ihr steht, taucht sie aus ihrer Versunkenheit auf. Sie trinkt einen Schluck, dann schreibt sie weiter.

„Liebe Ella. Ich habe mir immer eine Tochter gewünscht. Ich habe davon geträumt, mit ihr noch einmal in meine Kindheit aufzubrechen, ich wollte...“

Corinne schreibt und schreibt. Manchmal zieht sie undamenhaft die Nase hoch, obwohl es wirklich nicht kalt ist. Und ein paar Mal wischt sie mit dem Handrücken über die Augen, als seien da Spinnweben, die ihr die Sicht nehmen.

Das Desaster an der Dhünn

Roswitha Geisler

Gefallen tut mir das nicht. Dieses Gestrüpp hier überall, dieser verdammt steile Abhang, die Staumauer zur Dhünn-Talsperre hinauf. Es ist Nacht über Loosenau, noch ziemlich dunkle Nacht, der Mond scheint vom Himmel runter. Bald haben wir es geschafft, ich sehe schon die Dammkrone über uns. Louis robbt in seiner Arbeitskleidung und mit schweren Arbeitsstiefeln an den Füßen über den Boden. Er keucht wie ein Elefant, der durch den Urwald kommt, zieht dabei den Beutel hinter sich her.

„Verdammt", sagt er verdrießlich, „dagegen war die ganze Sache vor drei Wochen ja der reinste Spaziergang."

„Hör auf, schschscht", sage ich, „sei leise!"

Ich erinnere mich dunkel, dass die ganze Sache Louis' Idee war. Wenn ich nur drauf käme, wie der andere Armleuchter hieß. Der Typ mit dem unrasierten Pferdekopf und der Rockermütze, der Geschäftspartner von Louis, der den ganzen Tag mit einem Ghetto-Röhrer auf dem Schoß, groß wie ein Akkordeon, in den Hüpp-Anlagen sitzt. Ich tue anderen Leuten gerne einen Gefallen, aber diese ganze Sache hat keine richtige Planung. Aber was kann man erwarten von Klugscheißern, die den ganzen Tag mit Whisky und Kaffee aus der Thermosflasche im Park sitzen und tausend großartige Dinge planen, über denen ständig der Schleier der Verdammnis hängt. Okay, ich bin dabei, hatte ich gesagt, aber eher um nicht weiter vollgequatscht zu werden als aus wirklicher Überzeugung. Und jetzt bin ich wohl oder übel mit drin im Geschäft. Weiter, los, komm, mach voran, raus aus diesem Brombeerbusch, wind dich rein in die hohen Weidenkätzchen, streng dich an, das hier ist nichts für Weicheier.

Was für eine blöde Idee. Heute Abend werde ich mörderische Schmerzen in den Knien und Ausschlag im Gesicht haben. Verdammte Scheiße. Auf was habe ich mich da bloß eingelassen? Mir gefällt das alles ganz und gar nicht.

Wir sind jetzt oben auf der Staumauer; ich schau mich um – nichts in Sicht. Gut. Wir brauchen jetzt nur den Absperrdamm entlang bis zum Ende zu gehen, bis zu diesem hohen Gitter da hinten. Und dann da rüber.
Klar, gib mir den Beutel, Louis! Oh Mann, verdammt schwer ist der, leiert meinen Arm bis auf den Boden aus. Leise traben wir über die lange, asphaltierte Mauer, verdammt, duck dich, man könnte uns von den Häusern dort oben am Hügel sehen. He, verflixt, da geht ein Licht in Lindscheid an! Sei vorsichtig, man könnte uns sehen, wie wir da so im Mondlicht in aller Eile über den Asphalt spazieren. Und jetzt kläfft da ein Köter, kläfft wie verrückt, andere stimmen mit ein. Ein ganzes verdammtes Hundekonzert. Wir beeilen uns, der Beutel schwingt vorwärts, trifft Louis in den Kniekehlen und schon geht er zu Boden, einfach so der Länge nach zu Boden. Er gibt ein unterdrücktes Geheul von sich.
„Tut mir leid, Louis. Entschuldigung", sage ich.
„Scheiße, das habe ich mir anders vorgestellt. Mir ist schlecht." Er hängt die Zunge raus, würgt wie eine Katze, die ein Gewölle loswerden möchte: „...lass mich... verflucht und zugenäht."
Jesses, er ist gereizt, aus der Übung, sein Bart hängt voller kleiner Zweige und toter Insekten. Er sieht völlig fertig aus.
„Ach komm, Louis. Keine Müdigkeit vorschützen, beeil dich", sage ich, „schau mal, es ist nicht mehr weit."
Er fängt an, mir auf den Geist zu gehen. Noch nicht allzu sehr, aber er fängt an. Wo bin ich hier eigentlich, frage ich mich, und was zum Furz mache ich hier?

Ich hätte wahrscheinlich schon stutzig werden sollen, als wir vor ungefähr einer Stunde bei Maria in der Aue den Beutel ausgegraben haben.
„Grab du“, sagte Louis, „ich halte derweil Wache.“ Abgesehen davon, dass wir mitten im Wald standen, kilometerweit von unserem bei Altenberg abgestellten Wagen entfernt und niemand uns gesehen hatte, glaube ich mittlerweile nicht mehr, dass Louis besonders gute Nerven hat oder hart im Nehmen ist. Hart im Nehmen – Scheiße, das ist er bestimmt nicht: sich morgens um vier auf einen Holzstoß zu setzen, eine Dose Dortmunder rauszuholen und neben einer einsam gelegenen Wanderhütte Wache zu schieben. „Grab du“, sagte Louis noch einmal und warf mir den Klappspaten zu, „ich übernehme dann den Transport.“ Also grub ich, bis mir der Schweiß runterrann und ich auf den grauen Müllsack traf, in den der Beutel eingewickelt war.
Louis ist so groß wie ein Grizzly, hat Pranken, als könne er damit Zaunpfähle eintreiben, aber jedes Mal bekommt er Muffensausen, wenn es zu schwerer Arbeit kommt. Was Louis nicht kapiert, ist die ganze Dimension der Lage und dass man wirklich zusammenarbeiten muss.
„Nee, jetzt pass mal auf“, versuchte ich ihm zu erklären, „der Plan setzt Arbeitsteilung voraus.“
„Ist doch gequirlte Scheiße“, sagte Louis kopfschüttelnd, „was regst du dich auf, Mann, du bist ja viel jünger als ich.“
Also, ich will damit nur sagen, dass ich es war, der die schöne, runde, fette Abfalltüte, voll mit dem Geld, vor drei Wochen eingegraben und heute wieder ausgegraben hat. Und dass wieder ich es bin, der jetzt den Beutel über das hohe Gatter wuchtet und der Louis beim Darüberklettern Hilfestellung geben muss.
Plötzlich sagen alle meine Gehirnzellen laut Hallo, denn da sehen wir unten auf dem klaren Wasser der Talsperre das

Boot liegen, nicht weit weg vom Entnahmeturm. Es liegt ruhig im ergrauenden Licht des Morgens. Sogar ziemlich nah am Ufer.
„Halt du den Beutel mal ‘nen Moment, Louis, während ich einklettere. Lass ihn nicht los. Pass auf, ich will nicht ins Wasser fallen. Okay, Mann, gib ihn rüber, danke.“
Louis steht bis zu den Knien im Wasser, hievt sich rein ins Boot.
„He“, sagt er, „ich habe so etwas noch nie gemacht. Rudere du. Könnte sein, dass ich nicht gut darin bin und die Sache irgendwie verpfusche.“
Mann, was für eine Nummer. Ich verzichte auf eine Antwort, will keine Zeit verschwenden, und gehe an die Riemen. Das Wasser kräuselt sich sanft und wir lassen das Land hinter uns. Die Ruder tauchen seemannsmäßig ein und das Boot fährt schneller, wühlt das Wasser auf, Wellen schlagen an den Rumpf. Ich schaffe es leicht, denn ich bin trainiert, bin gut in Form.
Hier kommen wir, arbeiten uns hin auf die Befreiung von allen Geldsorgen, ein paar Tage Mexico, eine Jacht, neue Weiber, Weiber, wie du sie noch nie gesehen hast. Hummer, Lachs, richtige Servietten. Cowboystiefel mit Schlangenledereinsätzen, wie Keith Richards sie trägt. Wir werden Geld haben und überall hingehen können.
„Na?“, sage ich zu Louis, „wie fühlt man sich, wenn man reich ist, hm?“
Er sagt: „Meinst du das im Ernst?“
Ja, klar, meine ich das im Ernst.
Klatsch, klatsch, geht es über das dunkelgrüne Wasser. Enten quaken und ein großer schwarzer Vogel mit langem Schnabel schreit und saust über uns hinweg. Ich rudere ohne Kompass, nehme Kurs auf den mystischen Wald, der auf der anderen Seite aus dem Dunkel auftaucht und wo auf einem geheimen

Pfad der pferdeköpfige Kumpel von Louis zwischen Kaninchen und Eichhörnchen wartet, um den schweren Beutel in Empfang zu nehmen.

Moment mal, was ist das jetzt für ein Geräusch. Das ist ein herankommendes Auto. Es hält mit leuchtenden Scheinwerfern gleich da oben beim Wupperverband, der dort ein „Büro für Wasser, Mensch und Umwelt" betreibt, an. Mir sträuben sich die Haare in alle Richtungen. Gott sei Dank sind wir auf dem Wasser, aber noch nicht weit genug vom Ufer weg. Das Ufer ist, genau gesagt, noch ziemlich nah. Es ist also an der Zeit, ein wenig schneller zu rudern. Ich pulle mehrere Minuten wie verrückt. Dabei nehme ich unser Ziel ins Visier. Ich sehe genau, wo ich hinrudern muss, denn Louis' Kumpel gibt mit seiner supermodernen Flash-Light undefinierbare Morsezeichen. Wie hieß der Bursche bloß noch mal? Alonso irgendwas, so ein Spaghettiname. Ravioli-Mafiosi, irgendwie so. Sieht jedenfalls nicht aus wie ein seriöser Geschäftsmann. Er blinkt und das ist das Zeichen. Genau dort müssen wir hin, denn dort wartet er auf uns, auf uns und auf den schweren Sack. Los, Louis, zähl mal, eins und zwei... und dann bin ich fast so weit, mir in die Hose zu scheißen. Das Auto fährt nämlich bis an das hohe Gatter heran – es ist ein verdammter Polizeiwagen, grün und weiß, die Scheinwerfer sind verdammt hell, leuchten direkt in unsere Richtung. Das Adrenalin schießt in meine Glieder, Blei liegt auf meinem Gehirn.
Komm, sage ich mir, mach dich nicht verrückt, wahrscheinlich machen die nur ihren standardmäßigen Rundgang, bestimmt trinken sie nur mal kurz einen Kaffee im Morgengrauen. Am besten, ich behalte die Scheinwerfer im Auge, warte kurz und dann rudere ich in Ruhe weiter. Doch was sehe ich da: Da gehen sie durch den doppelten Lichtkegel

zum Gatter, zwei Gestalten sind es, eine groß und dünn, die andere klein und dick. Pat und Patachon. Ich sehe sie deutlich unter dem russgrauen Himmel. Und jetzt sehen die Uniformierten mich rudern – sie sehen mich und Louis.
„He“, ruft der eine, „was zum Henker geht da vor?“
Da rutscht mir das verdammte Hirn in die Socken. Los, ich muss etwas tun, muss zusehen, dass ich wegkomme, sofort, kein langes Gefackel.
„Los, komm! Spring“, sage ich leise zu Louis.
„Scheiße...“, jammert der, „ich kann nicht schwimmen....“
Egal, ich werfe das Ruder weg und schmeiße mich in einem akrobatischen Kunststück hinterher. Eins, zwei, zack und los – und den Beutel hinter mir her.

Und jetzt stehe ich irgendwo zwischen Bäumen, tropfnass. Große Flächen wogenden Grüns überall: Blätter, Grasbüschel, Zweige, Büsche, Pilze – all so ein Zeug. Mittendrin ein morscher Bauwagen, an dessen Wand ein Schild aufgemalt ist: „Heiße Erbsensuppe + Glühwein“. Ich glaub, ich hab die Orientierung verloren. Ich lehne mich kurz gegen ein anderes Schild: „Weihnachtsbaumverkauf Bertram Grau, Grünenbäumchen“ und ziehe mich aus. Runter mit den nassen Klamotten, die ich auswringe und über einen der Weihnachtsbäumen hänge. Ja, heiße Erbensuppe, das wäre jetzt in Ordnung.
Ein Trecker rumpelt heran, hoch oben sitzt der Fahrer, ein riesiger Blonder im silbernen Overall, der absteigt und in den Bauwagen geht. Ich muss mich auf Hände und Knie werfen, ein wenig tiefer in die Tannenschonung krabbeln. So wie es aussieht, ist es besser, wenn ich jetzt die schwarze Sturmhaube aus dem Beutel hervorkrame und sie aufsetze, obwohl sie feucht ist. Egal – Hauptsache mich erkennt niemand. Ich linse durch die Augenschlitze und hocke mich auf

den quatschnassen Beutel, in dem noch weitere Materialien sind, die nicht unbedingt das TÜV-Siegel tragen.
Da kommt der große Blonde schon wieder aus dem Wagen. Auf dem Rücken trägt er einen großen Plastikkanister mit aufgemaltem Totenkopf. Er wirbelt mit einem Schlauch herum, als die „Grünen Freunde“ mit hoher Geschwindigkeit heranbrausen, die Bremsen quietschen lassen, aussteigen und sogleich ein Gespräch mit ihm beginnen: „Hallo, Lutz, sag mal, hast du eine verdächtige Person im Gelände bemerkt?“
„Wieso? Was ist denn los, Harry?“, fragt der Blonde, sichtlich überrascht. Ich spitze die Ohren und warte auf die Antwort.
„Wir haben Grund zur Annahme, dass eine der drei Personen, die kürzlich den Spar-Markt in Dabringhausen überfallen haben, sich hier in der Nähe aufhält.“
„Donnerlittchen“, sagt der blonde Riese interessiert, „nein, ich habe niemanden gesehen.“
„Er kann nicht weit sein“, informiert ihn der Freund und Helfer. „Nachdem wir die Täter in einem Ruderboot auf der Talsperre entdeckt hatten, sprang der eine ins Wasser und entkam. Der andere befindet sich immer noch mitten auf dem Wasser. Unsere Kollegen bewachen ihn vom Ufer aus, bis der Talsperrenmeister kommt.“
„Donnerlittchen“, sagt der Blonde wieder und schüttelt den Kopf, „wie wollt ihr ihn denn da weg kriegen?“
„Im Betriebsgebäude des Wupperverbandes ist zum Glück noch ein weiteres Boot“, entgegnet der Dicke. „Du weißt, es ist eine Belohnung ausgesetzt, Lutz. Also, halt die Augen offen. Wir kriegen ihn schon. Der Clown muss pitschnass sein.“
„Ich werde nachher den Dobermann holen und mich ein bisschen umsehen. Wenn man hier wohnt, dann ist es ja schon ein Erlebnis, wenn sich mal irgendein Tourist hierher verirrt und

nach dem Wanderweg zum Altenberger Dom fragt. Ein Fremder und dazu noch nass wie aus dem Wasser gezogen, fällt bestimmt auf. Und was ist mit dem dritten Täter?"
„Den haben wir schon", antwortet der junge Beamte, dessen Name Harry ist. „Der Dummkopf gab Morsezeichen vom Viersbacher Ufer aus. Nicht zu übersehen. Kannst du dir vorstellen, dass jemand so blöd ist?"
Kannst du dir vorstellen, dass jemand so blöd ist? Was glauben diese Jungs eigentlich, wer sie sind? Ich denke an Louis und seinen Kumpel, und überlege, wie es weitergehen könnte. Das, was mich an der ganzen Sache am meisten stört, ist, die Sache mit eben diesem Kumpel. „Erzähl mir bloß nichts von Risiko", sagte er damals. „Ich weiß, was ich tue. Ich bin Profi und du wirst sehen, die Arbeit mit Fachleuten holt das Beste aus einem heraus." Was für ein Maulheld. Wieder so eine arme Niete, die sich von Pleite zu Pleite schleppt und es nie zu etwas bringt.
Und jetzt? Jetzt sitze ich schön in der Tinte, oder? Nein, es gibt keinen Zweifel daran, dass ich nicht gern hier bin, solange diese Kerle dort auf dem Schotterweg herumstehen und jeden Augenblick ein paar Schritte weiter in die Schonung latschen und auf den mit meinen Klamotten behängten Weihnachtsbaum aufmerksam werden können.
„Wenn du Hinweise zur Ergreifung des Gesuchten hast, informiere uns bitte unverzüglich", ergreift wieder der Dicke, der aussieht wie ein weichgeklopfter Boxer, das Wort und tippt an seine Mütze.
„Klar, Heinz, auf jeden Fall", sagt der Blonde. „Ansonsten sehen wir uns ja am Samstag beim Hahneköppen."
Sie gehen ab, die Gesetzeshüter, Richtung grüne Minna, und dieser einmeterzweiundneunzig große blonde Goliath im Silberoverall winkt ihnen zu. Dann entschwindet er in die andere Richtung, während ich sitzen bleibe und Libellen und

anderes schillerndes Getier um mich herumfliegt und sich des Lebens freut.

Ich sitz‘ immer noch mit der Beute zwischen den Beinen, starre in die Luft und denke vielleicht schneller nach, als ich es je in meinem Leben getan habe. Das Warten beginnt mich nervös zu machen. Meine Sachen sind noch längst nicht trocken, aber ich kann nicht den ganzen Tag zwischen diesen Büschen herumhängen. Genug gewartet, genug ausgeruht, ich muss das Zeug wieder anziehen, feucht wie es ist. Es gibt geschäftliche Angelegenheiten, die erneut meiner Aufmerksamkeit bedürfen. Ich kann jetzt nicht über Louis und seinen Kumpel nachdenken. Ich würde sie mir später gern einmal vornehmen, aber jetzt darf ich nicht weiter über sie nachgrübeln. Sonst wäre ich am Ende noch imstande, die ganze beschissene Sache auffliegen zu lassen. Ich geh also los – mach, dass ich von hier wegkomme – verlasse meinen Platz, arbeite mich weiter durch die wilden auf- und absteigenden Wälder, entlang der Bäche, immer der Nase nach. Über den Wildwechsel, die Trampelpfade, Serpentinen hinauf und hinunter. Richtung Kläranlage.

Die Sache hat sich zwar anders entwickelt, aber es scheint trotzdem noch zu klappen. Nach einiger Zeit erreiche ich das kleine verschlafene Kaff, in dem wir uns vor ein paar Wochen einige Tage rumgetrieben und uns genau umgesehen haben. In dieser frühen Morgenstunde scheint es völlig ausgestorben und ich marschiere hinüber zur Bushaltestelle, wo ein sauberer Nahverkehrsbus steht, an den Seitenwänden mit „Jägers-Gartenmöbel“ beschriftet.
„Fahren Sie nach Altenberg?“, frage ich höflich in die Stille und klettere hinein.

Der Fahrer schaut prüfend, ob meine Erscheinung angemessen ist für die nun folgende Fahrpreisverhandlung, denn, ganz klar, auf dieser Welt ist nichts umsonst. Hier ist ein Schein, Mann, ein Geldschein, ist nur ein bisschen feucht. Ist mir ins Wasser gefallen.
Der Kerl macht sich wichtig, fängt an, Scheiß zu reden. „So nass nehme ich Sie nicht mit", sagt er.
„Hören Sie zu. Ich werd Ihre Sitze nicht nass machen, Mann. Ich werde die ganze Zeit stehen bleiben", sage ich. Ich werde langsam ein bisschen nervös. Bin die ganze Nacht aufgewesen. Bin nun müde und erschöpft, das ist alles.
„Sie können mich einsteigen lassen, oder ich kann nachhelfen", sage ich herablassend und pumpe meine Muskeln auf, " was Ihnen lieber ist." Ich will die Sache irgendwie zu Ende bringen.
Schließlich werden wir uns einig, der Mann tut seinen Job, bewegt den leeren Bus, der mit einem Satz vorwärts schießt, und ich poltere rückwärts nach hinten, falle auf den Beutel. Verdammt, da fällt was von dem Geld heraus, ein Packen verklumpter, nasser Scheine liegt da in einer Pfütze. Auch die kleine Plastikpistole. Gekauft auf der Wermelskirchener Kirmes, für drei Euro fünfzig, unten am Stand vor der Kattwinkelschen Fabrik, wo gebrauchtes Kinderspielzeug feilgeboten wird. Am besten, ich lege mich drauf, rein in die Pfütze und versuche, die Scheine möglichst unauffällig wieder in den Beutel zu schieben.
Wieder fährt der Bus ein Stück vorwärts, aber nur ein paar Meter, dann ruckt er, hält wieder an, läuft im Leerlauf. Was geht hier vor? Was für ein Ding dreht der Kerl? Was für einen Kack zieht er hier ab? Ich spähe auf dem Boden liegend durch den Glaseinsatz der Tür und sehe linker Hand die DEA-Tankstelle und ein Stück weiter den Spar-Markt, dem wir vor drei Wochen diesen interessanten Besuch abgestattet haben.

Es war leicht: Vortreten, die rechte Hand heben....das Geld wurde uns sofort ausgehändigt, es war eine nette, runde Summe, ein reines Vergnügen und hat sich gelohnt, wenn auch nur prinzipiell. Louis‘ Kumpel hatte gesagt: „Sag kein Wort, weil sie dich sonst identifizieren können. Heb nur die Hand mit der Pistole.“

Zugegeben, er wusste über ein paar Dinge Bescheid, aber nicht über sehr viele. Ich hatte nicht gedacht, dass es so einfach sein würde. Aber war es das tatsächlich?

Plötzlich schleudern zwei Streifenwagen heran und lassen ihre Sirenen heulen. Ein paar von den uniformierten Gestalten rennen auf den Bürgersteig, wo sie mit den Armen fuchteln.

Hier ist also meine endgültige Haltestelle, denn jetzt klappen die Türen auf, und diese beiden Kerle, Pat und Patachon, springen herein. Ich will raus, aber bevor ich eine Idee habe, die funktionieren könnte, sind sie schon bei mir, werfen mich wie einen Sandsack zu Boden, rammen mir die Knie in den Rücken und lassen die Handschellen klicken. Eins, zwei und klack.

„Mann, was soll ‘n das“, werfe ich ein.

„Ruhe“, sagt der Dicke. „Sie glauben wohl, dass Sie ganz besonders schlau sind, was?“

Draußen sehe ich noch ein paar weitere Wagen mit rotierenden Lichtern herankommen, und in einem von ihnen kann ich Louis auf der Rückbank erkennen. Seine unbewegte Visage ist grau wie die des Vampirs, der weiß, dass er keine Gelegenheit mehr haben wird, irgend jemandem in den Hals zu beißen, weil er den Hahn schon ganz laut krähen hört.

Als der Mistkerl mich sieht, wird er für einen kurzen Moment lebendig, hält zwei Finger hoch und zeigt mir sein verdammtes Grinsen. Mann, der hat echt Nerven, der muss hohl bis in die Fersen sein.

Und dann spüre ich, wie mir Tränen in die Augen schießen, so komisch ist das Bild. Wie der dicke Polizist den Abfallsack aufmacht. Wie er in die Tüte hineingreift und darin herumwühlt. Wie er sich umdreht und mit seinem Kollegen spricht. Aber das Verrückteste von allem ist, dass mich, während ich mir eigentlich hätte wünschen müssen allen eins in die Fresse zu schlagen, stattdessen eine merkwürdige Seelenruhe überkommt. Ich fühle mich entspannt und sonderbar leicht, irgendwie losgelöst vom Rest der Anwesenden. Denn nun, Mann, heißt es, lebt wohl, wertvolle Euros, leb wohl Freiheit, lebt wohl, ihr tausend Pläne und Ideen. Ich werf einen letzten Blick auf die ganzen Sachen, auf den nassen Beutel, die Geldbündel, auf die ganze Welt da draußen, auf meine Zukunftspläne. Ich hab so das Gefühl, als ob es mit dem Geschäft endgültig vorbei ist. Ja, verdammt, die Platte ist abgelaufen, und jetzt schließ ich die Augen, blende mich aus, nicht für einen anderen, sondern zum eigenen Nutzen. Unsichtbar sein, sehen, ohne selbst gesehen zu werden. Aber viel Trost bietet diese Aussicht nicht, nicht solange man noch wie ein Hampelmann in den Händen von Pat und Patachon ist, die mich rauszerren aus dem Bus. He, sagt mal Leute, das wird sich doch irgendwie schon wieder hinbiegen lassen? Auf Ratenzahlung vielleicht? Okay? Deal? Pech, mein Freund, nicht dran zu denken. Nichts dran zu ändern. Ich stehe da wie ein Trottel. Beim zweiten Mal sitzt man immer lange, das weiß ich, und das erste Mal hatte ich nur drei Jahre gekriegt. Mann, gefallen tut mir das nicht. Das nicht und alles andere auch nicht.

Drei Lügen

René Großmann

Montagmorgen bedeutet Stau. Im Normalfall. An diesem Julimorgen des verregneten Sommers 2004 gab es keinen Stau, es gab einen regelrechten Verkehrskollaps. Die Lenneper Straße, Verbindungsstück zwischen dem Stadtkern von Remscheid und dem Stadtteil Lennep, war wegen einer Baustelle nur noch einspurig zu befahren. Gab es dort dazu noch einen Unfall, ging gar nichts mehr.

„Verdammte Axt." Philippe Klein, Fotograf beim Remscheider Kurier, war wieder mal mitten im Geschehen – wie all die anderen, die zur Arbeit wollten. Der Unfall bestand in einem Blechschaden, nichts, was ein Foto lohnen würde. Also, warten.

Philippe war Ende 30, gescheiterte Ehe, zwei Kinder. Das Besuchsrecht war geregelt, allerdings musste er oft am Wochenende arbeiten. So sah er seine Kinder noch seltener.
Er lebte in einer Dreizimmerwohnung in der Lenneper Altstadt. Seine Freundin Sandra war vor einer Woche bei ihm eingezogen – nach langem Tauziehen, denn trotz ihrer dreijährigen Beziehung wollte er keine „Dein-Tisch-unser-Bett-mein-DVD-Player-Beziehung". Es war gekommen, wie es hatte kommen müssen. Sandra hatte ihn vor die Wahl gestellt: entweder seine Freiheit oder ein Leben mit ihr. Er mochte ihre direkte Art, trotzdem war er nicht begeistert gewesen. Zähneknirschend hatte er die Bierflaschen aus dem Kühlschrank geräumt, um für ihre Joghurtbecher Platz zu machen. An diesem Morgen merkte er, dass ein Zusammenleben auch Vorteile hat: sein Wagen war nicht angesprungen. Also hatte

er den Twingo von Sandra genommen, die sich an diesem Tag freigenommen hatte. „Bring ihn an einem Stück zurück“, hatte sie gesagt. „Er ist kurz genug.“
Für die letzten zwanzig Meter hatte er zehn Minuten gebraucht. „In dem Tempo bin ich Weihnachten in der Redaktion“, dachte er, da klingelte sein Handy. „Was kann ich für dich tun, Puppe?“ Nina Nowak, Chefredakteurin des Kuriers. Oft wurde den beiden ein Verhältnis angedichtet, was sie durch Tuschelein und Wangenküsschen gerne noch forcierten. Tatsächlich gab es nur eine innige Freundschaft. Philippe wusste mit ihrer schnippischen Art umzugehen, und er war auch der einzige in der Redaktion, der sie mit „Du“ anreden durfte.
„Morgen, mein Kleiner. Noch im Bett?“ Nina schien bester Laune. Philippe wusste, dass sich das in Sekunden ändern konnte. „Eigentlich wollte ich mir von meiner Liebsten Frühstück und Zeitung ans Bett bringen lassen, ‘ne halbe Stunde duschen und dann ins Büro kommen...“
„Wirklich witzig. Du denkst daran, halb zehn im Rathaus. Die Gruppe aus Quimper.“
Er schaute auf die Uhr. „Hör zu Nina, ich stecke im Stau. Es ist schon zehn nach neun. Schick Peter hin, der ist doch sowieso Schricks Liebling.“
Schrick war Remscheids Bürgermeister. Philippe hielt ihn für aalglatt. Peter Grund sah das anders. Na klar, er redete den Leuten nach dem Mund, nahm alles kritiklos hin, um die Karriereleiter hochzusteigen. Philippe war das egal. Das letzte Mal hatte er sich mit Schrick angelegt, als der seine Kampagne „Remscheid muss sauber werden“ präsentiert hatte. Wollte für weggeworfene Zigarettenkippen Bußgelder kassieren. Am nächsten Tag war im Kurier ein Bild zu sehen gewesen, auf dem Schrick seine Zigarette aus dem Dienstwagen schnippte. „Einmal ist keinmal“ stand unter

dem Bild. Wegen des Wahlkampfs hatte Schrick es mit Humor genommen.
„O.k.“, sagte Nina, „Peter wird sich bedanken. Wir sehen uns nachher.“

Eine Stunde später traf Philippe in der Redaktion ein. Das Herzstück der Zeitung bestand aus zwei Räumen: ein Büro mit drei Schreibtischen, an denen die Redakteure saßen, und eins für die Setzer. Philippe hatte keinen eigenen Schreibtisch, die Hauptarbeit erledigte er zu Hause, von dort aus mailte er dann die Bilder in die Redaktion.
Philippe grüßte seine Chefin. „Na, hat dich deine Kleine nicht aus dem Bett gelassen?“
„Nicht doch, Nina. Ich bin der, der die anderen fesselt.“ Beide lachten, die beiden anderen Redakteure starrten weiter auf ihren Bildschirm. Philippe war nicht sonderlich beliebt, wahrscheinlich, weil er mit der Chefin so gut klar kam.
„Ist Peter schon zurück?“ Philippe sah sich um. „Ist in der technischen Abteilung“, antwortete Nina und wandte sich wieder ihrem Bildschirm zu. Philippe ging nach nebenan. Peter stand neben Benny Fehring, dem Schriftsetzer. Beide sahen sich die Bilder an, die Peter zuvor im Rathaus gemacht hatte. „Und? Blende elf im Zimmer – stimmt immer?“, fragte Philippe. Benny grinste breit. Er mochte Philippes Sticheleien. „Sehr witzig“, entgegnete Peter und zog eine Schnute. Er war Quereinsteiger, nicht wie Philippe gelernter Fotograf. Philippe wandte sich dem Bildschirm zu. „Na, hast du Luc Poupon auf ein Bier eingeladen?“ Benny lachte laut. Luc Poupon war der Leiter der französischen Delegation und ein guter Freund von Philippe, der oft in Quimper, der französischen Partnerstadt von Remscheid zu Besuch war. Benny wusste, dass Philippe ausgezeichnet Französisch sprach, ganz im Gegensatz zu Peter. Und da Luc, der sich sehr für den

Austausch engagierte, kein Wort Deutsch oder Englisch verstand, waren Gespräche mit Peter von vornherein zum Scheitern verurteilt.
„Dir wird das Lachen noch vergehen. Darfst nachher noch ein Jubiläum bei Vaillant fotografieren. Fünfzig Jahre ehrenvoller Einsatz eines Mitarbeiters. Viel Spaß dabei." Peter grinste hämisch und ging aus dem Büro. Philippe seufzte. Er hasste Termine, auf denen irgendwer geehrt wurde. Aber bei Vaillant, dem Heizungsbauer schlechthin, gab es wenigstens ein reichhaltiges Büfett. Das linderte seinen Schmerz.
„Ich werde Luc nachher besuchen." Philippe gab Benny einen Klaps auf den Hinterkopf, und wollte gerade gehen, als sein Blick auf das Foto fiel, darauf zu sehen eine Gruppe von etwa dreißig Kindern und Jugendlichen, die Gäste aus Frankreich und einige Remscheider Schüler. Rechts daneben Luc, links der ewig grinsende Bürgermeister Schrick.
„Hast du einen Geist gesehen?", versuchte Benny zu scherzen.
„Mach mal größer." Philippe zeigte auf ein dunkelhaariges Mädchen an der rechten Bildseite. Es war schlank, hatte langes, schwarzes Haar und ein einnehmendes Lächeln. „Ist die nicht zu jung für dich?", fragte Benny. Philippe überhörte es. „Isabelle", war alles, was er sagte. Benny war irritiert. „Was meinst du?"
Philippe sah Benny an. „Ich kenne dieses Mädchen. Ich war vor 18 Jahren mit ihr zusammen."

An diesem Abend tat Philippe etwas, was seine Sandra gar nicht mochte. Im Flur stand eine alte Kiste, die er stets verschlossen hielt. Sandra wusste jedoch, was in der Kiste war: Tagebücher und Fotos aus längst vergangenen Tagen. Und sie wusste auch: wenn Philippe in der Kiste stöberte, tauchte er in seine Vergangenheit hinab. Sie wollte die alten

Geschichten nicht mehr hören, also ließ sie ihn einfach in Ruhe.
Philippe kramte ein Buch mit der Aufschrift „1986 bis 1988“ heraus, darin Zettel mit Kommentaren, Fotos, Zeitungsausschnitte und allerlei Kleinkram. Er blätterte das Buch durch und fand schließlich ein vergilbtes Foto, auf dem er selbst zu sehen war: Anfang 20, mit dichtem Haar. „Alt bist du geworden,“ dachte er. Auf dem Foto hielt er ein Mädchen im Arm, in dem anderen ein Straßenschild, „Grand Rue“ stand darauf. Das hatte er in dem verschlafenen Fischerdorf Loctudy, 20 Kilometer südlich von Quimper, mit seiner Freundin von einer Steinmauer gerissen. Das Straßenschild hatte er heute noch. Es hatte seitdem in jeder Wohnung, die er gehabt hatte, über der Eingangstür gehangen.
Das Mädchen neben ihm war Isabelle. Er hatte sie im Sommer 1986 im Urlaub kennen gelernt, und sie hatten sich ineinander verliebt. Isabelle war in dieser Zeit bereits von ihrem Ex-Freund schwanger gewesen. Philippe hatte nichts davon gewusst. Erst später hatte sie ihm davon geschrieben; Philippe hatte ihr einen bitterbösen Brief zurückgeschrieben. Danach hatte er monatelang nichts mehr von ihr gehört. Irgendwann hatte er erfahren, dass sie eine gesunde Tochter zur Welt gebracht hatte. Er war sich sicher: dieses Kind war jetzt in Remscheid.

Er nahm das Foto aus der Kladde und hielt es neben den Ausdruck, den Benny von dem Bild gemacht hatte. Die Mädchen auf den Bildern glichen sich wie Zwillinge – nur das zwischen den Aufnahmen 18 Jahre lagen. „Wie geht es dir?“, fragte er leise. „Was sagst du, Schatz?“ Sandra lag auf dem Sofa und las ein Buch. „Nichts,“ erwiderte Philippe. Er legte das Foto zurück ins Buch und blätterte weiter. Auf einer der Seiten klebte eine Todesanzeige in französischer Sprache:

„Isabelle Lodonnec, gestorben am 18. September 1987. Wir werden dich nie vergessen. Deine Eltern und Florence.“
Vorsichtig legte Philippe das Buch in seine alte Kiste zurück und versteckte das Foto in seiner Brusttasche. Philippe hatte keine Geheimnisse vor Sandra. Er wollte einfach sicher sein, dass das Mädchen, das Peter im Rathaus fotografiert hatte, wirklich Isabelles Tochter war. Wusste sie mehr über den Tod ihrer Mutter? Ein Unfall, hatte es damals geheißen. Stockbetrunken mit dem Mofa auf einer Zubringerstraße in Pont l'Abbe, zehn Kilometer von Quimper entfernt, sei sie frontal in einen Lkw gefahren. Philippe hatte das nie glauben können. Isabelle hatte Alkohol gehasst.

Während der Fahrt ins Büro am nächsten Morgen überlegte Philippe, wie er die Sache angehen sollte. Natürlich, er konnte offen auf das Mädchen zugehen und sie nach dem Namen seiner Mutter fragen. Aber das wäre taktlos. Immerhin war seine Mutter, vorausgesetzt es war seine Mutter, tot.
Philippe parkte seinen Wagen vor dem Verlag in der Hindenburgstraße. Das Redaktionsbüro war in einem anderen Gebäude: ein unauffälliges Wohnhaus, schräg gegenüber vom Gertrud-Bäumer-Gymnasiums. Philippe stellte seine Parkscheibe auf zehn Uhr und ging hinein.

„Klein vom Remscheider Kurier. Wir würden gerne in einer der nächsten Ausgaben über den Besuch der Jugendgruppe aus unserer Partnerstadt berichten. Können Sie mir sagen, wo sie sich heute aufhält?“
Frau Lambertz war Pressebeauftragte im Remscheider Rathaus, eine resolute Dame mittleren Alters, ihrem Chef, dem Bürgermeister, treu ergeben. Allerdings nur von acht bis halb fünf. Danach hatte sie ihre eigene Meinung. Und sie mochte Philippe.

„Mal schauen. Heute steht eine Fahrt zur Müngstener Brücke auf dem Programm. Wenn Sie sich beeilen, können Sie noch im Bus mitfahren. Abfahrt um elf, Remscheider Gästehaus."
Philippe bedankte sich und legte auf. Er sah auf die Uhr: halb elf. Von der Hindenburgstraße bis zum Gästehaus im verschlafenen Reinshagen waren es zehn Minuten. Er kannte das Gebäude, in der Nähe wohnten seine Eltern.
Kurz darauf fuhr Philippe los. Er bog von der Parkstraße in die Stockder Straße ein. Vor etlichen Jahren war hier ein amerikanischer Flugzeugbomber in einen Wohnblock gestürzt, sieben Menschen hatten damals den Tod gefunden. Heute erinnerte in dieser Straße nichts mehr daran. Kein Mahnmal, keine Inschrift. Philippe hatte das nie verstanden. Als die Stockder Straße Jahre später zur Tempo-30-Zone erklärt worden war, hatte er auf einer Ratsausschusssitzung gerufen: „Na, hoffentlich halten sich die Amerikaner daran." Das hatte ziemlich böses Blut und eine Abmahnung seines damaligen Chefs gegeben.
Als Philippe in Richtung Reinshagen abbiegen wollte, kam ihm ein großer weißer Bus mit der Aufschrift „L'Odet" entgegen. „Verflucht", zischte Philippe. Der Bus war früher als geplant losgefahren. Philippe fuhr trotzdem weiter geradeaus. Der Busfahrer kannte sich offensichtlich nicht aus. Da der Bus in Richtung Solingen nur dreißig fahren durfte, würde Philippe vor ihm an der Kreuzung sein. Er beschleunigte auf achtzig, bog in die Losenbücheler Straße ein, gab noch mal Gas. Vor dem Stoppschild hielt er, schaute die Straße rechts hinauf und wartete auf den Bus, der jeden Moment um die Ecke geschlichen kommen musste.
Aber der kam nicht. Es kam überhaupt kein Auto aus dieser Richtung. Phillippe konnte ungefähr hundert Meter bis zur Kurve einsehen. Hinter ihm hupte ein genervter Autofahrer, den Philippe übersehen hatte. Er entschuldigte sich per

Handzeichen, schaute nach links, und fuhr rechts die Solinger Straße hinauf, dem Bus entgegen. Als er um die Ecke bog, konnte er bis hinauf zu der Stelle sehen, wo ihm der Bus noch kurz zuvor entgegengekommen war. Was er dort sah, verschlug ihm die Sprache.

Ein Linienbus stand mit der Schnauze im Gras, kurz vor dem „alten Bunker", wie ihn die Remscheider nannten. Das Vorderteil des Busses hatte einen alten Kriegspropeller, der als Mahnmal diente, gerammt. Das Hinterteil des Gelenkbusses war abgerissen und gegen das Vorderteil gerutscht. Ein weiteres Auto war auf den Bus aufgefahren. Rechts neben dem demolierten Auto blinkten die Alarmlampen der Sparkasse. Menschen liefen durcheinander und man versuchte, die Menschen aus dem qualmenden Bus herauszuholen.

Philippes Helferinstinkt haderte für einen kurzen Moment mit seinem Berufsethos. Dann stellte er den Wagen rechts ab und klopfte gegen die Schwingtür. Der Fahrer schaute ihn an und öffnete die unversehrt gebliebene Seitentür. Philippe stieg in den Bus. „Raus hier, das Ding qualmt schon." Philippe zog den korpulenten Mann von seinem Sitz; die Fahrgäste hatten den Bus bereits verlassen. Der Busfahrer hatte eine Platzwunde am Kopf und stand offensichtlich unter Schock. „Darf ich ihren Fahrausweis sehen?", stammelte er. Philippe zerrte ihn bis zu seinem Auto, ließ ihn dahinter aufs Gras nieder, zog sich die Jacke aus und legte sie dem Busfahrer als Stütze unter den Kopf. „Dieser Idiot. Hat einfach Vollgas gegeben." Er schien langsam das Bewusstsein zu verlieren. „Wer?" Philippe schüttelte ihn an den Schultern. „War es ein weißer Bus?" „Ja," stammelte der Fahrer. „In Richtung Innenstadt. Hat mich gerammt und ist einfach weiter." Philippe richtete sich auf und sah zum Bus hinüber.

Der Knall der Explosion, der den vorderen Teil des Busses in tausend Stücke riss, war ohrenbetäubend. Philippe warf sich zu Boden und landete auf dem Busfahrer, der vor Schmerz aufschrie. Eine zweite Explosion folgte. Es flogen Fahrzeugtrümmer durch die Luft. Als sich der Rauch verzogen hatte, war es für einen Moment totenstill. Dann hörte man Schreie, ein Autoalarm wurde ausgelöst. Philippe schaute in das Gesicht das Fahrers, die Nasenspitzen berührten sich fast. „Tut mir leid“, sagte Philippe und richtete sich umständlich auf.

Von dem Bus war nicht mehr viel übrig. Philippe sah sich das Wrack kurz an. Dann schaute er auf den Twingo, auf dessen Rücksitz ein Busreifen lag. Er hatte das Faltdach durchstoßen. „Zumindest ist er nicht kürzer“, flüsterte er vor sich hin.

„Verdammt Peter, beweg deinen fetten Arsch hierhin und mach deinen Job.“ Philippe brüllte ins Telefon. „Ist mir egal, ob du frei hast. Meine Ausrüstung ist im Eimer. Komm runter, oder ich mach dir das Leben zur Hölle.“

Entnervt legte Philippe auf. Er sah sich um. Links neben ihm hielt ein Motorradfahrer. Philippe zeigte auf den Helm. Der Motorradfahrer nahm ihn ab und starrte Philippe an. „Was ist hier los?“

„Keine Zeit, ich brauch deine Maschine. Hier meine Karte.“ Der Motorradfahrer schien nicht zu begreifen. Philippe drückte ihm die Karte in die Hand, stieg auf die Maschine und brauste davon.

Die Spur des Busses aufzunehmen, war nicht weiter schwierig. Wer auch immer am Steuer saß – er hatte ganze Arbeit geleistet. Wagen waren in parkende Fahrzeuge gefahren, die Vieringhauser Straße bot ein Bild der Zerstörung. Philippe war klar, dass irgendwer den Bus entführt haben musste. Aber warum? Und weshalb an dieser Stelle? Für einen kurzen Moment hatte er noch einmal das Bild des zerstörten Wagens vor Augen. Und dann wurde es ihm klar: die Sparkasse. Das

Alarmlicht. Ein Überfall. Jemand benutze den Bus als Fluchtwagen. „Mein Gott, Luc, pass auf die Kinder auf", dachte Philippe und gab noch mehr Gas.
Er bog in die Freiheitstraße ab, eine vierspurige Bundesstraße, immer stark befahren. Philippe schlängelte sich mit der BMW durch die Reihen, bis er in Höhe eines Sexshops, den er noch aus seiner Singlezeit kannte, den Bus entdeckte, der dort mitten auf der Straße abgestellt war. Philippe hielt hinter dem Bus. Alle Kinder standen um das Gefährt herum, der Busfahrer, ein großer, kräftig gebauter Mittvierziger, schrie „Merde!" und trat mit dem Fuß gegen den Bus. Luc erkannte Philippe unter den Herumstehenden und stürzte auf ihn zu.
„Dieser Bastard hat ein Mädchen mitgenommen und ist da runtergefahren." Er deutete die Freiheitstraße hinunter in Richtung Hauptbahnhof. „Was für ein Auto?", fragte Philippe. „Roter BMW", entgegnete Luc. Philippe warf einen kurzen Blick auf die Jugendgruppe, konnte jedoch das Mädchen vom Foto nicht entdecken. Er sprang auf das Motorrad, gab Vollgas, die Maschine aber gab keinen Mucks von sich. Philippe schaute auf die Anzeige. Kein Sprit.
Fluchend stieg er ab. Er drehte sich um und sah eine Frau in einem alten Nissan auf sich zukommen. Er griff in seine Hosentasche, baute sich vor dem Wagen auf, hielt die Hände hoch und schrie: „Polizei! Ich brauche Ihren Wagen!" Die Frau hielt an, stieg aus dem Auto und starrte dem Mann nach, der es eben geschafft hatte, ihr mit einer alten Tankquittung den Wagen abspenstig zu machen.
Philippe umging mehrere Verkehrsregeln. Endlich sah er vor sich an einem geschlossenen Bahnübergang den roten BMW in einer Schlange von mehreren Wagen stehen. Philippe hielt hinter dem letzten Fahrzeug. „Nur nicht auffallen", dachte er. Er wählte die Nummer der Redaktion und unterrichtete Nina.

„Bleib dran. Aber sei vorsichtig. Ich will dich nicht bei den Todesanzeigen sehen." Langsam wurde Philippe der Ernst seiner Lage bewusst. Er musste weitermachen bis die Polizei da war. Während sich die Bahnschranke öffnete, wählte er die 110 und instruierte den verblüfften Beamten am anderen Ende der Leitung. Die Autos setzen sich nach und nach in Bewegung. „Wir fahren jetzt in Richtung Bismarckstraße. Schicken sie Ihre Leute, aber unauffällig. Der Mann ist wahrscheinlich bewaffnet und auf jeden Fall gefährlich. Und er hat eine Geisel." Er legte auf.

Der rote BMW fuhr vorschriftsmäßig. Anscheinend fühlte sich der Bankräuber sicher. Er bog von der Ladestraße in die zweispurige Bismarckstraße und hielt brav an einer Ampel. Philippe stellte sich links neben ihn und blickte zu ihm hinüber.

Der Bankräuber war Ende zwanzig. Er hatte eine auffällige Narbe auf der linken Wange. Das Mädchen neben ihm konnte Philippe nur ansatzweise erkennen, es war deutlich kleiner als der Bankräuber. Der Fahrer hielt es fest. Plötzlich drehte er den Kopf und sah Philippe direkt in die Augen. Philippe nickte ihm zu, versuchte zu grinsen, und sah wieder nach vorne.

Die Ampel zeigte Grün. Die Wagen setzten sich in Bewegung. Philippe wusste jetzt: es würde auffallen, wenn er weiter an dem Wagen dran bliebe.

Er wählte eine Nummer. Mike Fahrentrapp, ein Freund aus der Schulzeit, wohnte keine zwei Kilometer in genau der Richtung, die der BMW jetzt einschlug. „Mike, ich bin's, Philippe. Stell keine Fragen. Komm sofort runter, stell deinen Wagen in Richtung Wermelskirchen an den Straßenrand und lass den Motor laufen." Mike war überrascht, aber er kannte Philippe gut genug, um an seinem Tonfall den Ernst der Situation zu erkennen.

Mike wohnte in einer alten bergischen Villa, nahe einer großen Kreuzung, die in die Bliedinghauser Straße führte, eine der wichtigsten Verbindungen zwischen Remscheid und Wermelskirchen. Philippe konnte nur vermuten, dass der BMW in diese Richtung abbiegen wollte. Wenn Mike den Wagen wie besprochen abstellte, konnte Philippe rasch das Fahrzeug wechseln und dem BMW weiter unauffällig folgen. Sollte der BMW jedoch nicht in diese Richtung, sondern geradeaus in Richtung Sana-Klinikum fahren, musste Philippe drehen und würde wichtige Sekunden verlieren.
Glücklicherweise sollte er Recht behalten. Der BMW bog an der Burger Straße nach links ab und fuhr in die Bliedinghauser Straße. Mike stand rechts am Straßenrand mit seinem Auto bereit. Philippe hielt kurz an. „Ich erkläre dir alles später. Ruf die Bullen an und sag, wir sind in Richtung Wermelskirchen unterwegs. Die wissen schon Bescheid." Er stieg in den Passat und fuhr weiter.
Keine zwanzig Meter später machte er eine Vollbremsung. Der BMW war an einer Fußgängerampel stehen geblieben, die auf Grün stand. Philippe sah, wie der Bankräuber sich umdrehte. Dann plötzlich gab er Vollgas. Er hatte ihn entdeckt.
Auf dem Weg nach Wermelskirchen überschritt Philippe nicht zum ersten Mal das Tempolimit. Er konnte sich jedoch nicht daran erinnern, jemals mit 130 Sachen ins Tal Richtung Preyersmühle gerast zu sein. Dabei wählte er noch mal die Nummer der Polizei und gab den Stand der Dinge durch. Ein Wagen, der an der Preyersmühle links in die Bliedinghauser Straße in Richtung Remscheid abbiegen wollte, wurde von dem BMW an der Motorhaube erwischt und prallte gegen die Eingangstür des Restaurants.
Der BMW fuhr nach links, eine Querverbindung, die am Remscheider Strandbad vorbei ebenfalls nach Wermels-

kirchen führte. Er raste am Strandbad vorbei, bog rechts ab, kurz darauf wieder nach rechts in Richtung Kenkhausen, einem kleinen Ortsteil von Wermelskirchen. In einer 90-Grad-Kurve blieb der BMW plötzlich stehen. Der Bankräuber stieg aus, zog seine Waffe und richtete sie genau auf die Stelle, wo jeden Moment der Passat erscheinen musste.

Die Stretchlimousine mit dem Brautpaar war strahlend weiß. Dahinter zog ein Konvoi von ungefähr zwanzig Autos dahin. Der Fahrer der Limousine traute seinen Augen nicht, als er den Mann, die Pistole auf ihn gerichtet, in der Kurve stehen sah. Der Mann wies ihn mit einer Bewegung der Waffe an, weiterzufahren. Der Fahrer zog ängstlich an dem BMW vorbei, der Konvoi folgte ihm. In diesem Moment sprang das Mädchen aus dem BMW und rannte eine Böschung hinunter. Der Bankräuber drehte sich um und schoss.
Der vorletzte Wagen des Konvoi, ein alter Kadett, gab, kurz bevor er den BMW passierte, Vollgas. Der Bankräuber drehte sich um, wollte gerade auf die Fahrerin feuern, da erfasste ihn der Wagen und schleuderte ihn quer über den BMW. Der Kadett kam an der Fahrertür zum Stehen.
„Den Schaden zahle ich ihnen, keine Angst“, sagte Philippe der verdutzten Fahrerin. „Ist o.k.“, sagte sie „mir wäre mehr damit geholfen, wenn sie jetzt den Fuß vom Gaspedal nehmen.“
Er stieg aus, und warf einen Blick in den BMW. Im Heck lag eine Plastiktüte, in der Philippe mehrere Geldbündel erkennen konnte. Er ging um den Wagen herum und sah den sich vor Schmerz krümmenden Bankräuber, von dem nun keine Gefahr mehr ausging. Philippe öffnete die Beifahrertür, zog die Tüte heraus und schleuderte sie dem Verletzten ins Gesicht. „Hier, stimmt so.“

Keine zwei Minuten später traf die Polizei mit vier Wagen ein. Der Konvoi war zum Stillstand gekommen. Es gab jetzt Aufregenderes zu bestaunen als die Hochzeit eines leitenden Angestellten mit seiner korpulenten Jugendliebe. Kameras surrten. Philippe sah die Böschung hinunter und rief: „Florence, bist du da?“ Hinter einem Gebüsch regte sich etwas. „Mach dir keine Sorgen, es ist vorbei.“ Das Mädchen hinter dem Gebüsch stand langsam auf. Philippe sah in das Gesicht der jungen Französin, die eindeutig nicht das Mädchen auf dem Bild war. „Ich heiße nicht Florence. Aber danke, dass du da bist.“

Wenn in Remscheid mal was passiert, ist jeder sofort wichtig. Das haben alle deutschen Kleinstädte gemeinsam. Der Bürgermeister gab eine Pressekonferenz, bei der man den Eindruck gewinnen konnte, er wäre live dabei gewesen, und die Ordnungshüter der Stadt bekamen die Chance, endlich mal ins Fernsehen zu kommen. Philippe Klein wurde vier Stunden vernommen, dann durfte er gehen. Viele Fragen waren offen geblieben, darunter die Anzeige einer Nissanfahrerin, die wissen wollte, wer ihren Wagen gestohlen hatte.

Vor dem Polizeigebäude am Quimperplatz stand bereits Ninas Wagen. Philippe stieg ein. „So, mein Freund, jetzt aber mal raus damit.“ „Eins nach dem andern“, erwiderte Philippe. „Fahr mich erst mal zum Gästehaus.“

Zehn Minuten später parkte Nina vor dem Haus, vor dem jetzt wieder, sichtlich lädierte, der weiße Reisebus stand. Sie stiegen aus und gingen zum Eingang. Mehrere Fernsehteams hatten bereits Stellung bezogen. In der vorletzten Reihe versuchte Peter einige Schnappschüsse zu ergattern – wie sich später herausstellte, waren zumindest die Fotos der WC-Fenster scharf.

Philippe und Nina drängten sich durch die Reihen protestierender Reporter, bis Philippe schließlich Luc erblickte. „Der gehört zu uns, lassen Sie ihn durch“, wies er die beiden Beamten an, die vor dem Eingang Posten bezogen hatten. Sie ließen Philippe und Nina passieren.

Das Mädchen, das Philippe gerettet hatte, war kurz vorher eingetroffen. Es hieß Maryse, und als Philippe den Raum betrat, sprang es auf und umarmte ihn. „Danke. Ich danke Ihnen.“ Es sah zu ihm auf. „Aber warum haben Sie mich Florence genannt?“ Philippe erklärte ihr kurz, ohne auf Details einzugehen, was er von Florence wollte. Das er ihre Mutter von früher kannte und einfach nur wissen wollte, ob er Recht hatte.
„Da kann ich ja von Glück sagen, dass Sie mich gerettet haben. Florence war heute gar nicht bei der Gruppe.“ Philippe starrte Maryse an, Nina sah zu Philippe. Sie wollte gerade was sagen, da klingelte Philippes Handy. Philippe sah aufs Display: seine Mutter. „Nein, Mama, nicht doch jetzt“, dachte er und nahm ab, um sie kurz auf später zu vertrösten. Als er jedoch hörte, was seine Mutter zu erzählen hatte, starrte er nur noch ins Leere. Nach einer halben Minute legte er auf, ohne selbst etwas gesagt zu haben. Er sah Nina an, dann wieder Luc. „Ich muss los“, sagte er stockend. Luc klopfte ihm auf die Schulter: „Ich begleite dich.“

Bis er in die Becherstraße einbog, einer gepflegten kleinen Seitenstraße in Reinshagen, hatten Luc und Philippe kein Wort gewechselt. Philippe fuhr in die Einfahrt seines Elternhauses und stellte den Motor ab. Er blieb sitzen, starrte auf das Haus, in dem er mehr als 20 Jahre gewohnt hatte. Die Tür ging auf und seine Mutter trat heraus. Luc stupste ihn an. „Hey, alles klar?“ Philippe sah ihn an. „Seit wann...“ Luc deutete mit seinem Zeigefinger auf seine Lippen. „Wer weiß das schon.“ Sie stiegen aus.

Seine Mutter sah ihn kurz an. Dann nahm sie ihn in den Arm. Alle drei gingen durch einen kurzen Flur, bis sie im Wohnzimmer standen.
Vor Philippe standen sein Vater und das Mädchen auf dem Foto. Es wirkte verängstigt. Es hatte einen Brief in der Hand. Keiner sagte ein Wort. Nach wenigen Sekunden hob es den Arm und streckte Philippe den Brief hin: „Hier.“
Philippe sah den Brief an, dann das Mädchen, das genauso aussah wie seine Mutter. Mehr noch. Es hatte sogar das gleiche Grübchen über der linken Augenbraue. Philippe öffnete den Brief und begann zu lesen.

„Mein lieber Philippe,
wenn Du diesen Brief liest und alles gut gegangen ist, steht Florence jetzt vor dir. Ich werden dann bereits vermutlich 17 Jahre tot sein.
Ich habe Dich in diesem Sommer, in dem wir uns kennen lernten, dreimal belogen. Die erst Lüge war, dass ich zu der Zeit, als wir zusammen waren, schwanger war. Das stimmte nicht. Die zweite Lüge war, dass ich Dir hinterher gesagt habe, Florence wäre am 14. Januar geboren. Auch das stimmte nicht.
Ich bin erst von dir schwanger geworden. Florence ist am 14. März geboren.
Ich habe dir das nie erzählt, weil wir so verdammt jung waren und ich Dir nicht zur Last fallen wollte. Und vor allem, weil ich schon damals wusste, das ich sterben würde. Die dritte Lüge. Als die Krankheit erkannt wurde, war es bereits zu spät. Für eine Heilung. Und für eine Abtreibung. Also hab ich das Kind geboren, denn ich wusste, meine Eltern würden sich

drum kümmern, wenn ich nicht mehr bin. Und ich wusste, sie würden das Geheimnis für sich behalten, weil ich das so wollte.
Jetzt ist Florence 18 Jahre alt, meine Eltern sind zu alt für all die Probleme, die sie als Erwachsener bekommt. Ich schreibe diesen Brief in der Zuversicht, dass Du Deine Tochter annehmen wirst, ihr bei all den Problemen hilfst, die auf sie zukommen. Dieser Brief bleibt verschlossen bis zu dem Tag, an dem Ihr beide die Wahrheit erfahrt. Wenn Florence 18 wird."

Philippe sah Florence an. Dann las er weiter.
„Meinen Todeszeitpunkt bestimme ich selber. Der Arzt sagt, ich habe nur noch wenige Wochen. Egal, wie ich sterbe, Du sollst nur wissen: ich habe es so gewollt.
Pass auf unser Kind auf. Und auf unsere „Grand Rue".
In Liebe
Isabelle."

Philippe starrte auf die Worte, die sich vor ihm auftürmten wie eine Mauer. Florence nahm den Brief aus seiner Hand und las. Zwei Minuten vergingen, niemand sagte ein Wort. Florence starrte in das Gesicht des Mannes, den sie zehn Minuten zuvor das erste Mal gesehen hatte. Sie ging einen Schritt auf ihn zu. Er sah sie an. Dann legte sie ihren Arm um ihn und sagte: „Bonjour, Papa."
Er legte seinen Arm um sie und weinte leise. „Alles Gute zum Geburtstag."

Reni wartet

Erika Henn

Achim Horstmann beendete sein Frühstück wie jeden Morgen damit, dass er mit seinem rechten Zeigefinder versuchte, die krümeligen Reste desselben mühsam von der Tischdecke zu klauben. Er war sich der Erfolglosigkeit dieses Unterfangens ebenso bewusst wie seine Frau Emma, die ihm gegenüber saß und das Ganze wie stets mit mühsam unterdrückter Heiterkeit beobachtete. Dabei fügte sie in eben solcher Regelmäßigkeit die über den Tisch verstreuten Teile der Tageszeitung zusammen, um sie dann wortlos in der Aktentasche ihres Mannes zu verstauen, die in einer Nische neben dem Dielenschrank auf ihren täglichen Einsatz wartete. Zu Emmas morgendlichem Rhythmus gehörte auch diesmal das Entfernen der Stolperfallen im Flur in Form von verstreut liegenden Turnschuhen ihres pubertierenden Sohnes, der wie immer auch heute dem fünften elterlichen Weckversuch demonstrativ widerstanden hatte. Sein Vater erfüllte auch an diesem Morgen seinen Teil des üblichen Rituals, indem er auf dem Weg zur Haustür energisch an die Zimmertür seines Sohnes klopfte und in der Stimmlage eines Bahnhofsvorstehers die sekundengenaue Uhrzeit verkündete. Seine zur Faust geballte rechte Hand traf dabei mit großer Regelmäßigkeit die Mitte des rot umrandeten Verbotsschildes mit der Aufschrift „kein Zugang für Eltern".

Ein flüchtiger Kuss auf die Wange seiner Frau, ein liebevoller Blick auf die kleine Tochter Nicole, die im Kinderzimmer noch tief und fest dem neuen Tag entgegenschlummerte, und Achim Horstmann verließ das Haus. Exakt 7.25 Uhr, wie jeden Morgen, machte er sich auf den etwa einen Kilometer langen Weg von seiner Wohnung in der Leonhardtstraße zu seinem Arbeitsplatz in der Firma Radium, in das Konstruktionsbüro des weltbekannten Glühlampenherstellers, das seit nunmehr 32 Jahren den größten Teil seines Lebens ausmachte. Der Rest seiner Zeit, seiner Aufmerksamkeit und Energie, gehörten seiner Familie und der Freiwilligen Feuerwehr. Beide liebte er mit ganzer Hingabe; die Priorität wurde oft von den jeweiligen Umständen bestimmt.

Achim Horstmann sog tief die frische Morgenluft ein und lächelte. Er war glücklich. Ein jahrzehntelanger persönlicher Traum war dabei, sich zu realisieren, eine Vision begann Gestalt anzunehmen. Seit einigen Tagen war ein großer Bagger dabei, im Herzen der Stadt, auf dem Gelände der ehemaligen Mädchenschule, den Boden für das Fundament eines neuen Feuerwehrhauses auszuheben. Eines Feuerwehrhauses, das dem neuesten Stand der technischen Entwicklung entsprach und sich an den Anforderungen eines zunehmend größeren Zuständigkeitsbereiches der aufstrebenden Kleinstadt orientierte; dringend erforderlich, lang geplant und von Horstmann und seinen Feuerwehrkameraden heiß ersehnt. Bereits sein Vater wie auch sein Onkel, beide ebenso engagierte Feuerwehrleute wie er selbst, hatten von der Notwendigkeit eines neuen Feuerwehrgebäudes gesprochen und ihre Vorstellungen davon bei jeder Gelegenheit in bunten Farben geschildert. Beide hatten die Realisierung dieses Traumes nicht mehr erlebt, Horstmann bedauerte dies sehr.
Die Umsetzung der seit Jahren vorliegenden Baupläne war offiziell an den fehlenden finanziellen Mitteln der Stadt und der übergeordneten Kommunen gescheitert. Die städtischen Kassen waren leer, Wipperfürth steckte seit Jahren im engen finanziellen Korsett des verordneten Haushaltsicherungskonzeptes. Hinter vorgehaltener Hand wurde jedoch immer wieder vermutet, dass ein Mitglied des Stadtrates die

Bebauung des seit vielen Jahren brach liegenden Grundstückes verhindert hatte. Welche Gründe er dafür hatte haben können, war allerdings niemandem so recht klar. Mit der gleichen Regelmäßigkeit, in der das Bauvorhaben auf der Tagesordnung der Stadtratssitzungen gelandet war, waren die Gespräche darüber ergebnislos versandet.

Der letzte Vorstoß der Befürworter hatte damit geendet, dass von der Gegenseite eine Kampagne zur Erhaltung der wenigen Innenstadtparkplätze ins Leben gerufen worden war. Wer dahinter gestanden hatte, wer das Feuer geschürt und die Geschäftsleute mit ihrem letztlich erfolgreichen Veto auf den Plan gerufen hatte, konnte niemand sagen. Allerdings vermuteten viele, dass im Hintergrund jemand eigennützige Fäden gesponnen hatte. Dass das Projekt nun doch zu Stande kam, war nicht zuletzt der unermüdlichen Überzeugungsarbeit von Achim Horstmann und der Aufgeschlossenheit und Intervention des jungen Bürgermeisters Heino Frostig zu verdanken.

Seitdem der Bau beschlossene Sache war, wählte Horstmann einen anderen Weg zu seiner Arbeitsstelle. Sein Weg zum Arbeitsplatz führte ihn nun die abschüssige Hindenburgstraße hinunter an der Baustelle vorbei. Jeden Morgen gönnte er sich einige Minuten, um sich am Fortgang der Arbeiten zu erfreuen. In seinem Kopf war der gesamte Bauplan des neuen Feuerwehrhauses abrufbar, er wusste genau, für welchen Raum, für welchen Einsatzbereich der Bagger gerade das Fundament aushob. Heute, Dienstag, 25. Mai 2004, 7.35 Uhr, grub sich die mächtige Schaufel in das Erdreich, auf dem in wenigen Monaten der Aufbewahrungsraum für die Atemschutzgeräte stehen würde. Achim Horstmann skizzierte bereits in seiner Vorstellung den angrenzenden Sanitärbereich, den er auf dem Weg zum Mittagessen, das er pünktlich um 12.10 Uhr zu Hause einzunehmen pflegte, vorzufinden hoffte. Am letzten Wochenende hatte er bereits in einer ruhigen Stunde zu Hause damit begonnen, die Adressenliste für die Einladungen zur Einweihungsfeier zusammenzustellen und hatte sich dafür spöttelnde Bemerkungen seiner Frau eingeheimst.

Mehrere Schaulustige hatten sich zu dieser frühen Stunde an dem ringsum verlaufenden Bauzaun eingefunden. Viele der wartenden Autofahrer vor der Ampel auf der Lüdenscheider Straße riskierten immer wieder einen interessierten Blick auf das ungewohnte Bild. Horstmann war so vertieft in den Anblick des lärmenden Baugerätes und die Vorstellungen, die er damit verband, dass er von der Fahrradklingel eines sehr nah vorbeifahrenden Schülers unsanft aus seinen Träumen gerissen wurde. Erschrocken schaute er auf seine Uhr: schon 7.51 Uhr, höchste Zeit, wenn er noch pünktlich durch die Radium-Pforte gehen wollte.
In dem Moment, als er sich umdrehte, um an der Polizeiwache vorbei weiter in Richtung Untere Straße zu gehen, stockte plötzlich das Geräusch des Baggers. Horstmann drehte sich erstaunt zur Baustelle um und sah, dass der Baggerführer eilig aus seinem Führerhaus kletterte. Der Mann beugte sich zu der Grube hinab und man sah trotz der Distanz, dass jegliche Farbe aus seinem Gesicht gewichen war. In einer Mischung aus Entsetzen und Panik suchten die Augen des Mannes das Gelände nach einem geeigneten Ansprechpartner ab. Erfolglos! Er griff zu seinem Handy, tippte hastig eine Nummer ein und schrie so laut und eindringlich hinein, dass jeder der Umstehenden seine Worte deutlich verstehen konnte: „Da liegt ein Skelett in der Grube!“
In Minutenschnelle hatten sich laut gestikulierende Menschentrauben gebildet. Die herbeieilenden Polizisten aus

der unmittelbar angrenzenden Polizeistation hatten Mühe, die Schaulustigen davon abzuhalten, die Absperrgitter zur Seite zu drücken. Jeder hoffte, trotz der Entfernung einen Blick in die Baggergrube erhaschen zu können.

Achim Horstmann war es zum ersten Mal nicht wichtig, pünktlich zur Arbeit zu kommen. Nein, eigentlich das zweite Mal – in 32 Dienstjahren. Das erste Mal war es die Geburt des lang ersehnten zweiten Kindes, das sich im Mai des vergangenen Jahres morgens um 4 Uhr überraschende zwei Wochen zu früh angekündigt hatte. Eine Situation, die ihn ebenso aufgeregt und hilflos gemacht hatte wie die heutige. Mittels Handy informierte Horstmann seine Kollegen darüber, dass er etwas später käme, und legte auf, bevor ihm neugierige Rückfragen Begründungen hätten abverlangen können. Er ging ein Stück die Lüdenscheider Straße hinauf und positionierte sich auf der obersten Stufe der Treppe zur Postfiliale. Von dort aus hatte er einen guten Überblick über die Baustelle, ohne dass sein Blick von den immer zahlreicher werdenden Schaulustigen am Bauzaun behindert wurde. Kurz vor 9 Uhr trafen Kripobeamte aus Gummersbach ein, kurze Zeit später entstiegen drei weitere, trotz fehlender Uniform deutlich als Polizeibeamte erkennbare Personen – zwei Männer, eine Frau – einem Wagen mit Kölner Kennzeichen. Fast gleichzeitig traf ein mit zwei Männern besetzter Kleintransporter ein. Fahrer und Beifahrer öffneten die Seitentür des Busses und kletterten hinein, um wenige Sekunden später in Schutzanzüge gehüllt und mit großen Metallkoffern in der Hand wieder herauszusteigen. Beide stiegen in die Baugrube, von oben abgeschirmt durch ihre Kolleginnen und Kollegen, die zwischenzeitlich durch weitere Beamte der angrenzenden Dienststelle verstärkt worden

waren. Was dort unten geschah, konnte weder Horstmann noch einer der anderen Umstehenden erkennen.
Einer der Polizeibeamten telefonierte und ging schließlich zwei Männern entgegen, die mit einem Kleinbus von der Hindenburgstraße aus rückwärts so dicht wie eben möglich an die Baustelle herangefahren waren. Die beiden jungen Männer trugen ein Bahre zwischen sich. Horstmann fand, dass diese eher aussah wie der untere Teil eines Zinksarges. Der Behälter wurde in die Grube hinabgelassen und nur Minuten später wieder heraufgezogen. Keiner der Schaulustigen ringsumher konnte erkennen, wer oder was da zu dem Wagen getragen wurde, der unmittelbar danach mit seiner Fracht wegfuhr.
Schnell lösten sich die Reihen der Polizeibeamten auf. Die angereisten Spezialisten stiegen in ihre Wagen und fuhren ohne erkennbare Eile ab, ihre Wipperfürther Kollegen strebten, in leisen Gesprächen vertieft, dem nahen Dienstgebäude zu. Die neugierigen Zuschauer zerstreuten sich ebenso schnell, wie sie sich zusammengerottet hatten. Nur Achim Horstmann blieb. Er wartete ab um zu sehen, ob der Baggerführer seine Arbeit fortsetzen würde. Dieser kletterte jedoch in das Führerhaus des Baggers, zog den Zündschlüssel ab, und stieg wieder hinab. Er machte sich mit gesenktem Kopf auf den Weg zum etwas abseits stehenden Bauwagen, den er nach einigen Sekunden mit einer Arbeitstasche in der Hand wieder verließ. Horstmann hatte die kurze Zeit genutzt, um so schnell er konnte vom Eingang der Postfiliale zu der gegenüber verlaufenden Hindenburgstraße zurückzulaufen. Er hetzte um das an der Ecke befindliche Polizeigebäude herum. Es gelang ihm, den Baggerführer in dem Augenblick zu erreichen, als dieser sich schnaubend auf den Fahrersitz seines roten Golfs fallen ließ.

Die anfängliche Aufregung des Mannes war einer deutlich spürbaren Verärgerung gewichen. Horstmann musste seine ganze Überredungskunst anwenden, um ihn dazu zu bringen, sich zu einer Tasse Kaffee in einem Stehcafé in der Unteren Straße einladen zu lassen. Lag es an der Qualität des Kaffees, der Freundlichkeit der Bedienung in der Bäckerei Melder oder vielleicht an beidem – jedenfalls erhielt Horstmann die Informationen, die er haben wollte. Der Bagger hatte Teile eines menschlichen Skeletts, wahrscheinlich eines Kindes freigelegt, das nach erster Meinung des hinzugezogenen Polizeiarztes dort bereits fünfzig Jahre gelegen hatte.
Die Männer von der Spurensicherung hatten nach dieser ärztlichen Aussage keine weiter gehenden Untersuchungen mehr angestellt. Trotzdem: vor Abschluss der gerichtsmedizinischen Untersuchung würde die Baustelle nicht freigegeben. Es war ein Baustopp verhängt worden. Der Baggerführer, dessen eigene Arbeitsplanung dadurch völlig durcheinander gebracht wurde, war erst nach einem weiteren ausgezeichneten Käse-Salamibaguett in der Lage, seine Verärgerung über die Ereignisse des Vormittages im wahrsten Sinne des Wortes hinunterzuschlucken.
Achim Horstmann verabschiedete sich nach einem erneuten besorgten Blick auf die Armbanduhr mit der Feststellung, dass er nun dringend zur Arbeit müsse. Horstmann hoffte immer noch, aufzuwachen und feststellen zu können, dass alles nur ein böser Traum gewesen war. Um sicherzugehen, kniff er sich in den linken Arm, eine recht kindliche Angewohnheit, wie er selbst zugab. Wie, um sich selbst zu quälen, spielte er im Geiste die möglichen Folgen der Vorgänge durch. Würde dadurch letztlich das ganze Projekt noch gefährdet oder um Wochen verzögert?

Der Pförtner der Firma Radium erwiderte Horstmanns Gruß erstaunt und blickte unverhohlen zu der großen Uhr, die wie eine in Plastik gefasste Mahnung für die Arbeitnehmer an der Stirnwand der Portiersloge hing. Vielleicht aus Diskretion, vielleicht aus eigenem Zeitmangel stellte er keine Frage zu der ungewöhnlichen Ankunftszeit. Horstmann war dankbar dafür.

Auf seinem Schreibtisch stapelten sich bereits die Telefonnotizen. Er sichtete sie oberflächlich. Seine Gedanken waren noch vollständig bei dem soeben Erlebten. Ganz oben auf dem Stapel lag die Information über einen Anruf des Bürgermeisters Frostig. Horstmann griff zum Telefonhörer und rief zurück. Selbst für das sonst übliche Freundlichkeitsgeplänkel mit der aparten Vorzimmerdame Frau Wichterich hatte er im Moment keinen Sinn. Frau Wichterich spürte das intuitiv und stellte das Gespräch zum Bürgermeister durch. Herr Frostig war unmittelbar nach dem schrecklichen Fund sowohl vom Leiter der Polizeidienststelle als auch von dem völlig aufgeregten Bauleiter in Kenntnis gesetzt worden. Sofort hatte er Order an das Ordnungsamt gegeben, das seinerseits bereits aktiv geworden war und eine amtliche Baustoppverfügung an der Zufahrt zur Baustelle angebracht hatte.

Der Bürgermeister, der um Horstmanns jahrelanges Engagement in der Sache wusste, konnte sich gut vorstellen, wie beunruhigt und betroffen dieser über die Entwicklung sein musste. Er versprach, ihn umgehend zu informieren, sobald es neue Erkenntnisse gäbe. Horstmann bedankte sich und legte auf.

Er versuchte, sich auf seine Konstruktionspläne für ein Beleuchtungssystem zu konzentrieren, das neue Maßstäbe im Hinblick auf Effizienz und Energieersparnis setzen sollte; es gelang ihm nicht. Sein Kollege Reichert konnte sich die

Frage nicht verkneifen, ob er eingeschlafen sei. Seine spöttelnde Bemerkung, er würde sich mit dieser Körperhaltung hervorragend für ein Aquarell seiner Frau eignen, quittierte Horstmann mit einem wenig freundlichen Blick, wusste er doch, dass dessen Frau sich nach einem Kreativkurs im Haus der Familie ausschließlich mit Stilleben beschäftigte.
Ärgerlich bemühte er sich noch intensiver, sich auf die Zeichnungen zu konzentrieren, die auf dem neuen 21-Zoll-Flachbildschirm seines PC harrten; umsonst. Er beschloss, sich bei einer Tasse Kaffee in der Kantine eine kleine Auszeit zu genehmigen in der Hoffnung, die Gedanken an die Erlebnisse des Morgens nach dieser Pause innerlich in den abendlichen Freizeitbereich verbannen zu können.
Die Luft in der Kantine war verbraucht und stickig. Drei rauchende Frauen am Ecktisch eliminierten gerade das letzte Quäntchen Sauerstoff. Horstmann nahm seine Tasse und wählte die weniger bequeme Variante des sitzplatzlosen Außengeländes. Die frische Luft tat ihm gut. Er lehnte sich an die Wand des Gebäudes und begann seine Gedanken zu sortieren. Plötzlich fiel ihm Gotthilf ein. Gotthilf Walther, ein Freund und Schulkamerad aus Kindertagen. Gotthilf war zur Polizei gekommen wie die Jungfrau zum Kind. Als siebtes Kind einer bäuerlichen Großfamilie von der Dreine hatte er zuerst in der elterlichen Landwirtschaft gearbeitet. Als die wirtschaftliche Situation der Landwirte im damals noch Rheinisch-Bergischen Kreis immer unsicherer und schwieriger geworden war, hatte sich Gotthilf Walther mit 16 Jahren in einer winzigen Schuhmacherwerkstatt in der Bahnstraße zum Schuhmacher ausbilden lassen. Horstmann kam nicht mehr auf den Namen des Schuhmachermeisters, hatte aber noch das Bild eines gutmütigen, untersetzten Mannes mit sehr ausgeprägten Augenbrauen vor sich, den er täglich Fahrrad schiebend in der Stadt gesehen hatte.

In den Siebzigern war es dann auch in diesem Handwerksbereich zu umwälzenden Entwicklungen gekommen, die verheerende Auswirkungen auf die Beschäftigungszahlen in dieser Berufssparte gehabt hatten. Billigproduktionen hatten die Reparatur eines Schuhes teurer als den Kauf eines neuen Billigpaares gemacht. Die Mehrheit der Bevölkerung hatte sich damals im Zweifelsfall für Letzteres entschieden; Gotthilf Walther war wie viele seiner Kollegen arbeitslos geworden.
Zu dieser Zeit war der Beruf des Polizeibeamten auf Grund der schlechten Bezahlung in Verbindung mit ungünstigen Schichtdienstzeiten wenig attraktiv, die Mitarbeiterfluktuation durch Abwanderung in Industrie und Handel entsprechend groß gewesen. Bei Gotthilf Walther, der damals mit seiner Freundin Marlies verliebt Zukunftspläne geschmiedet hatte, hatte der Sicherheitsaspekt überwogen. Als er das Angebot bekommen hatte, sich für den Polizeidienst umschulen zu lassen, hatte er sich mit seiner Marlies beraten und letztlich zugesagt. Niemand, er selbst zuletzt, hätte geglaubt, dass er mit diesem Entschluss einer innerlichen Berufung gefolgt war. Gotthilf war durch und durch Polizist. Er gehörte seit nunmehr dreißig Jahren zum Wipperfürther Stadtbild wie der heilige Engelbert auf dem Stadtbrunnen. Sogar noch nachhaltiger, dachte Horstmann, denn schließlich hatte Engelbert im letzten Jahr trotz zahlreicher Proteste einem wieder aufgetauchten historisch bedeutsamen Löwen weichen müssen.
Gotthilf Walther hatte seinen Beruf, den er längst als Berufung akzeptiert hatte, auch zu seinem Hobby gemacht. Nichts tat er lieber, als an den reichlichen einsamen Abenden – seine Marlies hatte ihn kurz nach der Geburt ihrer gemeinsamen Tochter Britta verlassen – in die literarische Welt der höheren Kriminalistik abzutauchen. Walther identifizierte

sich während seiner nächtelangen Lesemarathons mit dem begnadeten Hercule Poirot, wurde eins mit Mankells unbestechlichem einsamen Wolf Kurt Wallander, schlüpfte sogar mühelos in die Haut einer Miss Marple, deren kriminalistischer Spürsinn ihn auch nach zehnmaliger Lektüre eines Falles noch bewunderungswürdig erschien.
Auf seinen täglichen dienstlichen Wegen durch die Innenstadt schulte er sein aufmerksames Auge für den Fall, der vielleicht morgen auf seinem Schreibtisch landen würde. Sollte in Wipperfürth jemals etwas Dramatisches passieren, wollte Gotthilf Walther die richtigen Lösungsstrategien entwickeln und dem erstaunten Kollegenkreis präsentieren.
Obwohl Achim Horstmann seit Jahren keinen Kontakt mehr zu Gotthilf Walther gehabt hatte, beschloss er an diesem Morgen, in dieser für ihn überaus wichtigen Angelegenheit die alte gute Bekanntschaft aufleben zu lassen. Er ging ins Büro zurück und versuchte, telefonischen Kontakt mit seinem alten Schulkameraden herzustellen. Irritiert nahm er wahr, dass er laut Telefonbuch dafür eine Kreisleitstelle in Gummersbach als Kontaktstelle anwählen musste. Von dort wurde er weiterverbunden und erhielt schließlich die Auskunft, dass Kommissar Walther erst übermorgen wieder im Dienst sei. So lange duldete die Sache keinen Aufschub. Horstmann wählte die Nummer der Auskunft und versuchte dabei, das auftauchende Bild der schönen jungen Frau zu verdrängen, die in den Werbespots grundlegende grammatikalische Regeln missachtete. Im Kollegenkreis war man sich immer noch nicht darüber einig, ob die demonstrierte intellektuelle Unbedarftheit gespielt oder echt war. Die körperlichen Vorzüge dagegen waren für alle unbestreitbar.
Auf diese Weise erhielt Horstmann nicht nur die private Telefonnummer, sondern erfuhr gleichzeitig, dass Walther im neuen Wohngebiet Felderhofer Kamp wohnte. Er benötigte

allerdings mehrere Anläufe, um den ungewöhnlich komplizierten Straßennamen – Borromäerinnenstraße – richtig zu notieren. Horstmann erinnerte sich an die zurückliegenden Diskussionen um die Straßenbennung in diesem Neubaugebiet. Die Meinungen zwischen Stadtrat und Verwaltung waren damals sehr auseinander gegangen, die Argumente der Ratsfrauen hatten schließlich überzeugt. Horstmann gestand ein, dass er sich persönlich sicherlich für eine Wohnung in der angrenzenden Ursulinenstraße entschieden hätte, schon um nach einem feuchtfröhlichen Abend dem Taxifahrer das Fahrtziel ohne wahrnehmbaren Knoten in der Zunge angeben zu können.

Gotthilf Walther war zu Hause und meldete sich nach mehrfachem Klingeln leicht mürrisch. Verständlich, wenn man wusste, dass er vom Telefon bei der spannenden Auflösungsphase eines Patricia-Highsmith-Krimis gestört worden war. Es dauerte einige Minuten, bis Walther den Anrufer als den alten Schulfreund wieder erkannt und den Grund der Kontaktaufnahme begriffen hatte. Da er drei Tage hintereinander Dienstfreiheit genossen hatte, waren die Informationen, die Horstmann – schon wieder leicht aufgeregt – durch den Hörer schickte, völlig neu für ihn. Walther imponierte Horstmanns Engagement für seine Feuerwehr. „Ich schau, was ich tun kann“, meinte er schließlich, „aber versprechen kann ich nichts. Stichwort Dienstgeheimnis.“ Die Schulkameraden von einst verabredeten sich für 17 Uhr vor Hansis Café auf dem Marktplatz. Walther versprach, sich noch im Laufe des Vormittages im Kollegenkreis umzuhören.

Als Horstmann sich Punkt 12 in die Mittagspause begab, erwartete ihn an der Baustelle nicht wie sonst ein sichtbarer Fortschritt der Arbeiten, sondern ein Blitzgewitter von den

Kameras herbeigeeilter Reporter. Auch auf ihn stürzte eine junge eifrige Journalistin zu, fuchtelte ihm mit einem Mikrofon vor dem Gesicht herum und befragte ihn zu seiner Meinung über die morgendlichen Ereignisse. Horstmann wehrte genervt ab und machte sich auf den ansteigenden Weg zum Düsterohl, wo ihn wie immer neben Frau und Tochter ein einfaches, aber sehr schmackhaftes Mittagessen erwartete. Seine Frau Emma hatte er unmittelbar nach dem Gespräch mit Gotthilf Walther telefonisch über die Vorgänge informiert. Sie selbst war beim Einkauf in jedem Geschäft damit konfrontiert worden, wie er jetzt erfuhr. Wie immer wucherten die Mutmaßungen und Gerüchte dort am heftigsten, wo niemand etwas Genaues wusste. Mit der Zusicherung, sich gegenseitig sofort anzurufen wenn es etwas Neues gab, verabschiedete man sich nach einer knappen halben Stunde. „Bin mal gespannt, was Jan an Gerüchten aus der Schule mitbringt“, gab ihm Emma noch mit auf den Weg.

Gotthilf Walther war höchst zufrieden. Genau diese Lösung hatte er erwartet. Schmunzelnd reihte er den Highsmith-Krimi an zwei überaus spannende Kriminalromane von Ingrid Noll, an die sich wiederum mehrere Edgar-Allen-Poe-Bände anschlossen. Seine Bücherregale füllte er nach einer Systematik, die er selbst entwickelt hatte. Nicht etwa nach dem Namen des Autors oder nach chronologischen Gesichtspunkten, sondern nach dem Grad der bei der Lektüre erzeugten Spannung. So konnte er beim wiederholten Lesevergnügen – Walther las jedes Buch in größeren Zeitabständen grundsätzlich mehrmals – die Auswahl auf seine jeweilige Befindlichkeit und Bedürfnislage abstimmen.
Walther mochte Überraschungen nicht sonderlich. Vielleicht hing das damit zusammen, dass er selbst vor knapp fünfzig Jahren eine unliebsame Überraschung für seine Mutter gewe-

sen war, die das Ausbleiben ihrer Regel für das Einsetzen der Wechseljahre gehalten hatte. Dieser Irrtum hatte sich nach knapp sieben Monaten als 1800 Gramm leichtes Frühchen entpuppt, das zu schwach gewesen war, um auch nur den kleinsten Krähton aus seinem mageren Körper auszustoßen. Der Name „Gotthilf" entsprach exakt dem himmelwärts gerichteten Stoßseufzer seiner Mutter, als ihr die Hebamme das erbarmungswürdige Ergebnis von 18 Stunden harter Wehenarbeit in die Arme gelegt hatte.
Die medizinische Versorgung von erwarteten Risikogeburten hatte damals, zumal auf dem Lande, einen sehr einfachen Standard gehabt und sich oft darauf beschränkt, bei der Geburt neben der Hebamme einen Arzt hinzuzuziehen. Nicht einmal das war bei Gotthilf der Fall gewesen. „Ob datt dürchkütt?", war dann auch die am häufigsten geäußerte Frage der skeptisch dreinschauenden Verwandten und Nachbarn gewesen, die ihre Pflichtbesuche nach der Geburt gemacht hatten. Gotthilf hatte die ersten drei Lebenswochen, eingehüllt in eine taschentuchgroße Windel, in einer großen Zigarrenkiste seines Vaters auf dem warmen Kaminsims zugebracht.
Wenn man diese erschwerten Startbedingungen bedachte, musste man anerkennend feststellen, dass sich Gotthilf Walther prächtig entwickelt hatte. Lediglich das Zeit seines Lebens ersehnte Gardemaß von 1,90 Meter hatte er um genau 23 cm verfehlt, da die verabreichten Wachstumshormone vorzeitig schlappgemacht hatten. Daran hatten auch Geheimrezepte wie Verharren im Frühlingsregen, frischer Mist in den Schuhen und täglicher Genuss von Malzkaffee mit geschlagenem Eigelb nichts mehr geändert. Immerhin konnte man noch 1,5 cm gewinnen, wenn man neuen Schuhen nachträglich eine dicke Spikessohle unterkleben ließ – das wusste er heute.

Gegen Mittag schaute Gotthilf Walther scheinbar zufällig im Büro der Polizeidienststelle an der Lüdenscheider Straße vorbei, das er sich mit seiner sehr viel jüngeren Kollegin Nina Döring teilte. Oft begegneten sich die beiden nur in den unregelmäßig stattfindenden Teamsitzungen, da ihr der Dienstplan wechselweise aufeinander abgestimmt war. Walther hatte ohnehin Bedenken, ob ein noch häufigerer Kontakt mit ihr ohne negative Folgen für sein Selbstbewusstsein und Nervenkostüm zu verkraften gewesen wäre. Was Nina auch machte, machte sie ganz und mit vollem Einsatz. Halbheiten und Kompromisse waren nicht ihr Ding. Das galt für ihre Ehe, die sie punktum beendet hatte, als sie merkte, dass ihr Ehemann während ihrer nächtlichen Dienststunden angeblich die Badezimmerfliesen bei der liebeshungrigen Nachbarin erneuert hatte, statt auf seine beiden Kinder aufzupassen. Das galt auch für ihre einer Löwenmutter ähnlichen Kampfbereitschaft für eben diese Kinder, Tom, 8 Jahre, und Sina, 4 Jahre.
Nina hatte schon so manche „Sau durchs Dorf getrieben", wie Walther das zu nennen pflegte. Mal war es die totale Begeisterung für fernöstliche Entspannungstechniken, für die Kampagne zum Schutz der letzten Beuteltiere im südamerikanischen Urwald, dann wiederum mussten sämtliche Möbel und – noch viel schlimmer – Akten nach Feng-Shui-Vorschriften angeordnet werden. Ein dreiviertel Jahr lang hatte sie den gesamten Kleidungsbedarf der Familie über das Internet-Auktionshaus Ebay gedeckt. Immer wieder hatte er sich als freundlicher Kollege bereit erklärt, Transaktionen stellvertretend zu überwachen, wenn sich das Auktionsende mit Ninas Dienstplan überschnitt. Das alles hatte Gotthilf Walther ertragen können in dem Bewusstsein, dass sich die Obsessionen nach dem Muster einer gesundheitlichen Krise entwickelten: war der Scheitelpunkt erreicht, war das

Schlimmste überstanden und die langsame Genesung konnte beginnen. Die kurze Zeitspanne bis zur Entwicklung einer neuen überstiegenen Begeisterung empfand Walther jedesmal als nervlichen Regenerationsprozess.
Ihre neueste Fixierung entsprach im Verlauf allerdings nicht dem hinlänglich bekannten Muster. Nina Dörings überschwängliche Euphorie dauerte jetzt schon mehrere Monate an und es war immer noch keine Abschwächung oder Besserung in Sicht. Langsam aber sicher belastete dieser nicht enden wollende Zustand ihr sonst recht freundschaftliches Verhältnis.
Nina Döring hatte irgendwann im letzten Herbst festgestellt, dass ihre Waage kein zufriedenstellendes Ergebnis mehr anzeigte. Zuerst hatte sie versucht, die Anzeige günstig zu beeinflussen, indem sie sich morgens in vier verschiedenen Ecken ihrer Wohnung wog. Als ihr klar geworden war, dass diese Methode nicht effizient war, hatte sie sich nach kurzfristiger Knäckebrotfrustration der vollständigen Hingabe einer amerikanischen Gewichtswächter-Organisation verschrieben. Seitdem wurde selbst die Atemluft, die sie inhalierte, in Punkte umgerechnet, so behauptete Walther jedenfalls.
Jedes Glas Orangensaft, jedes Brötchen, das Walther in ihrer Anwesenheit zu sich nahm, wurde jetzt kommentiert, ernährungsphysiologisch analysiert und punktemäßig bewertet. Hatte er bisher mit einfältiger Lust in ein Salamibrot gebissen, schmälerte das vermittelte Bewusstsein, dass er damit ein Drittel seiner Tagespunkteration verbrauchte, den Genuss mittlerweile empfindlich. Ninas eigene Ernährungsgewohnheiten ließen vermuten, dass sich eines Tages ihre hübsche kleine Nase in das Schnüffelorgan eines Kaninchens verwandeln würde, davon war Walther jedenfalls überzeugt. Einen Teil der offiziellen Warn- und Fahndungshinweise an den Wänden hatte sie durch großformatige Punktetabellen, Ge-

und Verbotslisten und Einkaufsratgeber ersetzt. Dieses Vorgehen wurde natürlich nur deshalb stillschweigend geduldet, weil es in ihrem gemeinsamen Büro keinen Publikumsverkehr gab.
Am Schlimmsten waren für Walther jedoch die wöchentlichen Jubelschreie seiner Kollegin, entweder persönlich enthusiastisch vorgebracht oder per Spickzettel auf seinem Schreibtisch deponiert. „Hurra, wieder 185 Gramm geschafft!“ stand da oder „Siehst du, es geht doch!!!“, regelmäßig mit drei Ausrufungszeichen versehen. Für Gotthilf Walther waren diese eruptiven Begeisterungsausbrüche der seiner Meinung nach ohnehin klapperdürren Kollegin wie ein Schlag ins Gesicht, besser: ein schmerzhafter Hieb in seine fleischigen Hüften.
Denn die 1,67 Meter Höhe war nur ein Teil seines körperlichen Entwicklungsdramas. Teil zwei drehte sich um das Gewicht von mehr als 90 Kilogramm als Ergebnis einer fatalen Kombination von Bewegungsunlust und dem Hang zu klebrigen Puddingschnecken. Gottlieb Walther hatte schon zahlreiche Strategien entwickelt, zumindest der Puddingschneckenleidenschaft entgegenzuwirken. So hatte er zeitweise den Weg zur Dienststelle geändert, nur um sich nicht der verlockenden Auslage von immerhin drei Bäckereien in der Unteren Straße auszusetzen. Eine besonders verständnisvolle Verkäuferin hatte sogar eine Zeit lang das verhängnisvolle Angebot erst dann in der Auslage präsentiert, wenn sie Walther hatte vorbeigehen sehen. Das war so lange gut gegangen, bis ihre Chefin es bemerkt und das verkaufsschädigende Verhalten untersagt hatte. Inzwischen hatte Walther sich seiner schicksalhaften Schwäche ergeben und war schon stolz, wenn er auf dem Weg zur Arbeit bis zur dritten Bäckerei widerstanden hatte. Die netten Damen in der Bäckerei Melder wussten um seinen permanenten inneren

Widerstreit und quittierten seinen begehrlich vorgebrachten Wunsch regelmäßig mit einem strahlenden Lächeln und der wohlgeformtesten Puddingschnecke natürlich.

Walther fragte Nina, ob sie Näheres zu dem Skelettfund wüsste und ob bereits erste Ergebnisse der Untersuchungen vorlägen. Er erfuhr jedoch nicht mehr als das, was ihm durch Horstmanns Ausführungen schon bekannt war. Sie versprach, ihn telefonisch auf dem Laufenden zu halten, doch bis zu dem vereinbarten Termin mit Horstmann vor Hansis Café war noch kein Anruf erfolgt. Walther bedauerte, den erwartungsvollen Augen seines alten Schulkameraden nichts entgegensetzen zu können. Trotzdem zählten die nächsten Stunden zu den unterhaltsamsten, die Walther in den letzten Monaten erlebt hatte – abgesehen von der Lektüre seiner Krimis natürlich.
Obwohl Horstmann und er quasi von Geburt an in der gleichen Kleinstadt wohnten, hatten sie über Jahrzehnte keinen persönlichen Kontakt gehabt. Um so reichhaltiger war nun das Repertoire der gemeinsamen Erinnerungen, aus denen sie schöpfen, der Begebenheiten und Erlebnisse, die sie Revue passieren lassen konnten. Nach zwei Stunden und jeweils fünf gut gezapften Kölsch schienen die vielen Jahre wie weggewischt. Jeder war in die Welt und den Alltag des Anderen eingetaucht.
Kurz vor 19 Uhr piepte Walthers Handy. Ein Blick auf das Display zeigte ihm, dass es sich um Ninas erwarteten Anruf handelte. Die Untersuchungsergebnisse lagen vor und waren auch bereits zur Veröffentlichung freigegeben worden. Danach würde es keine weiteren polizeilichen Ermittlungen in der Sache geben. Bei dem Skelett handelte es sich nach Einschätzung des Gerichtsmediziners um die körperlichen Überreste eines etwa zehnjährigen Mädchens, die an dieser

Stelle wahrscheinlich 50 bis 60 Jahre gelegen hatten. Als Todesursache vermutete man nach dem Zustand bzw. der Beschädigung der Rippen massive Druckeinwirkung auf den Brustkorb durch einen sehr schweren Gegenstand. Man ging davon aus, dass das Mädchen zum Ende des Zweiten Weltkrieges hin verschüttet worden war. Die vorgefundenen Rippenbrüche ließen vermuten, dass Lunge und Herz regelrecht durchstoßen worden waren. Hinweise auf ein Verbrechen waren nicht gefunden worden. Man hatte deshalb entschieden, die kaum begonnene Akte zu schließen. Die Bauarbeiten am neuen Feuerwehrhaus konnten unbehindert weitergehen, der verhängte Baustopp würde mit sofortiger Wirkung aufgehoben.
Achim Horstmanns erste Reaktion war Erleichterung, eine Erleichterung, die auch für Walther deutlich an seinem Gesichtsausdruck erkennbar war.

Im Nachhinein konnten die beiden Männer nicht mehr sagen, wann sie den Entschluss gefasst hatten, die Sache doch nicht einfach auf sich beruhen zu lassen. Wahrscheinlich hatte es damit zu tun, dass sie beide Väter von Töchtern waren. Beide liebten ihre Mädchen mit ganzer Hingabe. Vielleicht war der Gedanke deshalb so unerträglich, den Tod des gerade einmal zehnjährigen Mädchens fatalistisch hinzunehmen und beim weiteren Fortgang der Bauarbeiten so zu tun, als hätte es den Fund nie gegeben. Horstmann wusste, dass er die Baustelle nie mehr mit den gleichen Augen ansehen könnte wie bisher, wenn sie nicht versuchten, den Tod des Kindes aufzuklären.

Zwei Stunden vergingen, in denen die weitere Vorgehensweise bedacht und besprochen wurde. Über die Strategie war man sich hierbei schnell einig. Zuerst sollte versucht werden, Hinweise auf die Identität des Kindes zu finden, auch wenn

die Aussichten nach so vielen Jahren nicht gerade rosig erschienen. Man wollte dabei amtliche als auch private Verbindungen und Kontakte nutzen.
Wo ein Kind ist, muss es zwangsläufig eine Familie oder zumindest eine Mutter geben. Welche Eltern würden sich nicht darum kümmern, ihr verschüttetes oder sonstwie umgekommenes Kind wiederzufinden, auszugraben, um es ordentlich zu bestatten? Hatten die Eltern zum Zeitpunkt des Todes des Mädchens vielleicht selbst nicht mehr gelebt? Wo war der Rest der Familie? War der Tod des Kindes irgendwo amtlich protokolliert worden? Oder – falls es nicht für tot erklärt worden war – war dann sein Verschwinden von der Presse aufgegriffen worden? Ein zehnjähriges Mädchen war zwangsläufig beschult worden. Auch da müssten Hinweise zu finden sein. Horstmann wollte gleich noch am Abend versuchen, seine Frau für die schulische Fährte zu interessieren. Immerhin hatte sie durch den Schulbesuch des Sohnes sporadisch Kontakt mit Schulsekretariaten.
Walther seinerseits nahm sich vor, sich gleich morgen im Standesamt der Stadt zu informieren. Er hatte in seiner amtlichen Funktion des Öfteren mit dem Standesbeamten Mark Sperber zu tun. Walther konnte nicht verhehlen, dass er den sympathischen, attraktiven und stets hilfsbereiten jungen Mann nicht selten mit einer Mischung von Neid und Bewunderung betrachtete. Er hätte sich gut vorstellen können, dass die eine oder andere Braut bei der Eheschließung auf Sperbers entscheidende Frage bei seinem Anblick heimlich ein „vielleicht" als Lebensentscheidung mit aufschiebender Wirkung erwog.

Bevor Walther sich am nächsten Tag auf den Weg zum Rathaus machte, ging er bei seiner Dienststelle vorbei und erkundigte sich nach dem Bericht über die Ereignisse des

Vortages. Er erfuhr, dass dieser noch in Arbeit war, man stellte ihm aber frei, sich den Teil anzusehen, der bereits fertig war. Walther nahm die unvollständigen Aufzeichnungen mit, um sie ungestört in einer Flurnische zu studieren. Er wusste, dass es ihm in seinem eigenen Büro kaum gelingen würde, die notwendige Konzentration aufzubringen. Kollegin Nina würde ihn zweifellos mit den üblichen Klagen über unzuverlässige Verwandte im Kinderbetreuungsdienst nerven. Walther hatte nie begriffen, wie sie es schaffte, Eltern, ehemalige Schwiegereltern, Nachbarinnen und Bekannte so selbstverständlich für die Betreuung ihrer beiden Kinder einzuspannen, dass diese jedes eigene Vorhaben rechtfertigen mussten. Nina dachte sich nicht das Mindeste dabei.
Er fand eine ruhige Ecke im Flur und widmete sich dem Bericht mit ganzer Aufmerksamkeit. Auf den beiden ersten Seiten erfuhr er nichts, was er nicht schon gewusst hätte. Die akribische Auflistung der vorhandenen Skelettteile überflog er nur kurz. Es erstaunte ihn, dass nach so langer Zeit noch fast das ganze Knochengerüst des Kindes vorhanden war. Der Boden musste am Fundort scheinbar eine entsprechend günstige Beschaffenheit aufweisen. Das Kind hatte wahrscheinlich eine Brille getragen, jedenfalls wiesen Reste eines großen dunkelbraunen Horngestelles darauf hin.
Plötzlich stutzte er. Seine Augen wanderten zum Anfang des letzten Absatzes zurück und nahmen nun beim nochmaligen lesen jedes Wort konzentriert wahr. „Die Fingerknochen der linken Hand umschlossen einen etwa 12 cm großen und 6,5 cm breiten Beutel aus dunklem, starken Rindsleder, der fast vollständig erhalten war“, hieß es da. „Der Beutel enthielt 14 bunte Glasmurmeln unterschiedlicher Größe“, las Walther. Weiter stand da, dass in die Innenseite des Lederbeutels immer noch sehr deutlich sichtbar der Name „Hans“ eingebrannt war.

In unmittelbarer Nähe des Skeletts hatte man schließlich noch ein schmiedeeisernes Tor gefunden, das durch ein Schloss fest mit dem eisernen Rahmen verbunden war. Ob der Tod des Kindes durch das Gewicht des Tores herbeigeführt worden war, konnte nicht ermittelt werden. Die Vermutung lag aber nahe, nachdem man entsprechende Versuche gemacht hatte. Er notierte das Gelesene in sein Notizbuch, um für das abendliche Treffen mit Horstmann nichts zu vergessen.
Für die kurze Distanz zwischen Polizeigebäude und Marktplatz benötigte Walther nur einige Minuten. Er wählte für den Gang zum Rathaus fast immer den Weg, der am Rand des stark frequentierten Surgères-Platzes vorbeiführte, weil er fand, dass die Präsenz eines Polizisten dort grundsätzlich nicht schaden konnte. Er war schon in Höhe der evangelischen Kirche, als ihm auffiel, dass er ja heute dienstfrei hatte und somit ohne Uniform unterwegs war. Aber auch in Windjacke und Jeans sah jeder in diesem Ort in ihm den Polizisten. Manchmal fiel es ihm selbst schwer, sich überhaupt noch als ganz privaten Mensch wahrzunehmen.

Mark Sperber erhob sich von seinem Schreibtischstuhl und begrüßte Gotthilf Walther mit gewohnter Freundlichkeit. Die beiden Männer schätzten und mochten sich. Erst vor einigen Monaten hatte es in beiden Behörden im Sinne einer verbesserten Öffentlichkeitsarbeit eine groß angelegte Umfrage der Bevölkerung zu Akzeptanz, Freundlichkeit und Dienstfertigkeit der jeweiligen Bediensteten gegeben. Walther war sich sicher, dass Sperber und er sich gegenseitig die besten Zeugnisse ausgestellt hätten.
Die Nachricht vom Fund des Skelettes hatte sich am Vortag in kürzester Zeit in der ganzen Stadt verbreitet. Über die genaueren Umstände und das Ende der begonnenen polizeilichen Ermittlungen hatte sich Sperber bei der morgendlichen

Zeitungslektüre informiert. Walthers Fragen in der offiziell als erledigt geltenden Angelegenheit erstaunten ihn deshalb zunächst. Dieser hatte keine Schwierigkeit, sein persönliches Engagement auch für den jungen Vater Marc Sperber verständlich zu machen.
In der nächsten halben Stunde durchdachten beide Männer verschiedene Möglichkeiten, das standesamtliche Meldewesen in dieser Angelegenheit zu nutzen. Dann musste Sperber das Gespräch beenden, weil er sich auf eine anstehende Trauung vorbereiten musste. Er verabschiedete sich von Walther mit dem Versprechen, gezielt nach Todesmeldungen von etwa zehnjährigen Kindern im Zeitraum 1940 bis 1950 forschen zu wollen. Die Dokumentationen waren gerade in diesen Jahren, in denen Wipperfürth oft nur kurzfristiger Sammelpunkt für Zehntausende von ost- und mitteldeutschen Flüchtlingen war, sicher nicht hundertprozentig vollständig, aber Sperber wollte schauen, was sich machen ließ.
Walther war schon auf dem Flur, als sich die Tür des Standesamtbüros nochmals öffnete. Sperber gab ihm den Rat, parallel zu seinen Nachforschungen im katholischen Pfarrbüro und im evangelischen Gemeindebüro nachzufragen. Welcher Art die Aufzeichnungen da sein sollten, wusste Sperber auf Anhieb auch nicht zu sagen. „Aber Wipperfürth ist ein Dorf, da kennt jeder jeden. Vielleicht haben die Pfarrer damals Kirchenbücher mit wichtigen Vorkommnissen in der jeweiligen Pfarrgemeinde geführt. Ein verschwundenes zehnjähriges Mädchen wäre darin sicher erwähnt worden“, gab ihm Sperber mit auf den Weg. Ein gegenseitiges freundschaftliches Winken, dann verschluckte die imposante Eichentür des Trauzimmers die ebenso imposanten 195 cm Körpergröße des jungen Mannes.

Der besagte Weg zum katholischen Pfarramt betrug nicht mehr als 200 Meter. Dies nützte Gotthilf Walther an diesem Tag jedoch wenig, da er außerhalb der Öffnungszeiten dort ankam. Unschwer konnte er die große am Gebäude angebrachte Tafel mit dem Hinweis auf die entsprechenden Zeiten erkennen. Die Angaben vertraute er sicherheitshalber einer freien Seite seines Notizbuches an – schließlich wusste er um sein miserabel schlechtes Erinnerungsvermögen in solchen Angelegenheiten.
Zwar war das Büro der evangelischen Kirchengemeinde offiziell auch schon geschlossen, aber der just in dem Moment durch die Haustür auf die Lüdenscheider Straße tretende Pfarrer Bremmicke hatte spontan ein Ohr für Walthers Anliegen. Auch er war durch die Presseberichte informiert, wie sich schnell herausstellte. Sowohl in seiner amtlichen Funktion als auch aus persönlicher Betroffenheit bot er Walther jede Hilfe an, auch wenn sich diese Unterstützung wahrscheinlich auf nicht verbriefte Informationen beschränken würde. Mit der Einladung, ihn auch jederzeit privat anzurufen, verabschiedete sich Walther.

Pünktlich um 17 Uhr trafen sich Walther und Horstmann wieder vor Hansis Café. Emma Horstmanns Gespräch mit der altgedienten Schulsekretärin hatte ergeben, dass ein zehnjähriges Mädchen, sofern es im Innenstadtbereich wohnhaft gewesen war, damals Schülerin der Mädchenschule gewesen sein musste, der Schule, in deren Außenbereich die Überreste eines kindlichen Körpers am Vortag gefunden worden waren. Die Aufzeichnungen mit den Namen und den persönlichen Daten der damaligen Schülerinnen würden ganz sicher noch existieren, aber wo man danach suchen sollte, konnte die hilfsbereite Sekretärin auch nicht sagen. Und überhaupt: wonach sollte man suchen, wenn man keinerlei Hinweise dar-

auf hatte, wie dieses Kind überhaupt geheißen hatte? Walther war sich sicher, dass Bürgermeister Heino Frostig ihm den Zugang zu den alten Archiven ermöglichen würde, auch ohne polizeiliche Anweisung.
Er nahm das Notizbuch aus seiner Jackentasche und las Horstmann vor, was er aus dem eingesehenen Bericht festgehalten hatte. An der Stelle, in der die Glasmurmeln erwähnt wurden, die das Mädchen fest mit seiner Hand umschlossen gehalten hatte, stutzte jetzt auch sein Gegenüber, ähnlich, wie es bei ihm selbst am Morgen der Fall gewesen war. „Irgend etwas klingelt bei mir, wenn ich das höre“, meinte er mehr zu sich selbst als zu Walther gewandt, „so etwas Ähnliches habe ich in den letzten Wochen schon mal gehört.“ Aber es fiel ihm beim besten Willen nicht mehr ein, wie und wo etwas vergleichbares angesprochen worden war. Er wusste aus Erfahrung, dass es wenig Sinn hatte, weiter darüber zu grübeln. Oft stellte sich die Erinnerung spontan in den folgenden Tagen ein.
Die Männer überlegten eine ganze Weile, wo man mit den weiteren Recherchen ansetzen sollte. Eigentlich gab es nur einen mageren Hoffnungsschimmer, Licht in das jahrzehntelange Dunkel zu bringen: über den in den Lederbeutel eingravierten Namen Hans. Walther schlug vor, am nächsten Morgen nochmals Kontakt zu dem Standesbeamten Mark Sperber aufzunehmen. Außerdem sollte ihn ein dienstlicher Kontrollgang durch die Innenstadt am katholischen Pfarrbüro vorbeiführen. Horstmann wollte seinerseits versuchen, Informationen über die seit mehr als zwanzig Jahren abgerissene Mädchenschule einzuholen. Auch für die nächsten Tage wollte man sich um 17 Uhr zu einem kurzen Austausch vor Hansis Café treffen.

Mark Sperber freute sich, Walther die Leistungsfähigkeit seiner neuesten Verwaltungs-Software demonstrieren zu können. Das Ergebnis der virtuellen Suche entmutigte diesen jedoch sichtlich. Beide hatten zuvor überlegt, in welchem Zeitraum die Suche nach einem Kind mit Vornamen „Hans“ Sinn machte. Bei einem vermuteten Todesdatum des Mädchens zwischen 1944 und 1945 war davon auszugehen, dass auch Hans zu diesem Zeitpunkt nicht wesentlich älter als zehn Jahre gewesen sein konnte. Man konzentrierte sich daher auf einen Geburtszeitraum von 1933 bis 1935.

Sperber las die mühelos und blitzschnell ermittelten Zahlen vom Bildschirm ab: genau achtundneunzig Jungen Wipperfürther Eltern hatten von diesen den damals äußerst populären Vornamen Hans erhalten, vierundzwanzig Einträge fanden sich in kombinierter Form wie „Hans-Georg“ oder „Hans-Dieter“. Hinzu kam, dass Hans die gängige Abkürzung für den seinerzeit ebenso beliebten Namen Johannes war; auch hier wurden zwei Dutzend Meldungen angezeigt. Allerdings musste berücksichtigt werden, dass fast zwanzig Prozent der angezeigten Personen bereits nicht mehr unter den Lebenden weilten. „Wo um Himmels willen sollte ich da ansetzen?“, fragte sich Walther. Beim Stichwort „Himmel“ fiel ihm ein, dass er noch im katholischen Pfarramt nach Taufeinträgen oder Ähnlichem nachfragen wollte. Sperber verabschiedete ihn fast noch freundlicher als am Vortag. Sicher spürte er, dass Walther gerade jetzt ein bisschen Ermunterung brauchte. Auf den wenigen Metern bis zum katholischen Pfarramt versuchte Walther, die entmutigenden Auskünfte im Standesamt zu verdrängen.
Um zu sehen, wer da durch einen Klingeldruck Einlass begehrte, brauchte die eifrig tippende Pfarrsekretärin nicht aufzustehen. Ein schmales Fenster gab ihr die Auskunft, die

sie benötigte, um zu entscheiden, den Türöffner zu betätigen oder es besser zu lassen. Walther bemerkte, dass sie beim Anblick seiner Dienstuniform einen ängstlich-besorgten Gesichtsaudruck annahm. Sie stand auf und öffnete ihm die Tür, die vom Flur ins Pfarrbüro führte. „Ich hab es kommen sehen. O Gott, wie bringe ich das nur dem Herrn Pastor bei?“, sprach sie mehr zu sich als in seine Richtung. Walther hatte keine Ahnung, was sie ihrem Herrn Pastor beibringen wollte. Das Missverständnis klärte sich schnell. Er erfuhr, dass die kleine Katze des Herrn Pastors seit zwei Tagen von einem – möglicherweise triebgesteuerten – Erkundungsgang durch die Wipperfürther Innenstadt nicht zurückgekehrt war. Mehr als fünfzig Messdiener hatten bereits Suchtrupps gebildet; bisher erfolglos. Die sichtlich besorgte Pfarrsekretärin hatte in Walther nun den Überbringer der Todesnachricht vermutet. Ihre Erleichterung, als sie erfuhr, dass Walthers Besuch einen anderen Hintergrund hatte, war ihr unschwer anzumerken.
Nachdem Frau Mai Walthers Ausführungen aufmerksam gefolgt war, griff sie zum Telefon und fragte bei ihrem Chef nach, ob er ein paar Minuten Zeit hätte. Er hatte. Und so wurde Walther durch einen Hinterausgang in einen paradiesisch anmutenden Garten geführt, in dem der recht junge Pastor Stefan Ommerborn gerade dabei war, beim wohltuenden Anblick Bahnen ziehender Goldfische seine Sonntagspredigt auszuarbeiten. Auch er war – wie sein evangelischer Kollege – gern bereit, Walthers Nachforschungen zu unterstützen, wusste aber auch nicht, wo man ansetzen konnte. Schließlich bot er Walther an, er möge wieder auf ihn zukommen, sobald sich der Kreis der infrage kommenden Personen so verkleinert hätte, dass eine erfolgversprechende Suche in den alten Tauflisten durchgeführt werden konnte. Mit den vorhandenen Personalressourcen sei eine umfassende Suche derzeit einfach nicht zu schaffen.

Nachdem er in der nächsten Viertelstunde einen genauen Einblick in die organisatorischen und seelsorgerischen Strukturveränderungen innerhalb der Pfarrgemeinde erhalten hatte, wurde Walther durch ein schmiedeeisernes Tor auf den Kirchplatz geführt. Der Geistliche gab ihm bei der Verabschiedung noch mit auf den Weg, dass es besser um die Welt bestellt wäre, wenn sich die Menschen wieder an den Zehn Geboten orientieren würden. „Sie wollen mich doch nicht etwa arbeitslos machen?“, versuchte Walther dem Gespräch eine weniger moralisierende Wendung zu geben. Ein Lächeln flog über Ommerborns Gesicht: „Wenn das der Preis ist, erkläre ich mich bereit, Sie im Gegenzug als zweiten Kirchenküster anzustellen.“
Walther gab dem Pastor im Grunde Recht, obwohl es ihm beim besten Willen nicht gelang, die seit endlosen Jahren nicht mehr bewusst gemachten göttlichen Gebote bis zum Erreichen seiner Dienststelle in die richtige Reihenfolge zu bringen. Er tröstete sich damit, dass Kollegin Nina eine entsprechende Anfrage vermutlich mit den Vorschriften ihres Gewichtswächter-Gurus verwechseln würde. Dieser Gedanke besänftigte spontan sein etwas schlechtes Gewissen.

Als Walther kurz nach 16 Uhr seine Wohnung betrat, sah er, dass jemand eine Nachricht auf seinem Anrufbeantworter hinterlassen hatte. Pfarrer Bremmicke teilte ihm mit, dass ihm eine möglicherweise hilfreiche Idee gekommen sei. Bei einem Rückruf würde er ihm diese gerne näher erläutern. Da er seine Privatnummer praktischerweise gleich mit angegeben hatte, brauchte Walther nicht erst das Telefonbuch zu wälzen. Er rief sofort an.
Pfarrer Bremmicke war eingefallen, dass die ehemalige Rektorin der Mädchenschule, Frau Rademacher, eventuell hilfreiche Hinweise geben könnte. Auch Gotthilf Walther war

der Name ein Begriff, ohne dass er die alte Dame persönlich gekannt hätte. Lieselotte Rademacher war trotz ihres hohen Alters von 94 Jahren noch außerordentlich rüstig und mit einem bewunderungswürdigen Gedächtnis ausgestattet. Sie nahm immer noch regelmäßig an Veranstaltungen der Kulturinitiative teil, engagierte sich sehr für die katholische Frauengemeinschaft und schrieb selbst seit über fünfzig Jahren Gedichte über die heimische Flora. Pfarrer Bremmicke war davon überzeugt, dass ihr Schülergedächtnis auch nach so vielen Jahrzehnten noch absolut zuverlässig funktionierte.

Einen Knackpunkt hatte die Sache allerdings. Lieselotte Rademacher befand sich wie jedes Jahr um diese Zeit in einer Kur im Schwarzwald. Der heilklimatische Kurort St. Blasien, etwa hundert Kilometer südlich von Freiburg im Breisgau gelegen, war mit seinen Kureinrichtungen auf die Behandlung von Augenkrankheiten spezialisiert. Jedes Jahr widmeten sich Fachärzte dort vier Wochen lang der Behandlung des grauen Stars, der Frau Rademachers Augen seit dem achtundsiebzigsten Lebensjahr befallen hatte und der zunehmend ihre große Leseleidenschaft bedrohte. Walther entschied sich in dem Gespräch sofort, zwei Tage dienstfrei zu nehmen und Frau Rademacher dort persönlich aufzusuchen. Pfarrer Bremmicke versprach, Frau Rademacher, mit der er gut bekannt war, auf Walthers Kommen vorzubereiten.

Er schaffte es gerade noch, um 17 Uhr vor Hansis Café anzukommen, wo Achim Horstmann, der stets Überpünktliche, bereits auf ihn wartete. Walther erzählte von seinem Plan, nach St. Blasien zu fahren. Gern wäre auch Horstmann mitgekommen, aber es war für ihn gerade jetzt nicht möglich. Am nächsten Tag wurde eine große Abordnung japanischer Geschäftspartner in der Firma erwartet, da konnte und durfte er nicht fehlen, am darauf folgenden Tag war er familiär bereits fest verplant. „Seltsamerweise sind Väter auch dann dafür zuständig, Söhne zu weit entfernten Handballturnieren zu fahren, wenn sie ansonsten nicht einmal deren Zimmer betreten dürfen“, meinte er spöttisch. Walther war sich sicher, dass diese pubertäre Problematik nicht nur im Haus Horstmann anzutreffen war. Nochmals auf die Sache mit den Glasmurmeln angesprochen, konnte Horstmann nur bedauernd antworten, dass ihm der Zusammenhang noch nicht eingefallen sei.

Walthers Kollegin war von seinem plötzlichen Urlaubswunsch wahrlich nicht angetan. Sie ließ sich erst wieder besänftigen, nachdem Walther ihr seinerseits ein Vertretungsangebot gemacht hatte für den Fall, dass sie – wie so oft in der Vergangenheit – spontan ein Wochenende mit einer neuen Errungenschaft aus dem Chat realisieren wolle. Er wusste zwar nicht, ob es schon wieder einen neuen Aspiranten gab, aber er war sich sicher, dass es einen geben würde. Walther nahm die unablässigen Berichte von immer neuen Treffen und Versuchen schon gar nicht mehr richtig wahr. So schnell die Chatbekanntschaften gekommen waren, so schnell hatte Nina sie als ungeeignet abgehakt und jeden Kontakt abgebrochen, um sich spornstreichs auf neue Suche zu begeben.
Gotthilf Walther konnte dieser Art der Kontaktsuche nichts abgewinnen. Er hatte sich bisher erfolgreich geweigert, den PC, den seine Tochter Britta extra mit dieser Zielsetzung für ihn aus einer Konkursmasse billig erstanden hatte, überhaupt aufzustellen. Allerdings hatte sie ihm letztens am Telefon das widerstrebende Versprechen abgerungen, dies bis zu ihrem nächsten Zusammentreffen zu tun. Britta meinte es gut mit ihren Vater, Gotthilf wusste das. Manchmal übertrieb sie es allerdings mit ihrem Eifer. Mehrfach hatte sie selbst stellver-

tretend für ihn versucht, in den Chatrooms der entsprechenden Suchdienste eine neue Frau für ihn zu finden.
Walther wusste zwar nicht, was sie den Partner suchenden Frauen von ihm erzählt hatte, jedenfalls hatten die Damen, mit denen er sich dann auf zwingende Anweisung seiner Tochter getroffen hatte, ein gänzlich unrealistisches Bild von ihm. Nach vier Versuchen hatte er definitiv jeden erneuten Vorstoß abgelehnt. Mit Entsetzen dachte er an die Szene zurück, als eine außerordentlich deftige Vroni aus dem tiefsten Bayern mit sechs Umzugskartons vor seiner Tür gestanden hatte. Fünf davon waren mit venezianischen Porzellanmasken gefüllt gewesen, dem Hobby der Dame. Bereits beim ersten Blick auf seine Kriminalroman-besetzten Wände hatte sie sehr in seinem Sinne geschlussfolgert: „Dös klappt nimmer", hatte auf dem Absatz kehrt gemacht und war wieder aus seinem Leben verschwunden.
Die Entscheidung seiner Ehefrau Marlies, aus seinem Leben zu verschwinden, hatte ihn dagegen hart getroffen. Kurze Zeit nach Brittas Geburt hatte sich urplötzlich eine leichte Neurodermitis an Marlies Armen entwickelt, eine Allergie war vermutet worden. Die Leiterin der Selbsthilfegruppe hatte sie schließlich davon überzeugt, dass ihre allergischen Symptome eine Abwehrreaktion gegen ihren Ehemann darstellten. Seitdem lebten die beiden Frauen zusammen.

Der Weg nach St. Blasien wäre angenehmer und schneller zu bewältigen gewesen, wenn Gotthilf Walther sich für eine Fahrt mit der Bahn entschieden hätte, statt sich mit seinem zwölf Jahre alten Opel Ascona über vollgestopfte Autobahnen zu quälen. Nach mehr als sieben Stunden hatte er sein Ziel endlich erreicht. Pfarrer Bremmicke hatte den Termin mit Frau Lieselotte Rademacher für den nächsten Vormittag, 11 Uhr, vereinbart. Walther nutzte den Abend

dazu, sich nochmals alle Fragen zu notieren, zu denen er sich von Frau Rademacher Hilfe erhoffte.
Er schlief bereits den Schlaf des Gerechten, als sein Handy ihn unsanft und impertinent aus dem Traum riss. Verschlafen blickte er auf die Uhr: 23.25 Uhr. „Welcher Idiot ruft mich zu einer solchen Zeit an?", brummte er und gab sich auch gar nicht erst die Mühe, freundlich zu klingen, als er sich meldete. Es war Horstmann, dem soeben eingefallen war, wo und wann er schon einmal von fest umklammerten Glasmurmeln gehört hatte. Eigentlich war es seine Frau Emma gewesen, die ihn darauf gebracht hatte, als sie kurz vor dem Zubettgehen davon gesprochen hatten. Sie selbst hatte ihm vor einigen Wochen davon erzählt, als es wieder einmal um die Überlegung ging, eine Patientenverfügung auszufüllen. Diese Möglichkeit einer persönlichen Einflussnahme gegen sinnlos lebensverlängernde Maßnahmen war im Haus Horstmann aus persönlicher Betroffenheit immer wieder einmal abendfüllendes Thema.
Emma Horstmann besuchte regelmäßig eine Tante, die seit Jahren an Alzheimer litt und im Martinusheim im Westen der Stadt gepflegt wurde. Im gleichen Aufenthaltsraum, in dem Emma üblicherweise ihre kranke Tante antraf, saß seit etwa drei Jahren ein ebenfalls an Alzheimer und schwerer Demenz leidender Mann, den man zur eigenen Sicherheit mit einem Feststellgurt daran hindern musste, wegzulaufen. Dieser Mann, den die Pflegerinnen mit Herr Gerlach ansprachen, hielt Tag und Nacht einen kleinen bunten Stoffbeutel mit Glasmurmeln in der linken Hand. Zwischendurch griff er sicher ebenso häufig zu einem schmalen in Packpapier gewickelten und sorgsam verschnürten Gegenstand, den er stets in Sichtweite deponierte. Dabei pflegte er ständig etwas vor sich hin zu murmeln, dies allerdings so leise, dass niemand verstehen konnte, was er von sich gab. Soweit Emma

wusste, bekam er nie Besuch, hatte scheinbar keine Angehörigen. Zufällig hatte sie einmal mitbekommen, dass Herr Gerlach mit Vornamen Johannes hieß.
Das tote Mädchen hatte bekanntlich einen Beutel mit Glasmurmeln in der Hand gehalten; einen Beutel, in den der Vorname „Hans“ eingebrannt war. War es möglich, dass es eine Verbindung gab zwischen dem Kind und dem verwirrten alten Mann Johannes Gerlach, für den die Beschäftigung mit seinen Glasmurmeln scheinbar eminent wichtig war?
„Frage Frau Rademacher morgen unbedingt, ob sie vielleicht aus alten Schulzeiten einen Johannes Gerlach kennt. Vielleicht kommen wir dann einen Schritt weiter“, drängte Horstmann. Walther versprach es und legte auf. Bis 2 Uhr versuchte er vergeblich wieder einzuschlafen. Zu viele Bilder geisterten durch seinen Kopf.

Pünktlich um 10.55 Uhr stand er am nächsten Morgen vor dem angegebenen Zimmer der pensionierten Rektorin. Hatte er die Vorstellung von einer zerbrechlichen, weißhaarigen Miss Marple mit Spitzenkragen und Königin-Luise-Amulett gehabt, wurde er bei Frau Rademachers Anblick eines Besseren belehrt. Sportlich gekleidet, die blauschimmernde Kurzhaarfrisur fransig gekämmt, war die agile alte Dame gerade dabei, den Deckel ihres Laptops zu schließen. Sie begrüßte Walther wie einen alten Bekannten. Der warf, wie in jeder Wohnung, die er betrat, automatisch einen Blick auf die Rücken der ringsum ordentlich angeordneten Bücher. Wie erwartet, fanden seine Augen keinen einzigen Krimi, dafür Sachbücher über Flora und Fauna, Romane von Luise Rinser und mehrere Bände mit Gedichten von Rainer Maria Rilke. Frau Rademacher bemerkte seinen suchenden Blick und deutete lächelnd auf einen Gedichtband mit der Aufschrift „Duinser Elegien“ von Rainer Maria Rilke. „Das ist der ein-

zige Mann in meinem Leben, dem ich mein Herz geschenkt habe", gestand sie scherzend.
Statt des erhofften Tee-und-Plätzchen-Gesprächs lud sie ihn ein, mit ihr quer über die Straße in den Skulpturenpark zu gehen, der sich unmittelbar neben dem beeindruckenden Kuppeldom erstreckte. Frau Rademacher ließ es sich nicht nehmen, ihm bei dieser Gelegenheit jedes der künstlerischen Exponate ausgiebig vorzustellen und zu erläutern.
Sie setzten sich auf eine bequeme Bank und Frau Rademacher hörte Walther sehr konzentriert zu. „Das alles ist sehr traurig, aber ich verstehe immer noch nicht, wie ich Ihnen helfen könnte", meinte sie schließlich. Gotthilf Walther fragte sie, ob ihr der Name Johannes Gerlach aus Ihrer lange zurückliegenden Zeit als Leiterin einer Schule bekannt sei. „Wie Sie wissen, lieber Herr Walther, war ich 20 Jahre Rektorin einer Mädchenschule. Wie der Name schon sagt, hatte ich ausschließlich weibliche Schüler." Walther fühlte sich spontan an Zeiten zurückerinnert, wo seine Lehrer ihm so oft die Absurdität seiner Äußerungen im Unterricht vor Augen geführt hatten. Das war jedes Mal ebenso peinlich für ihn gewesen wie die augenblickliche Situation. Innerlich schalt er sich selber einen Dummkopf. Frau Rademacher entging das Mienenspiel ihres Gesprächspartners nicht; sie lächelte gütig.
„Die einzige Verbindung, die es zwischen Mädchen- und der Knabenschule gab, lief über den Hausmeister Benno Kowalski, der für beide Schulen zuständig war", überlegte sie laut. „Die Schüler und Schülerinnen beider Schulen mochten ihn sehr, und die Zuneigung war gegenseitig. Wenn ein Schüler der Knabenschule regelmäßigen Kontakt mit einer meiner Schülerinnen gehabt hätte, wäre das Herrn Kowalski sicher aufgefallen und es wäre darüber gesprochen worden. Nur leider können Sie ihn nicht mehr befragen, weil der gute

Kowalski bereits seit etwa 15 Jahren auf dem Gottesacker ruht. Vielleicht finden Sie den Namen, den Sie suchen, in den Schülerlisten der ehemaligen Knabenschule. Allerdings war die Geschichte dieser Schule in den 60er und 70er Jahren durch unterschiedliche konfessionelle Ausrichtungen und Belegungen sehr wechselhaft. Ich könnte Ihnen nicht sagen, wo Sie die alten Aufzeichnungen suchen sollten. Das wird sehr schwierig sein."
Walther wusste später nicht mehr zu sagen, warum ihm die wichtigste Frage erst so spät eingefallen war, die Frage nämlich, ob während der letzten Kriegsjahre eine Schülerin ihrer Schule plötzlich nicht mehr erschienen war. Frau Rademacher antwortete prompt: „Ja, das war tatsächlich der Fall. Renate Siebert, ein kleines, zartes Mädchen, das erst kurze Zeit vor seinem Verschwinden mit seiner jungen Mutter aus Ostpreußen zu einer Wipperfürther Verwandten geflohen war. Sie wurde von allen nur Reni genannt. Ich erinnere mich heute noch gut an ihre viel zu große und schwere Hornbrille, an der sie andauernd herumnestelte. Das Kind verschwand spurlos am 22. März 1945. Ich weiß das deshalb so genau, weil Wipperfürth an diesem Tag massiv von feindlichen Jagdbombern angegriffen wurde. Die Bomben, die unter anderem unser schönes altes Rathaus in Schutt und Asche legten, richteten auch an umliegenden Gebäuden große Schäden an. Auch meine Schule wurde in Mitleidenschaft gezogen; aus einer Außenwand an der Südseite wurden dicke Quader herausgesprengt. Die Aufräumarbeiten und Reparaturen haben Wochen gedauert. Am späten Abend dieses verhängnisvollen Tages klopfte die verzweifelte junge Frau Siebert an meine Wohnungstür, weil ihre kleine Tochter nicht nach Hause gekommen war. Wir haben am gleichen Abend noch Suchaktionen organisiert; leider erfolglos." Frau Rademacher stockte.

„Reni ist nie mehr aufgetaucht?“ Walther wusste die Antwort bereits, ehe Frau Rademacher sie ihm mit einem traurigen Kopfschütteln gab. „Wie ist ihre Mutter damit umgegangen?“ Er versuchte sich in die Lage der armen Frau hineinzuversetzen. Es dauerte einige Sekunden, bis Frau Rademacher antwortete, den Blick auf einen Punkt irgendwo am Horizont gerichtet: „Ich habe nie mehr einen Menschen erlebt, der so entsetzlich verzweifelt war. Wenn man wenigstens den Leichnam des Kindes gefunden hätte.“

Es war Krieg, tausende Menschen starben täglich an den verschiedenen Fronten, das Land lag in Schutt und Asche, Hunger und Not waren allgegenwärtig. Die Menschen aus den Städten versuchten über Hamsterkäufe und Tauschgeschäfte mit den Bauern notdürftig ihr Überleben zu sichern. Walther konnte sich vorstellen, welchen Stellenwert das Verschwinden eines kleinen Mädchens damals für die Öffentlichkeit gehabt haben musste. Nicht einmal der Zeitung war es eine umfangreiche Berichterstattung wert gewesen. Horstmann war bei seinen entsprechenden Recherchen lediglich auf einen winzigen Artikel gestoßen. Die Zeitung in Wipperfürth hatte in diesen Tagen nur ein Thema: das zerstörte Rathaus und die Folgeschäden.

Frau Rademacher konnte sich noch daran erinnern, dass die junge Frau, die kurze Zeit später auch noch die Nachricht vom „Heldentod“ ihres Ehemannes erhalten hatte, über lange Zeit an schweren Depressionen gelitten hatte. Sie war in ihrer alten Wohnung geblieben, in der Hoffnung, Reni würde plötzlich wieder vor der Tür stehen. „Aber ihre kleine Tochter blieb für immer verschwunden“, endete sie. „Bis jetzt“, dachte er.

Gotthilf Walther bedankte sich herzlich bei der alten Dame. Diese wiederum war aufrichtig froh, zur Lösung des heimatlichen Rätsels einen kleinen Teil beigetragen zu haben, und

bot ihm an, ihn in der verbleibenden Zeit bis zum Mittagessen in die Geschichte des beeindruckenden Kuppeldoms zu ihrer Rechten einzuführen. Frau Rademacher würde bis zum letzten Atemzug durch und durch Lehrerin sein, da war sich Walther sicher. Seine Erinnerungen an die eigene Schulzeit waren unerfreulich und stets verbunden mit dem grinsenden Gesicht des Referendars Willi Obermann, der den Deutschunterricht in der dritten Klasse zu einer persönlichen Tortur für ihn hatte werden lassen. Obermann hatte diebische Freude daran gehabt, Gotthilf vorzuführen. Um den anderen Schülern angeblich die Bestimmung von Satzarten zu erleichtern, hatte er regelmäßig Gotthilfs Namen der Lächerlichkeit preisgegeben. „Gott hilft Walther"; „Hilft Gott Walther?; „Gott, hilf Walther!“ Noch heute wurde er wütend, wenn er daran zurückdachte.
Walther holte sich gewaltsam in die Gegenwart zurück. Frau Rademacher war gerade dabei, ihm die geologische Beschaffenheit des Hochschwarzwaldes zu erläutern. Die alte Dame beeindruckte ihn kolossal. Es gab scheinbar kaum etwas, wofür sie sich nicht interessierte. Den Rückweg zur Kurklinik nutze sie, um Walther auf die am Wegesrand wuchernde Knoblauchranke und das Hirtentäschchen aufmerksam zu machen. „Diese Pflanzen müssten Ihnen eigentlich aus dem Bergischen vertraut sein“, stellte sie fest. Walther nahm sich vor, fortan mit aufmerksameren Auge durch Wipperfürth zu gehen.
Mit dem Hinweis, dass sie unbedingt noch vor dem Essen ein paar E-Mails schreiben müsse, verabschiedete sie sich ausgesprochen freundlich von Walther. Vorher hatte sie ihm noch das Versprechen abgenommen, sie auf jeden Fall über weitere Entwicklungen auf dem Laufenden zu halten.

Sofort nach Betreten seines Hotelzimmers informierte er Achim Horstmann von den positiven Ergebnissen seines Besuches bei Frau Rademacher. Dem war die Freude deutlich anzumerken. Beide waren sich im Klaren, dass die gefundenen Antworten nur einen Teil der Fragen lösten. Lebte die Mutter von Reni Siebert noch? Warum hielt sich das Mädchen an diesem verhängnisvollen Nachmittag scheinbar im Keller oder auf dem Gelände der Schule auf? Hatte sie sich dort eventuell mit einem Hans – vielleicht mit dem damaligen Jungen Johannes Gerlach – getroffen? Die beiden Schulfreunde Walther und Horstmann versprachen sich gegenseitig nicht locker zu lassen, bis auch diese Fragen geklärt waren.
Walther blieben noch einige Stunden, bevor er die Heimreise antreten musste. Auf Anraten des Hotelportiers unternahm er einen Ausflug zum malerisch gelegenen Schluchsee, der ihn in seiner Schönheit an die heimische Neye-Talsperre erinnerte. Genau wie bei den seltenen Spaziergängen dort, wurde er auch hier unablässig von Joggern und Nordic-Walkern überholt. Nicht, dass ihn das ernstlich gestört hätte, aber der drahtige Anblick, den sie boten, führte ihm ein wenig bohrend die eigene körperliche Untrainiertheit vor Augen.
Fast an jedem dienstfreien Sonntagvormittag, wenn er sich auf seinem Balkon voll Wonne seinem ausgiebigen Frühstück widmen wollte, wurde er in ähnlicher Weise in seinem Wohlgefühl behindert. Eine relativ große Anzahl von Joggerinnen und Joggern des Lauftreffs Wipperfürth lief just zu dieser Zeit regelmäßig an dem Haus im Felderhofer Kamp vorbei, in dem Walther sich Dank einer bescheidenen Erbschaft eine kleine Eigentumswohnung mit Blick auf Straße und Stadt gekauft hatte. Er schaute jedesmal neidisch auf die schlanken, elastischen Körper der Sportler und verglich sie automatisch mit dem frustrierenden morgendlichen Anblick vor dem eige-

nen Schlafzimmerspiegel. Gotthilf Walther wusste gar nicht mehr, wann sein Hinterteil begonnen hatte, sich zu einer unmuskulösen, flachen Scheibe mit ganz erheblichem Durchmesser zu entwickeln. „Ich sollte vielleicht darauf verzichten, meinen Körper im Profil zu betrachten“, nahm er sich vor.
Er ahnte, dass sein Äußeres unmittelbaren Einfluss auf seine Chancen beim anderen Geschlecht hatte. So hatte eine der vier potenziellen Interessentinnen aus dem Vermittlungsversuch seiner Tochter bei dem ersten Zusammentreffen lakonisch festgestellt: „Nun, soweit ist es noch nicht, dass ich mir so etwas antun müsste.“ An diesem Abend hatte Gotthilf Walther sich betrunken.
Sein Leidensdruck reichte allerdings noch nicht aus, um ihn ernstlich sportlich zu aktivieren. Über ein paar Probestunden in einem Sportstudio an der Gaulstraße war er nicht hinausgekommen. Seitdem pflegte er sich mit dienstlichen Verpflichtungen zu entschuldigen.

Zurückgekehrt ins heimische Wipperfürth, gelang es dem Standesbeamten Sperber mit der konkreten Namensnennung natürlich mühelos, die Todeserklärung von Renate Siebert, drei Jahre nach dem spurlosen Verschwinden des Kindes durch die Mutter beantragt, festzustellen. Die Mutter, mittlerweile hoch betagt, hatte scheinbar nach dem frühen Kriegstod ihres Ehemannes nicht neu geheiratet, jedenfalls ließ dies der Umstand vermuten, dass sie immer noch unter ihrem alten Namen gemeldet war. Elisabeth Siebert lebte seit einigen Jahren in dem komfortablen katholischen Damenstift Silbersee in der Nähe der gleichnamigen Talsperre. Weitere Angaben durfte Sperber wegen der Vorschriften des Datenschutzgesetzes nicht machen. Walther fragte ihn nach dem toten Benno Kowalski und machte wieder einmal die

Erfahrung, dass in so einer kleinen Stadt wie Wipperfürth jeder jeden kennt. Sperber gab ihm den privaten Tipp, dass der verstorbene Hausmeister in seiner Siebenborner Nachbarschaft gelebt hatte. Dessen Haus wurde heute von seiner erheblich jüngeren Schwester Jasmin Liebmann bewohnt. Alle Angaben landeten unverzüglich in Walthers Notizbuch.

Bei ihrem abendlichen Gespräch in Hansis Café waren sich Horstmann und Walther einig darüber, dass man Frau Siebert erst aufsuchen wollte, wenn man sich der Sache hundertprozentig sicher war. Am nächsten Tag wollte man versuchen, Kontakt zu Frau Liebmann aufzunehmen. Vielleicht hatte ihr Bruder Kowalski sie ja durch Erzählungen an seinem Hausmeisterdienst teilnehmen lassen. Walther ermittelte die Telefonnummer von Frau Liebmann, die auch sofort selbst am Apparat war. Es dauerte einige Zeit, bis sie verstanden hatte, welchen Zweck sein Anruf hatte.
Jasmin Liebmann empfing ihn misstrauisch und recht unfreundlich. Vom Leben verbittert, überaus voluminös und von mindestens zwölf Katzen umgeben, saß sie in einem Schaukelstuhl, der bei jeder ihrer Bewegungen besorgniserregend knirschte und ächzte. Ihr blumiger Vorname vertrug sich nach Walthers Ansicht so ganz und gar nicht mit der Ekel erregenden Geruchsmischung aus Katzenklo und fauligem Dosenfutter, die ihn schon im Flur völlig eingehüllt hatte. Die Wohnung wirkte – wie die Inhaberin – auf Walther äußerst ungepflegt. Es kostete ihn Überwindung, die angebotene Tasse Kaffee höflichkeitshalber anzunehmen.
Bevor er sein Anliegen vorbringen konnte, musste er eine geschlagene Viertelstunde die Klagen seiner scheinbar vom Leben grundlos gestraften Gastgeberin über sich ergehen lassen. Walther spürte unweigerlich Abneigung in ihm aufsteigen. Sein dienstlicher Weg war ohnehin gepflastert von

Leuten, die ihr Elend darauf zurückführten, dass sie scheinbar als Baby zu früh abgestillt worden waren. Er versuchte Frau Liebmanns Redestrom zu stoppen, indem er das Gespräch auf ihren verstorbenen Bruder Benno Kowalski lenkte. Auf der Stelle änderte diese ihre Tonlage und griff gleichzeitig zu einem hellblau umhäkelten Taschentuch, das auch schon einmal bessere, sprich sauberere Zeiten erlebt hatte.

„Hat Ihr Bruder vielleicht mit Ihnen über seine Hausmeistertätigkeit gesprochen?“, fragte er. Frau Liebmann nickte und begann sogleich von ihrem cleveren Bruder zu schwärmen, der sie scheinbar Zeit seines Lebens bestens versorgt hatte. „Benno hätte niemals zugelassen, dass ich heute so jämmerlich leben muss“, war sie überzeugt. „Der konnte alles, der organisierte alles, auf ihn konnte ich mich immer verlassen.“ Theatralisch senkte sie die klobige Nase in das fleckige Taschentuch. Walther hakte sofort ein und sprach die harten Kriegsjahre an. Er erfuhr, dass ihr Benno Kowalski wahrscheinlich nicht nur für seine eigene kleine Familie gesorgt hatte, sondern auch seinen Eltern und der kleinen Schwester Jasmin über die kargen Rationen der Lebensmittelkarten hinaus Essen und Brennmaterial hatte zukommen lassen. „Benno schaffte alles“, schwärmte Jasmin Liebmann. „Der hat sich damals heimlich sogar einen eigenen Vorratsbunker angelegt. Wir hatten immer genug zu essen und zu heizen.“ So erfuhr Walther, dass Benno Kowalski sich neben dem Kellergewölbe der Mädchenschule heimlich einen unterirdischen Vorratsraum geschaffen hatte. Woher die Dinge stammten, die ihr Bruder dort zusammentrug, darüber hatte sich seine Schwester noch nie Gedanken gemacht. Walther erinnerte sich an die Erzählungen seiner Eltern und konnte sich durchaus einen Reim aus der Sache machen.

In den harten, langen Wintern der letzten Kriegsjahre konnten die Unterrichtsräume der meisten Schulen im Wipperfürther Umland nicht mehr geheizt werden. Auch die Räume der Mädchen- und Knabenschule wären eiskalt geblieben, der Unterricht wäre für Schüler und Lehrer eine Tortur gewesen. Die Eltern waren deshalb dazu übergegangen, ihren Kindern einige Kohlenbriketts oder Holzscheite mit in die Schule zu geben, damit eine halbwegs zumutbare Raumtemperatur hergestellt werden konnte. Die Kinder von Bauernfamilien, die im Gegensatz zu der allgemeinen Bevölkerung meist genug zu essen hatten, brachten zusätzlich oft Milch, Brot, Eier oder ein Stück Wurst oder Schinken mit.
Frau Liebmann strahlte jetzt über das ganze Gesicht und bestätigte Walthers Theorie. Demnach mussten alle diese Schätze grundsätzlich beim Hausmeister abgegeben werden. Für die langsam, aber sicher entstandenen Vorräte nutzte man einen Kellerraum der Mädchenschule. Einen Teil allerdings zweigte Kowalski für sich ab und deponierte ihn in einem unterirdischen Stollen in Richtung Knabenschule, auf den er bei Arbeiten im Außengelände zufällig gestoßen war. Vielleicht war der Stollen einst ein unterirdischer Verbindungsgang zwischen den beiden Schulen gewesen. Auf jeden Fall musste er heimlich angelegt worden sein, denn es gab weder Aufzeichnungen noch war er in den beiden Lehrerkollegien bekannt.
Zu Hause hätte Kowalski die kostbare Fracht nicht aufbewahren können, weil dies den stets hungrigen und missgünstigen Mitbewohnern des Wohnhauses, in dem er damals mit Frau und Sohn auf engstem Raum zur Miete lebte, sofort aufgefallen wäre. Handwerklich äußerst begabt, hatte er den Eingang zu dem Stollen mit einem handgeschmiedeten Tor gesichert und mit dichtem Strauchwerk und Erdanhäufungen vor Entdeckung geschützt. Allerdings hatte er einmal den

Schüssel verloren, wie Jasmin Liebmann wusste. Kowalski hatte sich schließlich einen zweiten Schlüssel anfertigen müssen. „Irgend so ein Taugenichts hat den Schlüssel gefunden und an sich genommen“, berichtete Frau Liebmann empört, „mehrere Male ist Benno was geklaut worden.“
Irgendwann kurz vor Ende des Krieges war der Stollen durch Streubomben völlig zerstört worden. Frau Liebmann wusste nicht mehr genau, wann dies geschehen war. Sie dachte nur noch mit Schaudern daran, dass die ganze Familie danach über mehrere Wochen nur das Nötigste zu essen und zu heizen gehabt hatte. Walther dankte ihr für das Gespräch und war froh, wieder ins Freie zu kommen.

Auch Achim Horstmann war nicht untätig geblieben. Vielmehr war es seine Frau Emma, die weiteres Licht ins Dunkel brachte. Am frühen Nachmittag hatte sie ihre kranke Tante im Martinusheim besucht. Über die lange Zeit war sie mit allen Pflegerinnen auf der Station recht vertraut geworden. Besonders mit Schwester Annelie, die unendlich geduldig und liebevoll mit den pflegebedürftigen alten Menschen umging, unterhielt sie sich gern und oft. Schwester Annelie arbeitete schon mehr als zehn Jahre auf der Station und hatte ihre Berufsentscheidung nie betreut. Emma, die nach den jahrelangen Beobachtungen die Meinung vertrat, dass die Pflegerinnen eigentlich das Doppelte ihres Lohnes verdient hätten, bewunderte sie und ihre Kolleginnen aufrichtig. Schwester Annelie hatte an diesem Nachmittag Dienst und stellte wie immer kurz vor 15 Uhr mit ein paar freundlichen Worten ein Stück Kuchen vor Emmas Tante ab. Während sich Emma in der nächsten Viertelstunde bemühte, dieser beim Verzehr des Kuchenstückes zu helfen, übernahm Schwester Annelie diesen Dienst bei Herrn Gerlach. Auf diesen Moment hatte Emma Horstmann gewartet.

„Wie schade, dass Herr Gerlach keine Verwandten hat", meinte sie zu Schwester Annelie, die sie erstaunt anblickte. Obwohl Herr Gerlach sichtbar in seiner eigenen vergangenen Welt versunken war, antwortete Schwester Annelie Emma erst, als die beiden Frauen außerhalb seiner Hörweite waren. „Herr Gerlach hat durchaus noch Verwandte. Leider haben sie jeden Kontakt zu ihm abgebrochen. Sein Bruder besuchte ihn früher regelmäßig", sagte sie zu Emma Horstmann. Ihr Blick und ihre Stimme drückten dabei aufrichtiges Bedauern aus.

Auf eine Weise, die oft nur Frauen beherrschen, brachte Emma Schwester Annelie dazu, etwas mehr über den familiären Zwist im Hause Gerlach zu verraten. Es ging – wie so oft – ums liebe Geld. Johannes Gerlach, genannt Hans, Gerlach hatte aus seiner Zeit als erfolgreicher Bauunternehmer ein stattliches Vermögen angehäuft, aus dem nicht nur sein Heimaufenthalt mühelos bezahlt werden konnte, sondern auch noch eine nicht unerhebliche Erbschaft für die künftigen Hinterbliebenen zu erwarten war. Erst jetzt wurde Emma Horstmann klar, um welchen Gerlach er sich handelte. Die Vorstellung, dass dieser völlig verwirrte, vor sich hin murmelnde Mann mit dem selbstbewussten, einflussreichen Firmenchef identisch war, der als aktives Ratsmitglied und drittgrößter Arbeitgeber Wipperfürths die Geschicke der Stadt über viele Jahre mitbestimmt hatte, fiel ihr schwer.

Schwester Annelie fuhr fort: „Nachdem sich Herrn Gerlachs geistiger Zustand vor gut zwei Jahren dramatisch verschlechtert hatte, musste eine gesetzliche Betreuung für ihn eingerichtet werden. Bei Prüfung der finanziellen Angelegenheiten stellte sich dann heraus, dass Herr Gerlach vor langer Zeit ein Testament zugunsten einer völlig unbekannten Frau verfasst hatte. Dieser Frau hatte er scheinbar seit fast vierzig Jahren monatlich einen erheblichen Geldbetrag zukommen lassen.

Die Familie vermutet dahinter eine ehemalige Freundin des zeitlebens unverheiratet gebliebenen Gerlach. Der Skandal war perfekt; es kam selbst hier im Heim zu unschönen Szenen. Gottlob ist das Ganze nicht mehr wirklich zu Herrn Gerlach durchgedrungen. Sein Geist war schon damals in einer anderen Welt." Erst jetzt wurde ihr klar, dass sie diese Informationen eigentlich gar nicht hätte geben dürfen. „Vergessen Sie das, was ich Ihnen gesagt habe, bitte schnell wieder", meinte sie und verabschiedete sich abrupt mit dem Hinweis auf eine dringende dienstliche Verpflichtung.
Emmas Gefühle waren zwiespältig: einerseits empfand sie ihr Vorgehen als hinterhältig, dann wieder war sie sehr stolz auf sich. Sie saß noch eine ganze Weile bei ihrer Tante, obwohl sie wusste, dass ihre Worte diese nicht mehr erreichten.
Nach der Zwischenmahlzeit hatte Schwester Annelie den völlig in sich versunkenen Herrn Gerlach wieder auf seinen gewohnten Platz am Fenster gebracht. Ob ihm die Aussicht auf die großzügige Gartenanlage gefiel, konnte niemand sagen. Wie immer flüsterte er etwas Unverständliches vor sich hin, während das Aneinanderschlagen der Glasmurmeln in seiner Hand deutlich im Raum zu vernehmen war. Plötzlich fiel das kleine Päckchen, das er nie aus seinen Augen ließ, auf den Boden. Er hatte es angestoßen, als er versuchte, seine etwas unbequeme Sitzhaltung zu korrigieren. Da ein Bein von Herrn Gerlach mehrere Zentimeter kürzer war als das andere, dauerte es oft längere Zeit, bis er eine angenehme Sitzposition gefunden hatte. Aus Höflichkeit und Besorgnis, Herr Gerlach könnte beim Aufheben des Gegenstandes gänzlich aus dem Stuhl rutschen, lief Emma schnell zu ihm hin und bückte sich danach. Da geschah es.
Beim Aufrichten kam sie ungewollt Herrn Gerlach körperlich so nahe, dass sie verstand, was dieser unentwegt vor sich hin murmelte. Um ganz sicher zu gehen, brachte sie ihr Ohr wie

unabsichtlich ganz nahe an Herrn Gerlachs Mund. Es gab keinen Zweifel. Herr Gerlach flüsterte unentwegt: „Reni wartet." Als Emma an den Umrissen des kleinen Päckchens erkannte, dass sich darin ein großer Schlüssel befinden musste, fiel es ihr wie Schuppen von den Augen. Heute verließ sie ihre Tante früher als üblich.

Der Kreis begann sich zu schließen. Den nächsten und hoffentlich letzten Schritt wollten Walther und Horstmann gemeinsam tun. Sie sahen jetzt klar genug, um Renis Mutter aufsuchen zu können. Unklar war allein, wie der Kontakt zu der fast neunzig Jahre alten Dame hergestellt werden könnte. Gotthilf Walther sah nur eine Möglichkeit, nämlich die, den katholischen Pfarrer Stefan Ommerborn nochmals in der Sache zu konsultieren. Diesmal empfing ihn Frau Mai im Pfarrbüro ausgesprochen freundlich. Walther kombinierte richtig: die verschwundene Katze des Herrn Pastors war wieder aufgetaucht, allerdings würde der leidenschaftliche Ausflug in den nächsten Wochen Folgen haben. Auch Walther wurde gefragt, ob er Interesse an einer kleinen Katze habe; er lehnte dankend ab.
Pastor Stefan Ommerborn hörte ihm aufmerksam zu, als er in den nächsten zwanzig Minuten seine Vermutungen um den tragischen Tod des Kindes Reni Siebert darlegte. Er schloss sich Walthers Meinung an, dass es auch im Interesse der Mutter sein würde, endgültig Sicherheit über den Tod der Tochter zu erhalten und die Gebeine des Kindes würdig bestatten zu lassen. Deshalb sagte er seine Vermittlung bei der Kontaktgestaltung mit der Heimleitung des katholischen Damenstiftes am Silberwald zu.

Mit sanfter Stimme und ebensolchen Augen begrüßte sie Frau Siebert zwei Tage später in ihrem geräumigen Zimmer. Die

Tür zum kleinen Balkon war geöffnet, der betörende Duft eines seitlich stehenden Fliederstrauches lag im Raum. Es klopfte an der Tür, eine Dame aus der Küche stellte ein Tablett mit Kaffee und Plätzchen auf den Tisch und verließ das Zimmer schnell wieder.
Es stellte sich heraus, dass Walther und Horstmann gar nicht lange nach Möglichkeiten suchten mussten, eine Verbindung zu längst zurückliegenden Zeiten herzustellen. Frau Siebert bewegte sich scheinbar in ihrem Denken und Reden fast ständig dort, ohne dass dies – wie bei Gerlach – die Folge einer geistigen Erkrankung gewesen wäre. Ihr Leben hatte in dem Moment aufgehört wichtig für sie zu sein, als Tochter und Ehemann innerhalb weniger Wochen spurlos aus ihrem Leben verschwunden waren. Von ihrem Mann, als Soldat der 124. Infanteriedivision in Kurland von der Roten Armee erschossen, waren ihr nur die Erkennungsmarke und ein Stapel Briefe als Erinnerung geblieben, von ihrer kleinen Tochter Reni nichts weiter als ein paar verblichene Fotos.
Sie beantwortete die Fragen, die ihr die beiden Männer stellten, ohne sich zu wundern, weshalb sie diese überhaupt vorbrachten. Vielleicht war sie einfach glücklich darüber, dass jemand genau wie sie die alten Zeiten nicht einfach abgehakt hatte.

Reni Siebert hatte die Mädchenschule nur einige Wochen besucht, weil sie erst kurze Zeit vor ihrem Verschwinden mit ihrer Mutter aus einem kleinen Ort in Ostpreußen zu einer Tante nach Wipperfürth geflüchtet war. Sie hatte sich in der Klasse nicht wohl gefühlt, weil sie von den Mitschülerinnen wegen ihrer notdürftig geflickten Kleidung und der viel zu großen Hornbrille ständig gehänselt worden war. Meist hatte sie den ganzen Nachmittag über völlig in sich zurückgezogen mit ihren Glasmurmeln gespielt. Hinter dem Schulgebäude

hatte es eine flache Stelle gegeben, an der sie fernab des Straßenverkehrs diesem Spiel mit großem Eifer hatte nachgehen können.
Schließlich hatte sie doch einen Spielkameraden gefunden, einen etwa gleichaltrigen Schüler der benachbarten Knabenschule, der sich auf Grund eines leichten Gehfehlers ebenso ausgestoßen gefühlt hatte wie Reni selbst. Die beiden hatten sich zuletzt jeden Nachmittag getroffen. Frau Siebert konnte sich nur noch an den Vornamen des Jungen erinnern: Hans. Reni hatte nur noch von ihm gesprochen. Oft hatte sie von den Treffen mit Hans ein Stück Wurst, zwei Eier oder eine kleine Tasche mit Brennmaterial mitgebracht. Woher der Junge die Sachen gehabt hatte und weshalb er in der Lage gewesen war diese Kostbarkeiten zu verschenken, hatte Frau Siebert nicht erfahren, obwohl sie ihre Tochter am Anfang jedesmal danach gefragte hatte. Aber letztlich hatte der pure Überlebenswille gesiegt. Mutter und Tochter waren von den elenden Zeiten auf ihrer langen Flucht so ausgehungert und begierig gewesen, dass es ihnen im Grunde auch egal gewesen war; wichtig war allein, niemals mehr zu hungern.
Um die gewonnenen und verlorenen Glasmurmeln hatte es oftmals heftigen Streit unter den beiden Kindern gegeben. Einmal hatte Reni sogar berichtet, dass Hans sie für eine halbe Stunde in einem unterirdischen Stollen eingeschlossen habe, bis sie ihm die weggenommenen Glasmurmeln wiedergegeben hatte. Damals hatte sie sich den Jungen zur Brust genommen und ihm angekündigt, ihrer Tochter das Spielen mit ihm zu verbieten, wenn er so etwas noch einmal wagen sollte. Hans war sehr zerknirscht und reumütig gewesen und hatte hoch und heilig versprochen, so etwas nie mehr zu tun.
Einige Tage später war Reni von ihrem Murmelspiel nicht mehr zurückgekehrt. Frau Siebert schilderte den beiden Männern eindringlich, was sie alles versucht hatte, um eine

Spur ihres Mädchens zu finden; umsonst. Reni war verschwunden geblieben. Und so war es Elisabeth Siebert nicht einmal möglich gewesen, die beiden liebsten und wichtigsten Menschen in ihrem Leben christlich bestatten zu lassen. Es gab kein Grab, zu dem sie gehen, das sie pflegen konnte, es gab nichts. Es war so, als habe es ihren Mann und ihr Kind nie gegeben.

Achim Horstmann dachte an seine eigene Familie. Ihm fehlten die richtigen Worte. Wie ihr Leben denn danach verlaufen sei, wollte Gotthilf Walther wissen. „Von der winzigen Kriegsrente konnte ich natürlich nicht leben. Die ersten Jahre habe ich versucht, mit Näharbeiten über die Runden zu kommen. Schließlich bin ich ausgebildete Schneiderin. Es reichte kaum zum Leben. Auf Vermittlung meiner Vermieterin habe ich schließlich einen Arbeitsplatz in der Weberei Wollmeyer an der Leiersmühle bekommen und habe dort viele Jahre von früh um 5 Uhr an bis in den Abend hinein gearbeitet. Das hat mir geholfen, meinen Kummer wenigstens zeitweise zu vergessen."

Walther sah sich in dem geräumigen, mit Wurzelholzmöbeln ausgestatteten Zimmer um. Er gab sich keine Mühe, sein Erstaunen zu verbergen. „Bitte nehmen Sie mir die Frage nicht übel", meinte er schließlich an Frau Siebert gewandt, „aber wie können Sie sich mit einer doch sicher überschaubaren Arbeiterrente ein so komfortables Heim leisten?" Frau Siebert zuckte die Achseln. „Eigentlich ist mir das selbst nicht klar", meint sie schließlich. Sie erntete erstaunte Blicke der beiden Männer, obwohl zumindest Walther die Antwort durchaus schon geahnt hatte. „Von Frühjahr 1960 an bis vor ein paar Jahren habe ich jeden Monat anonym einen Briefumschlag mit 1000 DM erhalten. Es waren jedes Mal andere Poststempel auf den Briefmarken, oft lag der Umschlag einfach unfrankiert in meinem Briefkasten. Eine

Zeit lang habe ich intensiv versucht, den Absender zu ermitteln. Ich habe sogar hintereinander zwei Privatdetektive damit beauftragt, ohne Erfolg. Allerdings hatte ich den Eindruck, dass sie nicht ehrlich waren, wenn sie behaupteten, nichts herausfinden zu können. Lange habe ich mich innerlich dagegen gewehrt, irgendwann habe ich den Widerstand aufgegeben. Das Leben, der liebe Gott, nennen Sie es, wie Sie wollen, haben es nicht gut mit mir gemeint. Ich habe das Geld als Trost, als Entschädigung angesehen. Mit meiner kleinen eigenen Rente konnte ich bescheiden leben, das Geld aus den Umschlägen habe ich zurückgelegt. Deshalb das hier." Sie wies mit ihrer Hand durch den Raum.
„Seit etwa drei Jahren kommt kein Umschlag mehr, richtig?" fragte Gotthilf Walther. Elisabeth Siebert nickte: „Woher wissen Sie das?" Walther und Horstmann verständigten sich kurz mit Blicken. Mit dem Versprechen, in den nächsten Tagen nochmals wiederzukommen und diesmal auch Herrn Pastor Ommerborn mitzubringen, verabschiedeten sich die beiden einige Minuten später.

Am nächsten Morgen bat Gotthilf Walther um ein Gespräch mit seinem Vorgesetzten. In der Nacht hatten Horstmann und er eine Zusammenfassung der Erkenntnisse und Schlussfolgerungen erstellt, die er nun seinem Chef Hans Gerd Stüber vorlegte.
Demnach war der Tod von Reni Siebert auf eine Verkettung unglücklicher Umstände und Begebenheiten zurückzuführen. Hans Gerlach und Reni Siebert hatten wie jeden Nachmittag hinter der Mädchenschule mit Glasmurmeln gespielt. Vermutlich hatte Reni viel Glück im Spiel gehabt und dem Jungen seinen ganzen Murmelvorrat abgenommen. Hans fühlte sich von Reni übervorteilt und war wütend geworden. In seinem Zorn vergaß er das Versprechen, das er Renis

Mutter gegeben hatte. Unter dem Vorwand, zusammen mit ihr Lebensmittel oder Kohlen aus dem Vorrat des Hausmeisters holen zu wollen, hatte er sie – wie vorher schon einmal erfolgreich praktiziert – in den unterirdischen Stollen gelockt und sie dort eingeschlossen. Den Schlüssel zu dem schmiedeeisernen Tor hatte er Wochen zuvor bei seinen einsamen Streifzügen zwischen Knaben- und Mädchenschule zufällig gefunden. Ebenso zufällig war ihm die Entdeckung des Stollens gelungen.
Hans hatte vor, Reni eine kurze Zeit in dem Stollen „schmoren" zu lassen, um sie zur Herausgabe seiner Murmeln zu bewegen. Vielleicht war er in der Zwischenzeit kurz nach Hause in die Marktstraße gelaufen oder hatte sich im Hinblick auf die erwartete Versöhnung mit Reni ein paar Bonbons in dem benachbarten kleinen Lebensmittelladen Flosbach kaufen wollen. Genau in diesem Augenblick hatte es wahrscheinlich Fliegeralarm gegeben, Hans wurde vermutlich von der Straße in den Keller eines der umliegenden Häuser gedrängt oder rannte in den Keller des Hauses, in dem er wohnte. Wie groß muss sein Entsetzen gewesen sein, als er aus dem Keller herauskam und bei der Rückkehr auf das Schulgelände feststellen musste, dass der Stollen, in dem er Reni eingeschlossen hatte, nicht mehr existierte. Das Gelände war im Bombenhagel völlig zusammengebrochen, der Stollen lag vergraben und verschüttet unter großen Mauerstücken, die aus der Wand des beschädigten alten Schulgebäudes stammten.
„Man kann sich die Not des Jungen unschwer vorstellen", meinte Walther. Stüber nickte, nun selber merklich bewegt. „Er hat sich mit Sicherheit sein ganzes Leben lang die Schuld an Renis Tod gegeben. Die 1000 DM monatlich an Frau Siebert waren der Versuch einer Wiedergutmachung", mutmaßte er. Walther fuhr fort: „Als Ratsmitglied und einfluss-

reicher Bauunternehmer setzte er über zwanzig Jahre alles daran, Ausgrabungen auf dem Grundstück zu verhindern, damit kein Schatten auf seine Person fallen konnten. Wahrscheinlich hat er sich das Schweigen der beiden Privatdetektive, die Renis Mutter mit Nachforschungen beauftragt hatte, teuer erkauft. Schließlich hatte er viel zu verlieren. Irgendwann hat seine Seele den jahrzehntelangen Druck nicht mehr verarbeitet und er erkrankte bis zur völligen geistigen Verwirrtheit."

Kriminaloberrat Stüber veranlasste, dass das Skelett des Kindes, das noch in einem Kellerraum der Gerichtsmedizin lag, zur Bestattung freigegeben und nach Wipperfürth gebracht wurde. Pastor Stefan Ommerborn und Pfarrer Harald Bremmicke übernahmen zu Walthers großer Erleichterung die Aufgabe, Frau Siebert die Ergebnisse der Nachforschungen schonend beizubringen und ihr anzubieten, ihre kleine Tochter in einem würdigen Rahmen an einer besonders schön gelegenen Stelle auf dem Westfriedhof zu bestatten.

Kann eine Beerdigung ein freudiger Akt sein? Walther hätte es nie geglaubt. Wenn es sich eben hatte ermöglichen lassen, hatte er sich vor Bestattungen gedrückt. Jetzt stand er unmittelbar neben dem offenen Grab, in das soeben ein schneeweißer, veilchengeschmückter Sarg mit den Gebeinen eines kleinen Mädchens gesenkt worden war. Eine unbeschreibliche Freude und Liebe strahlten aus dem Gesicht der kleinen gebrechlichen Elisabeth Siebert, deren gebeugten Gang Walther sicher abstützte. Achim und Emma Horstmann standen gleich hinter ihnen, beide versuchten erst gar nicht, ihre Rührung zu verbergen. Achim reichte Emma ein Taschentuch nach dem anderen. Pastor Stefan Ommerborn hatte in einem kurzen Gottesdienst zu Herzen gehende, sehr persönliche Worte gefunden, Pfarrer Bremmicke hielt nun am offenen Grab die schönste und ergreifendste Trauerrede, die er je gehalten hatte, wie er im Nachhinein fand. Frau Lieselotte Rademacher hatte ein Blumenbukett aus St. Blasien geschickt, natürlich ausschließlich aus heimischen Gräsern und Blüten gebunden. Sogar Konrad Leuchtbirke brachte es nicht fertig, sich nach seinem jubelnden Orgelspiel wie sonst üblich durch einen Seiteneingang der Friedhofskapelle diskret vom Ort des Geschehens zu entfernen. Sichtlich bewegt folgte er der Zeremonie.

Am nächsten Morgen fand die freundliche Altenpflegerin Annelie Hans Gerlach tot in seinem Bett. Ein sanftes Lächeln lag auf seinem Gesicht, die gestern noch verkrampfte Hand hatte den Stoffbeutel mit den Glasmurmeln freigegeben. Ein großer Friede strömte von ihm aus. Reni wartete nicht mehr.

Der Goldene Niet

Wolfgang Kemmer

Krokowski schaute nach oben in die Finsternis. Selbst jetzt, da der Mond hinter den Wolken verschwunden und die riesige Stahlkonstruktion eher zu erahnen als tatsächlich zu sehen war, war das Gefühl, das er dabei empfand, immer noch überwältigend. Die Müngstener Brücke hatte sein Leben bestimmt, seit er auf der Welt war, ja in gewissem Sinne sogar schon davor.

Unwillkürlich griff seine Hand nach dem vergilbten Papier, das er immer noch in der Brusttasche trug, obwohl er die Skizze nun nicht mehr brauchte. Er hatte gefunden, wonach er suchte. Trotzdem wollte er den Plan nicht verlieren. Sein Großvater hatte ihn einst gezeichnet, und sein Vater war damit abgestürzt.

Krokowskis Blick streifte den Abhang hinunter zur Wupper. Im Dunkel der Nacht wirkte das Tal still und verlassen. Die Zeiten, da die Andenkenlädchen und der Biergarten zu Füßen der Brücke noch floriert hatten, lagen lange zurück. Immerhin gab es dieses Wunderwerk der Technik nun schon seit mehr als hundert Jahren. Sein Großvater hatte bei seinem Bau mitgewirkt. Und wenn Opa von den alten Zeiten erzählt hatte, war selbst nach all den Jahren immer noch der Stolz aus seiner Stimme herauszuhören gewesen.

„Keine Ahnung, ob es tatsächlich nötig war, dieses Monstrum ausgerechnet hier zwischen Solingen und Remscheid in die Landschaft zu pflanzen", hatte er dann zu sagen gepflegt. „Aber an einem ist nun mal wirklich nicht zu rütteln: Das Ding war seinerzeit die größte Eisenbahnbrücke der Welt. 107 Meter hoch, 465 Meter lang. Fast 5000 Tonnen Eisen und

Stahl haben wir damals verbaut, und satte 2,7 Millionen hat der ganze Spaß gekostet.“

Die Zahlen hatte er noch heruntergebetet, als er die Namen seiner Enkel längst nicht mehr im Gedächtnis hatte behalten können.

„Sechs Mann sind damals während des Baus abgestürzt. Aber Paul hat es erst hinterher erwischt.“

Krokowski erinnerte sich, wie sein Vater immer ganz kribbelig geworden war, wenn Opa zu dieser Stelle seiner Erzählung kam.

„Genau 934 456 Niete halten die Eisenstangen der Brücke zusammen, und – ihr werdet‘s nicht glauben – einer davon – aber wirklich nur ein einziger – ist aus reinem, purem Gold. Der olle Brewitt, seines Zeichens damals Geheimer Baurat der Königlichen Eisenbahndirektion Elberfeld, hat den Niet höchstselbst geschlagen. Und Paul wusste genau, wo er zu finden war.“

Paul Meisel war Opas bester Freund gewesen. In seinem Bauabschnitt war der Niet gesetzt worden. Beim Versuch, ihn sich nach Fertigstellung der Brücke unter den Nagel zu reißen, war er abgestürzt. Danach hatte Opa aus dem Gedächtnis einen Plan der Brücke gezeichnet und Meisels Teilstück darin kenntlich gemacht. Trotzdem hatte er selbst keinen ernsthaften Versuch unternommen, sich den Niet zu holen. Krokowski hatte daher nie ganz verstanden, warum Opa die Skizze überhaupt angefertigt hatte.

Als Krokowskis Vater sich in die Idee verrannt hatte, den auf dem Plan markierten Brückenabschnitt systematisch nach dem Niet abzusuchen, hatte Opa sogar vehement versucht, ihn davon abzuhalten. Krokowski war damals erst acht gewesen, erinnerte sich aber noch genau daran, wie Opa seinem Vater ins Gewissen geredet hatte, nachdem der die Skizze mehr oder weniger gewaltsam an sich gebracht hatte.

„Oller Sturkopp", hatte Opa gesagt, „überleg mal, wie klein der Niet ist! Und auch wenn's pures Gold ist, das Ding ist das Risiko doch gar nicht wert!"
Trotz des kleinen nagenden Schmerzes, den er immer noch beim Gedanken an den Absturz seines Vaters empfand, huschte unwillkürlich ein zufriedenes Schmunzeln über Krokowskis Gesicht. Was den Preis des Niets anging, hätte der liebe Opa ganz schön gestaunt. Sicher, der reine Materialwert wog den Aufwand und das Risiko nicht einmal annähernd auf. Mittlerweile gab es aber genügend Verrückte, die bereit waren, horrende Summen für das legendäre Goldstück zu zahlen. Und mit dem steinreichen Eisenbahnnarren Hartwig hatte Krokowski auch schon den richtigen Abnehmer an der Hand.
Entschlossen packte er das Sicherungsseil, das sie, nur wenige Stunden zuvor, nach ihrer letzten erfolgreichen Kletterpartie zurückgelassen hatten. Er hing den Karabinerhaken ein und hangelte sich am Träger hinauf. Horvath hatte ihn so gut eingewiesen, dass er sich die Kraxelei nun auch alleine zutraute. Einzig die Dunkelheit machte ihm ein wenig zu schaffen. Er hatte auf das Mondlicht spekuliert, aber die Bewölkung schien ihm nun einen Strich durch die Rechnung machen zu wollen. Trotzdem musste er hinauf.
Horvath hatte Verdacht geschöpft. Nach den Anstrengungen, die es gekostet hatte, den Niet zu finden, glaubte er nun offenbar nicht mehr daran, dass Krokowski all das nur um ein paar lumpiger Euro willen auf sich genommen hatte.
Krokowski hatte ihm zwar vom Tod seines Vaters erzählt und angedeutet, wie wichtig der Triumph über die verteufelte Brücke für ihn war, aber Horvath war ein eiskalter Rechner, dem solche Emotionen fremd waren. Er glaubte nicht daran, dass die Brücke ein Eigenleben hatte. Alle seine Kletterpartien waren akribisch vorbereitete kleine Expedi-

tionen, bei denen er das Risiko genau kalkulierte. Nicht zuletzt deshalb hatte Krokowski ihn engagiert. Die Technik, um den Niet zu finden und herauszuschneiden beherrschte er selbst, was er gebraucht hatte, war jemand, der ihn und seine Gerätschaften sicher hinauf und wieder herunter brachte.
Zunächst hatte Horvath bei Krokowskis Ausführungen nur den Kopf geschüttelt. Jeden einzelnen Niet in Meisels Bauabschnitt mit dem Magneten zu prüfen, war ihm zu dilettantisch erschienen. Erst als Krokowski ihm den Hightech-Brennschneider vorgeführt hatte, war Horvath wohl aufgegangen, dass es sich nicht um reine Spinnerei handelte, sondern der gelernte Bauschlosser tatsächlich etwas von seinem Handwerk verstand. Und die Methode mit dem Magneten hatte schließlich ja auch funktioniert.
Krokowski erreichte die Markierung, die ihm signalisierte, dass er die erste Hälfte der Strecke hinter sich gebracht hatte. Gut vierzig Meter schwebte er nun über dem Tal der Wupper, das unter ihm im Dunkel lag. Vielleicht hatte es ja auch sein Gutes, dass der Mond sich immer noch versteckt hielt. Bei den beiden Kletterpartien, die sie im Hellen hinter sich gebracht hatten, um den Niet zu finden, hatte er mehrmals den Fehler gemacht hinunterzusehen. Hätte Horvath ihn nicht gesichert, wäre er unweigerlich abgestürzt.
Krokowski hatte vor, ihn dafür zumindest nicht ganz leer ausgehen zu lassen. Wenn er die Kohle von Hartwig erst einmal eingesackt hatte, würde er sich schon angemessen bedanken. Aber jetzt wollte er ihn nicht dabeihaben. Er traute ihm nicht mehr, seit er das Glitzern in seinen Augen gesehen hatte, als unter den vielen dicken Lackschichten plötzlich der Glanz des Goldes sichtbar geworden war.
Stück für Stück arbeitete Krokowski sich höher. Der Rucksack mit dem Werkzeug behinderte ihn kaum. Er schaute nach oben. In der Dunkelheit war die Markierung, die sie

am Nachmittag angebracht hatten, noch nicht zu erkennen, aber seinem Gefühl nach konnte es nicht mehr allzu weit sein. Es war nicht schwer gewesen, Horvath davon zu überzeugen, dass es besser wäre, das Herausschneiden des Niets auf den nächsten Tag zu verschieben, wenn sie genügend Licht haben würden. Sie waren zurück nach Solingen gefahren und hatten im Hotel nach dem Abendessen noch zwei, drei Pils auf ihren Erfolg getrunken. Dann war jeder auf sein Zimmer gegangen, und Krokowski hatte wach gelegen und gewartet und an Opa und seinen Vater gedacht.
Die Ausrüstung hatten sie im Kofferraum von Horvaths Rover gelassen, aber es war Krokowski nicht schwer gefallen, das Schloss zu knacken und alles in seinen alten Kadett umzuladen. Er würde Horvath die Reparatur bezahlen, und für ihn selbst war natürlich auch endlich ein neuer Wagen drin, wenn er den verteufelten Niet erst einmal hatte.
Da, die Markierung! Krokowski schnaufte durch. Das erste Stück Arbeit war getan. Das Herausschneiden würde ihm keine große Mühe bereiten, das hatte er am Nachmittag schon gesehen.
Er suchte sich eine halbwegs bequeme Position, in der er möglichst rasch arbeiten konnte, und zog die Handschuhe an. Dann holte er den Brennschneider aus dem Rucksack und drehte das Gas auf. Die Funken würden wahrscheinlich kilometerweit zu sehen sein. Aber wer trieb sich zu dieser Zeit schon hier unter der Brücke herum? Er öffnete das Ventil am Brennschneider, entzündete mit dem Feuerzeug die Flamme und regulierte sie. Dann schnitt er den Träger großzügig um den Niet herum ein. Als es weit genug war, nahm er zwei Klemmzangen aus dem Rucksack und fixierte mit ihnen das herauszuschneidende Teil am Träger, damit das Gold ihm nicht im letzten Augenblick noch herunterfiel. Nun schnitt er auch von der anderen Seite in den Träger hinein, bis das

Stahlstück, in dem der Niet steckte, nur noch an den Zangen hing. Er drehte das Gas ab, verstaute den Brenner im Rucksack und schnaufte erneut tief durch.
Während er darauf wartete, dass der Stahl hinreichend abgekühlt war, lugte nun auch der Mond wieder neugierig hinter den Wolken hervor. Krokowski griff nach der ersten Zange.
„Nicht runterschauen!“
Krokowski erstarrte.
„Nicht runterschauen, hab ich dir doch gesagt!“
Panik erfasste ihn und ein unkontrollierbares Zittern lief durch seinen ganzen Körper. Er sah nach oben.
„Brav, Krokowski. So ist‘s recht. Nie nach unten schauen.“
Im Schein des Mondes grinste Horvath auf ihn herab. Er war nicht angeseilt und hatte ein Messer in der Hand.
„Du… du kannst doch nicht… du kommst doch ohne Sicherung nie wieder hier runter“, keuchte Krokowski.
Horvath lachte. „Du unterschätzt mich, mein Lieber. Was glaubst du denn wohl, wie ich hier raufgekommen bin, nachdem du die Ausrüstung aus meinem Kofferraum genommen hast?“ Matt schimmerte die Messerklinge im Schein des Mondes.
„Du bist verrückt!“
„Ha! Das wäre ich wohl, wenn ich mich ohne nähere Informationen auf das hier eingelassen hätte. Hartwig hat eine Seite im Internet, auf der er jedem, der ihm den Niet bringt, eine halbe Million Euro verspricht. Ein paar simple E-Mails haben gereicht, um in Erfahrung zu bringen, dass du mit ihm Kontakt aufgenommen hast.“
Ein kleiner Hoffungsschimmer keimte auf in Krokowski. „Wenn du das Seil durchschneidest, wird er Bescheid wissen.“ Seine Hand krampfte sich um die Zange.

„Es wird ihn nicht die Bohne interessieren. Alles was er will ist der Niet." Horvath setzte das Messer an. Krokowski schleuderte die Zange.

Ihre Schreie klangen fast wie einer und hallten bei einer Sturzhöhe von über achtzig Metern ungewöhnlich lange nach. Als die nächste Bahn über die Müngstener Brücke donnerte, waren Krokowski und Horvath jedoch schon längst über die Wupper gegangen.

Locked In

Uwe Kleibrink

Wenn Kerstin Klein musste,
dann musste sie. Da kannte sie weder Freund noch Feind. Es musste eine Toilette her. Wenigstens ein Gebüsch. Das Übliche halt.

Bodo Klein
hatte die Arme auf das Geländer der Autobahnbrücke der Ehrenberger Straße gestützt, starrte auf die A1 und ärgerte sich. Er hatte noch so viel zu tun gehabt, aber dann hatte Kerstin ihn zu dieser dämlichen Wandertour über den Ehrenberg überredet.
„Wir machen ja kaum noch was gemeinsam!“, hatte er ihren Wortschwall noch vernehmen können, ein Großteil dessen war durch sein „Sehr-wichtig – wichtig – weniger-wichtig – vollkommen-uninteressant – Sieb“, welches er in seinen Hirnwindungen installiert hatte, gerutscht. Aber „Wir machen ja sonst kaum noch was gemeinsam!“, klang gefährlich nach weiteren Diskussionen.
Und jetzt musste Kerstin auch noch. Nein, nicht in dem Lokal, das sie vor knapp zwanzig Minuten verlassen hatten, auch nicht im Waldstück. Nein, ausgerechnet hier, wo die Bebauung schon recht häufig in Erscheinung trat, musste Kerstin – „Nur ganz kurz, da guckt doch keiner!“ – ihr Höschen zu den Knien runterziehen.

Für einen Sekundenbruchteil
nahm Bodo wahr, dass sich jemand an seinen Beinen zu schaffen machte. Einen weiteren Sekundenbruchteil später

lag er mit gebrochenem Halswirbel auf der grauen Betondecke der A1.

Der oder die Täter
hatten in ihrer Planung die durch Bauarbeiten bedingte Sperrung der Autobahn zwischen den Anschlussstellen Wuppertal-Langerfeld und Wuppertal Süd nicht berücksichtigt. So wurde Bodo Klein nicht wie beabsichtigt von einem Lkw überrollt, sondern durch ein Streckenfahrzeug der Autobahnmeisterei aufgefunden.
Kerstin rannte aufgelöst heulend hin und her und war weder den Rettungskräften noch den hinzugezogenen Beamten der Kriminalpolizei eine große Hilfe.

Die Diagnose
der Ärzte war niederschmetternd. Bodo Klein würde vom Hals abwärts gelähmt bleiben. Das war diesem amerikanischen Schauspieler damals auch passiert, aber Bodo Klein war halt nicht Superman.

Alle
gaben sich in den nächsten Wochen sehr viel Mühe. Es wurde ein Rehaprogramm eingeleitet. Bodo bekam psychologischen Beistand, Kerstin besuchte ihren Mann täglich, wobei sie regelmäßig den Inhalt einer Packung Papiertaschentücher zerrupfte und die Kommunikation auf so überzeugende Halbsätze wie „Ach du armer, Armer…“ oder „Wäre ich damals doch nicht...“ beschränkte, die durch Bodos bekanntes Sieb fielen.
Der Ermittlungsbeamte der Kripo war ein gesetzter Herr namens Löns. Er stand kurz vor seiner Pensionierung und bemühte sich, seine Fragen so behutsam wie möglich zu stellen. Er versuchte, Bodo von seinem Schicksal abzulenken,

indem er zwischen den Fragen von seinem Urgroßvater, dem Heimatdichter Hermann Löns und dessen Wanderungen durch die Lüneburger Heide erzählte, wobei Bodo beim Wort Wanderungen am liebsten beide Mittelfinger ausgestreckt hätte, wenn er denn gekonnt hätte.

Eines Tages hatte Bodo genug
und beschloss, nicht mehr zu reden. Die Ärzte standen vor einem Rätsel, der Psychologe murmelte: „Gut, wenn Sie schweigen wollen, dann schweigen wir halt gemeinsam."
Kerstin flehte ihn an: „Bodo! Sag doch was!" und Herr Löns zuckte mit den Schultern.
„Wir kennen diese Symptome eigentlich nur bei Schlaganfällen", meinte einer der Ärzte. „Bekannt als Locked-In-Syndrom. Der Patient ist sozusagen gefangen im eigenen Körper, vollständig gelähmt und nicht in der Lage, mit seiner Umwelt in Kontakt zu treten."
Bodo aber wollte lediglich seine Ruhe und in dieser Ruhe über sein Schicksal und diejenigen, die ihm das eingebrockt hatten, nachdenken.

Irgendjemand,
der gerade zufällig vorbeikam, den sinnierend über das Brückengeländer gebeugten Bodo Klein antraf und just in diesem Moment von einem diabolischen Gedanken heimgesucht wurde. Jemand, der gedankenlos Steine von Brücken schmeißt, warum nicht auch Menschen? Oder gab es konkrete Verdachtsmomente? Gab es ein Motiv? Bodo Klein wusste es selber zu genau. Das Motiv lag darin, dass er, auf gut Deutsch gesagt, ein Arschloch war. Einige hatten das einstweilen bemerkt. Bodo wusste das und ging die Liste seiner Verdächtigen durch.

Jörg Kaiser,
ein junges Kölner Comedy-Talent, kam in Frage. Bodo war Zeitungsjournalist und ein gefürchteter Theaterkritiker. „Eine Schreibe wie ein Seziermesser“, hieß es. Bodo Kleins Kritiken waren unterhaltsam geschrieben und wurden gern gelesen. Für manchen Schauspieler oder Autor aber war mit dem unterhaltsamen Artikel das Ende der Karriere besiegelt. „Krampfhaft ersuchte er um jeden zaghaften Beifall“ oder „in meiner langjährigen Tätigkeit als Theaterkritiker habe ich gelernt, zwischen Kultur und Dilettantismus zu unterscheiden“, hatte er dem Nachwuchskomiker ins Stammbuch geschrieben. Der Mann wurde später noch nicht einmal mehr zu offenen Bühnen eingeladen, hatte Bodo angerufen und um ein Gespräch gebeten.
Der Herr Kritiker hatte den jungen Mann kurz und bündig abgefertigt: „Ich habe privat genug am Hals. Nächsten Sonntag darf ich mit meiner Holden wandern. Den Ehrenberg rauf und den Ehrenberg wieder runter. Vergessen Sie's!“

Nina Boltschikowa
war eine russische Tänzerin aus dem Pina-Bausch-Ensemble. Hoffnungsvoll, talentiert, jung und unübersehbar hübsch.
Bodo Klein war während der Proben in ihrer Garderobe erschienen, hatte sich vorgestellt und ein eindeutiges Angebot unterbreitet. Er könne einen gefälligen Artikel in mehreren wichtigen Zeitungen platzieren, wenn… .
Nina war auf das Spiel eingegangen und hatte von einem netten Abend mit Essen und tanzen geschwärmt, worauf Bodo eine horrende Vorstellung des sündhaft teueren Italieners gleich gegenüber vom Elberfelder Schauspielhaus überkommen war und er umgehend seine Wünsche klargestellt hatte. „Nix Essen und auch nix tanzen, sondern Action hier und jetzt oder kein Artikel, schon lange kein gefälliger.“

Nina hatte seufzend ihren Slip ausgezogen und zugelassen, dass Bodo hinter sie trat, ihre Brüste umfasste und sofort anfing, sie im Stehen zu rammeln. Sie hatte am Anfang kurz aufgequiekt, in der Hoffnung, dass ihn das antörnte und die Angelegenheit schneller beendet sei würde.
Bodo hatte einen freundlichen Artikel geschrieben, der in den bergischen Lokalblättern erschienen war, was der Karriere der Boltschikowa zwar nicht geschadet, aber sie auch nicht sonderlich nach vorne gebracht hatte. Nina hatte von ihren Kolleginnen erfahren, dass sie beileibe nicht die Erste gewesen war, die für einen freundlichen Artikel des Herrn Klein etwas mehr als nötig gewesen wäre getan hatte. Dennoch hielt sie Kontakt mit ihm, frau kann ja nie wissen.
„Aaaah musst du gehen spazieren, mit dem lieben Frauchen, tust du mir so sehr leid!“, hatte sie in ihrem unnachahmlichen Akzent ins Telefon gehaucht, als er sie Anfang der Woche anrief.

Gerd Leutfeldt
war regelmäßiger Kunde in einem illegalen Hinterzimmer-Spielcasino an der Gathe. Leutfeldt war gleichzeitig ein Kollege Bodos aus der Lokalredaktion. Eines Tages hatte Gerd eine Pechsträhne gehabt und seine albanischen Spielpartner hatten ihm einen – ihrer Ansicht nach – fairen Vorschlag unterbreitet. Entweder zahlen innerhalb von achtundvierzig Stunden oder eine Gesichtsoperation – aus Kostengründen ohne Narkose – nach der er selbst auf dem Balkan keine Stelle als Hirte bekommen hätte, weil die Tiere die Flucht ergriffen hätten.
Gerd Leutfeldt hatte Bodo um Hilfe gebeten. Dieser hatte nachgebohrt, zwangsläufig alles erfahren und Leutfeldt das Geld geliehen. Natürlich zu ansehnlichen Zinsen. Weiterhin hatte er Leutfeldt Botengänge verrichten lassen, sich ab und

zu dessen Sportwagen geliehen und seinen Kollegen genötigt, ein empfehlendes, aber deutliches Wort bei dessen aparter Lebensabschnittspartnerin einzulegen.
„Was ist schon dabei, einmal kurz durchvögeln! Was meinst du, wie sie reagiert, wenn sie erfährt, wofür ich dir das Geld geliehen habe."
Worauf Gerd Leutfeldt das Thema vorsichtig zu Hause angeschnitten, von Abwechslung und gegenseitiger Toleranz gefaselt hatte und aus der gemeinsamen Wohnung geflogen war. Hatte er Gerd von seiner Wochenendplanung erzählt? Konnte schon sein.
Was aber das angestrengte Nachdenken, wenn er keinem das Resultat mitteilen konnte? Sollte er plötzlich die Sprache wieder finden und loslegen: „Herr Löns, wahrscheinlich hat mich der Leutfeldt von der Brücke geschmissen, weil ich seine Frau gebum..., äh, na, Sie wissen schon!"
Dann wäre alles andere auch rausgekommen, Kerstin hätte an seinem Bett gesessen, Papiertaschentücher zerrupft und nicht „Du armer, Armer...", sondern „Wie konntest Du mir so was antun!", gekreischt, und Bodo hätte aufgrund seines selbst auferlegten Schweigegelübdes nicht antworten können. Kerstin hätte sehr lange gekreischt und sie hätte täglich mehrere Vorstellungen gegeben.
So vergingen Tage und Wochen. Bodo lebte, ließ sich füttern, umbetten und vegetierte zwischen Rehamaßnahmen und psychologischer Betreuung dahin. Er überlegte ernsthaft, wieder zu reden.
„Vielleicht gleich, wenn Kerstin zu ihrer täglichen Tränenvisite erschien", dachte er an einem Nachmittag. Es gab ja so viel, was sein Frauchen für ihn erledigen konnte. Die Steuererklärung beispielsweise, überhaupt der ganze Kram mit der Unfallversicherung. Er hatte sich in der Vergangenheit stets selber um alles gekümmert. Kerstin, das

kleine naive Dummchen, würde sich doch von denen über den Tisch ziehen lassen. Nun gut, er müsste erst die übliche „Ach wie ist das alles so schrecklich"-Arie und dann eine Freudenheulattacke über sich ergehen lassen, aber das war zu verkraften.
Bodo nahm sich vor, zunächst Kerstins depressive Phase abzuwarten und nicht sofort loszulegen.

Die Tür des Krankenzimmers
öffnete sich und Kerstin huschte herein.
„Bravo!“, dachte Bodo. „Jetzt geht die Schluchzerei wieder los und das Gestammel von wegen ach du armer, Armer!“
Kerstin Klein nahm einen Stuhl setzte sich und sah Bodo an.
„Fang schon an!“, dachte Bodo.
„Ich wollte mich verabschieden“, stellte Kerstin nüchtern fest.
„Ach“, dachte Bodo. „Brauch ich das dämliche Gebrabbel diesmal nicht zu ertragen?“ Er verzog keine Miene.
„Weißt du“, fing Kerstin noch einmal an – wenn sie schon mit „Weißt du“ anfängt, dachte er, sich auf den ersten Heulkrampf vorbereitend.
„Die Versicherung hat gezahlt. Das ist schon ein hübsches Sümmchen, aber leider hast du ja nichts mehr davon.“
„Was soll das?“, fragte sich Bodo, wobei er versuchte seine Gesichtszüge unter Kontrolle zu halten.
„Schau mal, du hast doch hier alles, was du brauchst, du bist versorgt und irgendwann kommst du in ein Pflegeheim, wo man sich ebenfalls um dich sorgen wird. Es tut mir ja leid, dass dort keiner auf der Autobahn herumfuhr, als wir dich runterschubsten. Am besten wäre gewesen, sie wären über deinen Schwanz gefahren. Wie schön, dass ich dir das jetzt alles erzählen kann, du hast ja dieses Locked-In-Syndrom

und kannst nur an die Decke starren, aber du kannst mich hören, stimmt's?" Kerstin lächelte.
„Nina hatte mich damals in ihrer Verzweiflung angerufen. Nach Eurer kurzen Nummer. Kannst du dir vorstellen, wie gedemütigt sich eine Frau fühlt, wenn sie sich unter diesen Umständen einem Schwein wie dir hingeben muss? Nina und ich haben lange geredet. Wir haben uns auch mehrmals getroffen und, du wirst es kaum glauben, festgestellt, dass man nichts Festes zwischen den Beinen haben muss, um Lust zu empfinden."
Die Tür öffnete sich erneut und Nina steckte Ihren Kopf herein.
„Bist du soweit Kerstin?"
„Ja gleich, Liebes!" Sie drehte sich noch einmal zu Bodo.
„Das Haus lasse ich durch einen Makler verkaufen. Nina und ich fliegen übermorgen in die Karibik. Heute Abend werden wir gemeinsam mit einer Flasche Champagner vor deinem Tresor stehen, den Code eintippen und das Bargeld herausholen."
Bodo bemühte sich krampfhaft um Beherrschung.
„Das hat Nina ganz besonders amüsiert. Dein Sicherheitsfimmel. Ein Tresor, das mag ja noch angehen. Das Geld nicht auf der Bank, sondern im Tresor zu verwahren, auch. Ein Luftschutzbunker in einem Reihenhaus ist heutzutage schon etwas ungewöhnlich. Aber ein Tresor in einem Luftschutzbunker in einem Reihenhaus? Na ja, egal, jedenfalls ist alles gesagt."
Bodo sah ihr hinterher. Vielleicht hätte ich dir sagen sollen, dass die Leute von der Sicherheitsfirma mich besucht haben, als du bei deiner Mutter bei Kaffee und Pflaumenkuchen gesessen hast. Wir haben eine Kleinigkeit geändert. Mit Eingabe des Codes schließt sich nun automatisch die Bunkertür. Sie ist dann von innen nicht mehr zu öffnen. Wenn

nicht innerhalb von drei Minuten ein weiterer Code – den du übrigens noch nicht kennst – eingegeben wird, bleibt die Tür geschlossen und es wird automatisch ein Alarm bei der Polizei ausgelöst.
Bodo lächelte kalt. Es funktioniert. Zumindest das mit der Bunkertür. Aber leider gibt es noch Schwierigkeiten mit dem Alarm bei der Polizei. Das wird der Monteur richten, wenn er aus dem Urlaub zurückkehrt. Er hat mich gestern besucht und sich persönlich verabschiedet. Manche Firmen legen Wert auf eine gute Kundenbindung. Schade, dass es nur eine einseitige Unterhaltung war.

Morgen
geht sein Flug. Drei Wochen Dominikanische Republik.

Die Schneckenschneiderin

Gebhard Manntz

Frau Kötter stand wie gelähmt. Sie hätte nie für möglich gehalten, dass sie so leicht töten konnte. Und dabei war dies ein ganz gewöhnlicher Tag.
Sie hatte am Waschbecken ihrer Küche gestanden und vorsichtig die Blätter des Salatkopfes auseinander gefaltet, den sie gerade aus dem Garten geholt hatte. Sie war stolz darauf, ihr eigenes Gemüse anzupflanzen und so für ihren und den Bedarf ihres Mannes zu sorgen, und mehr noch: sie war überzeugt, dass die Früchte ihrer Mühen gesünder waren als die Lebensmittel, die sie sonst für teures Geld im Laden hätte kaufen müssen. Darüber hinaus war sie stolz, dass ihr Garten immer wieder die bewundernden Blicke von Passanten auf sich zog, denen sie gelegentlich – wie zur Belohnung für ihre Aufmerksamkeit – eine Hand voll Erdbeeren oder einen Apfel über den Zaun reichte. „Zur Erinnerung daran, wie Obst schmecken kann", sagte sie dabei gern und lächelte wie eine Mutter, deren Kind gelobt wird.
Sie trennte die knackigen Salatblätter voneinander, streifte den Sand ab, den der Regen in der vergangenen Nacht darüber gespritzt hatte – und erstarrte. Eine tabakbraune Schnecke zog sich zwischen dem blassen Grün der innersten Blätter zusammen, zu denen sie sich durchgefressen hatte. Frau Kötter verzog angeekelt das Gesicht. Wenn es etwas gab, das sie wirklich aus der Fassung brachte, dann das Gefühl, solches Parasitenpack durchzufüttern. Sie sah auf die obszöne Häßlichkeit der Schnecke hinab, nahm sie mit einem Stück Küchenkrepp aus der Blattfalte und warf sie in die Toilette. Sie wandte sich ab, als das Knäuel im Strudel versank und ging zurück in die Küche. Dort schnitt sie die Fraßspuren und

die verschleimten Stellen aus dem Salat und wusch die Reste sorgfältig unter fließendem Wasser. Danach rührte sie eine Salatsauce an, die sie täglich neu variierte. An diesem Tag wählte sie eine leichte Sauce aus saurer Sahne, etwas Zitronensaft und Zucker, ein Rezept, das sie noch von ihrer Mutter kannte. Aber die Freude, die sie noch vor wenigen Augenblicken durchdrungen hatte, war gewichen. Unschlüssig rührte sie die Mischung durch, viel länger, als nötig gewesen wäre, um den Zucker aufzulösen.
Sie schaute auf die Uhr. Es war noch nicht einmal halb zwölf, und ihr Mann würde nicht vor halb eins nach Hause kommen. Sie trat ans Küchenfenster und blickte auf den Garten. Noch eine Stunde. Sie entschloss sich, diese Zeit zu nutzen.
Sie faltete ihre Schürze zusammen und trat hinaus die Luft war noch kühl vom Regen. Langsam schritt sie zwischen den Beeten hindurch, ab und zu beugte sie sich über eine der Pflanzen, um sie zu untersuchen. Sie hatte sich ein Buch über biologisches Gärtnern gekauft, und nachdem sie die Anweisungen befolgt hatte, waren die heimtückischen Attacken der Schädlinge deutlich zurückgegangen, und das ohne Einsatz chemischer Mittel. Vor allem kam es darauf an, die Pflanzen so anzuordnen, dass sie einander halfen, die Schädlinge zu vertreiben. So standen Vergissmeinnicht neben Himbeeren, um diese gegen die leidigen Fliegen zu schützen, und Knoblauch wuchs zwischen Tulpen und Gladiolen, um die Wühlmäuse fernzuhalten.
Keines der in ihrem Buch empfohlenen Mittel hatte jedoch bisher gegen Nacktschnecken gewirkt. Natürlich half es, wenn man eine Bierfalle aufstellte, aber darauf fielen nur die kleinen blassen Wegschnecken herein. Auch hatte sie den Eindruck, als locke ihr Angebot die Schnecken aus der Nachbarschaft heran. Das Schlimmste aber war, die im Bier verendeten Tiere zu entsorgen. Wie die Männer, dachte sie

dann. Wenn sie erst einmal anfangen zu trinken, sind sie nichts mehr wert.
Sie seufzte und beugte sich über einen Rittersporn. Da, verhasster Anblick! Schleimspuren und vereinzelte Fraßlöcher an den zarten Blättern zeugten vom Treiben der ekligen Tiere. Eine neue Welle von Zorn breitete sich in ihr aus. Sie dachte über andere mögliche Maßnahmen nach, sich zu wehren. Sie hatte von Leuten gehört, die Schnecken mit Salz bestreuten, aber das kam für Frau Kötter ebenso wenig in Frage wie der Gebrauch von Pflanzenschutzmitteln. Die Tiere litten, und zwar erheblich mehr als angemessen. Schließlich waren die Schnecken nicht wirklich schuldig und hatten daher das Recht auf einen schmerzlosen Tod. Eine ihrer Freundinnen sammelte sie einfach in einen Eimer mit heißem Wasser und schüttete sie dann auf den Kompost. Nein, so ging das nicht. Es musste eine sauberere und schnellere Lösung geben.
Sie richtete sich auf und sah den Pfad entlang zu den aufblühenden Rosen hinüber. Vielleicht sollte sie einige abschneiden und auf den Eßtisch stellen. Nicht dass ihr Mann die Blumen zu schätzen gewusst hätte. Er würde sie vermutlich nicht einmal bemerken, aber sie selbst genoss den Anblick und während ihrer zweiundzwanzig Ehejahre hatte sie sich nach und nach angewöhnt, sich all die Freuden, die sie mit ihrem Mann nicht teilen konnte, allein zu bereiten. Entschlossen ging sie zu dem kleinen Schuppenanbau hinüber, um die Rosenschere zu holen.
Als sie die Tür öffnete, blieb sie wie angewurzelt stehen. An der Wand klebte eine fette Nacktschnecke – schwarzgrau diesmal, größer als ein Daumen – die sich zu einem ovalen Klumpen zusammengezogen hatte und im plötzlichen Tageslicht irisierend glänzte.
Einen Moment lang sah Frau Kötter auf den dunklen Klumpen an der weißgetünchten Schuppenwand, dann griff

sie mit einer raschen Bewegung nach der Rosenschere und schnitt die Schnecke direkt hinter dem Kopf in zwei Teile. Schockiert und fasziniert zugleich starrte sie auf den schleimigen Körperinhalt, der nun an der Wand heruntertroff, eine graugrüne Schliere nach sich ziehend. Wie in Zeitlupe lösten sich die beiden Teile von der Wand und glitten zu Boden. Kein Anzeichen von langem Leid, kein erkennbarer Todeskampf. Einfach zu Ende.

Da stand Frau Kötter und wunderte sich, wie spontan und leicht sie getötet hatte. Was sie noch mehr erstaunte, war das Triumphgefühl, das sie verspürte, als hätte sie sich für all die Enttäuschungen als Gärtnerin und Ehefrau gerächt. Wie sehr hatte sie sich bemüht, ihren Mann gesund zu ernähren und glücklich zu machen.

Als sie aus dem Schuppen heraustrat, hatte sie die Rosen vergessen, die Schere aber hielt sie noch in der Hand. Sie ging hinüber zu dem Beet, wo sie die Salatpflanzen gesetzt hatte, ihr Gesicht spiegelte Zorn und Entschlossenheit wider, ihre Zähne waren fest aufeinandergepresst.

Als sie sich suchend über die Pflänzchen beugte, sah sie die silbrig glänzende Spur einer Schnecke, die sich vor der Helligkeit des Tages unter den Schutz eines Rhabarberblattes zurückgezogen hatte. Schnipp! Und da, gleich noch eine – schnipp! Der Rhabarber war offenbar ein gutes Jagdgebiet, sie kniete jetzt davor und suchte in den entlegensten Winkeln nach. Schnipp! Sie hätte nie geglaubt, dass so etwas Spaß machen könnte!

Sie war noch immer darin vertieft, zwischen den Blättern ihrer Salatpflänzchen nach Schnecken zu suchen, als sie das Auto ihres Mannes vor dem Gartentor halten hörte. Sie wusste, dass er es war: langsam und umständlich manövrierte er den Wagen auf den Parkplatz, bevor er endlich den Motor abschaltete und die Wagentür öffnete.

Mit einem vagen Gefühl von Schuld wandte sie sich der Terrasse zu. Sollte sie ihm von ihrer neuen Methode erzählen, mit den Plagegeistern abzurechnen? Was würde er dazu sagen? Gewöhnlich reagierte er auf solche Mitteilungen mit Sprüchen wie „Nun, wenn dir das weiterhilft, dann ist es schon in Ordnung“ oder „Mir gefällt der Gedanke zwar nicht, aber letztlich ist es ja dein Garten“. Das war typisch. Sie brauchte nicht mehr auf seine Antwort zu warten, sie wusste sie im Voraus. Warum also sollte sie ihm überhaupt davon erzählen? Sie hängte die Schere an ihren Platz zurück und schloss die Schuppentür. Dann trat sie durch die große Terrassentür ins Wohzimmer.
„Wie war dein Tag, Schatz?“, fragte sie, obwohl sie sich nicht vorstellen konnte, dass seine Antwort irgendeine Überraschung enthalten würde. Es war wie in einem Theaterstück, an dem die Schauspieler nach zahllosen Aufführungen den Spaß verloren hatten, einem Theaterstück ohne Zuschauer.
„Bisher nicht übel“, sagte er nach einer kleinen Pause. Diese Pausen hatte er sich angewöhnt, er machte sie vor jeder auch noch so belanglosen Antwort. Frau Kötter vermutete, dass er die Wichtigkeit seiner Antworten unterstreichen wollte, indem er sie darauf warten ließ. „Göbel ist ein Vollidiot, aber wenigstens hört er ab und zu auf mich. Sonst wäre uns auch dieser Auftrag durch die Lappen gegangen.“
Frau Kötter hatte keine Ahnung, wovon ihr Mann redete, aber da er sich, statt eine Erläuterung folgen zu lassen, an den Esstisch setzte, fand sie sich damit ab. Göbel war der Chef der Schraubenfabrik Göbel & Bender in Remscheid, soviel wusste sie. Um welchen Auftrag es sich handelte, konnte ihr gleichgültig sein. Millionen von Schrauben wurden dort täglich produziert, und wer wie viele davon brauchte oder wo hineindrehen würde, konnte sie sich nicht vorstellen. Und Herr Kötter interessierte sich nur für die kaufmännische Seite

der Schrauben, er hätte genauso gut Christbaumkugeln oder Krawatten vertreiben können.
Sie saßen einander gegenüber und aßen schweigend. Während ihr Mann knirschend die Rippen der Salatblätter zerkaute, fühlte Frau Kötter, wie die Freude, die ihr das Zubereiten ihrer Lieblingsspeise bereitet hatte, nachließ. Sie beobachtete ihren Mann, der genüsslich die dünnen Roastbeefscheiben über den Teller wischte, um nichts von der Remoulade zu verschwenden. Von seinem Salat hatte er kaum die Hälfte gegessen und den Rest lustlos zurückgeschoben. Nein, sehr viele Gemeinsamkeiten hatten sie wirklich nicht.
Nach dem Kaffee, den er stets mit etwas Cognac trank, und zu dem er einen Zigarillo rauchte, stand er auf, atmete tief durch und verließ den Raum. Frau Kötter hatte jetzt drei freie Stunden. Sie beschloss, einen Teil dieser Zeit mit der Schneckenjagd zu verbringen. Nie wieder würde sie hinnehmen müssen, dass dieses gefräßige Pack seinen Tribut forderte; Blumen, Erdbeeren und Gemüse brauchte sie ab jetzt nicht mehr zu teilen.
Sie trat wieder hinaus in den Garten und holte die Schere aus dem Schuppen. Jetzt ging es darum, systematisch die Beetränder abzusuchen und unter den großen Blättern der Hosta oder unter den Farnen nachzusehen, um alles hinzurichten, was kroch und schleimte. Bei jedem Fund setzte sie mit grimmigem Lächeln die Schere an und korrigierte – schnipp! – das Gleichgewicht in ihrem Garten. Längst nahm sie sich nicht mehr die Zeit zuzuschauen, wie das unwürdige Leben der Schnecken im Erdreich versickerte, stattdessen hatte sie begonnen, ihre Opfer zu zählen. Bei zweiunddreißig hielt sie inne und richtete sich auf. Erst jetzt spürte sie, dass ihr Rücken schmerzte. Sie sah sich um. Der Dunst, der noch am Morgen über der Wupper gelastet hatte, war verschwunden. Sie genoss die vielen Grünschattierungen, die der Blick

von Rade hinüber nach Remscheid ihr bot. Die Sonne wärmte sie jetzt und brachte die frischen Frühsommerfarben ihres Gartens zum Leuchten.
Sie wischte sich mit dem Handrücken über die Stirn und blickte auf das letzte noch nicht abgesuchte Beet hinunter. Schnecken waren nachtaktiv. Künftig musste sie früh morgens an die Arbeit, wollte sie dem Treiben wirkungsvoll entgegentreten. Am besten wäre, sie machte schon bei Tagesanbruch eine Runde durch ihren Garten, noch bevor ihr Mann das Haus verließ. Sie musste sich nur einen guten Vorwand einfallen lassen. Sie konnte zum Beispiel Schnittlauch für seine Rühreier schneiden, aber vermutlich würde er sich ohnehin nicht dafür interessieren.
Am nächsten Morgen war sie schon vor halb sieben im Garten, verblüfft, wie viele Schnecken sie nach dem gestrigen Massaker noch antraf. Aber das war nicht die einzige Erkenntnis. Offensichtlich waren Schnecken Kannibalen! Von Kadavern ihrer Artgenossen aus ihren Verstecken gelockt, machten sie sich über diese her. Widerlich! Nein, sie brauchte kein schlechtes Gewissen zu haben, dass sie diese Kreaturen umbrachte, wirklich nicht.
Als ihr Mann zum Frühstück herunterkam, hatte sie weitere zwanzig von ihnen zerschnitten, ihm fiel nicht einmal auf, dass sie draußen gewesen war. Ohne ihre Antwort auf seine stereotype Frage „Wie hast du denn geschlafen?“ würde er sowieso nichts über ihre Nächte wissen, und ob diese Antworten wahr waren oder nicht, war auch nicht wichtig.
Während sie ihm zusah, wie er sein Rührei aß, wie seine dicken, scheinbar gelenklosen Finger die Gabel hielten, fragte sie sich, wie viele Schnecken sie noch zerschneiden musste, bis ihr Garten sauber war. Und: was konnte sie tun, um zu verhindern, dass aus allen Richtungen Tiere nachrückten?

Sie hatte nicht bemerkt, dass ihr Mann schon an der Tür stand, als sie ihn in seiner förmlichen Art sagen hörte: „Wir sehen uns dann um halb eins, vielleicht wird es ein wenig später. Man weiß nie, wieviele Fehler ich in Sarahs Briefen finde!“
„Was? – Ja, natürlich, halb eins.“ Frau Kötter lächelte. Sie stellte sich vor, wie seine Finger, bedeckt von einem glänzenden Schweißfilm, über die Briefe krochen, nach den Fehlern der Sekretärin suchend, und sein wabbelndes Doppelkinn, wenn er dann missbilligend den Kopf schüttelte.
Als er weg war, hielt sie sich kaum zehn Minuten mit ihrem üblichen Tagespensum auf, schließlich konnte sie die Vorstellung, dass ihr Garten schutzlos den Parasiten ausgeliefert war, nicht mehr ertragen. Sie entwickelte ein System, sich vom Zentrum eines Beetes zu seinen Rändern vorzuarbeiten, und schließlich kam sie in die Nähe des Zauns. An frischen Spuren sah sie, dass von den Nachbargrundstücken neue Schnecken in ihren Garten herübergekrochen waren. Musste sie sich eigentlich damit abfinden, dass die Parasiten anderer Leute bei ihr einwanderten? War sie die einzige, die aufbegehrte? Frau Kötter wurde ärgerlich. Dem musste sie ein Ende setzen, je schneller, umso besser.
Während sie für das Mittagessen ein Broccolisoufflé, später dann einen Tomatensalat vorbereitete, alles aus eigenem Anbau natürlich, spähte sie immer wieder aus dem Fenster. Und als sie sah, wie Tänzlers, ihre Nachbarn zur Linken, in ihr Auto stiegen, um zu ihrem Wohnwagen an der Bever zu fahren, wusste sie, was zu tun war.
Sie eilte hinaus und bewaffnete sich. Dann ging sie hinüber in Tänzlers Garten, ganz so, als hoffe sie, diese dort noch anzutreffen. Doch schon zwischen den ersten Stauden duckte sie sich und schlich gebückt den Gartenweg entlang. Hier mußte sie am Zaun beginnen und sich von dort aus zum Zentrum des

Gartens vorarbeiten. Mit der Routine, die sie inzwischen bei der Jagd gewonnen hatte, zerschnitt sie über zwanzig Schnecken. Die meisten von ihnen – daran gab es für sie keinen Zweifel – waren gerade auf dem Weg in ihren Garten. Sie schlich zwischen den Beeten entlang und verwandelte die Tiere Stück für Stück zu Kompost.
Als ihr Mann zum Mittagessen kam, saß Frau Kötter vor der Terrassentür und sah auf ihren Garten hinunter. Ihr Gesicht glühte vor Zufriedenheit. Mehr als zwei Dutzend Schnecken waren tot. Die Reste hatte sie mit der Schere unter die Stauden geschubst, damit Tänzlers sich nicht über den Anblick halbierter Schnecken wunderten. Frau Kötter stand auf und legte die Waffe auf den Stuhl.
„Ich habe den Tisch draußen gedeckt. Ich hoffe, es macht dir nichts aus“, sagte sie, als ihr Mann mit verdrießlichem Gesicht auf die Terrasse trat. Sie wusste, dass er lieber drinnen zu Mittag aß, weil es dort kühler und dunkler war. Sie war sich sicher, dass er ihr die Freude an ihrem Garten nicht gönnte. Er sträubte sich, wann immer sie fragte, ob er ihr bei den zahlreichen kleinen Arbeiten im Garten zur Hand gehen könne. Immer fiel ihm etwas ein, um sich zu drücken – wichtige Unterlagen, die er aus dem Büro mitgebracht hatte, oder eine dieser Kopfschmerzattacken, die er im Wohnzimmersessel auskurierte, mit einem kühlen feuchten Lappen auf der Stirn, die Hände über seinem wabbeligen Bauch gefaltet.
Frau Kötter seufzte und ging hinein, um das Soufflé zu holen. Sie stellte es auf den Tisch und sah sich um. Alles war frisch aus dem Garten, den Tomatensalat hatte sie mit den ersten gelben Kapuzinerkresseblüten dekoriert, genauso, wie sie es in einer Hausfrauenzeitschrift gesehen hatte.
Auch ihr Mann sah auf den Tisch, während er seine Serviette auseinanderfaltete. „Ich frage mich“, sagte er, „wann du mir Gänseblümchen zu essen geben wirst, oder Klee, oder gleich

Gras. Was mich betrifft, sind mir Schnibbelbohnen aus der Dose lieber, mit denen ich groß geworden bin."
Frau Kötter schnappte nach Luft. „Ich kann nichts dafür, dass deine Mutter dich nicht richtig ernährt hat", sagte sie schließlich. „Ich möchte gesundes Essen auf dem Tisch. Würdest du mehr davon essen und weniger naschen, wärest du gesünder und nicht so schwerfällig."
Herr Kötter wischte sich den Mund mit der Serviette ab und legte sie neben seinen Teller. „Du brauchst meine Mutter nicht zu beleidigen", erwiderte er. „Seit du begonnen hast, diesen Garten in einen Agrarbetrieb zu verwandeln, wirst du immer überheblicher. Glaubst du, du bist der Maßstab aller Dinge? Glaubst du, mit deinem Gesundheitstick rettest du die Welt? Ich finde das allmählich absurd – absurd und lächerlich!"
Frau Kötter war sprachlos. Zuerst wollte sie sich verteidigen, aber dann dachte sie, dass er vielleicht im Recht war und sie sich tatsächlich verändert hatte. Aber hatte sie das?
„Vielleicht sollte ich künftig in der Firma zu Mittag essen." Er stand auf und wandte sich zur Terrassentür. Mechanisch tasteten seine Finger die Tasche seines Jacketts nach den Zigarillos ab. In diesem Moment fand sie ihre Fassung wieder. Sie sprang auf und stellte sich ihm in den Weg. „Was glaubst du eigentlich, für wen ich das alles tue?", rief sie.
„Um ehrlich zu sein, ich habe nicht die leiseste Ahnung. Für mich jedenfalls nicht. Ein für allemal: ich will normales Essen wie Schnitzel mit Pommes. Mir läuft schon bei dem bloßen Gedanken daran das Wasser im Munde zusammen. Deine Begeisterung für Kaninchenfutter ist schlicht albern. Es sollte mich nicht wundern, wenn unser Verdauungssystem sich irgendwann in das von Wiederkäuern verwandelt. Und wo wir gerade beim Thema sind: ich will zurück in die Stadt ziehen!"

Frau Kötter fühlte sich wie geohrfeigt. Das Haus, der Garten, ihre ganze Welt, alles drehte sich und schien sich langsam aufzulösen. Eine Welle unerträglichen Schmerzes durchflutete sie. Ihre Hände wirbelten um sie herum, als sollten sie ausdrücken, wozu ihr die Worte fehlten. Dann sah sie die Rosenschere auf dem Stuhl neben der Tür, griff danach und stieß sie in seinen dicken Hals, wieder und wieder, und während sie ihren Mann langsam zu Boden sinken sah, erkannte sie mit fassungslosem Erstaunen, dass der Fleck, der sich um ihn herum auf den Terrassenplatten ausbreitete, aussah wie menschliches Blut.

Die letzte Partie

Stephan Michels

Lange würde er das nicht aushalten. Torben Hansen war im Rahmen eines Austauschprogramms für ein Jahr von Hamburg zur Mordkommission Wuppertal versetzt worden und eigentlich gewohnt, seine Ermittlungen allein zu führen. Aber seine Vorgesetzten waren der Meinung, ein Kollege, Arno Messerschmidt, sollte ihn mit den örtlichen Besonderheiten vertraut machen. Dieser hatte Hansen an seinem ersten Arbeitstag reichlich Informationsbroschüren überreicht, die Hansen jedoch bereits am Abend in seinem Apartment entsorgt hatte. Nun ließ Messerschmidt auf dem Weg nach Solingen-Gräfrath die Geschichte der Stadt bis zum Mittelalter Revue passieren. Bevor Hansen erwog, von seiner Dienstwaffe Gebrauch zu machen, erreichten sie ihr Ziel.

Der Tote lag auf dem Kiesweg vor dem Klingenmuseum. Der Gesichtsausdruck des alten grauhaarigen Mannes war friedlich und stand in krassem Widerspruch zu der hässlichen großen Wunde, die sein graues Jackett in Brusthöhe mit Blut durchtränkt hatte. Mit behandschuhten Händen hob Messerschmidt einen Dolch mit kunstvoll verziertem Griff auf und legte ihn in einen durchsichtigen Plastikbeutel.

„Scheint eine historische Kostbarkeit zu sein. Und das hier vor dem Klingenmuseum."

„Wenigstens ein passender Ort", ergänzte Hansen. Er untersuchte vorsichtig die Jackentaschen des Toten und beförderte eine Brieftasche mit etwas Kleingeld und einer Kreditkarte zu Tage.

„Michail Petrow", las er laut.

„Kommt mir bekannt vor", bemerkte Messerschmidt.

Hansen griff in die Jackettinnentasche des Toten. Mit zwei Fingern zog er einen blutverschmierten Zettel hervor, auf dem mehrere Spalten mit Zeichen gefüllt waren.
„Da muss unser Labor ran. Ich hoffe, der Aufwand wird sich lohnen."
Messerschmidt trat hinzu. Er drehte vorsichtig den Zettel um. „Auf jeden Fall wissen wir, woher der Zettel stammt", sagte er und deutete auf den Schriftzug am oberen Rand des Blatts. „Schachgemeinschaft Aljechin Solingen von 1867 – unser bester Schachclub. Ein paar Mal deutscher Meister. Spielt in der Bundesliga immer um den Titel. Jetzt verstehe ich; es handelt sich um die Mitschrift einer Schachpartie."
„Sehr spannend." Hansen unterdrückte mühsam ein Gähnen. Messerschmidts Lokalpatriotismus machte ihn müde. „Dann sind wir ja erst einmal fertig hier."
Noch einmal blickte er auf den toten alten Mann. Dabei blieb sein Blick an dessen zur Faust geballten linken Hand hängen. Vorsichtig löste er die Finger. In der Handinnenfläche lagen zwei Schachfiguren: schwarzer Läufer und weiße Dame.

1	e2-e4	c7-c5
2	Sg1-f3	d7-d6
3	d2-d4	Sg8-f6
4	Sb1-c3	c5xd4

Messerschmidt führte Hansen quer durch das Klingenmuseum zum Büro des Leiters.
„Wenn wir mehr Zeit hätten, würde ich einen Rundgang mit Ihnen machen", sagte Messerschmidt. „Sie sollten sich einmal den Kirchenschatz ansehen."
„Bei null Prozent Kriminalität werde ich ihr Angebot annehmen", antwortete Hansen und schloss gedanklich auch die Parksünder mit ein.

Der Leiter des Klingenmuseums hatte sich mittlerweile von dem Schrecken erholt. Er bot den Polizeibeamten Pfefferminzbonbons an, rückte dann seine Brille zurecht und warf einen kurzen Blick auf die Waffe.
„Ein sogenannter Schweizer Dolch. Ende des 17. Jahrhunderts. Ein schönes Stück", lautete sein Urteil.
„So schnell erkannt?", fragte Hansen zurück.
Fast beleidigt sah der Leiter den Hauptkommissar an. „Wenn ich es Ihnen sage, dann ist es so. Übrigens ist der zweite Dolch ebenso sehenswert."
Hansen verschluckte sich fast an seinem Bonbon.
„Woher wissen Sie, dass es einen zweiten Dolch gibt?"
„Ich habe sie geprüft. Er hat sie dem Museum angeboten."
„Wer?"
„Der Tote. Bevor er tot war, natürlich."
Messerschmidt nickte, als sei dies die normalste Sache der Welt. Hansen würgte sein Bonbon hinunter.
„Sie kennen ihn?"
„Das wäre zu viel gesagt. Er war ein regelmäßiger Besucher unseres Hauses. Vor einem Monat hat er mir zwei historische Dolche angeboten. Leider konnte ich sie ihm nicht abkaufen. Zu teuer..." Fast entschuldigend hob er die Hände.
Hansen betrachtete nachdenklich die Spitze des Dolches.
„War dies das letzte Mal, dass Sie den Toten gesehen haben?"
„Nein", antwortete der Leiter. „Vergangenes Wochenende stand er vor dem Museum, zusammen mit seiner Frau."
„Sind sie sicher, dass es seine Frau war?"
„Nun, ich denke schon. Die beiden haben sich gestritten."
„Können Sie die Frau beschreiben?"
„Ich habe sie nur von weitem gesehen. Groß und schlank. Mehr weiß ich leider nicht." Der Leiter begleitete die beiden Polizisten zum Ausgang. „Ach ja, da fällt mir noch was ein.

Eins war an der Frau auffällig. Sie war weiß gekleidet, komplett in Weiß."

5	Sf3xd4	a7-a6
6	Lf1-c4	e7-e6
7	Lc4-b3	Lf8-e7

Eine Anfrage bei den Kollegen aus dem Präsidium brachte einiges zu Tage: erstens war Petrow nicht verheiratet gewesen, zweitens hatte er in einer Mietwohnung im Herzen der Stadt gelebt. Da er seine Schlüssel nicht bei sich gehabt hatte, ließen sich die beiden Polizeibeamten von der Hausverwaltung einen Zweitschlüssel aushändigen. Von draußen drang der Klang hektischen Markttreibens ins Zimmer. Hansen streifte durch die Räume. Im Schlafzimmer stand nur ein schmales Bett und ein Schrank, die Küche glänzte wie in der Fernsehwerbung, ebenso das kleine fensterlose Badezimmer. Auch das Wohnzimmer war unnatürlich ordentlich. Auf dem Schreibtisch stand ein Computer, daneben ein Schachbrett, auf dem die Figuren fein säuberlich in Anfangsposition aufgebaut waren.
„Alles komplett", sagte Messerschmidt, als habe er Hansens Gedanken erraten. „Dame und Läufer stammen jedenfalls nicht aus diesem Spiel."
Hansen schritt das Bücherregal entlang, mehrere Meter Schachliteratur. Neben den deutschsprachigen Ausgaben gab es auch englisch- und russischsprachige Bände, die meisten davon ziemlich abgegriffen. Die Wände waren kahl bis auf einen Bilderrahmen mit vier Schwarzweißfotos. Eines zeigte ein ernst dreinblickendes älteres Ehepaar, ein anderes ein Bauernhaus im Schnee, das dritte einen etwa zwanzigjährigen Mann, der, hinter einem Schachbrett stehend, stolz einen Pokal in den Händen hielt, das vierte die Aufnahme desselben

jungen Mannes mit einer schönen, dunkelhaarigen Frau gleichen Alters. Bei dem Mann handelte es sich unzweifelhaft um Petrow in jungen Jahren.
„Familienfotos", winkte Hansen ab. „Nichts was uns weiterbringt. Es hilft nichts, wir müssen uns durchwühlen."

Eine Stunde später hatten die beiden immer noch nichts Handfestes. Lediglich die Unterlagen zu einem Girokonto hatten sie gefunden und festgestellt, dass pünktlich zu Beginn jeden Monats tausend Euro darauf überwiesen wurden. Davon ging regelmäßig die Miete ab, sodass ein bescheidener Betrag zum Leben übrig blieb. Messerschmidt saß am Computer und hangelte sich durch die Dateien, spürte jedoch nur mehrere Schachprogramme und Tausende von Schachpartien auf. Hansen durchstöberte währenddessen die Schränke Petrows, fand aber außer Kleidung nichts, was ihnen weiterhalf. Seufzend legte er sich auf den Boden und tastete von unten den Boden des Küchenschranks ab. Als er das Klebeband spürte, war er plötzlich hellwach. Er riss das Band herunter und zog eine zusammengefaltete weiße Plastiktüte hervor. Vorsichtig öffnete er sie.
„Sehen Sie sich das an", rief er Messerschmidt zu und hielt ihm ein Bündel Geldscheine vor die Nase. „Dürften ein paar Tausend Euro sein."
„Also doch kein armer Schlucker", murmelte Messerschmidt.
„Wir haben noch mehr in unserem Überraschungspaket." Hansen zog aus der Tüte ein Farbfoto heraus, das Petrow und eine weiß gekleidete Frau auf einer Parkbank zeigte. Die Frau war schwer zu erkennen. Sie schien in ein Gespräch mit Petrow vertieft.
„Die weiße Dame", stellte Messerschmidt fest.

„Rufen Sie doch mal die Kollegen von der Spurensicherung an", sagte Hansen. „Vielleicht finden die noch was. Wir zwei haben noch einen weiteren Termin."
„Haben wir?", fragte Messerschmidt.
„Es wird höchste Zeit, unsere Schachkenntnisse aufzupolieren."

8	g2-g4	0-0
9	g4-g5	Sf6-d7
10	Th1-g1	Sd7-c5

Hansen hatte sich den Spielort der Schachgemeinschaft Aljechin Solingen als schummrigen Hinterraum einer Gastwirtschaft vorgestellt, in dem alte Männer stundenlang über ihren Zügen brüteten. Aber so war es nicht. Der geräumige Spielsaal lag in der Innenstadt; an den in langen Reihen aufgestellten Spieltischen zogen die meist jugendlichen Spieler die Figuren hektisch hin und her und hämmerten mit Wucht auf die Schachuhren. Hansen und Messerschmidt standen unentschlossen an der Eingangstür, als ein hochgewachsener Mann, Anfang zwanzig, auf sie zukam.
„Sie müssen den Lärm entschuldigen", sagte er, „aber hier findet gerade ein Blitzturnier für unsere Junioren statt. Der Spielabend für die Senioren beginnt aber in etwa einer Stunde."
„Wir wollen hier kein Schach spielen", entgegnete Hansen, während Messerschmidt interessiert den Aushang mit den Turnierergebnissen studierte. „Wir möchten gerne mit einem Verantwortlichen des Vereins sprechen."
„Da müssen Sie mit mir vorlieb nehmen. Bastian Bischoff. Ich bin Jugendtrainer und im Vorstand des Vereins. Wie kann ich Ihnen helfen?"

Bastian Bischoff war sichtlich geschockt, als ihm Hansen vom Tod Petrows berichtete. Er führte die beiden Polizisten in einen Nebenraum, wo sie sich setzten.
„Michail war mein Trainer“, sagte er flüsternd. „Wie ist das denn passiert?“
„Ein Dolch bis zum Heft in seiner Brust“, sagte Hansen.
„Sauberer Stich“, fügte Messerschmidt hinzu.
„Aber warum?“
„Das versuchen wir zu klären“, sagte Hansen und zückte einen Notizblock. „Wenn Petrow Ihr Lehrer war, dann können Sie uns bestimmt eine Menge über ihn erzählen.“
„Er kam vor acht Jahren zu uns“, begann Bischoff stockend. „Russischer Großmeister. Wurde deutscher Meister mit unserer Mannschaft. Auch in der Nachwuchsarbeit war er aktiv. Mich zum Beispiel hat er persönlich unter seine Fittiche genommen.“
„Kann man mit Schach Geld verdienen?“, fragte Hansen.
„Die guten Spieler können davon leben. Wer einen Namen hat, der kann sich mit Simultanvorstellungen und Beiträgen für Schachzeitschriften über Wasser halten. Turniererfolge bringen auch was ein und die großen Clubs bezahlen ihre Spieler. Petrow stand jahrelang auf der Lohnliste unseres Vereins.“
„Und woher hat der das Geld? Sie werden ja kaum Stadien füllen.“
„Mäzene. Bei uns Ernst Krallert. Er ist der Vereinsvorsitzende, hat ein Vermögen mit Bockwürstchen verdient. Vor zwei Jahren hat er beschlossen, die Profiabteilung zu verkleinern. Michails Name stand nun auch zur Debatte. Er war älter geworden, und sein Spiel war nicht mehr so solide wie früher. Er war ständig unterwegs, um mit Simultanvorstellungen Geld zu verdienen. So etwas laugt aus. Er hat sich keine Pause gegönnt. In letzter Zeit machte er manchmal

einen sehr...“ Bischoff zögerte, „...niedergeschlagenen Eindruck.“
Hansen und Messerschmidt schwiegen.
„Er hat in letzter Zeit oft davon gesprochen. Wollte selbst entscheiden, wann er geht“, flüsterte Bischoff. „Ich hätte nie gedacht, dass er von seinem eigenen Tod gesprochen hat.“
Hansen kritzelte etwas in sein Notizbuch. „Wann haben Sie Petrow zuletzt gesehen?“
„Beim Turnier gestern Abend. Gegen elf bin ich gegangen. Da war er noch hier.“
„Wir haben zwei Schachfiguren bei ihm gefunden.“ Hansen zog den durchsichtigen Plastikbeutel aus seiner Tasche. „Haben Sie eine Ahnung, warum?“
„Die könnten von uns sein. Aber eine Erklärung habe ich dafür nicht.“
Draußen vor dem Spielsaal holte Hansen tief Luft. Die Dämmerung senkte sich auf die Stadt.
„Wir machen morgen weiter“, sagte er zu Messerschmidt. „Mit den Laborergebnissen können wir die Stellung vielleicht besser beurteilen.“

11	Lc1-e3	Sc5xb3
12	a2xb3	Sb8-c6
13	Sd4xc6	b7xc6

Der nächste Morgen brachte lediglich Klarheit, wer für die mangelnde Sicherheit vor Ort verantwortlich war. Das Solinger Tageblatt prangerte die Unfähigkeit der örtlichen Ordnungskräfte an und brachte die russische Mafia ins Spiel.
„Auf diese Idee kann nur ein Tintenkleckser aus der Provinz kommen. Russische Mafia!“
Hansen pfefferte die Zeitung in den Papierkorb.

„Das war meine Zeitung“, wandte Messerschmidt ein, doch sein Kompagnon hatte bereits den Telefonhörer in der Hand. Die Gespräche, die Hansen führte, besserten seine Laune keineswegs.
„Die Kollegen haben in der Nähe des Museums ein Fahrrad gefunden, das Petrow gehörte. Es war an einen Laternenpfahl angekettet.“
„Nun wissen wir schon mal, wie Petrow von der Innenstadt bis zum Klingenmuseum gekommen ist“, sagte Messerschmidt.
„Mit dem Labor habe ich ebenfalls gesprochen“, fuhr Hansen fort. „Auf dem Dolch gab es keine verwertbaren Fingerabdrücke. Die Kollegen meinen, jemand habe hastig versucht, den Griff der Waffe zu säubern.“
„Also kein Selbstmord.“
„Sauber kombiniert, Herr Kollege. Die Spurensicherung hat in einem Mantel, der an Petrows Garderobe hing, ein paar Gramm Haschisch gefunden. Peinlich, dass wir das übersehen haben.“
„Ein sechzigjähriger Kiffer? Jemand aus dem Drogenmilieu? Oder doch die Russenmafia?“
„Ein Schachspieler, der ungern verliert“, schlug Hansen vor. „Petrow brauchte Geld. Er wusste, dass er in der kommenden Saison vielleicht kein Gehalt mehr vom Verein beziehen würde. Er hat sogar versucht, seine Dolche zu verkaufen. Und außerdem: zehntausend Euro in der Wohnung. Wie kommt ein alter Mann zu so viel Geld?“
„Gibt uns die Notation, die wir bei Petrow gefunden haben, weitere Hinweise?“
„Wir können uns gleich eine Kopie abholen.“
Messerschmidt seufzte.
„Alles sehr nebulös. Geld, Drogen, das Foto einer Frau und schließlich noch die Schachfiguren.“

„Dann lassen Sie uns aufbrechen, Herr Kollege. Vielleicht kann uns der Mäzen, dieser Würstchenfabrikant, einen Tipp geben. Wo wohnt er noch?“
„In Gräfrath.“
„Der Name kommt mir bekannt vor.“
Messerschmidt seufzte. „Das Klingenmuseum. Krallert wohnt dort. Ich werde Ihnen auf der Fahrt etwas über Gräfrath erzählen. Wissen Sie eigentlich, wann die Stadt zum ersten Mal urkundlich erwähnt wurde?“

14	e4-e5	d6-d5
15	Ta1-a4	g7-g6
16	Ta4-h4	c6-c5

Die weiße Mauer versperrte den Blick auf das Anwesen. Hansen musste seinen Dienstausweis in die Überwachungskamera halten; nach zwei Minuten schob sich das schwere Tor langsam zur Seite. Die Auffahrt führte sie an akkurat geschnittenen Sträuchern und frisch bepflanzten Blumenbeeten vorbei zu einer zweistöckigen Villa. Vor der Doppelgarage parkte ein dunkelgrüner Jaguar.
Noch bevor Hansen und Messerschmidt die Klingel drückten öffnete sich die verzierte Eichentür. Hansen stockte der Atem. Vor ihnen stand die Frau auf Petrows Foto. Sie war älter geworden, doch immer noch schön. Ihr schwarzes Haar unterstrich den Ausdruck von Melancholie in ihren Augen.
„Wie kann ich Ihnen helfen, meine Herren?“, fragte sie, als sie die beiden Polizisten in den Salon führte. Ihre Stimme war dunkel und melodiös; sie sprach mit osteuropäischem Akzent.
„Wir untersuchen den Tod eines Schachspielers und würden Ihrem Mann gern ein paar Fragen stellen.“
„Er muss jeden Moment hier sein.“

Sie bot den Polizisten einen Platz in tiefen Ledersesseln an. Danach stellte sie drei Tassen auf den Tisch und schenkte Tee ein. Messerschmidt half ihr beim Servieren.
„Schöner Samowar“, sagte er. „muss sehr alt sein.“
„Aus Familienbesitz“, antwortete sie.
„Sie sind Russin, Frau Krallert?“
„Nadja Dimitrowa. Ich habe meinen Namen nach der Heirat behalten.“
„Dimitrowa? Die Dimitrowa? Die berühmte Opernsängerin?“
Sie lächelte Messerschmidt an.
„Sie erinnern sich?“
„Wer könnte die weiße Diva je vergessen?“
„Ist lange her“, sagte sie. „Meine Karriere habe ich aufgegeben, meinem Mann zuliebe. Ab und zu singe ich noch für den Förderkreis von Schloss Burg. Alles andere ist Geschichte.“
Hansen versuchte ein ähnlich begeistertes Gesicht zu machen wie sein Kollege.
„Vielleicht könnten Sie uns weiterhelfen“, sagte Hansen. „Sie haben sicherlich von dem Toten gehört, der vor dem Museum lag. Sein Name ist Petrow, Russe wie Sie.“
Nadja Dimitrowa setzte sich und nahm einen Schluck Tee.
„Ja“, sagte sie schließlich, „ich kannte Michail Petrow. Ich habe ihn selbst bei einigen Veranstaltungen erlebt.“
„Spielen Sie selbst auch Schach?“
„Natürlich. Aber nur privat.“
„Hatten Sie nähere Verbindungen zu Petrow?“, hakte Hansen nach.
„Wie meinen Sie das?“
Sie setzte sich auf die Kante des Sessels und stellte ihre Teetasse auf den Tisch.
„Ich meine, haben Sie ihn auch außerhalb des Schachvereins gesehen? Sie leben in der gleichen Stadt, stammen beide aus Russland. Da gibt es doch Gemeinsamkeiten.“

„Ich lebe sehr zurückgezogen“, antwortete Nadja Dimitrowa.
„Aber vielleicht haben Sie Petrow mal auf einem Spaziergang getroffen. Wir wissen zum Beispiel, dass Petrow gern das Klingenmuseum besuchte, und das ist ja nicht weit entfernt.“
Nadja Dimitrowa blickte Hansen lange an. „Ja“, sagte sie dann, „am letzten Wochenende. Tatsächlich bei einem Spaziergang. Wir sind ins Gespräch gekommen.“
Hansen beugte sich vor.
„Frau Dimitrowa, wir wissen, dass sich Petrows Profikarriere dem Ende zuneigte. Er brauchte dringend Geld. Hat er Sie um Geld gebeten?“
„Ich bitte Sie. Michail war ein Gentleman“, fuhr sie Hansen an. „Was denken Sie nur?“
„Rein dienstliche Frage. Wir haben in seiner Wohnung einen höheren Geldbetrag gefunden. Wenn wir wüssten, woher das Geld stammt, wären wir einen großen Schritt weiter. Wir würden das natürlich vertraulich behandeln“, fügte Hansen hinzu.
In diesem Moment hörten sie die Haustür zuschlagen, und Ernst Krallert stürmte in den Salon.
Auf seiner Glatze glänzte der Schweiß, offensichtlich stand er mächtig unter Strom.
„Entschuldigen Sie die Verspätung“, dröhnte er, drückte seiner Frau einen flüchtigen Kuss auf die Stirn und ließ seine Aktentasche auf den Boden plumpsen. „Meeting mit dem Vertrieb.“
Er ließ sich in den nächsten leeren Sessel fallen.
„Okay, meine Herren. Kommen wir zur Sache. Meine Sekretärin sagte mir, es gehe um den Tod Petrows. Wie kann ich Ihnen helfen?“
Hansen nahm einen Schluck Tee. Betont langsam stellte er seine Tasse zurück auf den Tisch.

„Wir würden gerne die finanziellen Verhältnisse Petrows beleuchten."
„Da gibt es nicht viel zu erzählen. Ich habe ihm tausend Euro im Monat bezahlt."
„Nicht sehr viel für einen Profispieler", wandte Messerschmidt ein.
„Genug für ihn", antwortete Krallert brutal. Als er die fragenden Gesichter der Polizisten sah, fügte er hinzu: „Petrow war alt. Er hatte viel von seiner einstigen Spielstärke eingebüßt. Es gab Spieler im Verein, die stärker waren als er. In meinem Betrieb muss ich auch sparen."
„Hat Petrow denn mehr Geld verlangt?", fragte Hansen.
„Da können Sie Ihre Marke drauf verwetten", dröhnte Krallert. „Als ich ihm sagte, er werde demnächst nicht mehr auf der Gehaltsliste stehen, wurde er sogar frech. Ich war bereit, meine Kontakte spielen zu lassen. Ein österreichischer Zweitligist wollte ihn verpflichten, aber das hat er glatt abgelehnt." Krallert lehnte sich zurück, immer noch empört, so schien es, über das Verhalten Petrows.
„Du hättest ihn hier in der Nähe unterbringen können", wandte seine Frau ein.
„Hier hätte er nur Unruhe gestiftet."
Nadja Dimitrowa erwiderte nichts, warf ihrem Mann jedoch einen bösen Blick zu. Unausgesprochene Vorwürfe lagen in der Luft.
„Nahm Petrow Drogen?", fragte Hansen.
„Niemals!", rief Nadja Dimitrowa.
„Woher willst du das wissen?", fuhr Krallert sie an. Seine Frau biss sich auf die Lippen und schwieg.
„Wann haben Sie Petrow zuletzt gesehen", unterbrach Messerschmidt die Stille.
„Gestern Abend. Ich war auf einen Sprung beim Verein", antwortete Krallert. „Ich habe noch das Ende seiner Partie mit-

bekommen. Muss zugeben, er hat sich selbst übertroffen. Der Opferangriff auf Bischoffs König war sehenswert."
„Er hatte gegen Bischoff gespielt?"
„Ja. Eine vernichtende Kombination. Ein Angriff ohne Rücksicht auf Verluste. Er hat Dame und Turm geopfert. Fantastisch."
Hansen zog eine Kopie des Notationspapiers aus der Innentasche und reichte sie Krallert. „Ist das die Partie, die Sie gesehen haben?"
Krallert überflog die Notation.
„Sieht so aus. Der Teil, mit dem Opfer ist kaum zu lesen, aber ja, das ist die Partie."
Nadja Dimitrowa nahm ihm das Papier aus der Hand und betrachtete es.
„Etwas war seltsam", sagte Krallert nach einer Pause. „Als er die Dame opferte, murmelte er ‚falsch, alles falsch'. Dabei war die Kombination korrekt. Ich weiß nicht, vielleicht wollte er Bischoff verunsichern."
„Bevor wir aufbrechen, habe ich noch eine Frage", wandte sich Hansen an Nadja Dimitrowa. „Normalerweise werden die Figuren doch mit Kürzeln versehen. K für den König, D steht für Dame und so weiter. Petrow hat aber eine andere Notation verwendet."
Vorsichtig strich Nadja Dimitrowa das Blatt glatt.
„Michail war Großmeister", sagte sie. „Er hat international notiert. Also Q für Queen, K für King und so weiter."
Nur zögernd reichte sie Hansen das Formular zurück.

17	Tg1-g3	Kg8-g7
18	Dd1-f3	Lc8-b7
19	Df3-f6+	Le7xf6

„Wenn der Chef Sie erwischt, haben Sie die nächsten fünf Wochenenden Streifendienst."
Messerschmidt blickte über Hansens Schulter, der tief gebeugt über einem handtellergroßen Steckschachspiel saß und gerade einen Turm nach vorne zog.
„Rein dienstlich", murmelte Hansen. „Ich habe das Gefühl, dass in Petrows letzter Schachpartie mehr steckt."
Messerschmidt zuckte die Achseln. „Ich halte mich an das, was ich sehe. Klar ist, dass uns die Dimitrowa etwas verheimlicht. Sie und Petrow hatten eine besondere Beziehung."
Hansen setze einen schwarzen Läufer an den Rand des Spielbretts: „Petrow kannte Nadja Dimitrowa von früher. Vermutlich waren die beiden mal ein Paar. Und er brauchte Geld. Vielleicht hat er sie erpresst. Ein Einblick in ihre Konten wäre nicht schlecht."
„Nehmen wir einmal an, Petrow hat versucht, seine Freundin zu erpressen. Was haben die Drogen in Petrows Wohnung zu suchen? War sie darin verstrickt?"
„Vielleicht ein Ablenkungsmanöver", sagte Hansen. „Wir haben eine Fülle von Indizien, wir müssen sie nur sortieren."
„Ganz einfach", sagte Messerschmidt und ließ sich in seinen Schreibtischstuhl fallen.
„Fakt ist, dass sich Petrow und die Dimitrowa schon lange kannten. Beweis ist das Schwarzweißfoto." Hansen nahm die weiße Dame auf. „Das Foto", murmelte er noch mal.
Messerschmidt zog es aus einer der Schubladen und reichte es ihm.
„Man sieht Petrow und eine weiß gekleidete Frau auf einer Bank sitzen. Wir haben uns zwar gefragt, wer die Frau ist, aber eine andere Frage haben wir uns nicht gestellt?"
„Und die wäre?", fragte Messerschmidt.
„Wer war der Fotograf?"

20	g5xf6 +	Kg7-g8
21	Th4xh7	Kg8xh7
22	Tg3-h3 +	Kh7-g8

Bastian Bischoff saß allein vor einem Schachbrett und bewegte die Figuren über das Brett.
„Dürfen wir stören?“, fragte Hansen.
„Natürlich,“ sagte Bischoff. „Ich bin gerade bei der Analyse.“
„Ausgezeichnet. Da können Sie gleich mit dieser Partie fortfahren,“ sagte Hansen und reichte ihm die Notation Petrows. Bischoff wurde bleich, hatte sich jedoch schnell wieder in der Gewalt. „Mein Spiel gegen Petrow“, sagte er tonlos.
„Die letzte Partie in seinem Leben“, ergänzte Messerschmidt.
„Eine Meisterleistung“, sagte Bischoff und stellte die Figuren in ihre Ausgangsposition. Ohne auf die Notation zu schauen, spielte er die Partie aus dem Gedächtnis nach, die Polizisten auf einige taktische Feinheiten hinweisend.
Beim Schlagen des Läufers deutete Hansen auf das Partieformular. „Können Sie uns das erklären?“
Bischoff beugte sich über den Zettel. „Bauer schlägt Läufer auf f6.“
„Schauen Sie doch noch etwas genauer hin.“
Bischoff entzifferte Zeichen für Zeichen und wurde bleich. „Ich kann nichts Besonderes erkennen.“
Hansen nahm Bischoff den Zettel aus der Hand. „Also, ich würde sagen, Petrow hat nicht die übliche Notation für das Schlagen einer Figur gewählt. Hier steht ‚g5 kills Bishop f6‘. Haben Sie dafür eine Erklärung?“
„Keine Ahnung, was in seinem Kopf vor sich ging.“
„Wir glauben, dass hier mehr aufgezeichnet wurde als nur der Verlauf einer Schachpartie.“ Hansen lehnte sich zurück. „Wir wissen, dass er beim Opfern seiner weißen Dame sagte ‚Das ist ganz falsch!‘, obwohl das Opfer vollkommen korrekt war.

Das Schlagen des Läufers bezeichnete er mit ‚kills Bishop', wörtlich übersetzt: ‚Bauer tötet Bischof'. Warum? Wollte er Ihnen damit drohen?"
Mit einer plötzlichen Armbewegung fegte Bastian Bischoff die Figuren vom Brett. Einige fielen klackernd zu Boden. „Woher soll ich das wissen?", fauchte er.
Im Saal wurde es still, alle Köpfe drehten sich zu ihnen. Bischoff senkte wieder die Stimme. „Hören Sie, am Schachbrett waren Petrow und ich Konkurrenten, persönlich aber hatten wir keine Differenzen. Warum sollte er mir drohen?"
An den Schachtischen um sie herum hob wieder das Gemurmel an.
„Vielleicht fällt Ihnen noch etwas Wichtiges ein, Herr Bischoff. Die Partie ist noch nicht zu Ende. Sie sollten lieber offen zu uns sein."
„Ich habe Ihnen alles gesagt." Bischoff erhob sich. „Der Tod Petrows hat mich sehr mitgenommen. Wenn Sie mich für einen Moment entschuldigen würden." Ohne sich umzusehen, ging er in Richtung Flur.
„Donnerwetter", sagte Messerschmidt, „den haben wir aus der Fassung gebracht."
„Oder zum Nachdenken", sagte Hansen und begann die Figuren vom Boden aufzusammeln.

Die beiden Beamten verließen den Spielsaal, setzten sich in Messerschmidts altersschwachen Golf und behielten die Haustür im Auge. Als Bischoff nach zwei Stunden aus dem Gebäude trat, war es bereits dunkel geworden. Wenige Meter von ihnen entfernt schloss er die Tür zu einem BMW-Cabrio auf.
„Hoffentlich fährt er gesittet", sagte Hansen.

„Keine Angst, Herr Kollege, mein Alter hier hat mich noch nie im Stich gelassen.“

Hansens Sorge war unnötig. Bischoff unterbot jede Höchstgeschwindigkeit um mindestens zehn Stundenkilometer. Sie konnten ihm problemlos folgen: die Burger Landstraße entlang über die Wupper, die Straße, die hinauf zu Schloss Burg führte.

„Sie bekommen ja eine richtige Rundfahrt“, meinte Messerschmidt. „Schloss Burg, erbaut im zwölften Jahrhundert und über dreihundert Jahre lang eine der Hauptburgen der Grafen und Herzöge von Berg. Sehenswert ist vor allem das Bergische Museum und...“

„Fahren Sie nicht so dicht auf“, unterbrach ihn Hansen.

In diesem Moment bog Bischoffs BMW auf den Besucherparkplatz von Schloss Burg. Messerschmidt parkte auf der Straße. Die Polizisten stiegen aus und betraten vorsichtig den Parkplatz. Um diese Zeit parkten nur wenige Fahrzeuge dort. Bischoffs BMW stand nahe am Eingang zum Schlossgelände. Die Polizisten sahen seine Gestalt durch das Eingangstor verschwinden.

„Tun wir mal endlich was für unsere Bildung“, sagte Hansen. Sie hatten das Tor noch nicht ganz erreicht, als er auf einen Wagen zeigte. „Den grünen Jaguar haben wir schon mal gesehen.“

„Stimmt, vor Krallerts Villa. Ist ja ein richtiger Szenetreff hier.“

Sie folgten dem mit Kopfstein gepflasterten Weg. Als sie das zweite Burgtor passiert hatten, hielten sie an.

„Nichts zu hören“, sagte Messerschmidt.

„Los, weiter“, sagte Hansen, „ich habe ein verdammt schlechtes Gefühl.“

Sie erreichten den Eingang des Museums. Die Tür war nicht verschlossen. Plötzlich, ein Schrei.

„Das kam oben aus der Rüstkammer“, rief Messerschmidt. Sie liefen den Treppenaufgang hinauf, dessen Stufen von der Notbeleuchtung in ein fahles Licht getaucht waren. Die Tür stand weit offen. In einer Ecke des Raums kauerte eine Gestalt.
„Keine Bewegung! Polizei!“, rief Hansen, während Messerschmidt seine Pistole entsicherte. Die Gestalt bewegte sich langsam nach vorne. Hansen tastete nach dem Schalter an der Wand. Als das Licht den Raum erhellte, kippte die Gestalt nach vorne.
„Mein Gott, Bischoff“, rief Messerschmidt. Er stürzte zu ihm hin und drehte ihn auf den Rücken. Aus seiner Brust quoll Blut. Neben ihm lag ein langer Dolch mit kunstvoll verziertem Griff. Hansen zog seine Jacke aus und presste sie auf die Wunde.
„Übernehmen Sie!“, sagte Hansen, als Messerschmidt Verstärkung und einen Notarzt angefordert hatte. „Der Täter muss noch in der Nähe sein.“
„Sparen Sie sich die Mühe“, sagte eine Stimme am Ende des Raums. Hinter einem Holzschrank trat Nadja Dimitrowa hervor.

23	Le3-h6	Dd8-c7
24	f2-f4	Schwarz gibt auf

Die flackernden Blaulichter der Polizeifahrzeuge verliehen Schloss Burg ein gespenstisches Aussehen. Messerschmidt, Hansen und Nadja Dimitrowa stiegen in den Golf und fuhren langsam zurück nach Solingen. Bis sie die Stadt erreicht hatten, sprach keiner ein Wort.
„Ich habe mich nur verteidigt“, sagte Nadja Dimitrowa endlich.
„Mit einem Dolch?“, fragte Hansen.

„Michail hat ihn mir geschenkt."
„Und Sie schenkten ihm dafür zehntausend Euro?"
Nadja Dimitrowa schwieg.
„Ein Blick auf ihr Konto wird den Nachweis erbringen, dass das Geld in Petrows Wohnung von Ihnen stammt."
Nadja Dimitrowa seufzte und blickte aus dem Wagenfenster.
„Michail und ich kennen uns seit unserer Jugend. Damals in Moskau waren wir ein Paar. Dann trennten sich unsere Wege. Wir blieben aber Freunde und schrieben uns regelmäßig. Als ich meinen Mann kennen lernte, schlug ich ihm vor, Michail als Profi zu verpflichten. Es war für uns alle eine gute Lösung. Der Verein hatte einen Großmeister, Michail ein geregeltes Einkommen und ich einen Menschen, mit dem ich Erinnerungen austauschen konnte. Endlich war ich wieder glücklich."
Sie passierten das Städtische Klinikum und sahen den Rettungswagen mit geöffneten Türen vor der Aufnahme stehen.
„Bischoff war Michails Schüler, ein großes Talent", fuhr Nadja Dimitrowa fort. „Aber krankhaft ehrgeizig. Er wollte Michail unbedingt vom ersten Brett verdrängen. Hinzu kam, dass er einen Lebensstil pflegte, den er sich nicht leisten konnte. Michail hatte den Verdacht, Bischoff würde Drogen nehmen, dafür brauchte er Geld. Irgendwann muss Bischoff Michail und mich zusammen gesehen haben. Auf jeden Fall begann er ihn damit zu erpressen. Zuerst sagte Michail mir nichts davon. Mir zuliebe verkaufte er sogar seine Waffensammlung. Aber Bischoff wollte immer mehr. Letztes Wochenende hat sich Michail mir anvertraut. Wenn Bischoff meinem Mann etwas mitzuteilen habe, sagte ich zu ihm, dann solle er das tun. Aber Michail wollte das nicht. Er meinte, er müsse mich beschützen. Ich habe ihm dann das Geld gegeben. Ich musste es ihm regelrecht aufdrängen."

„Wir nehmen an, dass sich Petrow und Bischoff vorgestern Abend treffen wollten“, sagte Hansen. „Petrow hat aber das Geld nicht mitgenommen. Jetzt verstehe ich auch, was er meinte, als er sagte: ‚Es ist falsch‘. Er meinte nicht das Opfer auf dem Schachbrett, nein, es war Ihre Zukunft, die er nicht opfern wollte.“
Nadja Dimitrowa nickte. „Als ich seine Mitschrift in den Händen hielt, war mir klar, dass Michail Bischoff töten wollte.“
„Was ihm jedoch nicht gelang“, sagte Hansen. „Bischoff ist jünger und kräftiger als Petrow. Gut möglich, dass er ihm das Messer entrissen hat und Petrow tötete. Wahrscheinlich nahm er danach Petrows Schlüssel an sich und deponierte das Haschisch in seiner Wohnung. Er wollte den Verdacht in eine andere Richtung lenken. Dabei wusste er nicht, dass das Geld zum Greifen nah war.“
„Sie hatten eine Verabredung mit Bischoff?“, fragte Messerschmidt.
„Er hat mich angerufen. Er war unersättlich. Er wollte das Geld von mir. Ich habe ihm das Treffen in Schloss Burg vorgeschlagen. Ich bin hier Vorsitzende des Fördervereins und habe einen Schlüssel.“
„Sie haben ihn also in die Falle gelockt“, ergänzte Hansen.
„Das sagen Sie. Ich behaupte, es war Notwehr.“
Messerschmidt lenkte den Golf in die Einfahrt der Polizeiinspektion.
„Wir werden Bischoff befragen.“
„Sie haben doch seine Wunde gesehen. Er wird keine Aussage mehr von ihm geben.“
Hansen wusste, dass sie Recht hatte. Und mit einem cleveren Anwalt an ihrer Seite würde sich die Mordanklage nur schwer halten lassen. Nun, das war das Problem der Staatsanwaltschaft.

Um drei Uhr morgens kehrte Hansen in sein Apartment zurück, warf sich aufs Bett und fiel augenblicklich in einen tiefen Schlaf. In seinen Träumen kamen lebensgroße Gestalten in wehenden schwarzen und weißen Umhängen drohend auf ihn zu. Hansen erwachte, sein Herz klopfte bis zum Hals. Ans Einschlafen war nun nicht mehr zu denken. Hansen stand auf, kochte sich einen starken Kaffee und kramte im Altpapier herum. Er zog eine Broschüre mit dem Titel „Das Bergische Land: Geschichte und Geschichten“ hervor. Ein wenig Bildung kann ja nicht schaden, dachte er. Entspannender jedenfalls als eine Schachpartie.

Landflirt

Carola Müsse

Auf einer Kontaktseite im Internet, Rubrik „Landflirt": *Junge, tüchtige Frau vom Lande sucht Landwirt mit gut gehendem Hof im Bergischen zum Aufbau einer gemeinsamen Zukunft.*

Diese junge, tüchtige Frau bin ich. Ich heiße Luise, nicht mehr ganz jung, ledig. Ich komme nicht wirklich vom Land, aber wir hatten doch wenigstens ein Dutzend Hühner, ein paar Katzen, saisonbedingt Igel und 1977 sogar einen Dachs. Ich verbrachte eine glückliche Kindheit auf Scharpenacken und Ronsdorf mit Entdeckungsreisen in die für uns Kinder endlosen Wälder, mit Budenbauen, Heuschlachten, Räuber und Gendarm und Versteckspielen auf den farnbewachsenen Hügeln.

Es folgte für mich die Höhere Schule und die verhasste Lehre in der Konditorei „Zur Goldenen Kuchengabel“ in Remscheid-Lüttringhausen. Ich befand mich in der Tretmühle des Alltags. Die Uhren tickten mit jedem neuen Jahr schneller, und schmerzhaft traf mich die Erkenntnis, dass die unbeschwerte Zeit vorüber war.

In der Konditorei wollte ich nach der mit Ach und Krach bestandenen Prüfung nicht bleiben. Zum einen waren meine Mitarbeiter dort etepetete; sie hielten sich für was Besseres, weil in der „Goldenen Kuchengabel“ Wuppertals und Remscheids Highsociety verkehrte, die horrende Preise für Kuchen und Mittagessen bezahlte, deren Zutaten zum größten Teil aus Lebensmittel-Discountern stammten.

Innerlich habe ich mich gekräuselt vor Lachen, wenn die Damen mit ihren albernen Hütchen und abgespreizten klei-

nen Fingern die Krümel von ihren Tellern pickten und sie in den gespitzten Mund schoben, nicht ahnend, dass ich vorher kräftig in den Teig gespuckt hatte.
An diese Details erinnere ich mich immer gerne, deshalb entschuldigen Sie, wenn ich manchmal abschweife.
Der wahre Grund, warum ich die Konditorei nie wieder betrat, war, dass dort durch mich zwei Menschen ihr Leben lassen mussten. Es war nicht wirklich meine Schuld. Das mit Frau Hoffmann war ein bedauerlicher Irrtum, und das mit dem dicken Leonard – na ja, das hat sich eben so ergeben.

Schockgefroren

Ich hatte soeben zum 1496. Mal seit Beginn meiner Lehrzeit Leonards schwitzende, fleischige Pranke auf meinem Hinterteil gespürt. Im Vorübergehen, auf dem Weg in die Kühlkammer. Ich habe die Tür hinter ihm zugeworfen. Kaum zu glauben, dass es immer noch Kühlraumtüren ohne Innenklinke gibt. Wo doch schon so viele Unfälle passiert sind.
Ich drosselte die Temperatur, denn bei plus fünf Grad hätten die frischen Torten leicht einen Stich kriegen können. Ich hielt minus 25 Grad für angebrachter.
Dabei nahm ich mir fest vor, in der Nacht noch einmal herzukommen und die Temperatur wieder hochzustellen. Schließlich wollten die feinen Damen die Linzer Torte am nächsten Morgen nicht lutschen.
Weiß der Henker, was die Hoffmann um drei Uhr nachts in der „Goldenen Kuchengabel" zu schaffen hatte. Ich dachte erst, es sei ein Einbrecher am Werk, und bemerkte meinen Irrtum erst, nachdem ich mich mit dem Wok in den Händen von hinten herangeschlichen hatte und das schwere Gerät auf das blondierte Haupt herabsausen ließ.

Es krachte fürchterlich. Fassungslos blickte ich auf die reglose Gestalt. Kein Lebenszeichen mehr. Nun, daran konnte ich nichts mehr ändern. Ich verwischte sorgfältig meine Spuren (sehen Sie auch so gerne Quincy?), drehte den Temperaturregler auf fünf Grad zurück und entschwand durch die Hintertür in die laue Augustnacht.
In meinen letzten Auftritt in der „Goldenen Kuchengabel" legte ich mein ganzes schauspielerisches Können. Wozu war ich schließlich in der siebten Klasse in der Theatergruppe gewesen?
Beim Anblick des deformierten Schädels von Frau Hoffmann bekam ich vor wichtigem Publikum (Kripo, aufgelöste Kollegen, das Übliche eben) einen überzeugend klingenden Schreikrampf, beim Anblick des schockgefrorenen Leonard einen perfekten Ohnmachtsanfall. Ich ließ mich auf unbestimmte Zeit beurlauben und kehrte nicht mehr zurück.

Lebenstraum

Ich zog nach Cronenberg und fand nach kurzer Suche eine Anstellung als Verkäuferin. Aber auch hier war ich nicht glücklich. Mit Wehmut dachte ich an meine Kindheit zurück. Die Sehnsucht nach Stille und Geborgenheit ließen in mir einen Traum reifen: ich wollte zurück aufs Land.
Nicht, dass der Sudberg nicht ländlich war, nein, hier gab es Pferdeställe, Weiden, Wiesen, endlose Wälder. Aber ich war allein. Da war niemand, der auf mich wartete, mit dem ich abends im Garten sitzen konnte. Der Garten gehörte meinen Vermietern, ich durfte ihn nur betreten, um Küchenabfälle auf den Kompost zu bringen. Die Situation schmerzte, denn ihre Ablehnung meiner Person vertiefte das Gefühl der Einsamkeit.

Es war meine Freundin Else, die mich auf die Idee mit dem Landflirt brachte. Wir wanderten gerade durch Gräfrath, wo wir uns nach einem längeren Aufstieg erschöpft an den Weidenzaun von Bauer Haberland lehnten, als Else schreiend zurücksprang. Auch ich bekam einen ordentlichen Stromschlag, der, wie mein Freund Stefan sagen würde, „einem die Falten aus dem Sack zieht“. Und Stefan muss es wissen, er hat sich im vergangenen Jahr angeheitert auf dem Nachhauseweg an einem solchen Zaun erleichtert.
Während ich zu dem schönen Bauernhaus hinüberblickte, stellte Else die folgenschwere Frage: „Wenn Du unbedingt aufs Land willst, warum gibst du keine Anzeige auf?“ – Eine knappe Stunde später saßen wir bei Burger Brezeln und Prosecco vor ihrem Laptop.
Am ersten Tag passierte wenig, aber schon am zweiten piepste mein Handy in kurzen Abständen, und ich schickte eine SMS nach der anderen zurück. Ich fertigte eine Liste an, strich hier und da einen Namen durch, wenn mir einer dumm kam, und kaufte fast täglich eine neue Telefonkarte.

Schöne Aussicht

Hubert, 34, elf Milchkühe, sechzig französische Mastbullen, ein Schwein, drei Ziegen, ein Labrador, Eltern auf dem Hof lebend.

Meine erste Verabredung hatte ich in Freckenhorst bei Warendorf, „103 Kilometer“ verkündete der Routenplaner. Leider hat das hinterlistige Biest die Luftlinie berechnet, denn die besagten 103 Kilometer hatte ich schon kurz hinter Marl erreicht. Sechzig Kilometer weiter streckte ich meine steifen Beine aus dem Wagen und schob den Rest nach. Ich erkannte Hubert sofort.

Nicht, dass er sich beschrieben hätte, nein. Er lehnte in grünen Latzhosen an der Laterne vor der Dorf-Pizzeria, einen gummibestiefelten Fuß über den anderen gestellt. Seine Daumen hatte er in die Hosentaschen gehakt, die übrigen acht Finger ruhten in unanständigem Winkel auf seinem Schritt. Sein kariertes Baumwollhemd wies große Schweißflecken auf, sein Hals glänzte rot und nass. Sein Gesicht konnte ich erst aus nächster Nähe begutachten, denn der Schirm seiner zu kleinen Baseballkappe warf einen Schatten bis zum Kinn. Ich ging übertrieben lächelnd auf ihn zu und gab ihm artig die Hand.

„Du bist sicher der Hubert!“

„U-u-u-nd du m-m-musst L-l-l...“

„Ich bin die Luise,“ half ich nach.

Ich brauche wohl kaum zu erwähnen, dass eine richtige Unterhaltung nicht zustande kam. Es wäre einfacher gewesen, hätte er Block und Stift mitgebracht. So plapperte ich drauf los, erzählte von zu Hause, von meiner Arbeit, von meinen Katzen, den Krankheiten meiner Tante Käthe, während ich auf die schweißnasse Innenseite seiner Kappe starrte, die er unappetitlicherweise neben seinen Pastateller platziert hatte. Ich bin gewiss nicht sehr aufs Äußere bedacht, aber ich muss sagen, dass er ziemlich hässlich war.

Dass er zehn Jahre älter aussah, als er tatsächlich war, hätte mich weniger gestört, aber sein grotesk breiter Mund, die weit auseinander stehenden Augen und die im Ampellicht glänzende Stirnglatze waren einfach zu viel. Er saß unter der wohl einzigen Ampel im Dorf, und während die Farben auf seiner Glatze im Lichtschein wechselten, wurde es dunkel.

„M-m-mö...“ Zahlreiche Ampelphasen weiter hatte ich verstanden, dass er einen romantischen Abendspaziergang machen wollte. Ich wäre lieber nach Hause gefahren, die Heimfahrt war schließlich kein Pappenstiel, aber ich wollte

kein Spielverderber sein. Hintereinander trippelten wir einen schmalen Feldweg entlang, Hubert schnaufte. Vor einem Jägerhochsitz blieb er stehen.
„D-d-da ho-ho-ho…"
Die schöne Aussicht wollte er mir zeigen. Warum nicht? Wir kletterten die steile Stiege hinauf. Von wegen Aussicht. Es war mittlerweile so dunkel, dass ich nur noch die Umrisse der Bäume und des Kirchturms erkennen konnte. In diesem Moment hallten elf dumpfe Schläge in die Stille hinein. Hubert setzte sich auf die hölzerne Umrandung, seine rechte Schulter lehnte an der knorrigen Eiche, die dem Hochsitz Halt gab. Als er mich so erwartungsvoll ansah, regte sich in meinem Inneren ein Gefühl, das ich noch nie für einen Mann empfunden hatte: Mitleid.
Er würde niemals eine Frau finden, so viel war klar. Er würde noch Jahre damit verbringen, Kontaktanzeigen aufzugeben und zu beantworten, und irgendwann würde er die Hoffnung aufgegeben haben, würde allein alt und grau werden, sofern er dann noch Haare hatte. Plötzlich ein aufgeregtes Rascheln unter uns, ein Huschen über Laub, ein knackender Ast, dann wieder Stille. Als Hubert angestrengt über die linke Schulter nach unten blickte, gab ich ihm einen Stoß.
Auf der Heimfahrt hatte ich die Straße fast für mich allein. Als ich mich Wuppertal näherte, schwor ich mir, mit dem nächsten Kandidaten zu telefonieren. So eine Schlappe durfte mir nicht noch mal passieren. Andererseits: ohne mich würde Hubert noch immer ein einsames, unglückliches Leben vor sich haben. Man muss eben alles von beiden Seiten betrachten.
Daheim angekommen, strich ich als erstes alle Münsteraner und Warendörfler von der Liste. Ich war insgesamt 326 Kilometer gefahren. Das ging auf keine Kuhhaut. Müde stieg ich in mein Bauernbett und schlief fast augenblicklich ein.

Auf der Rückseite meiner Liste hatte ich notiert: *Konrad, 42, humorvoll, gebildet, wohlhabend, Wohnort Kürten.*

Eigentlich ein wenig zu alt für mich, aber wen interessiert das, wenn jemand am Telefon so charmant über sein romantisches Landhaus, sechzig Milchkühe und viele Hektar Land plaudert? Und die Gegend um das Odenthal ist ja auch nicht zu verachten.
Als Treffpunkt schlug Konrad den Parkplatz eines großen Baumarkts in Burscheid vor. Dort, hatte er berechnet, würden wir uns exakt auf halbem Weg treffen. Romantisch geht anders, aber welcher Mann hat schon Sinn dafür. Vielleicht waren der Unfallstau oder die beiden unfreiwilligen Stopps wegen rektaler Disharmonie die Ursache, dass das Treffen nicht so erfreulich verlief. Im Nachhinein bin ich allerdings zu der Überzeugung gelangt, dass Konrad selbst schuld war.
Ich war zehn Minuten zu früh, hatte also noch Zeit, schnell in den Baumarkt zu huschen und etwas Pfefferminz zu kaufen. Einen Geldautomaten brauchte ich auch. Meine ganze Barschaft betrug fünf Euro siebzig.

Ich sendete Konrad eine Kurzmitteilung: „Hallo, Konrad. Bin soeben angekommen. Wann wirst Du hier sein?"
Gerade hatte ich an der Kasse nach den scharfen Pfefferminzblättchen gegriffen, als sich Konrads Antwort durch hektisches Piepsen und Vibrieren meines Telefons ankündigte. Ich verließ den Baumarkt, um ein Euro fünfzig erleichtert, und las: „Brauche noch eine halbe Stunde. Bin aufgehalten worden."
Ich wurde blass vor Wut. Zu dem Ärger gesellte sich meine Enttäuschung, als Konrads blauer Golf genau 21 Minuten zu

spät mit quietschenden Reifen die enge Auffahrt herunter, direkt neben meinem Corsa zum Stehen kam.
Konrad war kleiner als ich, schmächtig (neben ihm sah ich aus wie ein russischer Gewichtheber) und hatte kurze Arme. Der Kopf unter seiner blonden Helmfrisur wirkte dagegen riesig. Als geübte Laiendarstellerin lächelte ich mit zusammengebissenen Zähnen und begrüßte ihn überschwänglich. Wenigstens konnte er sich artikulieren, wenn auch aus seinem lächerlich kleinen Schmollmündchen keine Entschuldigung wegen der Verspätung kam.
Wir ließen Konrads Wagen auf dem Parkplatz stehen und fuhren in meinem Corsa zum zwei Kilometer entfernten Biergarten. Ich steige grundsätzlich nicht zu fremden Männern ins Auto, selbst wenn es sich um so ein mickriges Exemplar wie Konrad handelt. Man hört ja tagtäglich in den Nachrichten, wozu Männer fähig sind.
Die vorwiegend älteren Gäste der „Sonnenterrasse" musterten uns neugierig, als wir uns durch die Tischreihen drängten. Ich nahm es ihnen nicht übel. Ich hätte uns auch begafft. Konrad ließ sich die Eiskarte bringen, während ich mir ein Pils bestellte. Ich hatte kurz zuvor bei Tante Käthe zwei Stücke Sahnetorte verputzt.
Als Verkäuferin hatte ich es im Lauf der Zeit gelernt, durch die Leute hindurchzuschauen und trotzdem interessiert zu wirken. So konnte ich so tun, als ob mich sein Äußeres nicht störte, übersah sogar die Sahne in seiner Rotzbremse, ebenso den Bierschaum.
Ich beugte mich unter den Tisch, um die Riemchen meiner Sandaletten zu lösen (vom vielen Sitzen bekomme ich Wasserbeine). Als ich wieder hochkam, bohrte Konrad hingebungsvoll mit dem linken Zeigefinger im rechten Nasenloch (weiß doch jedes Kind, dass über Kreuz Unglück bringt) und scherte sich nicht um die angewiderten Blicke der

Leute an den Nebentischen. Als er jedoch merkte, dass ich ihn beobachtete, zog er den Finger aus der Nase und schmierte etwas unter den Plastiktisch.

Ich wollte mich gerade aufs Klo flüchten, als eine Wespe in sein Bierglas plumpste. Ich zupfte die Serviette unter Konrads Eisbecher hervor, um der Ertrinkenden einen Rettungsanker zu reichen, als mein Gegenüber beherzt mit spitzen Fingern, dem Popelfinger eingeschlossen, in das Glas langte und das Tier zwischen Daumen und Zeigefinger zerquetschte. Stolz sah Konrad mich an.
Ich war fassungslos! Ich habe noch nie ein Tier getötet, sogar Spinnen setze ich raus, obwohl ich sie eklig finde. Es gibt ein kluges Sprichwort: „Alle Professoren dieser Welt können keinen Käfer herstellen, aber jeder Idiot kann einen zertreten."
Ich verkniff mir jeden Kommentar und drängte zum Aufbruch. Erst ging ich aber noch auf die Toilette. Konrad machte währenddessen den Kellner mit lautem Fingerschnippen auf sich aufmerksam. An der Tür zur Gaststube wandte ich mich noch einmal um und sah, wie Konrad erst einen Zehner aus der Brieftasche zog, dann nach einem langen Blick auf die Rechnung einen Hunderter.
Als ich aus dem Waschraum zurück in den Biergarten kam, stand der Kellner immer noch an unserem Tisch. Konrad stand neben ihm und steckte umständlich seine Brieftasche ein.
„Von Ihnen bekomme ich zwei Euro", wandte sich der Kellner an mich. Ich dachte, er macht einen Scherz.
Meinen Ärger herunterschluckend, holte ich meine Handtasche aus dem Wagen, suchte im Seitenfach nach meinem Geld, als ich auf ein kleines, flaches Döschen stieß. „Rachenputzer Pfefferminzblätter" stand auf der Banderole. Weiter rechts im Seitenfach fand ich die kümmerlichen zwei

Euro zwanzig. Ich spürte, wie mir das Blut bis an den Haaransatz schoss.
Großzügig spendete Konrad das fehlende Geld. Der Kellner warf mir einen mitleidigen Blick zu. Möglich, dass er diesen Giftzwerg noch schrecklicher fand als ich. Im Auto kramte ich weiter im Portemonnaie, bis ich gefunden hatte, was ich suchte. Ich drückte Konrad die Briefmarke in die Hand, die ich eigentlich auf den Brief kleben wollte, der seit Tagen im Handschuhfach seiner Versendung harrte.
„Damit ich keine Schulden habe", sagte ich.
„Ist doch nicht nötig", erwiderte er lapidar und steckte die Marke ein.
„Das glaubt mir keiner", dachte ich, als wir auf den Parkplatz abbogen, der jetzt dunkel und verlassen dalag. Konrads Wagen stand an der mit Graffiti besprühten Betonwand. Ich hielt, sah Konrad abwartend an. Ich wollte ihm gerade eine angenehme Heimfahrt wünschen, als er selbst das Wort ergriff.
„Hör zu, Luise", sagte er mit unheilschwangerer Stimme. Ich starrte auf das getrocknete Erdbeereis auf seiner Hose. „Ich habe diese Woche noch einige Verabredungen. Wenn nichts Besseres dabei sein sollte, melde ich mich am Wochenende.
Den traurigen Dackelblick beherrsche ich perfekt.
„Aber Konrad! Warum in die Ferne schweifen? Gefalle ich dir etwa nicht? Ich finde dich toll! Vor allem, wie du mir im Biergarten aus der Patsche geholfen hast! Das hätte nicht jeder Mann gemacht! Die meisten hätten mich spülen lassen."
Konrad lächelte geschmeichelt.
„Nein, ehrlich, die meisten Männer sind doch Bauern, aber du bist ein toller Typ, und ich kann nur hoffen, dass deine Wahl auf mich fällt."

„Mal sehen, jetzt kann ich dir noch nichts versprechen.“ Mit diesen Worten stieg er aus, beugte sich aber noch einmal zu mir ins Wageninnere, setzte einen So-viele-Frauen-so-wenig-Zeit-Blick auf und warf mir einen Handkuss zu.
Er stolzierte zu seinem Golf, ich legte den Gang ein und fuhr los.
Aber was war das? Statt vorwärts zu fahren, machte ich einen mächtigen Satz nach hinten. Und wo war noch gleich die Bremse? Ich war völlig durcheinander, aufgewühlt vor verschmähter Liebe. Das – Buff – war mir ja noch – Buff – nie passiert. Ich Schussel! Ach, da war er ja, der erste Gang. Dabei fahre ich – Buff – Buff – schon so lange Auto!
Die Heimfahrt verlief ruhig, wieder hatte ich die Straße für mich allein. Das Zähneputzen ließ ich an diesem Abend ausfallen. Hundemüde rollte ich mich auf dem Bett ein und fiel in tiefen, traumlosen Schlaf.

Ein Kavalier

Ewald, 40, Wohnort Halver. Geschieden, zwei erwachsene Söhne, vier Milchkühe, 30000 Hühner, 13 Schafe, zwei Berner Sennenhunde, Anzahl der Katzen unbekannt.

Ich traf Ewald am darauf folgenden Samstag an der Kirche in der Lenneper Altstadt. Den Treffpunkt hatte diesmal ich ausgesucht. Ein einsamer Parkplatz ist nun wirklich kein Ort für eine Frau.
Um zehn nach sieben parkte ich meinen Corsa in der Nähe des Röntgen-Museums und trabte die steile Straße hinunter. Es ist normalerweise nicht meine Art, zu spät zu kommen, aber ich musste vorher noch mal durch die Waschstraße. Ich sauste um die nächste Hausecke, blieb aber dann kurz vor der Kirche wie angewurzelt stehen. Das konnte nicht sein. Das

war Bobby Ewing, detailgetreu von den weißen Cowboystiefeln bis hinauf zu dem riesigen Hut. Dazwischen ein Lächeln zum Dahinschmelzen und tiefe dunkle Brustbehaarung ohne Goldkettchen. Dass ich das noch erleben durfte!
Diesmal musste ich mich nicht verstellen, mein strahlendes Zahnpastalächeln war waschecht, als ich mit eingezogenem Bauch, hervorgewölbter Brust und wogendem Hinterteil auf ihn zutänzelte.
„Hallo", flötete ich und streckte ihm meine Hand schon von weitem entgegen.
Ich weiß, was Sie jetzt denken. Ich kann mich selbst nicht ausstehen, wenn mir ein Mann gefällt. Belustigt schüttelte er meine Hand und erhob sich. Er überragte mich um mindestens einen Kopf.
Ich wollte was sagen, brachte aber nur ein heiseres Krächzen heraus.
Mr. Ewing lachte. „Wollen wir was trinken gehen?" Ich nickte und kam mir vor wie ein Backfisch mit meinen feuchten Händen, den weichen Knien und diesem Frosch im Hals.
Ewald – wie kann so ein Prachtkerl Ewald heißen?
Wir gingen ins Café und schlenderten, jeder ein Eis in der Hand, schwatzend durch die Altstadt. Ewald war ein echter Kavalier, hielt mir sämtliche Türen auf, lud mich zu allem ein und machte Pläne für die nahe Zukunft, in denen auch ich eine Rolle spielte.
Zu vorgerückter Stunde, als wir bei mildem Abendwind ein Glas Wein tranken, fragte er mich mit zärtlicher Stimme, ob ich es mir vorstellen könnte, meinen Job an den Nagel zu hängen.
Als geübte Laien-Darstellerin gelang es mir fast mühelos, meine Stirn in tiefe Denkfalten zu legen und sinnierend in den Abendhimmel zu schauen. „Es muss ja nicht sofort sein.

Und wenn du dir Sorgen wegen dem Geld machst: ich verspreche dir, du wirst leben wie eine Königin."
Ich ließ den Satz in mir nachklingen, und genau in dem Moment löste sich von den unzähligen Himmelskörpern ein einzelner Stern, fiel herab und verglühte und fand doch den Weg in mein Herz. Das war ein Zeichen! Ich hatte gefunden, wonach ich gesucht hatte. Unter Tränen hauchte ich „Ja".
Auf einmal brach am Nebentisch ein wieherndes Gelächter aus. Zwei Halbstarke wollten sich schier ausschütten vor Lachen, der jüngere machte eine obszöne Geste.
Ewald sprang so schnell auf, dass sein Stuhl umfiel. Bevor die beiden wussten, wie ihnen geschah, nahm er ihre Köpfe und schlug sie so fest zusammen, dass die Burschen danach wie in Zeitlupe zu Boden sanken. Besser hätte ich es auch nicht hinbekommen!
Als wäre nichts gewesen, reichte mir Ewald den Arm, so als wolle er mich zum Tanz auffordern, und führte mich aus der Weinstube in die bergische Nacht hinaus. Unter einer alten Laterne gab er mir einen langen Kuss. Eng umschlungen gingen wir durch den schlafenden Teschensudberg und blieben an den Weiden stehen. Lange sahen wir auf die Müngstener Brücke, in der irgendwo eine goldene Schraube stecken soll.
Ewald hatte es sich nicht nehmen lassen, mich nach Hause zu begleiten. Er wollte sehen, wie ich wohne, alles an mir interessierte ihn. Immer wieder blieb er stehen und küsste mich, dann auf einmal, wie aus heiterem Himmel, grapschte er nach meiner Brust!
Ich wischte seine Hand weg, wollte ihm sagen, dass mir das zu schnell ging, als er mir brutal ins Gesicht schlug. Ich war wie vom Donner gerührt.
Unter Ohrfeigen beschimpfte er mich; und nach kurzer Rangelei sah ich ein, dass ich keine Chance gegen ihn hatte. Er zerrte mir meine Kleider vom Leib, fand aber zwischen-

durch immer wieder Zeit, mir ins Gesicht und in den Bauch zu schlagen. Ich stellte mich bewusstlos.
Plötzlich ein Schlag und Ewald, mein Kavalier, lag mit seinem ganzen Gewicht auf mir. Er wurde weggezogen, bekam drei weitere gezielte Schläge auf den Kopf, zwei kräftige Arme hoben mich hoch und stellten mich wieder auf die Füße.
So lernte ich Klaus kennen. Wir begruben Ewald in einem Waldstück gleich neben der Müngstener Brücke.

Am Ende des Weges

Klaus, 36, Wohnort Wuppertal-Cronenberg, geschieden, keine Kinder, 18 Pferde, ein Schaf, drei Katzen und leider auch Mäuse. Aussehen eher durchschnittlich, dafür ruhiges, ausgeglichenes Wesen (zu ruhig, wenn Sie mich fragen).

Wir heirateten in der reformierten Kirche zu Cronenberg. Die Sonne lachte vom Schäfchenwolkenhimmel, und Else, die später den Brautstrauß fangen sollte, trug meine Schleppe. Es war ein rauschendes Fest, meine 127 geladenen Gäste tanzten ausgelassen, die beiden Gäste von Klaus konnte ich nirgends entdecken. Keine zwei Stunden nach dem Jawort war Klaus sturzbetrunken.
Die Hochzeitsnacht verbrachte er angezogen, leise schnarchend auf der Couch, während ich mich auf dem breiten Ehebett ausstreckte. Es machte mir wirklich nichts aus.
Die Stelle in Cronenberg hatte ich schon wenige Wochen vor der Hochzeit gekündigt, meinen Corsa für ein Appel und ein Ei verkauft.
Die folgenden Jahre waren arbeitsreich, aber ich kann nicht behaupten, ich sei unglücklich gewesen. Schließlich hatte ich mein Ziel erreicht: ich lebte in einem wunderschönen Haus

am Ende der Dorfstraße, ich hatte weitgehend meine Ruhe, ich war nicht einsam, aber ich war auch nicht mehr frei.
Mir ging Klaus übertriebener Geiz auf die Nerven. Immer knappste er „für schlechtere Zeiten“. Das Geld für meine Kleidung musste ich mir vom ohnehin spärlichen Haushaltsgeld abzweigen. Das meiste kaufte ich auf dem Flohmarkt, einmal wurde ich im C&A beim Klauen erwischt. Wegen jeder Kleinigkeit musste ich fragen. Oft kam ich mir wie eine Bettlerin vor.
Dass ich arbeitete, nein, das wollte mein Gatte nicht. „Frauen gehören hinter den Herd“ gehörte zu seinen Lieblingssätzen. Er war mit wenig zufrieden und erwartete das selbstverständlich auch von mir. Hinzu kam seine an Verfolgungswahn grenzende Eifersucht. Er sagte zum Beispiel: „Die nächsten Stunden bin ich auf dem Feld.“ Eine halbe Stunde später kam er durch die Hintertür geschlichen.
Natürlich hatte er auch seine guten Seiten, ich will Klaus ja nicht nur schlecht machen. Als ich einmal beim Saubermachen den Schlüssel zu seiner Schreibtischschublade entdeckte, sie öffnete, um sie auszuwischen, fand ich darin eine Versicherungspolice. Er hatte keine Angehörigen (die beiden Gäste auf unserer Hochzeit waren ehemalige Schulkameraden), und ich würde ein hübsches Sümmchen bekommen, wenn ihm etwas zustieß.
Ich weiß, was Sie jetzt denken, und ich gebe zu, ich habe auch darüber nachgedacht. Aber er war immerhin mein Mann, und wir haben diesen Bund vor Gott geschlossen, in guten wie in schlechten Zeiten. Sicher konnte es sein, dass der Tod uns schied, aber ich wollte nicht nachhelfen, ich war schließlich keine Mörderin. Der Zufall kam mir zu Hilfe.
An einem schwülen Juliabend saßen wir auf der wenig benutzten Terrasse. Ich hatte Kirschkuchen gebacken, mit Streuseln und Mandelsplittern.

„Da sterbe ich für“, sagte er oft, wenn ich buk, und er gierig schnuppernd zu mir in die Küche kam. So saßen wir also da im lauen Sommerwind, es duftete nach Gras und Sommer, die Grillen zirpten und ich war richtig glücklich in diesem Augenblick. Es waren die Gerüche und Geräusche meiner Kindheit.

Ich hatte die Wespe längst gesehen, als Klaus in die Baumkronen stierte und bemerkte, die Birne würde gar nicht gut tragen. Ich verabscheue dieses Bauerndeutsch! „Der Birnenbaum trägt nicht gut“ – das konnte doch nicht so schwer sein! Klaus wandte sich dem nächsten Baum zu, schob sich blind ein Kuchenstück in den Mund und bemerkte kauend: „Der Apfel auch nicht.“

Dann ein erstickter Schmerzensschrei, ein Röcheln und Husten, seine Gesichtsfarbe wechselte von burgunderrot zu lilablau. Ich war starr vor Schreck. Nach fünf Minuten lähmendem Entsetzen stürzte ich zum Telefon.

Wie war noch mal die Notruf-Nummer? Sicher hatten Sie in so einer Lage auch schon mal einen Blackout. Meine Mutter sagt immer, wenn man sich krampfhaft an etwas erinnern will, kommt man erst recht nicht drauf. Am besten ist es, an etwas anderes zu denken, dann kommt die Erinnerung von ganz allein. Also machte ich den Abwasch, dabei kann ich am besten abschalten.

Beim Abtrocknen fiel mir die Nummer wieder ein. Ich stürzte ans Telefon und hackte die 112 in die Tastatur. Während ich in den Hörer schrie, fiel mein Blick auf das ledergebundene Büchlein mit allen wichtigen Nummern. Aber Sie wissen ja, wie das ist – in der Hektik fallen einem die einfachsten Dinge nicht ein.

Die Beerdigung fand im kleinsten Kreis statt. Am Ende des letzten Weges standen wir vor dem offenen Grab und umklammerten unsere Regenschirme. Mit Klaus begrub ich

auch meinen Wunsch nach Zweisamkeit. Ich hatte begriffen, dass mir meine Freiheit wichtiger war, dass ich nie wieder den Fehler machen würde, mich von einem anderen Menschen abhängig zu machen. Ich hatte Liebe und Geborgenheit gesucht, war dem Phantom meiner Kindheit gefolgt und hatte nicht bemerkt, dass sie nicht vorbei war.
Sie lebte in meinem Herzen, war der Anfang eines langen Weges mit all seinen Höhen, Tiefen, Kurven und Stolpersteinen. Und wer diesen Schatz nicht in seinem Herzen trägt, findet ihn auch nicht woanders.
Lächelnd schritt ich am Ende des Weges zurück durch das schmiedeeiserne Tor, ging den weiten Weg zu meinem Haus am Sudberg zu Fuß. Als ich zum bewölkten Himmel aufsah, traf mich ein dünner Sonnenstrahl direkt ins Herz, und ich machte den Regenschirm zu.

Das Leben ist eine Treppe

Kerstin Streubert

Dienstag, 15. Juni 2004.
Das Leben ist eine Treppe: manchmal nach oben, manchmal nach unten. Für den Weg nach oben braucht man Energie und Durchhaltevermögen. Am Besten macht man sich zügig an den Aufstieg. Besser zwei Stufen auf einmal nehmen. Nie die ganze Treppe betrachten. Stetig nach oben steigen. Ab und zu aufblicken, um nach Hindernissen Ausschau zu halten. Sich nicht davon beirren lassen. Umgehen oder gleich aus dem Weg räumen.
Nach unten geht es immer schneller und leichter. Jeder Körper sucht stets nach der niedrigsten Energiestufe, dem einfachsten Weg, dem geringsten Widerstand. Das ist auch der Grund, weswegen Wasser nie freiwillig nach oben fließt.
Ich habe den schweren Weg gewählt. Sollen doch andere den leichten nehmen. Ich gehe die Stufen nach oben. Unbeirrbar, zügig, stetig. Und ich werde alle Hindernisse beiseite räumen, die sich mir in den Weg stellen.

Christina Walther summte „Strangers in the Night“, als sie sich an den Aufstieg machte. Am Ende dieser schier endlosen Treppe würde sie ihn treffen, den Mann ihres Herzens. Vielleicht saß er schon dort bei einem Glas Wein im Restaurant und richtete seinen Blick sehnsüchtig auf die Tür. Beim Gedanken daran lächelte Christina. Sein Gesicht würde sich aufhellen. Wie sie sein Lächeln liebte! Seine strahlend blauen Augen! Sie lief schneller. Sie war spät dran. Ausgerechnet an diesem Abend hatte ihr Auto versagt, es wollte einfach nicht anspringen. Als wäre das nicht schon Unglück genug, war sie beim Aussteigen an der Wagentür hängen geblieben. Ihren Rock verunzierte nun ein langer Riss. Sie hatte sich eilig umgezogen und war zu Fuß losmarschiert. Leider hatte sie die Entfernung falsch eingeschätzt und war auch noch in die verkehrte Straße eingebogen. Sie hatte die Wahl gehabt: zurückkehren oder die Abkürzung über die steile, lange Treppe nehmen. Christina hatte sich für die Treppe entschieden. Die Stufen waren noch glitschig vom letzten Regen, sodass jeder Schritt ihre volle Konzentration verlangte. Doch das war ihr egal. Bald würde sie ihn wiedersehen, den Mann ihrer Träume. Sie würde alle Treppen dieser Welt erklimmen, nur um bei ihm zu sein. Hoffentlich wartete er noch. Sie würde sich mindestens eine halbe Stunde verspäten. Es begann, dunkel zu werden, sie konnte die Stufen kaum noch erkennen... Plötzlich tauchte vor ihr eine Gestalt auf. Christina bemerkte sie zu spät, sie stießen zusammen. „Entschuldigung, ich habe Sie nicht gesehen." Ihr Gegenüber reagierte nicht. „Würden Sie mich bitte vorbeilassen, ich habe es eilig." Es war das letzte, was sie sagte. Etwas blitzte auf in der Dunkelheit, sie spürte einen Schlag auf ihre Schläfe, dann nichts mehr. Sie war schon bewusstlos, als ihr Kopf auf die Stufen schlug. Das Klacken eines Gegenstands, dann Stille.

Mittwoch, 16. Juni 2004
Habe heute eine sehr steile Treppe erklommen. Ein kleines Hindernis auf der 53. Stufe ließ sich zum Glück rasch beseitigen. Was machen die Leute auf meinen Treppen? Niemand darf mich aufhalten, niemand sich mir in den Weg stellen. Ich bin zum Kämpfen geboren, am Ende werde ich siegen.

Markus hatte lange gewartet. Inzwischen war es zehn geworden. Christina war eine Pünktlichkeitsfanatikerin. Meist war

sie vor ihm am Treffpunkt: „Warum hast du mich so lange warten lassen?“, schien ihr Blick zu fragen. Jetzt war eine halbe Stunde vergangen, und er fing an, sich Gedanken zu machen. Ihr Auto vielleicht? In letzter Zeit hatte es einige Aussetzer gehabt. Er hatte versucht, sie zu Hause anzurufen, keiner nahm ab. Auf dem Handy: „Der gewünschte Gesprächspartner ist zur Zeit nicht erreichbar.“ Jetzt war eine Stunde seit dem verabredeten Zeitpunkt verstrichen und immer noch keine Spur von ihr. Also, am besten eine SMS schreiben und dann nach Hause gehen. Mit dem Abend würde er nicht mehr viel anfangen können. Wahrscheinlich würde es heute Nacht noch ein Gewitter geben, es war immer noch schwül. Auf dem Weg nach Hause konnte er bei ihr vorbeifahren. Vielleicht hatte sie ihre Verabredung einfach nur vergessen.
Markus verließ die Gaststätte. Sein Auto parkte eine Straße tiefer, hier oben war nichts mehr frei gewesen. Es begann leicht zu tröpfeln. Sollte er einen Umweg machen oder den Weg über die Treppe nehmen? Die Straße war besser beleuchtet, er würde aber länger brauchen. Er entschied sich für die Treppe. Schon nach wenigen Metern dachte er daran umzukehren. Die Stufen waren schlecht zu erkennen, außerdem rutschig. In der Ferne grollte der erste Donner, und der Regen fiel spärlich, aber stetig. Vorsichtig tastete er sich weiter, als sein Fuß an etwas Weiches stieß. Er erschrak. Könnte das eine Katze gewesen sein? Nein, zu groß. Vielleicht ein Müllsack? Dann erkannte er, dass es kein Müllsack war. Es hatte eher die Umrisse einer menschlichen Gestalt. Dort, wo er den Kopf vermutete, beugte sich Markus über das reglose Bündel. In diesem Moment zerriss ein greller Blitz den Himmel, sodass er für eine Sekunde das Gesicht erkennen konnte. Das konnte doch nicht... das durfte doch nicht... Christina!

Donnerstag, 17. Juni 2004
Die Nacht ist meine Zeit. Sie ist mein Mantel, mein Schutz. Ich verschmelze mit ihr. Sie bedeckt, was ich nicht sehen möchte, was andere nicht sehen sollen. Sie ist meine Heimat. Nur im Dunkeln bin ich. Nur in der Nacht bin ich frei. Nur in der Nacht bin ich stark.
Habe noch vor dem Morgengrauen zwei Treppen bezwungen. Die Flensburger und die Holsteiner Treppe, die direkt aneinander anschließen. Ich bin stolz auf mich. Diesmal hat sich mir niemand in den Weg gestellt. Vielleicht haben sie es endlich begriffen.

Das Klingeln des Telefons schreckte Sybille Ahrend aus dem Schlaf. Sie drehte sich um und nahm den Hörer ab. „Sybille, hier ist Rainer. Der Treppenmörder hat wieder zugeschlagen. Auf der Jakobstreppe, unterhalb vom Rebenhäuschen!"
Rainer Ahrend, von Beruf Polizist wie sie, war ihr Ex-Mann. „Komm bitte sofort. Kommissar Peters ist schon vor Ort."
Das brachte Sybille augenblicklich auf die Beine und auf die Palme. „Ich bin schon unterwegs", rief sie, knallte den Hörer auf die Gabel und schlüpfte hastig in ihre Kleidung. Kommissar Peters! Allein schon die Erwähnung dieses Namens brachte sie auf 180. Peters: klug, gut aussehend, stets vorbildlich – wie sie ihn verabscheute. Ein Karrieretyp, wie er im Buche stand. In der Schule hatte er bestimmt in der ersten Reihe gesessen und seinen Arm in die Luft gereckt, bevor der Lehrer überhaupt eine Frage stellen konnte. Ausgerechnet diesen Widerling hatten sie ihr an die Seite gestellt. Dabei war sie bisher gut allein zurechtgekommen. Aber typisch. Einer Frau traute man die Arbeit als Kriminalkommissar nicht zu. „Im Team kommt man besser voran"; damit hatte ihr Chef die Entscheidung begründet. Sie

ermittelte, Peters strich dafür die Lorbeeren ein. Das nannte sich dann Teamarbeit!
Aber der Treppenmörder war ihr Fall. Sie würde ihn lösen und kein Kommissar Peters konnte sie daran hindern. Sie wollte beweisen, dass sie mehr drauf hatte. Mit Wut im Bauch machte sie sich auf den Weg zum Tatort.
Die Spurensicherung war gerade fertig geworden. Die Leiche war schon abtransportiert, der Kreideumriss auf den Stufen zeigte, wo sie gelegen hatte. Rainer Ahrend sprach mit einem der Beamten, während dieser einen der Strahler einpackte, mit dem der Tatort beleuchtet worden war. Kommissar Peters stand abseits und wirkte nervös. Als Sybille ihn ansprach, zuckte er zusammen. „Ach, Sie sind‘s, Kommissarin Ahrend. Dann können Sie ja jetzt übernehmen.“ Mit diesen Worten verschwand er in der Dunkelheit. Sybille war sprachlos. Er hatte ihr einfach das Feld überlassen. Was war nur mit Peters los?
„Rainer, bring mich kurz auf den letzten Stand. Peters ist gerade gegangen“, wandte Sybille sich an ihren Ex-Mann.
„Eine Leiche zu finden, das kann den stärksten Mann umhauen.“
„Peters hat die Leiche gefunden? Habt ihr ihn vernommen?“
„Du spinnst, Sybille! Nur weil du ihn nicht riechen kannst?“
„Ich weiß, was ich tue, Rainer. Bin lange genug Polizistin. Was hatte er denn mitten in der Nacht auf dieser Treppe verloren?“
„Du hast was verloren, Sybille, nämlich deinen Verstand. Mehr möchte ich dazu nicht sagen.“ „Mit dir ist nicht zu reden. Ich hole mir meinen Bericht woanders. Gute Nacht!“
Sybille war außer sich. Nicht nur, dass sie ihr Peters vor die Nase gesetzt hatten. Gleichzeitig hatte ihr Ex-Gatte auf eine Beförderung verzichtet, um in ihrer Nähe bleiben zu können.

Der Kollege von der Spurensicherung lieferte ihr die Fakten. „Das Opfer ist eine Frau, Mitte zwanzig, ein Meter fünfundsechzig, schlank, braune, schulterlange Haare, blaue Augen. Bekleidet mit einem knielangen, blauen Sommerkleid. Sie trug eine Handtasche bei sich. Vermutliche Todesursache: Schlag auf den Kopf mit einem schweren Gegenstand. Keine Spuren eines Kampfes. Morgen gegen Mittag können Sie mit dem genauen Bericht rechnen."

„Grüble nicht zu lange, das gibt Falten", riet ihr Ex-Mann. Nach und nach verabschiedeten sich die Kollegen. Sybille blieb allein zurück. Zeit genug, sich noch etwas am Tatort umzusehen. Meist vergaß die Spurensicherung etwas. Sie als Frau hätte sich das nicht erlauben dürfen. Sybille zog eine Taschenlampe aus ihrer Handtasche und leuchtete die Stufen ab. Blut auf den Stufen, verschmiert durch den Regen. Blätterreste, Zigarettenstummel, Papierabfall, das Übliche, doch da, was war da unter dem Vorsprung? Der Lichtkegel erfasste einen länglichen silbernen Gegenstand. Vorsichtig zog sie ihn heraus. Ein Handy, vermutlich das der Toten. Sybille lies es in ihrer Handtasche verschwinden und machte sich auf den Weg nach Hause. Dort betrachtete sie das Handy näher. Sie schaltete es an. „PIN eingeben" leuchtete auf. Mist! Vielleicht würde sich in der Handtasche der Toten ein Hinweis finden. Mit dem Gedanken daran legte sich Sybille im Morgengrauen schlafen.

Am Morgen im Büro nahm sie die Handtasche genauer unter die Lupe. Zahnstocher, Lippenstift, Tampon, Büroklammern, Strumpfhose, Taschentücher, Halsbonbons, Deo, Sonnenbrille, ein kleines Notizbuch und sogar ein handlicher Schirm. Die Tote war für alle Notfälle gewappnet. Alle, bis auf einen. Als sie schließlich alles ausgeleert hatte, entdeckt sie noch eine Innentasche. Dort fand sie, was sie suchte:

einen Zettel mit der Aufschrift PUK und eine achtstellige Nummer. Eine PUK ist zwar keine PIN, aber wenn man die PIN drei Mal verkehrt eingibt, fragt das Handy nach der PUK und man kann eine neue PIN eingeben.
Das erste, was ihr nach dem Summton auf dem Display entgegenleuchtete, war das Foto einer jungen Frau – vermutlich das Opfer selbst. Das zweite eine Kurznachricht. „Privatgespräche während der Dienstzeit sind nicht erlaubt", sagte plötzlich eine Stimme neben ihr. Sybille schrak zusammen. Sie hatte Kommissar Peters nicht kommen hören. Sie herrschte ihn an: „Wir müssen unseren Bericht abliefern, und Sie sind zu spät." Ohne eine Erwiderung verließ Peters den Raum. Sybille wunderte sich, aber es sollte ihr recht sein.
Auf dem Display war jetzt folgender Text zu lesen: „Wo warst du? Habe 1 Std. gewartet. Komme noch bei dir vorbei. XXX, Markus."
Zu der Zeit, als die SMS abgeschickt wurde, war das Opfer vermutlich schon tot gewesen. Markus hatte also vergeblich gewartet. Doch wer war Markus? Sybille klickte sich durch das Telefonbuch des Handys: „Markus 0176/ 355 24 56". Jetzt die Nummernerkennung sperren und auf „Anwahl" drücken. Einige Sekunden später hatte sie eine Verbindung.
Genau in diesem Moment hörte sie in Kommissar Peters Büro ein Handy klingeln. Einmal, zweimal, dreimal ... man konnte sich kaum richtig konzentrieren!
„Ja, bitte". Vor Schreck hätte Sybille fast das Telefon fallen gelassen. Sie hatte die Stimme doppelt gehört. Sie legte hastig auf und rief „Privatgespräche im Dienst sind nicht erlaubt!", ins Nebenzimmer. Kommissar Peters erschien in der Bürotür. In der Hand hielt er ein Papier. „Hier. Wenn Sie noch Fragen haben sollten, Sie haben ja meine Handynummer. Ich bin weg."

Mit einem lauten Knall fiel die Tür ins Schloss. Natürlich, die Handynummer! Sie war ihr gleich bekannt vorgekommen. Markus, natürlich, Markus Peters! Jetzt hatte sie ihn! Sie musste nur noch Beweise liefern. Schnell überflog sie den Bericht und griff zum Handy. „Ja, bitte." „Kommissar Peters, Kommissarin Ahrend hier. Ich habe noch eine Frage. In Ihrem Bericht steht, dass die Tote Christina Walther hieß. Woher hatten Sie den Namen? Kannten Sie die Frau eventuell?"
„Der Ausweis in ihrer Handtasche", antwortete er schroff. Sybille durchsuchte noch einmal die Tasche. Was sie nicht fand, war ein Personalausweis; was sie allerdings fand, war ein Liebesbrief.

Freitag, 18. Juni 2004
Bin heute die Hamburger Treppe hochgerannt. Zum Glück ist mir niemand begegnet. Bald bin ich stark genug für den Treppenmarathon. Ich weiß, dass ich es schaffe. Ich werde meinen Titel verteidigen. Der „Goldene Treppenläufer" gehört mir. Allein mir!

„Ich brauche einen Hausdurchsuchungsbefehl." Sybille saß mit Rainer im Thalia, einem kleinen Café direkt an der Wupper. Das Wetter war sonnig und warm. Alle fünf Minuten sauste eine Schwebebahn über ihre Köpfe. Sybille und Rainer hatten sich zum Freitagslunch getroffen, ein Ritual, das noch aus ihrer Ehe stammte.
„Halt stopp! Wie wäre es erst einmal mit: Wie geht es dir? Was gibt es Neues?" Rainer biss herzhaft in sein Käsebaguette und musterte Sybille kritisch
„Es geht um Peters. Ich habe triftige Gründe zu glauben, dass er was mit dem Mord zu tun hat", flüsterte Sybille.
„Ich habe dir schon gestern gesagt: Lass die Finger davon. Peters, der würde niemals töten – schon aus Angst um seine

Karriere. Im Übrigen hat dein Kollege längst einen Durchsuchungsbefehl beantragt. Für die Wohnung des Opfers."

Rainer sah dem Kaiserwagen nach, der langsam vorbeischwebte. Nachdenklich sagte er zu Sybille: „Erinnerst du dich noch? In diesem Wagen wollten wir unsere silberne Hochzeit feiern. Tja, leider ist es nie so weit gekommen. Sybille, du weißt..."

„Für die Wohnung der Toten?", unterbrach ihn seine Ex-Frau. „Davon wusste ich nichts. Da siehst du es, der Mann hat etwas zu verbergen. Und ich werde herausfinden, was." Sie rührte energisch in ihrem Eiscafé.

„Tu, was du nicht lassen kannst, aber bitte halte mich da raus. Ich habe Mittagspause, und das Wochenende steht vor der Tür. Was meinst du, wir könnten doch mal wieder etwas unternehmen. Tanzen gehen, zum Beispiel. Erinnerst du dich noch an unseren Stepptanzkurs?"

„Ich habe keine Zeit zum Tanzen. Ich habe einen Fall zu lösen!", erwiderte Sybille.

Liebste Christina,

ich sitze im Botanischen Garten mit einem Dach aus Blättern über meinem Kopf. Ich wünschte, du wärest bei mir.

Unsere Treffen sind viel zu kurz. Ich möchte sagen: Uhr, steh still! Es ist schwer für dich, ich weiß, aber meine Arbeit verlangt viel Aufmerksamkeit. Vielleicht wird sich das bald ändern. Ich sehne mich nach mehr Zeit, nach mehr Zeit mit dir!

Was hältst du von einem Treffen im Rebenhäuschen, Mittwoch, sagen wir um neun. Ich werde dort auf dich warten. Schließlich gibt es etwas zu feiern: unser Dreijähriges!

In Liebe,

dein Markus

Nach ihrer Mittagspause begab sich Sybille in die Briller Straße zur Wohnung des Opfers. Wer weiß, vielleicht würde sie Kommissar Peters dort treffen.
Christina Walther hatte in einem Mehrfamilienhaus gelebt. Eins dieser alten Häuser mit Schnörkeln, Puttenfiguren, etwas kitschig, aber schön. Die Haustür stand offen. Sybille begann, die Treppe hochzusteigen. Zwei Wohnungen pro Stockwerk. Die Wohnung von „C. Walther" war versiegelt. Zu spät, sie hatte Peters verpasst.
Sie wollte gerade gehen, als sich die gegenüberliegende Wohnungstür öffnete und eine ältere Frau heraustrat.
„Frau Walther wohnt hier nicht mehr. Tragisch, sag ich Ihnen. Auf einer Treppe erschlagen. So eine nette junge Dame. Heute war ein Polizist in der Wohnung. Seltsam war das. Sah aus wie der Mann, der hier immer zu Besuch war. Ihr Freund, glaube ich. Wundert mich, dass der nicht bei mir geklingelt hat, um Fragen zu stellen. Das tun die doch sonst immer."
„Ich habe jetzt die Befragung der Zeugen übernommen", sagte die Beamtin. „Sybille Arend, Kriminalpolizei", stellte sie sich vor und streckte der Nachbarin des Opfers die Hand entgegen.
„Gesine Meyer", entgegnete diese und ergriff die hingehaltene Hand.
„Ich muss Ihnen, wie gesagt, einige Fragen stellen. Jede Beobachtung, und scheint sie noch so unbedeutend, kann wichtig sein", fuhr Sybille fort.
Das ließ sich die Frau nicht zweimal sagen. „Kommen Sie doch herein", bat sie. „Wissen Sie, ich verstehe mich mit allen Nachbarn gut, jeder ist hier für den anderen da. Zu mir war Frau Walther immer nett und höflich. Bei ihr war es nie laut, keine wilden Partys oder so etwas."
„Und der, der sie besucht hat?"

„Ein schöner Mann. Groß, braune Haare, immer mit Anzug und Krawatte. Ab und zu ist er abends vorbeigekommen und mit Frau Walther weggegangen. Sie trug dann immer diese hübschen kurzen Kleider und hatte ihre Haare hochgesteckt."
„War der Mann an dem Abend bei ihr, als sie starb?", unterbrach sie Sybille. Frau Meyer lehnte sich zurück und zog die Stirn in Falten. „Nein, an diesem Abend kam er nicht. Frau Walther ging alleine aus, irgendwann zwischen acht und neun. Wenig später kam sie noch mal zurück. Ihr Kleid hatte einen Riss. Kurz darauf ging sie wieder nach unten, in einem anderen Kleid. In dieser Nacht kam sie nicht nach Hause. Am nächsten Morgen hörte ich, dass sie tot ist." Frau Meyer traten Tränen in die Augen.
Sybille reichte ihr ein Taschentuch und stand auf. „Danke, Sie haben uns sehr geholfen."

Samstag, 19. Juni 2004
Tippe Tappe Tönchen: Sie hat ihren Namen von dem Klang der Schuhe auf den Stufen. Es ist eindeutig meine Lieblingstreppe. Einmal rauf, wieder runter und gleich wieder hoch. Eigentlich sollte man sie mit Holzschuhen laufen, mit holländischen Holzschuhen. Aber ich habe keine Holzschuhe. In meinen Steppschuhen kann ich schlecht laufen, dafür klappern sie schön. Ich mag diesen Rhythmus. Da damm, da damm – unbetont, betont. Ich glaube, wenn ich das nächste Mal nach Holland fahre, kaufe ich mir ein Paar Holzschuhe.

Samstagmorgen saß Sybille vor ihrem Telefon. Sie war drauf und dran, Rainer anzurufen und ihm von ihrem Gespräch mit Frau Meyer zu berichten. Doch sie tat es nicht: Er würde sie sowieso nicht ernst nehmen. Stattdessen wählte sie eine andere Nummer.

„Peters“.
„Kommissarin Ahrend hier. Sie erinnern sich? Ich möchte Ihnen ein paar Fragen stellen.“ „Ein paar Fragen stellen ... das klingt ja wie ein Verhör. Wir sind nicht im Dienst.“ Peters lachte – nervös, wie Sybille fand.
„Sind Sie verheiratet, Kommissar Peters?“
„Was soll diese Frage, Sie wissen doch, dass ich verheiratet bin.“
„Ich frage Sie nochmals: Kannten Sie Christina Walther?“ An seiner Stimme merkte sie, dass er anfing, unruhig zu werden. Jetzt hatte sie ihn da, wo sie ihn haben wollte.
„Ich habe es Ihnen schon mal gesagt, ich kannte sie nicht.“
„Wie kommt es dann, dass ich in ihrer Handtasche einen Brief von Ihnen gefunden habe?“ Markus Peters schwieg.
„Wollen Sie, dass ihre Frau davon erfährt? Oder dass ich der Sache weiter nachgehe?“
„Gut, was wollen Sie von mir?“, flüsterte er.
„Kündigen Sie, oder lassen Sie sich versetzen, und ich halte Sie daraus.“
Sybille hörte, wie Markus Peters Luft holte. „Gut, in Ordnung.“ Es klang wie ein Seufzer.

Sonntag, 20. Juni 2004
Das Leben ist eine Treppe. Es hat einen Anfang und ein Ende. Manchmal muss etwas enden, damit etwas Neues anfangen kann. Ein ewiges Auf und Ab. Bei mir geht es nur nach oben. Nach unten – das ist das Schicksal der anderen.

Der Montag begann für Sybille Ahrend ohne ihren Kollegen Markus Peters. Seine Frau hatte ihn am Sonntagabend, als sie von einem Besuch bei ihrer Mutter zurückkehrte, tot auf dem Boden liegend vorgefunden, neben sich seine Dienstwaffe und ein Zettel.

Liebe Irina, bitte verzeih. Bewahre dir die Erinnerung an mich, so wie du mich liebtest. Ich war nicht gut genug. Leb wohl, Markus.
Sie hatte sofort die Polizei verständigt. Sybille hatte ihr Beileid ausgesprochen.

Montag, den 21. Juni 2004
Ich habe das obere Ende der Treppe erreicht. Die letzte Stufe ist bewältigt, das letzte Hindernis aus dem Weg geräumt. Ich habe gekämpft und gesiegt. Was ich mir vornehme, gelingt mir auch, manchmal kommt mir der Zufall zur Hilfe. Ich bin jetzt oben und da gibt es nur Platz für einen. Diesen Platz werde ich verteidigen.

Sybille Ahrend wurde befördert und durfte ihre Fälle von nun an wieder im Alleingang lösen. Sie gewann den Bergischen Treppenmarathon; der „Goldene Treppenläufer“ blieb in ihrem Besitz. In den folgenden Monaten hielt sich der Treppenmörder zurück, vielleicht auch deshalb, weil die Wuppertaler einen Bogen um alle großen Freitreppen machten. Jahre später rollte Rainer Ahrend den Fall wieder auf. Er fand es immer noch merkwürdig, dass Markus Peters einen Mord begangen haben sollte. Man fand Ahrends Leiche am Fuß der Jakobstreppe, an deren Ende das „Rebenhäuschen“ liegt: erschlagen mit einem schweren Gegenstand.

Nachbarschaftshilfe

Sebastian Weber

Konrad Uellendahl war sprachlos. Eine der Grundfesten seiner Weltanschauung war mit einem einzigen Satz zerschmettert worden: die Überzeugung, dass in einer Stadt wie Remscheid keine Morde geschahen. Gesprochen hatte diesen einen Satz Frau Mangge. Frau Mangge war Uellendahls Nachbarin von der anderen Straßenseite. Der Satz lautete: „Herr Uellendahl. Ich glaube, ich habe meinen Mann umgebracht!"

Frau Mangge sprach diese erschütternde Neuigkeit in einem Zustand unterdrückter Erregung aus, sie rang ihre Hände vor dem Busen, als gelte es, Wasser aus ihm auszuwringen. Ihr Gesicht war bleich, ausgenommen ein grünlichblauer Kranz um ihr linkes Auge und ein rötlicher Fleck an ihrer Oberlippe. Feuchte Spuren von mit Lidschatten vermischten Tränen zogen sich über die Wangen. Die füllige Dame trug eine Haushaltsschürze, darunter ein einteiliges, tailliertes Kleid mit einem Blumenmuster, das die Farben Grün, Blau und Gelb – nach Uellendahls Auffassung vergebens – miteinander in Einklang zu bringen versuchte und das in aussichtslosem Wettbewerb mit der türkisfarbenen, mit pink abgesetzten Taschen bestückten Schürze stand.

Der Anblick Frau Mangges allein hätte bereits ausgereicht, um Uellendahl die Sprache nachhaltig zu verschlagen. Diese Eröffnung aber ließ ihn erstarren. Seine Hand krallte sich um die Türklinke, und Frau Mangges Worte arbeiteten sich durch seinen Kopf.

„Herr Uellendahl – ich glaube, ich habe meinen Mann umgebracht!"

Warum, dachte Uellendahl, kommen Sie damit ausgerechnet zu mir? Glauben Sie etwa, ich möchte etwas damit zu tun haben? Und warum glauben Sie überhaupt, ihren Mann umgebracht zu haben. Heißt das, Sie glauben, dass es Mord war, oder Sie wissen, dass es Mord wäre, wenn er jetzt tatsächlich tot ist? Soll ich bestätigen, dass ihr Mann tot ist, oder dass Sie ihn ermordet haben? Oder dass er tot ist und Sie ihn nicht ermordet haben? Oder dass er nicht tot ist? Und warum tragen Sie diese unmögliche Kleidung?

Uellendahl war sich darüber im Klaren, dass er eine Entscheidung treffen musste. Er konnte einfach die Tür schließen. Hatte sie ihren Mann tatsächlich umgebracht, dann würde die Polizei sie mitnehmen und einsperren, lebenslänglich wahrscheinlich, und keiner würde erfahren, dass er sie abgewiesen hatte. Außerdem: wenn sie ihren Mann umgebracht hatte, dann war sie gefährlich. Eine Psychopathin womöglich! Aber wenn sie ihren Mann nicht umgebracht hatte, wenn er schwer verletzt in seiner Wohnung lag, dann wäre es unterlassene Hilfeleistung, und Uellendahl würde sich in der Nachbarschaft unmöglich machen. Man würde mit dem Finger auf ihn zeigen und einander zuraunen: „Das ist Herr Uellendahl – er hat Herrn Mangge von gegenüber einfach verrecken lassen!“ Uellendahls Atem ging schwer, sein Herz jagte einem gefährlichen Geschwindigkeitsrekord entgegen.

„Frau Mangge“, sagte er schließlich gepresst zu der händeringenden rundlichen Endfünfzigerin. „Ich glaube, das schaue ich mir erst mal an.“ Frau Mangges Augen weiteten sich. Weshalb sie das taten, war Uellendahl gleich. Ihn erfüllte ein ohnmächtiger Zorn auf Frau Mangge, die ihn in diese unmögliche Situation brachte. Warum kommt sie zu mir, dachte er wieder. Ich habe mit ihr noch nie über etwas ande-

res gesprochen als über das Wetter. Und sie zahlt mir das mit einem Mord heim!
Uellendahl nahm seine Wohnungsschlüssel vom Bord und wollte schon hinaustreten, als er innehielt. Er würde sich an einen Tatort begeben, ging es ihm durch den Kopf. Wenn er dort Spuren hinterließ, würde die Polizei ihn nicht mehr in Ruhe lassen. Er wäre dann vielleicht sogar verdächtig. Möglicherweise plante Frau Mangge ja auch, ihn in die Sache hineinzuziehen, ihn zum Mitwisser zu machen, ihn zum Schweigen zu bringen. Er trat an eine Kommode im Flur, zog eine Schublade auf, streifte sich ein Paar lederne Handschuhe über. Er ballte die Hände zu Fäusten. Er war bereit.
Frau Mangge machte ihm freiwillig Platz. Uellendahl zog die Tür zu und schloss ab. Er atmete auf. Ein Etappenziel war erreicht: das Eintreten einer mutmaßlichen Mörderin in seine Wohnung hatte er abwenden können. „Es wird schon alles in Ordnung kommen", sagte er. Frau Mangge lächelte schief zurück.
Es war brütend heiß auf der Straße. Uellendahl war sich bewusst, daß er mit den Handschuhen lächerlich aussah, genauso wie Frau Mangge in ihrem Blumendekor. Schon seit einigen Wochen parkten hier nur wenige Fahrzeuge. Sommerferien und Hitze hatten die umliegenden Häuser und Wohungen leergefegt. Wer nicht arbeitete, saß in einem Eiscafé, lag im Strandbad, hatte es sich hinter dem Haus auf der Wiese bequem gemacht. Uellendahl und Frau Mangge waren allein. Unbeobachtet.
Dennoch hastete er über die Straße auf das Mehrfamilienhaus zu, in dem die Mangges wohnten. Er stieg die Betonstufen zur Haustür hinauf, nahm zwei Stufen auf einmal und wartete ungeduldig auf die Urheberin seiner Sorgen, die entengleich über den aufgebrochenen, teilweise das alte Straßenpflaster freigebenden Asphalt der Wörthstraße zu ihm

hinüberwatschelte. Nervös blickte Uellendahl in beide Richtungen, erblickte aber zu seiner Erleichterung niemanden. Prustend kämpfte sich die füllige Frau Mangge die Stufen hinauf und fuchtelte umständlich mit einem Bund Schlüssel herum, um die Tür aufzuschließen.
Vom ungeduldigen Uellendahl angetrieben, tippelte sie über den gefliesten Flurboden auf ihre Wohnungstür zu. Obwohl Uellendahl wusste, daß Mangges Nachbarn, die Altmanns, sich im Urlaub an der Ostsee befanden, und die beiden älteren Damen im zweiten Stock schwerhörig waren, glitt er lautlos hinter der wackelnden Frau Mangge her. Unter dem Dach, das wusste Uellendahl, wohnte ein junger Student, der aber seine Wohnung nur als nächtliche Absteige zu nutzen schien. Frau Mangge brachte mit zitternden Fingern den Schlüsselbund in die Höhe und versuchte den richtigen Schlüssel für die Wohungstür zu finden. Uellendahl schickte ein Stoßgebet gen Himmel, dass er ihr nicht aus den Händen glitt und mit infernalischem Getöse zu Boden fiel.
Sie steckte den richtigen Schlüssel ins Schloss. Und drehte ihn. Einmal. Zweimal. Uellendahl staunte nicht schlecht. Die Frau glaubte, ihren Mann umgebracht zu haben, schloss aber die Wohnungstür ab, bevor sie über die Straße zu einem Nachbarn ging. Warum schloss sie zu? Wenn ihr Mann tot war, dann lief er ihr bestimmt nicht nach. Und wenn er noch lebte, dann wäre es doch geradezu hirnverbrannt, den womöglich Schwerverletzten in der Wohnung einzusperren. Mit krauser Stirn schaute er Frau Mangge an – ihm dämmerte etwas, irgendetwas, vielleicht etwas Wichtiges, aber es war zu warm, als dass er den Gedanken zu fassen bekommen hätte.
Mit bebenden Lippen stand Frau Mangge auf der Schwelle und drückte die Tür auf. Sie trat beiseite. Uellendahl stockte der Atem, als er sah, wie ihr Rücken sich auf den Knopf der

Türglocke zu bewegte. Jeden Augenblick glaubte er das durchdringende Schrillen der Schelle hören zu müssen. Im Geiste sah er schon alle Türen auffliegen, alle würden ihn sehen, und schuldig oder nicht, sie würden ihn verdächtigen. Auch die Altmanns waren da, unerwartet aus ihrem Urlaub zurückgekehrt, weil es ihnen nach über 20 Jahren an der Ostsee plötzlich nicht mehr gefallen hatte, und sie hätten es immer schon gewusst. Was auch immer es war. Uellendahl presste die Zähne aufeinander.

„Da drinnen", brachte Frau Mangge hervor, kaum vernehmbar. Ihr Rücken befand sich in komfortablem Abstand von der Türglocke. Uellendahl, wieder zurück in der Wirklichkeit, atmete tief ein und machte dann einen todesmutigen Schritt über die Schwelle. Es roch nach Essen. Rotkohl, mutmaßte Uellendahl, und Kartoffeln. Und Wurst, Bratwurst. Und noch etwas, das nicht vom Kochen, sondern von Wohnen herrührte. Die Wohnung, das wusste Uellendahl, war nicht groß. Seine Wohnung war etwas kleiner als diese, aber er lebte schließlich allein. Zwei Zimmer, eine geräumige Küche, ein winziges Badezimmer. „Wo?", fragte er Frau Mangge. Und fügte ungeduldig hinzu: „Jetzt kommen Sie doch um Himmels Willen rein!"

Zu Uellendahls Freude folgte sie seiner Anweisung und schloss leise die Tür hinter sich, als gelte es, ihren Mann nicht zu wecken. Uellendahl war für diese Rücksichtnahme dankbar. Die Tür zur Küche, eine weiß gestrichene Holztür, war zugezogen. Die Tür zum Wohnraum, der nach links abging, stand offen. Uellendahl spähte hinein, konnte aber außer dunklem, gravitätischem Mobiliar und Ledergarnitur nichts erkennen. Hinter ihm sperrte Frau Mangge ab.

Uellendahl fuhr herum. Tatsächlich. Die Frau schloss die Tür ab. Einmal. Zweimal. Und hängte den Schlüssel ans Brett

neben der Garderobe. „Äh, Frau Mangge“, setzte Uellendahl verwirrt an. „Warum...?“
„Da drinnen ist er.“ Ihr rundliches Kinn wies auf die geschlossene Küchentür. Uellendahl schaute unschlüssig zwischen seiner ihm urplötzlich irgendwie bedrohlich erscheinenden Nachbarin und der ebenfalls bedrohlichen Küchentür hin und her. Dann fasste er den Entschluss, seine Kerkermeisterin vorerst als verwirrte Mörderin, nein, verwirrte Frau, jawohl, das klang gut und wenig bedrohlich, verwirrte und von der Situation überforderte Frau einzustufen... und sich der Küchentür zu stellen.
Uellendahl ergriff die Klinke, drückte sie herunter, schob die Tür vorsichtig auf. Der Geruch des Mittagessens wurde stärker. Uellendahl schob weiter. Er erblickte die Küchenzeile, den Herd, die Spüle. Das Fenster, das den trostlosen Anblick einer Betonmauer bot, die einen gepflasterten Weg hinter dem Haus von dem dahinter ansteigenden Garten trennte. Eine Tischkante, dahinter einen Küchenschrank, wie Uellendahl ihn immer schon gerne gehabt hätte. Die zweite, hintere Tischkante des Küchentischs. Schließlich das jenseitige Tischende.
Im wahrsten Sinne des Wortes jenseitig, mußte Uellendahl denken, als er Herrn Mangge mit ausgestreckten Beinen, schlaff herabhängenden Armen, den Kopf im Nacken, den Mund aufgerissen und eine feuchtglänzende, bereits das Interesse von Stubenfliegen erweckt habende Wunde an der linken Schläfe, vor einer erkalteten Mahlzeit sitzen sah. Doch keine Bratwurst, dachte Uellendahl. Schnitzel. Hinter ihm gab Frau Mangge ein erstícktes Geräusch von sich.
Vorsichtig trat Uellendahl an den Tisch, der für zwei Personen gedeckt war. Immerhin hatte Frau Mangge nicht erst abgeräumt und gespült, bevor sie ihn geholt hatte. Also doch keine Psychopathin. Auf Frau Mangges Teller, die am vorderen

Tischende gesessen hatte, waren eingetrocknete Spuren rotvioletten Rotkohlsaftes und bräunliche Spuren des Schnitzels zu erkennen. Ordentlich nebeneinander lagen Gabel und Messer am Tellerrand, ganz so, als gelte es dem Ober mitzuteilen, man habe fertig gespeist. Neben dem Teller lag eine natürlich geblümte, offenkundig benutzte Papierserviette.
In der Mitte des Tisches stand ein gläserner Kerzenhalter mit einer halb abgebrannten Kerze. Ein Geschirrtuch lag zerknüllt daneben. Und am anderen Ende, vor dem halb geleerten Teller, offenbar dem Schnitzel mehr zugetan als dem Rotkohl, saß Herr Mangge, mit fliehender Stirn, grauem, bis auf den Hinterkopf zurückgetretenem Haaransatz, angetan mit einem karierten kurzärmeligem Sommerhemd über den voluminösen Oberkörper und einer graumelierten, leichten langen Sommerhose.
Nach Uellendahls Empfinden war der Mann tot. Eine Fliege wanderte über die Verletzung an der Schläfe und Uellendahl fühlte sich dazu verpflichtet, sie zu verscheuchen. Ich muss irgendetwas tun, dachte er. Den Puls fühlen. Halsschlagader. Aber Herr Mangge, das musste Uellendahl feststellen, hatte leider keinen Hals. Dann das Handgelenk. Vorsichtig ging Uellendahl in die Knie (ein Bandscheibenvorfall vor acht Jahren hatte ihm das beigebogen) und ergriff einen von Herrn Mangges herabhängenden, schweren Armen. Industrieschlosser war er, irgendsowas meinte Uellendahl gehört zu haben. Bei der Barmag in Lennep. Die Arme passten dazu.
Um den Puls zu fühlen, fiel Uellendahl ein, musste er seine Handschuhe ausziehen. Musste er eigentlich den Puls fühlen? Der Mann war unzweifelhaft tot. Jedenfalls sah er tot aus. Was machte sonst die Fliege an Herrn Mangges Stirn? Und wo – das kam ihm ganz plötzlich in den Sinn – und vor allem was war eigentlich die Tatwaffe?

Eilig erhob er sich und blickte in den Flur hinüber, in dem Frau Mangge immer noch mit dem Rücken zur Wohnungstür stand und zu Boden blickte. „Frau Mangge“, sagte Uellendahl, um ihre Aufmerksamkeit auf sich zu ziehen. Sie schaute ausdruckslos zu ihm hinüber. „Womit haben Sie ihren Mann – ähm, geschlagen?“
„Handtuch“, sagte Frau Mangge. Und wies mit ihrem Kinn auf den Tisch.
Verstört blickte Uellendahl auf das Geschirrtuch. Damit wollte sie ihrem Mann diese Verletzung beigebracht haben? Er beugte sich zu dem Handtuch hinüber und hob es mit spitzen Fingern an. Ein hölzerner Griff lugte hervor. Uellendahl zog das Handtuch weg. Ein Fleischhammer lag vor ihm, so ein Ding, mit dem man Fleisch – Schnitzel beispielsweise – auf die vierfache Größe bringen konnte. Er wußte nicht, wozu man das tat, aber er nahm an, dass man mit einem solchen Hammer sehr wohl einen Mann erschlagen konnte.
Uellendahl bemerkte, dass er den Hammer in der Hand hielt! Erschreckt ließ er ihn los, und erschrak dann erneut, als das Mordinstrument mit einem dumpfen Knall auf die Tischplatte prallte. „Hööh“, heulte Frau Mangge im Flur erstickt auf. Und plötzlich hörte Uellendahl hinter seinem Rücken ein Röcheln und Stöhnen, als wären alle Dämonen der Hölle in der Küche der Mangges aufgelaufen. Starr vor Angst drehte er sich herum.
Herr Mangge sah immer noch tot aus, er war es aber nicht mehr. Die zuvor geschlossenen Augen Mangges fixierten Uellendahl mit glasigem Blick und die vor kurzem noch so kraftlosen Arme hoben sich ihm entgegen. „Das ist doch ...“, gurgelte Mangge, wobei er einige Buchstaben verschluckte.
„Herr Mangge“, platzte es aus Uellendahl heraus. „Meine Güte, meine Güte. Sie glauben nicht... ihre Frau ist zu mir

gekommen... und sie dachte... und ich dachte... wir dachten, sie wären tot!"
Ein eiserner Griff schraubte Uellendahls linkes Handgelenk ein. „Ah, das hättet ihr wohl gern", grunzte Mangge. Uellendahls Gesicht verzog sich vor Schmerz und Bestürzung. „Aber nein. Sie verstehen nicht. Wir dachten, Sie wären tot", wiederholte er.
„Ah, ich verstehe sehr gut", erwiderte Mangge. Er schien auf wundersame Weise genesen. „Ihr habt gedacht, wenn der alte Mangge erst mal tot ist, dann könnt ihr fröhlich drauflos..."
„Absurd!", fiel ihm Uellendahl gerade noch rechtzeitig ins Wort. Undenkbar, unaussprechlich, dass er und Frau Mangge fröhlich drauflos – um Gottes Willen! Uellendahl fühlte sich schmutzig, ihm war schwindelig und außerdem brach ihm Mangge gerade das Handgelenk. „Lassen Sie mich los! Ich hätte mich gar nicht erst darauf einlassen sollen!"
„Ja, gar nicht erst einlassen sollen", fing Mangge diesen verbalen Elfmeter auf. Uellendahl verfluchte sich innerlich.
„Hartmut!", empörte sich Frau Mangge auf dem Flur.
„Um dich kümmere ich mich auch noch", spie Mangge in Richtung seiner Frau, und seine Worte schienen die Wirkung von Fausthieben zu haben. Wimmernd ging sie in die Knie, den Blick auf den Boden gerichtet, die Hände vor der Brust verschränkt.
Uellendahls linkes Handgelenk war ein einziger Schmerz. Er konnte nicht denken, oder besser, er konnte nur gebetsmühlenartig denken: „Warum bin ich mitgegangen, warum bin ich mitgegangen, warum bin ich mitgegangen". Tränen verschleierten seinen Blick, Tränen des Schmerzes und Tränen der Wut. Mangge hielt es nicht einmal für nötig, sich von seinem Stuhl zu erheben, er zog Uellendahl zu sich herunter und der spürte, wie sich die Linke des eingebildeten Gehörnten um seine Kehle schloss. Der Mann würde ihn umbringen.

Uellendahls rechte Hand langte in den Rotkohl, streifte die Reste des halbverzehrten Schnitzels, bekam fast die Gabel zu packen, die aber aus dem verschmierten Handschuh glitt, schloss sich um den Stiel des Fleischhammers.
Uellendahls hob die Hand und schlug voller Verzweiflung auf das verschwimmende Ding vor seinen Augen. Einmal. Noch einmal. Der Griff um sein Handgelenk löste sich etwas. Noch einmal. Er bekam wieder Luft. Und noch einmal. Und noch einmal.
Uellendahl brach in die Knie, rang nach Atem, etwas Warmes strömte ihm über die Stirn. Luft. Luft! Sein Handgelenk schmerzte, aber der schreckliche Druck hatte sich gelöst. „Wenn Sie...", röchelte Uellendahl. „Wenn Sie mir einfach... mal zuhören."
Von irgendwoher hörte Uellendahl ein eigentümliches, hohes, leises Heulen. „Uuuh", heulte es. „Uhuuu."
„Hören Sie, Herr Mangge. Es ist alles ein Missverständnis."
Die schwarzen Punkte vor Uellendahls Augen wechselten ihre Farbe in Weiß.
„Uh. Uhuhu." Es klang wie eine Eule.
Eine rote Flüssigkeit unter dem Stuhl, auf Uellendahls Gesprächspartner saß, roch nach Blut. Begleitet von unablässigem Heulen kämpfte sich Uellendahl auf die Beine, den Blick auf die sich vergrößernde Blutlache unter Herrn Mangges Stuhl gerichtet. Als er eine Wand in seinem Rücken spürte, hob er den Blick.
Mangges Schädel war von mehreren Schlägen förmlich zertrümmert worden, eine hässliche Kerbe auf der haarlosen Kopfhaut deutete einen Bruch der Schädeldecke an, aus aufgerissener Haut lief das Blut in Strömen. Das Gesicht, das Hemd, die Hose, der Boden, alles war blutüberströmt. Die Tatwaffe lag unter dem Tisch. Mein Gott, dachte Uellendahl.

Ich habe einen Menschen umgebracht. Ich habe Herrn Mangge umgebracht.
Mit offenem Mund blickte er in den Flur hinüber, zu Frau Mangge, die mit weit aufgerissenen Augen in die Küche starrte, ihren toten Mann mit dem zerschmetterten Schädel unverwandt anstarrte und „Uh!“ sagte, immer wieder „Uh!“.
Uellendahl schluckte. Sein Hals war trocken und schmerzte, es war Notwehr gewesen, ein Unfall eigentlich. Uellendahl hatte keine Schuld an dem, was geschehen war, er hatte Durst, aber keine Schuld. Schuld an allem war Frau Mangge, die geglaubt hatte, ihren Mann umgebracht zu haben.
Frau Mangges Blick schweifte von der Leiche ihres Mannes zu Uellendahl, der sich von dem Toten weg an die Wand presste, als drohe ihm noch Gefahr. Uellendahl erkannte etwas in diesem Blick, das nichts mehr mit Glauben zu tun hatte. Sie wusste jetzt, dass er ihren Mann erschlagen hatte. Und sie wusste, dass es kaltblütiger Mord gewesen war, ebenso wie sie wusste, dass ihr Mann es nicht so gemeint hatte, mit dem blauen Auge und den Striemen auf ihrem Rücken. Sie würde der Polizei sagen: „Herr Uellendahl hat meinen Mann ermordet!“
Ein Ruck ging durch Uellendahls Körper. Er wandte sich der im Flur kauernden Frau Mangge zu. Er hob die Hände in einer beschwichtigenden Geste, aber im gleichen Augenblick wurde ihm bewusst, dass er mit seinen Lederhandschuhen wie irgendein Würger aus einem Edgar-Wallace-Film aussah. Das sah auch Frau Mangge so, denn sie streckte ihm ihrerseits die Hände entgegen, in einer Geste der Abwehr.
„Frau Mangge. Es war ein Unfall“, flüsterte Uellendahl. „Ihr Mann hat mich angegriffen. Ich musste mich doch wehren.“
„Uhuuhu“, antwortete Frau Mangge, deren Rückzugsmöglichkeiten sich erschöpft hatten, als sie mit dem Rücken

an die Wohnungstür stieß. „Umbracht. Mein Mann umbracht.“
„Ich habe ihren Mann nicht umgebracht“, versicherte Uellendahl verzweifelt. „Es war ein Unfall. Das müssen Sie doch verstehen!“ Seine Hände schossen nach vorn, um Frau Mangge zur Besinnung zu bringen, aber sie wehrte seine Hände ab, wobei sie sich mit der Rotkohlsoße an Uellendahls Handschuh verschmierte. „Umbracht, umbracht, umbracht“, presste sie schluchzend hervor.
Uellendahl stand vollkommen neben sich. Was sollte er nur tun? Am Morgen noch, beim Frühstück, war er ein Frührentner mit Rückenproblemen gewesen, vor nicht einmal einer Viertelstunde war er zum Nachbarn einer Mörderin geworden, und jetzt war er selbst ein Mörder. „Ein Unfall. Das müssen Sie doch verstehen! Frau Mangge!“
Doch Frau Mangge konnte nichts verstehen, sie war von Uellendahl in die Enge getrieben worden. Das kannte sie wohl zur Genüge, aber der andere, das war ihr Mann gewesen, der hier war ein Mörder.
Sie gab Uellendahl einen überraschenden Stoß, der ihn zwei Schritte zurücktaumeln ließ, schlüpfte unter seinen Armen hindurch, riss die zur Rechten des Flurs gelegene Tür des Badezimmers auf, strauchelte in ihrer Hast auf der Schwelle und fiel der Länge nach ins Bad. Ihr Kopf prallte gegen den Wannenrand. Neben einem leicht metallischen Schwingen vernahm Uellendahl ein kurzes, aber durch Mark und Bein dringendes Knacken.
Fassungslos starrte er auf den Blutfleck, der sich auf dem grünblauen Vorleger rasch vergrößerte. Frau Mangge starrte ihn über die linke Schulter hinweg aus toten Augen an. „Frau Mangge“, sagte er. Es klang wie ein Vorwurf. Er blickte in die Küche. Herr Mangge saß tot am Tisch. Alle umbracht, dachte Uellendahl. Er hätte beinahe losgelacht.

Vorsichtig nahm Uellendahl den Schlüsselbund vom Bord und versuchte einen der Schlüssel. Er fand auf Anhieb den richtigen. Zufall. Er drehte ihn einmal, zweimal, zog den Schlüssel ab und hängte ihn ans Bord zurück. Öffnete die Tür. Trat auf den Flur und schloss die Tür wieder hinter sich. Ging leise zur Haustür und öffnete sie. Stieg die Stufen vor dem Haus hinunter, überquerte die Straße. Es war niemand zu sehen. Glück. Er streifte die Handschuhe ab und holte dann seine eigenen Schlüssel heraus. Schloß die Haustür auf, dann seine Wohnungstür, ging hinein, hängte den Schlüsselbund ans Bord. Er warf seine Handschuhe zur Schmutzwäsche, ging ins Bad und duschte sich heiß ab. Sein linkes Handgelenk schmerzte noch, Mangge hatte dort tiefrote Spuren hinterlassen. An seinem Hals entdeckte Uellendahl im Spiegel vereinzelt Würgemale.
Nachdem er geduscht hatte, packte Uellendahl eine Maschine Buntwäsche zusammen und legte seine Lederhandschuhe dazu. Er legte sich auf sein Sofa und schlief fast unmittelbar ein. Als er einige Stunden später erwachte, war seine Wäsche sauber. Und sein Gewissen auch.

Fünf Tage später wurden die Mangges von den aus ihrem Ostseeurlaub zurückkehrenden Altmanns entdeckt. Das Wetter war unverändert heiß, und die Zahl der Fliegen an den beiden Leichen sprunghaft gestiegen. Die beiden alten Damen im zweiten Stock des Gebäudes hatten nichts bemerkt, außer einem unangenehmen Geruch, für den sie aber den Studenten verantwortlich gemacht hatten.
Bei ihrer Vernehmung gaben die Altmanns an, dass Mangge seine Frau regelmäßig misshandelt habe. Dass er krankhaft eifersüchtig und cholerisch gewesen sei. Die Obduktion der Leiche von Rosemarie Mangge geb. Merheim ergab, dass sie eine Vielzahl von Misshandlungsmalen am Körper hatte.

Gestorben war sie jedoch durch einen Genickbruch, den sie sich beim Sturz auf den Wannenrand zugezogen hatte. Hartmut Mangge seinerseits war mit Gewalt zu Tode gebracht worden. Die Tatwaffe, ein Fleischhammer, fand sich unter dem Esstisch der Mangges, insgesamt sechs Schläge zählte der Leichenbeschauer, alle gegen die linke Kopfseite des Opfers geführt. Der Griff der Tatwaffe war mit einer eingetrockneten Flüssigkeit beschmiert, die sich als eine Mischung von Gemüse- und Fleischsaft herausstellte. Dieselbe eingetrocknete Flüssigkeit fand sich an der rechten Hand der toten Frau. Zahl und Heftigkeit der Schläge ließen auf eine Tat im emotionalen Affekt schließen.
Als die Polizei Uellendahl einen Besuch abstattete, trug dieser zum ersten Mal seit mehreren Tagen wieder ein Hemd mit kurzen Ärmeln. Die Spuren am linken Handgelenk waren verblasst. Uellendahl hatte einige Tage Zeit gehabt, sich eine Aussage auszudenken, er hatte hinter zugezogenen Rollläden geprobt. Fast war er enttäuscht, dass die Polizeibeamten so schnell wieder gingen. Nein, gekannt habe er die Mangges eigentlich nicht. Man habe sich gegrüßt, wenn man sich traf, über das Wetter gesprochen. Nein, es sei ihm nicht aufgefallen, daß die Mangges seit einigen Tagen das Haus nicht verlassen hatten, so viele seien ja derzeit im Urlaub. Und natürlich gäbe er Bescheid, wenn ihm noch etwas einfiele.
Der Remscheider General-Anzeiger berichtete wenige Tage nach dem Fund der Mangges von einer „häuslichen Tragödie". Eine Frau habe ihren Mann, der sie seit Jahren misshandelt habe, in Notwehr erschlagen und sei dann durch einen Unfall zu Tode gekommen.
Uellendahl ließ die Zeitung sinken und nahm einen Schluck Kaffee. Die Welt war wieder im Lot. Häusliche Tragödien, so etwas gab es auch in Remscheid.
Aber Morde... ?

Karls Tod

Kathrin Wilhelm

Ich sah aus meinem Fenster. Grüne Wiesen, Kühe, Pferde – alles wie gehabt. Seit einem halben Jahr lebte ich hier. Ich, Helene Schmittke, mit meinem Mann Karl. Ein durchschnittliches altes Ehepaar, das seine letzten Tage im Altenheim verlebt. Freundlich hatten uns unsere Kinder immer wieder darauf hingewiesen, dass ein Leben im Altenheim durchaus schöne Seiten habe.

„Ach Mutti, willst du dir den Stress mit der Gartenarbeit, der Wäsche und der Putzerei wirklich noch antun?" „Stell dir mal vor, es passiert etwas..." oder: „Sei doch endlich vernünftig! Irgendwann kannst du das Haus nicht mehr allein in Schuss halten, und wer soll dann..." Hätte Wibke, unsere Älteste, doch weitergeredet. Dann hätte ich ihr schon gesagt, wer gesollt hätte!

Auch die anderen waren nicht besser. Es machte mich ärgerlich, wie sie Karl und mich abschieben wollten. Ihre Dreistigkeit kannte bald keine Grenzen mehr. Dazu kam, dass Karl ihnen das Ganze nicht mal schwer machte. Er ließ sich mehr und mehr einwickeln.

Ich hatte mich bis dahin mit aller Macht gegen eine Abschiebung ins Heim gewehrt. „Ich lebe in Eichhof, so lange ich denken kann! Bin hier zur Schule gegangen und habe in der Sülz gebadet. Außerdem habe ich hier euren Vater kennengelernt..." Ich gebe zu, dass ich oft übertreibe. Weinerlich, leicht verwirrt und zutiefst heimatverbunden, das war ich, und ich spielte meine Rolle gut.

Es hatte lange funktioniert. Einmal, rein zufällig, hörte ich, wie Wibke zu ihrem Mann sagte: „Wir können das nicht machen! Mama dreht durch, wenn wir sie ins Heim stecken.

Sie würde ständig ausbüchsen, ab nach Hause. Wir hätten dann nur noch mehr Ärger…“
Als das Altenheim in meinem Heimatdorf eröffnete, hatte ich allerdings keine Chance mehr. „Ist das nicht fantastisch! Jetzt könnt ihr hier im Ort wohnen bleiben und habt das lästige Haus nicht mehr am Hals! Nein, was für ein Glück!“ Ich hätte Wibke am liebsten den Hals umgedreht. Noch mehr richtete sich mein Zorn auf Karl, der in seinem Sessel saß und alles über sich ergehen ließ. Später schrie ich ihn an, doch er meinte nur: „Gib endlich Ruhe. Du machst uns alle noch ganz krank.“
Damit war auch das letzte Band zwischen Karl und mir zerrissen. Er hatte das letzte, was uns blieb, verschenkt. Ich konnte es nicht begreifen.
Noch am Tag unseres Einzugs ins Heim hörte ich Marcus, unseren Jüngsten, mit einem Möbelpacker telefonieren. „Ja, ja ‚Zur Sülz‘, die Adresse stimmt… Kannst alles mitbringen.“
Natürlich hatten wir unseren Kindern erlaubt, unser Haus zu bewohnen. Karl hatte, ohne mich davon in Kenntnis zu setzen, mit Marcus über die Miete gesprochen. Marcus ist Versicherungsvertreter und er hatte seinen Vater so lange bequatscht, bis dieser ihm das Haus zu einem Spottpreis von Miete überließ.
„Wir sind doch deine Kinder, das Geld bleibt schließlich in der Familie. Außerdem sind Silvia und ich im Moment knapp bei Kasse. Du weißt doch, wie schwer es heutzutage ist, zuverlässige Mieter zu finden. Das bedeutet nur Stress.“
So ungefähr muss es gelaufen sein. Unser Sohnemann hatte schon einen Mietvertrag dabei, Papi brauchte ihn nur noch zu unterzeichnen. Eins muss ich unserem Nachwuchs lassen: dumm ist er nicht. Marcus hat genau gewusst, warum er sich an Karl wandte. Bei ihm hatte er leichtes Spiel. Bei mir wäre er nicht so leicht weggekommen. Zwei neue Autos und ein

Segelboot am Bodensee – natürlich war er momentan knapp bei Kasse.
Im Altersheim wurde es noch schlimmer. Was Karl auch tat und sagte – er fiel mir auf die Nerven. Ich begann ihn zu hassen, er langweilte mich. Ich zog mich zurück, er machte gerne die eine oder andere Unternehmung mit einem Pfleger oder Heimbewohner. Nichts konnte ihn aus der Ruhe bringen. Das brachte mich zur Weißglut. In einem Punkt glichen wir uns wie ein Ei dem anderen: wir wollten stets genau das Gegenteil von dem, was der andere wollte.
Äußerlich blieben wir das nette alte Ehepaar. „Was sich neckt, dass liebt sich", meinte Heike, die Pflegerin mit dem Dauergrinsen. Sollte die doch glauben, was sie wollte. Nur noch der Ring, der mir am Finger festgewachsen war, erinnerte mich daran, dass ich mit diesem Menschen einmal eine richtige Familie gehabt hatte.

Eines Morgens war Karl tot. Er lag einfach neben mir und rührte sich nicht mehr. Wohl ein Tod, den sich jeder von uns wünscht, das gönnte ich ihm, ehrlich. Er war ein guter, ruhiger und umgänglicher Mensch geblieben. Mir würde der Herrgott wohl ein weit unangenehmeres Ende bereiten. Doch das erschreckte mich nicht. Ich würde ihm trotzig ins Gesicht sehen und meinen Weg gehen, egal wohin.
Karl lag da, die Morgensonne streichelte seinen Körper, und er schien zu leuchten. Ich sah ihn an, zum ersten Mal seit langem ohne Hass oder Zorn. Der Tod stand ihm gut und schien einen neuen Menschen aus ihm gemacht zu haben. In diesem Moment spürte ich, warum ich ihn einmal geliebt hatte.
Dann klopfte es. Heike wehte mit einem fröhlichen „Guten Morgen!" herein und riss die Fenster auf. Sie blickte mich verwundert an. „Na, gut geschlafen, Frau Schmittke?"

„Mein Mann ist tot“, sagte ich mit ruhiger Stimme. „Ist letzte Nacht gestorben.“
Heike lief rot an und bekam fast einen hysterischen Anfall. Dann rief sie nach dem Doktor. Dieser konnte es nur noch bestätigen: Karl war tot.
Ich war umringt von der Trauer der anderen Heimbewohner. Jeder wollte mir sein Mitgefühl zeigen. Die meisten waren Heuchler, trotzdem machte mir der Trubel um Karls Tod nichts aus. Ich blieb ruhig, es ging mir richtig gut.
Keiner konnte sich diese Reaktion auf den Tod meines Manns erklären. Heike und der Arzt hatten sich wohl irgendwie darauf verständigt, das Bestattungsunternehmen Pütz & Roth herzubestellen. „Die Einrichtung bietet intensive Trauerbegleitung, und Sie brauchen jetzt vor allem professionelle Hilfe, Frau Schmittke. Der Mensch schafft nicht alles allein. Lassen Sie sich helfen, und Sie werden sehen, dass es Ihnen leichter sein wird, Abschied zu nehmen. Der Doktor und ich regeln die Formalitäten für Sie.“
Ja, ja. Heike gab wirklich ihr Bestes. Eine gute Seele. Was für ein Tod ihr vergönnt sein würde?
Ich willigte ein. Spielte ich eben die trauernde Ehefrau, die nur langsam über den Verlust ihres Liebsten hinwegkommt. Heike war der festen Überzeugung, mir geholfen zu haben, und ich ließ sie in dem Glauben. Warum sollte ich die einzige Person sein, der es gut ging... Und zuletzt war eine Beerdigung immer auch eine Geldangelegenheit. Unsere Rente war ordentlich. Also bitte!

Zwei Tage später suchte ich auf eigene Faust das Bestattungsunternehmen auf, um Karl noch einmal zu sehen. Ich hatte mir ein Taxi bestellt, da meine Kinder verhindert waren. Ich war gespannt. Freute mich fast wie ein Schulmädchen. Wie Karl wohl aussehen mochte? Was er wohl trug, wie er duftete? Die Rolle der trauernden Witwe fiel mir schwer. Im Gespräch mit meinem „persönlichen Betreuer“ musste ich mich immer wieder dazu zwingen, verzweifelt zu sein.

Dann betrat ich das Zimmer. Es war nicht sehr groß und freundlich eingerichtet. Helle Möbel, weiße Tapete, beruhigendes Licht, Sessel und Fernseher erweckten den Anschein, man wäre in einem Wohnzimmer. Hätte Karl nicht in einem Sarg gelegen, niemand hätte ihn für einen Toten gehalten. Nur seine rechte Hand wirkte verkrampft, als wolle er sich an etwas festhalten.

Er war ordentlich gekleidet – was das betraf, konnte man sich immer auf Heike verlassen – und duftete, als wäre er gerade einem Vollbad entstiegen. Es war herrlich. Karl und ich hatten endlich unseren Frieden gefunden.

Ich setzte mich in den Sessel neben ihn, um ihn zu betrachten. Er war wirklich ein stattlicher Mann, und ich verspürte einen starken Drang, ihn zu berühren. Ich streichelte zärtlich seine Wange, ich legte meine Hand auf sein Knie und atmete tief durch.

Doch dann sah ich es! Im Ausschnitt von Karls Hemd. Ich war erstaunt: wo waren seine Brusthaare geblieben?

Sein Brusthaar hatte ich besonders gemocht, stets hatte es seine tief schwarze Farbe behalten. Ich griff ihm unters Hemd. Es fühlte sich an wie ein Reibbrett; seine Haut war kühl, wo früher Haare waren, pieksten jetzt Stoppeln. Karls Haare – sie waren abrasiert worden. Doch dann musste der Bestatter sehr schlampig gearbeitet haben; und überhaupt: warum sollte man einem Toten das Brusthaar entfernen?

Es gab also nur eine Möglichkeit: Karl hatte sich, noch kurz vor seinem Tod, die Haare selbst entfernt. Aber warum? Und warum war mir das nicht aufgefallen?

Gut, intim waren wir schon lange nicht mehr gewesen, ich weiß nicht mal mehr, wann ich ihn das letzte Mal nackt gesehen hatte. Noch etwas hatte ich bei dem Griff unter Karls Hemd bemerkt: er trug eine feine goldene Kette, ich zog sie heraus, und entdeckte einen kleinen Anhänger mit dem Buchstaben „H“. Von mir hatte er die Kette nicht, und dass er sie aus Liebe zu mir gekauft hatte, hielt ich für unwahrscheinlich.
Meine Neugierde war geweckt. Als ich Karl dort liegen sah, wurde mir bewusst, dass ich kaum eine Ahnung davon hatte, wie mein Mann seine letzten Wochen verbracht hatte. Auf einmal wollte ich ihn kennen lernen, diesen neuen, interessanten Mann. Oder wollte er mich herausfordern? Stellte er sich schlafend und überließ mir den Rest? – Ich würde es ihm zeigen! Da war ich mir sicher.
Eins war klar, sie durften Karl auf keinen Fall wegschaffen. Vielleicht würden mir ja weitere Seltsamkeiten an seinem Äußeren auffallen. Irgendetwas stimmte nicht.
Mein Trauerbegleiter führte mich zur Tür, wo Heike mich mit offenen Armen empfing und zum Wagen geleitete. Sie war ganz in Schwarz gekleidet, hatte einen Strauß Blumen und Kuchen für mich dabei. Während der Rückfahrt sprach sie kein einziges Wort.
Die Blumen und der Kuchen blieben nicht die einzigen überraschenden Gesten Heikes. Anfangs dachte ich, es wäre der Schock, der sie veranlasst hatte, sich so rührend um mich zu kümmern und ihr Plappermaul zu halten. Immerhin hatte Heike Karl tot in seinem Bett liegen sehen. Andererseits war Karl kein Einzelfall. Schließlich arbeitete sie im Altenheim. Heikes Schweigsamkeit und ihre Fürsorge kamen mir bald verdächtig vor. Schon früher hatte ich bemerkt, dass sie sich voller Hingabe um andere Hinterbliebene kümmerte. Aber so wie bei mir? Warum nahm Heike Karls Tod so sehr mit?

Natürlich dachte ich gleich an den Anhänger mit dem „H“, doch so einfach war die Sache nicht. Karl hätte nie ein Verhältnis mit Heike angefangen. Das traute ich ihm nicht zu, obwohl er von mir schon lange keine Zärtlichkeiten mehr zu erwarten gehabt hatte.
Ehe ich mich versah, steckte ich mitten in den Ermittlungen. Ich würde jedes Detail beobachten, Nachforschungen anstellen und das Rätsel um Karl aufklären. Selbst einen unnatürlichen Tod wollte ich nicht ausschließen. Körper und Geist liefen zur Höchstleistung bei mir auf, und ich war erstaunt, wie groß der Einfluss war, den Karl noch auf mich hatte.

Als mir Heike am nächsten Morgen mein Essen ans Bett brachte, fiel ich aus allen Wolken. Früher hatte ich mich jedes Mal mürrisch beschwert, dass ich mein Frühstück mit den anderen im Speisesaal einnehmen musste. Ich hatte nie Lust auf Gesellschaft.
„Nicht nötig. Nein, ich will lieber mit den anderen frühstücken.“ Heike starrte mich verdutzt an. Ich nahm ihr das Tablett aus der Hand und verließ mein Zimmer. Zum ersten Mal seit langem wollte ich wieder unter Menschen sein. In zwei Tagen würde Karl beerdigt werden. Ich musste also schleunigst mit meinen Nachforschungen beginnen.
Am wichtigsten erschien mir die Befragung von Karls Freund Heinz. Mit meinem besten Witwengesicht setzte ich mich neben ihn und fragte, ob ich nach dem Frühstück auf sein Zimmer kommen könne. Ich wollte auf keinen Fall die Aufmerksamkeit der anderen erregen. „Natürlich Helene, komm nur vorbei“, meinte er.
Als ich sein Zimmer betrat, wusste ich bereits, wie ich vorgehen wollte. Ich würde ihm weiterhin die traurige Witwe vorspielen, um ihn besser aushorchen zu können. Auf keinen Fall

wollte ich ihm sagen, dass mir an Karls Tod einiges seltsam vorkam.
Heinz saß an seinem Tisch. Die Vorhänge waren zugezogen und auf dem Tisch standen, wie auf einem Altar, eine Kerze, ein Kreuz und ein paar Blumen.
Ich setzte mich. Heinz brauchte lange, bis er sich gefasst hatte. Karls Tod schien ihm wirklich nahe zu gehen. „Ich kann es immer noch nicht fassen“, sagte er nach einiger Zeit, dann schien er auf meine Reaktion zu warten.
„Ihm geht es sicher gut. Er war doch kein schlechter Mensch, oder...?“
Ich hoffte, dass Heinz irgendetwas Aufschlussreiches entgegnen würde, immerhin war ich ja die Frau seines besten Freundes.
Doch es geschah nichts. Heinz starrte auf seinen kleinen Altar. Dann begann er leise lateinisch zu beten. Eine Träne rollte ihm über die Wange, er brach das Gebet ab und sagte mit schwacher Stimme: „Ach Helenchen, du gehst jetzt besser. Ich kann nicht reden, ist wohl alles noch zu frisch.“
Ich verließ verwirrt sein Zimmer. Karls Tod hinterließ starke Spuren – erst Heike, dann Heinz. Heinz sah so traurig aus, wie ich selten einen Menschen gesehen hatte. Er tat mir leid. Ich versuchte sachlich zu bleiben. Schließlich hatte ich Karl noch etwas zu beweisen. Ich setzte mich ans Ende des Flurs und fragte mich: „Wie reagiert man normal auf den Tod eines Menschen?“
Heike war Altenpflegerin. Das war ihre Arbeit und im Wesentlichen mochte sie den einen hier nicht mehr als den anderen. Sie verhielt sich also unnormal, da sie nach Karls Tod alles Erdenkliche für mich tat. Typisch, wenn man sein schlechtes Gewissen beruhigen will.

Außerdem, so schien es mir, setzte Heike (indem sie mir etwa das Frühstück ans Bett brachte) alles daran, um mich von meinen Mitbewohnern fernzuhalten.
Heinz hingegen hatte seinen besten Freund verloren. Nur, war das eine echte Freundschaft? Sie hatten sich erst im Heim kennen gelernt. Wohl kaum lange genug, um einen Altar zu errichten und lateinische Gebete zu sprechen.
Später erfuhr ich von Schwester Sophie, eine der Nonnen im Heim, dass Heinz seit Karls Tod seine Vorhänge nicht mehr geöffnet hatte. Außerdem hatte er in letzter Zeit einige längere Gespräche mit ihr geführt.
„Diese Gespräche – war das bevor oder nachdem Karl gestorben ist? Das heißt… ich meine… haben sie Heinz helfen können?"
Ich stellte mich nicht gerade geschickt an, schon gar nicht, wenn ich wollte, dass niemand von meinen Ermittlungen erfuhr.
„Ich denke, dass es Herrn Badke hilft, wenn er seine Seele erleichtert, in guten und in schlechten Zeiten. Gott hilft allen Menschen, das wissen sie ja…"
Schwester Sophie redete noch eine Weile so weiter. Ich nickte, war aber mit den Gedanken bereits woanders. „In guten und in schlechten Zeiten" – das bedeutete wohl, dass Heinz bereits vor Karls Tod das Gespräch mit Schwester Sophie gesucht hatte. Da das Heim erst seit kurzem über „geistlichen Service" verfügte, konnte Heinz noch nicht lange mit der Nonne verkehrt haben. Vielleicht hatte er sie über Karls letzte Tage informiert? Durchaus möglich, denn Schwester Sophie redete mit solchem Nachdruck auf mich ein, dass ich langsam stutzig wurde. Die Frau musste etwas wissen, das war klar.

„Was soll ich jetzt tun?“, fragte ich sie. Ihre Antwort enttäuschte mich nicht: „Gehen sie zu Heinz. Reden sie mit ihm. Er wird ihnen viel zu sagen haben.“

Ich sah auf den Wecker. Ich hatte ihn auf sechs gestellt, um Karls Sachen noch vor dem Frühstück zu durchsuchen. Danach sollten sie verpackt und weggeschafft werden. Heike hatte mir penetrant ihre Hilfe angeboten. Natürlich lehnte ich ab. Das fehlte mir noch: sie, die in Karls Sachen herumwühlte. Aber dann, vor dem Frühstück, änderte ich meine Meinung und beschloss auf ihr Angebot einzugehen, nachdem ich mich in Karls Schränken umgesehen hatte. So würde Heike nicht misstrauisch werden.
Die ganze Zeit hatte ich darauf geachtet, den Tatort unberührt zu lassen. So war ich, wann immer möglich, auf dem Zimmer geblieben oder hatte Monika von nebenan gebeten, niemanden in mein Zimmer zu lassen, schon gar nicht Heike.
Als Karl starb, trug er einen Pyjama und einen Frottee-Bademantel, da er nachts oft fror. Den Mantel hatte man ihm abgenommen, bevor er weggebracht wurde. Sie hatten ihn an den Kleiderhacken neben der Tür gehängt. Ich griff in die Taschen und fand ein altes Papiertaschentuch, eine Armbanduhr, die ihm sein Onkel vermacht hatte, einen goldenen Manschettenknopf mit rotem Stein, unseren Ehering und einige Münzen, die er aus dem Krieg mitgebracht hatte, und die mittlerweile einen ordentlichen Sammlerwert haben mussten, das zumindest hatte er immer behauptet.
Er hatte seine Wertsachen immer bei sich, wenn er ins Bett ging. Warum?
Dann fiel es mir wieder ein. Natürlich! Es gab nur einen Manschettenknopf, und ich erinnerte mich, dass Karl behauptet hatte, er sei ihm gestohlen worden. Er hatte einen Riesenwirbel veranstaltet und angefangen „zu ermitteln“.

Wie ähnlich wir uns doch waren. Damals hatte ich ihn für einen senilen Spinner gehalten. Einen, der seine Sachen verlegt und anderen die Schuld in die Schuhe schieben will. Deshalb hatte ich nicht gefragt, was aus „seinem Dieb“ geworden war.
Ich ärgerte mich darüber, denn eins war immer klar gewesen: Karl war von Grund auf ehrlich. Hätte er selbst die Schuld am Verschwinden des Knopfes getragen – er hätte nie seine Mitbewohner verdächtigt.
Während ich darüber nachdachte, was für ein famoses Ermittlerpärchen wir abgegeben hätten, öffnete ich seinen Kleiderschrank. Alles fein säuberlich geordnet. Trotzdem ließ ich es mir nicht nehmen, jedes Hemd und jede Hose einzeln zu untersuchen. Meine Mühe wurde belohnt, denn hinter dem letzten Stapel steckten drei Zeitschriften.
Muskulöse, braungebrannte Männer grinsten mich an, einer besser gebaut als der andere. Sportmagazine für Männer? Mit Pornos wäre ich klargekommen, aber mit so etwas? Ich blätterte darin herum und stellte fest, dass zwischen den Seiten weitere, säuberlich ausgeschnittene Bilder lagen. Ein Adonis nach dem anderen. Im letzten Heft fand ich ein Foto von Karl und Heinz. Es stammte von der Weihnachtsfeier von Heinz’ Tochter Susanne und war wahrscheinlich das Einzige, auf dem sie gemeinsam zu sehen waren. Ich erinnerte mich daran, wie Susanne es geschossen hatte. Heinz musste es Karl geschenkt haben. „Für meinen lieben Freund“ stand unter dem Bild. Was hatte das zu bedeuten? Zeitschriften mit Muskelmännern und ein Foto mit dieser Widmung?
Während ich weiterblätterte, geriet ich ins Grübeln. In der vergangenen Woche hatte ich im Fernsehen einen Bericht über „Homo-Ehen in Deutschland“ gesehen. Ich erinnerte mich noch gut an die Wohnungen der Pärchen. Dort hingen

genau solche Bilder. „Körperkult gehört dazu“, hatte einer der Homos im Interview gesagt.
Karl war schwul? Oder nur Heinz? Vielleicht hatte er meinen Mann mit diesen Zeitungen und Geschenken bedrängt?
Bald erhärteten weitere Beobachtungen meinen Verdacht. Beim erneuten Durchblättern bemerkte ich, dass die Männer in den Heften unbehaart waren. All ihre Körperteile waren glatt und glänzten wie Babypopos. Und Karl, wo war sein Brusthaar geblieben?
Als ich die Zeitung weglegen wollte, entdeckte ich die Adresse. Sein Name. Karl hatte die Zeitschrift abonniert, sie kam monatlich ins Heim! Ich war fassungslos!
Nur so konnte es gewesen sein. Karl und Heinz mussten sich im vergangenen halben Jahr näher gekommen sein. Der Reiz des Neuen, Verbotenen aber hatte wohl beide überwältigt.
So waren sie immer häufiger zusammengekommen, hatten sich Sportzeitschriften mit knackigen Männern angesehen, Bildchen ausgeschnitten und vielleicht sogar Zärtlichkeiten ausgetauscht. In der Öffentlichkeit spielten sie die guten Freunde. Wer würde darauf kommen: zwei verheiratete Männer, die im Greisenalter ihre Neigung zum gleichen Geschlecht entdeckten?
Ich war stolz, dass ich ein solches Geheimnis aufgedeckt hatte. Allerdings, hundertprozentig sicher war ich mir nicht. Ich wollte prüfen, ob auch Heinz rasiert war. Ich wollte wissen, ob meinem Karl mehr als nur die Brusthaare fehlten..

Es klopfte. „Ihr Frühstück, Frau Schmittke!“, rief Heike in herzallerliebstem Ton.
„Ich habe doch gesagt, dass ich lieber mit den anderen zusammen essen will. Übrigens, ich habe mir ihr Angebot noch mal durch den Kopf gehen lassen. Es ist wirklich besser, wenn sie Karls Sachen zusammenpacken, es tut einfach noch

zu weh. Am besten gleich. In der Zwischenzeit gehe ich runter zum Essen und störe sie nicht!“
Ein genialer Einfall, und Heike biss prompt an. „Na wenn das so ist, gehen sie nur, Frau Schmittke! Und keine Eile!“
Beim Frühstück konnte ich nur an eines denken: was würde Heike tun? Was würde ich vorfinden, wenn ich zurück in mein Zimmer kam? Ich hatte mir alles eingeprägt und gab ihr genug Zeit. Als ich mein Zimmer wieder betrat, standen zwei randvoll gepackte Kartons auf dem Boden. Auf einem lag ein Zettel. „Noch mal mein herzliches Beileid“, stand darauf. „Es tut mir sehr leid. Wenn Sie etwas brauchen, bin ich für Sie da. Ihre Heike.“
Ich konnte es nicht erwarten und riss ungeduldig die erste Kiste auf, dann die zweite.
Bald wusste ich, was fehlte. Heike hatte die Taschen des Bademantels mit den Wertsachen geleert und die Zeitschriften mitsamt der Schnipsel und dem Foto verschwinden lassen!
Meine Taktik war aufgegangen. Ich hatte Heike entlarvt, aber war sie auch die Diebin? War ihr Karl bei der Suche nach dem Manschettenknopf auf die Schliche gekommen?
Ich ging diesmal früher zum Mittagessen. Es war noch niemand da, unbemerkt konnte ich im Speiseraum die Fenster schließen. Als später der Saal voll war und das heiße Essen auf den Tischen stand, wurde es ungemütlich. Ich hatte schon oft gesehen, wie Heinz die beiden oberen Hemdknöpfe öffnete, wenn ihm heiß wurde. So auch heute. Ich schaute angestrengt in seinen Hemdausschnitt: auch bei ihm – kein Brusthaar!

Als ich am Nachmittag noch einmal Karl besichtigte, sah er immer noch strahlend schön aus. Zum ersten Mal wurde mir klar, dass ich ihn vermisste.

Dann sah ich ihn in den Armen von Heinz und diese Bild traf mich hart. Ich sah das Goldkettchen mit dem „H“ und wünschte, es stände für Helene und nicht für Heinz. Eine Träne kullerte über meine Wange. „Helene, sei tapfer“, sagte ich mir: „Gib jetzt nicht auf!“
Ich stellte fest, dass auch Karls Beine mit Stoppeln übersäht waren. Mein Verdacht war bestätigt. Mein Mann und Heinz, sie hatten ein Verhältnis gehabt.
Sobald ich wieder im Heim war, wollte ich Heinz aufsuchen. Ich wollte offen mit ihm reden, auch über den verschwundenen Manschettenknopf. Heinz wusste sicher einiges über Karls Nachforschungen. An der Pforte herrschte Aufruhr. Ein paar Pfleger, auch ein Polizist standen im Eingangsbereich. Ich wollte möglichst unauffällig bleiben, trotzdem musste ich doch wissen, was da vor sich ging.
Wie so oft konnte ich mich auf Heike verlassen. „Ich habe ein Foto des Vermissten. Das hier ist Heinz Badke.“
Heinz war also nach dem Mittagessen verschwunden. Das hieß natürlich noch gar nichts. Der Polizist reagierte entsprechend gelassen. Heike flatterte wie ein aufgescheuchtes Huhn um ihn herum. „Dann gehe ich ihn suchen. Sie werden schon sehen!“
Ich tat so, als ginge mich das alles nichts an. Aus den Augenwinkeln konnte ich verfolgen, wie Heike sich ihren Mantel überstreifte und Richtung Ausgang ging. Ich beschloss, ihr zu folgen.
Ich dachte schon, ich hätte sie verloren, doch zu meiner Überraschung drehte sie eine Runde ums Haus und setzte sich schließlich auf einen flachen Stein hinter einen Strauch. Dort rauchte sie: eine, eine zweite, eine dritte Zigarette. Natürlich, sie unternahm nichts. Bald würde sie ins Haus zurückkehren und allen verkünden, dass sie ganz Eichhof abgesucht habe. Diese Heuchlerin!

Ich machte mich selbst auf die Suche. Wo konnte er sein? Hatten er und Karl einen geheimen Ort, eine Liebesnest, wo sie sich trafen? Karl war oft spazieren gegangen, aber wohin? Richtung „Sülze“? Ja, das konnte sein!
Ich ging in Gedanken über die Brücke nach Sülze und blieb abrupt hängen. Hinter der Brücke führte ein schmaler Weg zu zwei abgelegenen Häusern. Ich war den Weg seit meiner Kindheit nicht mehr gegangen, doch ich erinnerte mich, dass Karl mich immer wieder darauf ansprach. „Helenchen! Da gibt es wunderschöne kleine Inseln in der Sülz! Da können wir mal ein Picknick machen, oder ich zeige dir den Baum, der wächst über den Fluss und macht dann einen Knick nach oben. Wunderbar zum Sitzen!“
Ich konnte seine Begeisterung nicht teilen, und so blieben wir zu Hause.
Ich machte mich auf den Weg. Und tatsächlich, schon von weitem sah ich eine braun gekleidete Gestalt. Der Baum, auf dem sie saß, sah so aus, wie Karl ihn beschrieben hatte.
„Heinz! Was machst du hier? Ich habe mir Sorgen gemacht.“ Heinz sah mich an, aber er antwortete nicht. Vorsichtig legte ich ihm die Hand auf die Schulter.
„Ach Helenchen, was willst du denn noch? Ist doch alles schon schlimm genug.“ Jetzt lag es an mir. Ich wollte über meinen Schatten springen, mich einem Menschen öffnen. Und ich tat es, langsam, aber ich tat es!
„Du warst mit Karl zusammen, hab ich Recht?“ Heinz wirkte kaum überrascht. „Hat sie dir das erzählt, die Hexe?“ „Wen meinst du?“ – „Na Heike.“ Er brach in Tränen aus. „Heike wusste von euch? Das verstehe ich nicht?“
Und dann begann Heinz zu reden: „Glaub mir, wir hatten nicht vor, dir wehzutun. Keiner von uns beiden hatte jemals solche starken Gefühle erlebt. Karl hatte ein schlechtes Gewissen dir gegenüber, die ganze Zeit. Er sagte mir einmal,

du könntest ihn so schlecht behandeln, wie du wolltest, er würde immer für dich da sein."
„Und was hat Heike damit zu tun?", fragte ich schließlich.
„Heike hat uns einmal erwischt."
„Ja und?"
Heinz zögerte. „Sie hat uns erpresst", sagte er dann leise. „Sie hat damit gedroht, es dir zu erzählen. Karl wollte dir von sich aus die Wahrheit sagen, aber ich hatte Angst. Also haben wir gezahlt. Auf einmal meinte Karl, er hätte da was, ich solle ihn nur machen lassen."
„Und was ist dann passiert?"
Heinz schluckte. Etwas schnürte ihm die Kehle zu.
„Er hat sich mit Heike getroffen. Ein paar Mal. Ich hatte keine Ahnung, was er mit ihr trieb, ich war eifersüchtig."
Heinz war am Ende. Noch einmal brach er in Tränen aus, stumm saß ich neben ihm.
Vielleicht hatte Karl herausgefunden, dass Heike seinen Manschettenknopf gestohlen hatte. Er konfrontierte sie damit, wollte ihr zeigen, dass auch er etwas gegen sie in der Hand hatte. So wie ich Heike kannte, hatte sie sich dadurch aber nicht unter Druck setzten lassen.
Aber warum hatten sie sich mehrmals getroffen? Hatten sie bei diesen Treffen verhandelt? Fest stand jedenfalls, dass Karl Heike durch sein Wissen ein Dorn im Auge war.
„Ich habe ihn umgebracht!" stöhnte Heinz plötzlich. Ich erschrak. „Du? Warum solltest du so etwas tun? Du hast ihn doch geliebt!"
Heinz saß wie erstarrt auf dem Baum. „Ich war eifersüchtig. Ich wusste nicht, warum er sich mit Heike traf. Er wollte mir nichts sagen. Er hatte keine Zeit mehr für mich. Immer ging er zu ihr. Und dann haben wir uns gestritten. Er hat sich aufgeregt. Er wurde fast verrückt, als ich ihm vorwarf, er habe ein Verhältnis mit Heike..."

So kannte ich Karl. Frauen wie Heike hasste er. Ich konnte mir vorstellen, wie er auf Heinz' Vorwürfe reagiert hatte. Kein schönes Bild, muss ich sagen. Aber hatte ihn der Streit mit Heinz dermaßen mitgenommen, dass sein Herz stehen geblieben war?
Den letzten Gedanken hatte ich wohl zu laut gedacht. „Ich habe ihm einen Brief geschrieben", sagte Heinz. „Einen ziemlich bösen. Ich habe ihn nachts unter eurer Tür hergeschoben."
Also doch? Aber dann hätte ich den Brief doch morgens neben seinem Bett bemerkt. Oder war ich von dem Anblick meines toten Manns so geblendet gewesen?
Nein, da war kein Brief. Ich hatte unser Zimmer nicht verlassen. Und selbst eine gerissene Heike hätte es nicht geschafft, alles unbemerkt verschwinden zu lassen. Das wäre mir aufgefallen. Ganz sicher.

Ich brachte Heinz dazu, mit mir ins Heim zurückzukehren. Es war bereits dunkel geworden. Ihm war jetzt alles gleichgültig: „Ich kann nicht mehr. Trotzdem habe ich Angst. Kannst du das verstehen?"
Ich nahm ihn an die Hand. Ich sagte: „Niemand wird dich verdächtigen."
Kaum standen wir in der Eingangstür, stiefelten drei Polizisten mit gewichtigen Schritten auf uns zu. „Da ist er! Das ist Heinz Badke!", brüllte Heike von hinten.
Dann ging alles ganz schnell. Die Beamten geleiteten Heinz an einen Tisch und zeigten ihm einen Brief. Den Brief! Heinz senkte den Kopf; er sagte nichts.
„Ist das Ihre Handschrift, Herr Badke?" Heinz nickte. „Haben Sie das geschrieben?" – Heinz nickte erneut.
„Ich habe ihn unter dem Laken gefunden, als ich das Bett wegräumen wollte! Der arme Herr Schmittke! Wahr-

scheinlich hat Herr Badke ihn geschlagen! Sonst würde er sicher noch leben…"
Weiter kam Heike nicht. Ich hielt es nicht mehr aus, wie sie den armen Heinz quälte und sprang auf. „Wer sind Sie? Haben Sie auch was mit der ganzen Sache zu tun?", wollte einer der Polizisten wissen.
„Ja", sagte ich, „ich bin die Frau des Ermordeten. Fast alles, was Fräulein Heike Ihnen erzählt hat, stimmt. Nur bei der Frage nach dem, der meinem Mann das angetan hat, sind wir uns nicht ganz einig."
„Wie meinen Sie das?", fragte der Beamte.
Jetzt kam mein Auftritt, ich musste ihn nutzen.
„Hier meine Version. Ich denke, dass Fräulein Heike meinen Mann auf dem Gewissen hat!" „Völlig absurd!" Heike lächelte.
„Können Sie das auch begründen", meinte der Polizist.
„Mein Mann hatte ein schwaches Herz, das war sowohl Fräulein Heike als auch Herrn Badke bekannt. Doch Herr Badke kann es nicht getan haben, das kann ich beweisen!"
Jetzt wurden die Männer in Grün hellhörig. Ich erläuterte die Hintergründe der Geschichte, so weit ich sie verstanden hatte.
„Sowohl Fräulein Heike, als auch Heinz Badke hatten ein Motiv. Sie, weil mein Mann und sie sich gegenseitig erpressten. Und er, weil er dachte, Karl würde ihn betrügen. Nun zu den Fakten. Heike, Sie sagen, dass Sie den Brief unter Karls Laken gefunden haben, als Sie sein Bett abzogen. Kann es denn sein, dass Karl, der durch den Brief einen derartigen Schock erlitten hatte, dass sein Herz versagte, immer noch in der Lage war, den Brief fein säuberlich unter seinem Laken zu verstecken? Sehen Sie sich das Schriftstück an. Es ist kaum zerknittert.
Die Beamten nickten mir respektvoll zu, auch Heinz hatte seinen Kopf gehoben. Ich kam mir vor wie Miss Marple.

„Vielleicht haben Sie ihm ja den Brief untergeschoben. Sie stecken bestimmt mit Heinz unter einer Decke“, fauchte Heike. Ihre Freundlichkeit war wie weggeblasen.
„Sie hat Recht“, merkte der Polizist an.
„Hätte ich es getan, so müssten sich meine Fingerabdrücke auf den Blättern finden lassen. Und außerdem: würde ich Herrn Badke decken wollen, dann wäre mir sicher etwas besseres eingefallen, als den Brief unter das Laken meines Mannes zu stopfen!“
Erneut erntete ich Nicken der Polizisten. Heike war inzwischen verstummt.
„Ich glaube, in Fräulein Heikes Wohnung werden Sie genügend Beweise für das finden, was ich Ihnen eben erzählt habe! Diebesgut wie den Manchettenknopf sowie die Zeitschriften und das Foto. Ich bin sicher, dass sie in der fraglichen Nacht zu meinem Mann ans Bett getreten ist. Sie hatte sicher geplant, ihn ruhig zu stellen, der Brief von Heinz Badke half ihr dabei sehr. Vielleicht hat sie ihm gedroht. Ich weiß es nicht. Jedenfalls schaffte sie es so weit, dass sein Herz versagte. Sie hat sicher nicht viele Worte gemacht, sonst wäre ich ja aufgewacht. Nachdem Karl sich nicht mehr regte, nahm sie ihm den Brief aus der Hand, um ihn später gegen Herrn Badke zu verwenden und alle Schuld von sich weisen zu können. Herr Polizist, haben Sie Karls Leiche gesehen? Die Finger seiner rechten Hand sind noch immer völlig verkrampft. Man sieht sofort, dass er etwas in der Hand gehabt hat, als er starb.
„Wir werden das alles überprüfen; verlassen Sie sich darauf“, sagte der Polizist. „Wirklich bemerkenswert, Frau Schmittke! Ihr Mann wäre stolz auf Sie gewesen!“
Die Worte des Polizisten waren Balsam für meine Seele. Es war, als hätte Karl diese Worte gesprochen. Ich wusste, er hatte mir verziehen.

Erschöpft sank ich auf meinen Stuhl, während die Polizisten sich verabschiedeten und mit Heike das Heim verließen. Heinz rückte zu mir hin und nahm mich in den Arm. Wir gingen noch gemeinsam die Treppe hoch auf unsere Zimmer, und ich schlief sofort ein.

Einige Wochen später herrschte wieder Alltag im Altenheim Kürten-Eichhof. Heinz und ich hatten uns bei Karls Beerdigung gegenseitig getröstet. Wir sprachen jetzt häufiger miteinander, vor allem über unsere gemeinsame Zeit mit Karl. Heike war verhaftet worden. Ihr Ersatz, ein netter junger Zivi, hatte sich gut bei uns eingearbeitet.
Von einem der Polizeibeamten erfuhr ich später, dass Heike Karl damit gedroht hatte, mir etwas anzutun. Diese Nachricht erschütterte mich noch einmal bis ins Mark.
Wenn ich heute an Karl zurückdenke, denke ich oft, dass man manchmal erst dann merkt, was wichtig ist, wenn es schon zu spät ist.